Medici Heist
Braquage à la florentine

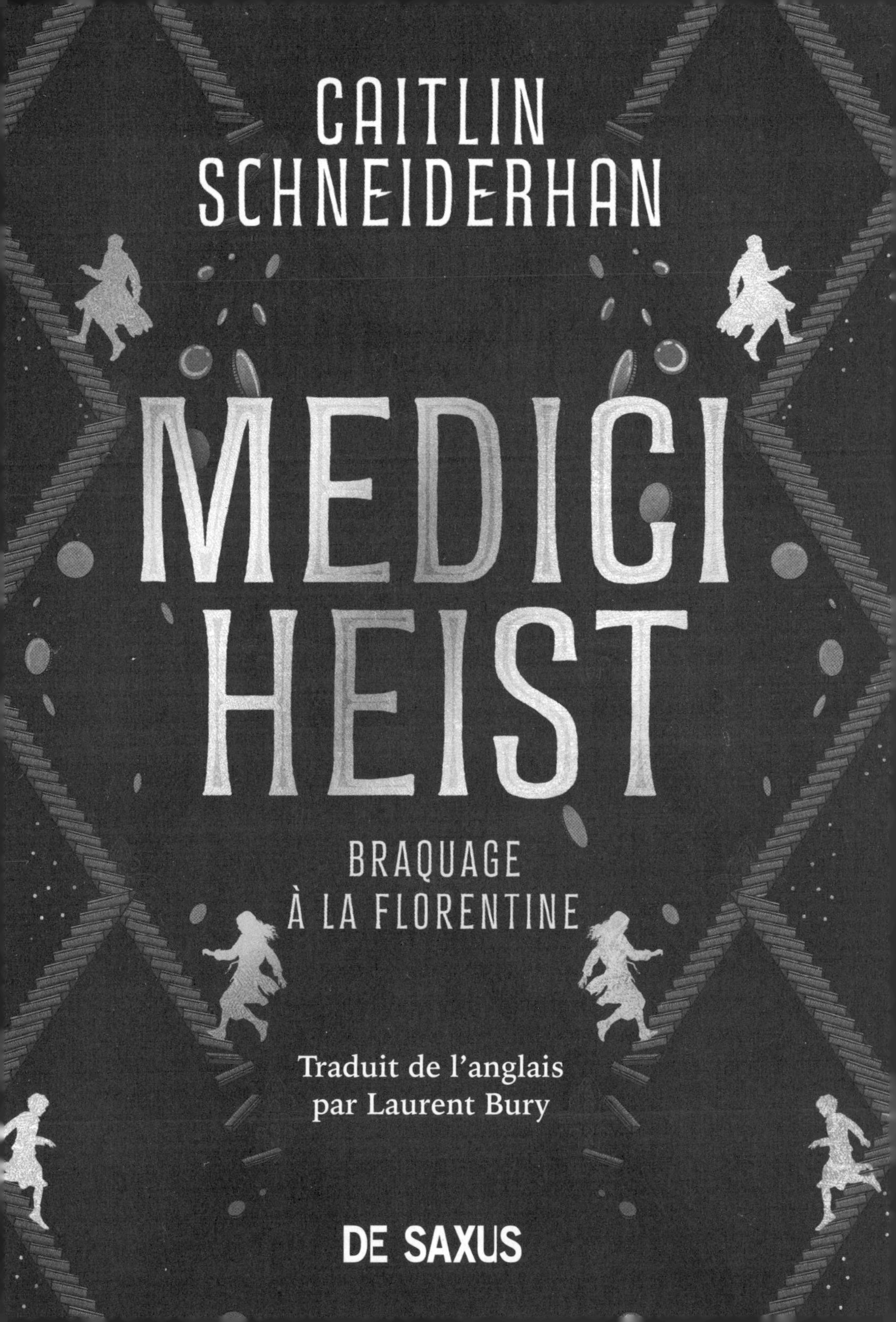
CAITLIN
SCHNEIDERHAN
MEDICI
HEIST
BRAQUAGE
À LA FLORENTINE
Traduit de l'anglais
par Laurent Bury
DE SAXUS

Ceci est une œuvre de fiction.
Toute ressemblance avec des personnages, lieux, organisations
ou évènements existant ou ayant existé ne serait que purement fortuite.

AVERTISSEMENT DE CONTENU

ALCOOL, ARME À FEU, DESCRIPTION EXPLICITE DE BLESSURE, DEUIL, DISCRIMINATION, HOMOPHOBIE, INCENDIE, MEURTRE, MORT D'UN PROCHE, THÉRAPIE DE CONVERSION, TORTURE, TROUBLE DU STRESS POST-TRAUMATIQUE, VIOLENCE, VIOLENCE PHYSIQUE

Medici Heist – Braquage à la florentine
par Caitlin Schneiderhan

Medici Heist

Illustrations de jaquette et des pages de garde (édition reliée)
et couverture (édition brochée) : © Andrew Davis
Illustration de couverture : église © Leandro PP/Shutterstock.com

Conception graphique couvertures, jaquette, pages de garde françaises et tranches teintées :
Volodymyr Feshchuk – Eilean Books

Ouvrage publié sous la direction de Camille Loré

Composition et mise en pages
PCA

Le papier intérieur de cet ouvrage est composé de fibres naturelles, renouvelables, recyclables et fabriquées à partir de bois issu de forêts plantées expressément pour la fabrication de pâte à papier.

ISBN : 978-2-37876-631-3 (broché)
ISBN : 978-2-37876-630-6 (relié)
ISBN : 978-2-37876-632-0 (e-book)

Loi 49-956 du 16 juillet 1949 sur les publications destinées à la jeunesse.

Dépôt légal : janvier 2025

1re édition
10 9 8 7 6 5 4 3 2 1

Achevé d'imprimer en République tchèque par FINIDR en décembre 2024

À MES PARENTS,
QUI M'ONT FAIT DÉCOUVRIR FLORENCE
ET M'ONT OFFERT LE MONDE.

SOMMAIRE

PARTIE I

~ 1 ~

LE *DAVID*

FLORENCE, 1517

La boue venait des rives de l'Arno. Mais elle venait surtout des rives de l'Arno *à l'intérieur* des remparts de la ville, et ce n'était donc sans doute pas uniquement de la boue. Elle *puait* réellement comme si ce n'était, justement, pas uniquement de la boue dans la main de Cat. Mais Cat avait touché pire dans sa vie. Et de toute façon, Gio l'avait mise au défi.

Elle suivit le carrosse.

Ils étaient entrés dans la ville par la Porta Romana, ce que Cat trouvait bête. C'était un grand attelage distingué, décoré d'or, de peinture et de choses de ce genre, et il était également censé être plein de gens tout aussi distingués. Des gens distingués n'auraient-ils pas dû savoir que la Porta Romana, à cette heure de la journée, n'était qu'une longue pagaille de piétons et de carrioles ? À moins qu'ils n'aient été trop riches pour se soucier de ces choses-là.

Ils n'étaient pourtant pas assez riches pour ne se soucier de *rien*. Cat se cacha dans l'ombre alors que la voiture s'arrêtait devant la boulangerie du signore Bruno, celle qui vendait les *ciambelle*, ces petits gâteaux ronds que Gio volait parfois. C'était une façade à deux niveaux, et le signore Bruno était perché sur une échelle à l'extérieur. Il tenait un burin et un seau d'eau savonneuse, et il grattait le papier imprimé qui avait été collé sur son mur. Cat recula un peu plus lorsqu'elle vit deux gardes de la ville en bas de l'échelle du signore Bruno, le surveillant de près.

Le rideau de velours du carrosse s'écarta. La main qui l'avait tiré scintilla au soleil, tout aussi brillante que le véhicule. Cat aperçut une moue orageuse avant que le rideau ne revienne à sa place. Un instant après, une escorte de la famille Medici s'avança vers les gardes de la ville. Quelqu'un dans la voiture frappa sur le toit, et le cocher fit avancer les chevaux. Cat pressa le pas tandis que, derrière elle, une dispute éclatait entre les deux groupes d'hommes en uniforme.

Un dernier fragment de papier restait accroché au mur malgré les efforts du signore Bruno. Et Cat apprenait à lire, ces temps-ci. *Repubblica*. C'était le mot écrit.

Cat sourit et continua à marcher.

Ils se dirigeaient vers la Piazza della Signoria, immense place située au centre de Florence. C'était l'une des parties de la ville que Cat préférait. Elle aimait la façon dont les pavés partaient dans toutes les directions. Elle aimait les nobles arches de la Loggia dei Lanzi. Et elle *adorait* le marbre blanc luisant de la statue du *David*, qui dominait l'entrée principale du Palazzo Vecchio.

Les murmures commencèrent alors que l'attelage entrait dans la Piazza. Tous les visages, d'abord par deux ou trois, puis par groupes plus nombreux, se tournèrent vers le blason figurant sur les portes de la voiture. « *Les Medici ?* » entendit Cat chuchoter sur son passage. « *Le pape est de retour ?* »

Presque comme s'ils avaient entendu cette demande, les rideaux du carrosse s'ouvrirent, tirés par la même main embijoutée. Il n'y avait plus maintenant de front plissé, rien qu'un homme vêtu de pourpre et d'or, aux yeux bienveillants et au sourire indulgent.

« Mais tu as dit que c'était un Medici, avait protesté Cat ce matin-là. Comment peut-il être le pape si c'est aussi un Medici ? »

Le regard que Gio lui avait lancé indiquait clairement que seuls les bébés posaient des questions aussi stupides, et qu'un garçon de 10 ans comme Gio n'avait pas de temps à perdre avec les bébés.

« Ma Florence bien-aimée ! s'exclama d'une voix sonore le pape Léon X – ou peut-être Giovanni de' Medici. Je suis revenu ! »

La réaction fut immédiate. La Piazza éclata en acclamations, et tout le monde poussa en avant pour mieux voir la voiture. Cat se laissa porter par le mouvement, profitant de l'espace que la puanteur de sa main droite lui dégageait.

Lorsqu'elle parvint au premier rang de la foule, les gardes vêtus du bleu Medici s'étaient mis à repousser les badauds loin des chevaux. Cat ne les intéressait guère. Qui aurait remarqué une petite fille parmi tous ces adultes avides ?

« Votre amour chaleureux me touche, dit le pape, d'une voix qui se répandit dans toute la place. Mon cher cousin m'avait assuré que vous me réserveriez un bon accueil, mais c'est autre chose de le voir par moi-même ! Veux-tu saluer ton peuple, Giulio ? »

Une mince silhouette était assise à côté du pape. L'homme ne se montra pas au soleil. Le pape roula des yeux. « Voilà bien le cardinal de' Medici ! »

Une vieille femme drapée dans un châle gris avait réussi à s'approcher de la fenêtre du carrosse. « Votre Sainteté ! » croassa-t-elle en tendant sa main vers celle du pape. Cat vit le Saint-Père adresser un regard dégoûté en direction de son compagnon dégingandé. Il se recula et esquissa un rapide signe de croix au-dessus de la tête de la femme.

« Merci, cria la vieille avant de s'éloigner, quelques larmes roulant sur sa joue.

— Bénie soit cette ville, déclara le pape. Et bénies soient toutes les âmes qui l'habitent ! »

Cat lui lança de la merde.

Comme elle ne visait pas très bien, sa poignée de boue atteignit le bord de la fenêtre. Mais elle explosa de façon réjouissante, éclaboussant les robes somptueuses des ecclésiastiques, et le pape se laissa retomber dans son véhicule distingué avec un « Nom de Dieu ! » qui aurait valu à Cat une bonne gifle.

« Qui a lancé ça ? » tonna le capitaine de la garde des Medici, glissant son cheval entre la voiture et la foule.

Pourtant, même sa grosse voix ne put couvrir le cri perçant qui filtra par la fenêtre, « Mais regarde-moi un peu, Giulio, je suis couvert de *saleté* ! »

Une onde de choc parcourut la foule, les grommellements allant croissant. Quelqu'un bouscula Cat, et le carrosse disparut derrière de larges épaules.

« Qu'on les capture ! Qu'on les fouette ! » gémissait le pape Medici. Mais il était de plus en plus difficile de l'entendre par-dessus les hurlements de la foule. Les acclamations avaient cessé, du moins en partie.

« Vive la République ! » Ce slogan, qui montait de chaque coin de la Piazza, devint bientôt assourdissant. « Vive la République ! »

Cat songea qu'elle n'avait peut-être pas prévu de moyen de s'enfuir. C'était d'autant plus un problème que les hommes en bleu Medici commençaient à se faufiler parmi la foule, repoussant les badauds, à la recherche du coupable.

À la recherche de Cat.

Elle déglutit et tourna les talons. Mais le courant qui l'avait propulsée jusqu'à la voiture des Medici œuvrait désormais contre elle. C'était comme si la Piazza était devenue un mur de jambes et de torses, où personne ne semblait désireux de frayer un chemin à la fillette aux mains malodorantes. Jusqu'au moment où les gardes allaient lui tomber dessus. Jusqu'au moment où...

Une brèche s'ouvrit. Rien qu'un instant. Et Cat y vit une planche de salut.

Sans hésiter, elle plongea dans le chaos de Florence et dans les bras de sa sauveuse.

2

ROSA

En matière d'hommes nus, Rosa Cellini supposait que celui-ci était impressionnant. Musclé. Suffisamment grand, c'était certain. Elle avait mal au cou à force de se pencher en arrière. Mais elle avait beau rester des heures à ses pieds, David ne daignait pas baisser les yeux vers elle.

C'était normal. Il s'agissait d'une statue, après tout.

Elle déploya sa jupe et s'assit confortablement contre le socle de la sculpture. Elle manœuvra avec soin – elle devait veiller à ne pas déranger les fleurs, les fruits, les… offrandes moins charmantes qui en jonchaient la base. Malgré tous ses efforts, un petit rouleau de papier se détacha de l'endroit où il était retenu par une brioche qu'avaient picorée les pigeons. Rosa le ramassa, en faisant de son mieux pour ne pas voir les suppliques, les prières ou les rêves qui y étaient griffonnés entre deux taches d'encre, mais quelque chose d'autre attira son regard sur les pavés : un lambeau de papier où apparaissaient des bribes de mots imprimés.

REPUBBLICA FIORENTINA. L'encre avait bavé.

Rosa l'écarta avec son orteil et réussit à trouver une place où s'asseoir. Elle tira de sa poche un jeu de cartes usées, qu'elle battit tout en scrutant discrètement la foule.

La Piazza se vidait et l'agitation des dix dernières minutes s'apaisait. Les gardes des Medici continuaient leurs rondes, interrogeant les témoins, à la recherche de celui qui avait eu le courage de balancer au chef de l'Église ce qui ressemblait à une poignée de merde de porc.

C'était un beau carrosse. Et ce projectile boueux avait frappé le centre du blason à triple fleur de lys qui ornait la portière avant.

Rosa étala trois cartes et attendit.

Bien que bâtie sur des ruines romaines, Florence avait accédé à la richesse et à l'éminence grâce à l'argent et aux machinations des banquiers Medici. Année après année, la ville avait peu à peu été transformée par ces hommes arborant un vernis d'humilité prolétarienne par-dessus leurs richesses inépuisables, et d'un amas de taudis au bord de l'Arno était née la métropole tentaculaire qu'elle était désormais.

Il était presque rafraîchissant, pensa Rosa, de voir les dorures et les ferronneries de la voiture du pape. Ce descendant-là des Medici n'était pas du genre à se prétendre homme du peuple. Il affichait sa fortune. Une vraie nouveauté. Et après six années passées à éviter cette ville comme la peste, Rosa en avait franchi les portes à peu près à la même heure que lui.

« Toi, pourquoi restes-tu là ? »

Rosa sourit aux deux gardes par-dessus la planche en équilibre sur ses genoux. Elle imaginait le tableau qu'elle offrait. Une jeune femme de petite taille, aux yeux sombres et aux cheveux noirs en bataille, le tout recouvert d'une douceur trompeuse. Sa robe de laine rouge avait été souillée par le voyage, et la sacoche en cuir qu'elle portait au côté était rapiécée par endroits, avec un grand besoin de l'être à d'autres.

Elle ne constituait pas une menace. Elle n'avait absolument rien de remarquable.

« Bon après-midi ! » gazouilla-t-elle en retournant les trois cartes pour en révéler la face. *Valet. Six. Dame.* « Quelle journée bénie ! Pouvez-vous croire notre chance ? D'avoir un tel homme parmi nous ? Oh, bien sûr que vous pouvez – vous le voyez sans doute tout le temps… »

Un des gardes rougit, pas l'autre. Rosa pourrait en tirer parti.

« As-tu vu une petite fille ? » demanda celui qui n'avait pas rougi. L'autre fixait les cartes qu'elle avait sous ses mains.

« Une petite fille ? J'en ai vu plein aujourd'hui. Bonneteau ? »

Cette apostrophe était destinée au garde fasciné, qui croisa son regard, stupéfait. Il était plus jeune que son collègue, peut-être même d'un âge équivalent aux 17 ans de Rosa. Déconcerté par cet intérêt soudain, il bégaya : « Je… euh… Je ne…

— Je vais vous apprendre à jouer », dit Rosa. Elle retourna les cartes et les mêla, puis les déplaça les unes autour des autres sur la planche.

« Elle n'était pas plus grande que ça », reprit l'autre garde, indifférent au jeu. Il plaça la main à la hauteur de sa taille. « Crasseuse. Mal habillée. »

Rosa mima l'étonnement. « C'est elle qui a attaqué Sa Sainteté ? » Ses mains continuaient à bouger très vite, et le plus jeune des deux hommes les observait, hypnotisé. « Je n'ai vu personne qui ressemble à ça. Mais c'était vraiment horrible. Quelle *excitation* ! Sa Sainteté a-t-elle été blessée ?

— Tu es sûre de n'avoir vu personne qui corresponde à cette description ? » demanda le garde sévère.

Rosa secoua la tête, levant les mains. Les cartes formaient une ligne parfaitement droite. « Sur la vie de Sa Sainteté, je jure n'avoir vu personne. Voyons, pouvez-vous trouver la Dame ? Où se cache cette reine ? »

Apparemment sans réfléchir, le jeune garde mit le doigt sur la carte du milieu. « Ricci ! » aboya son collègue, mais Rosa la retournait déjà pour révéler le visage impassible de la Reine de Coupes.

« Bravo, signore. Vous êtes doué. »

L'autre garde était à bout de patience. « Cette fille t'a embobiné, pauvre idiot ! Cesse d'écouter son boniment. Nous perdons notre temps. » Sans un mot de plus, il partit vers l'autre bout de la Piazza, où un attroupement persistait sous la Loggia dei Lanzi. Dûment grondé, Ricci voulut le suivre.

« Signore, dit Rosa en ôtant avec soin la planche pour se lever. Tenez. » Elle lui tendit la reine. « Pour vous. »

Il avait déjà accepté la carte quand son cerveau réagit. « Vous n'en avez pas besoin ?

— Certaines choses valent un petit sacrifice. » La brise glacée montant de l'Arno avait rosi ses joues. Elle adressa un clin d'œil à Ricci, lui reprit la carte et la lui glissa dans la ceinture. « Ravie de vous avoir rencontré ! »

Rosa aurait aussi bien pu le frapper entre les yeux avec une hache. Il battit des paupières, la tête vide, jusqu'au moment où…

« Ricci ! » Le garde grognon semblait pris d'une rage folle. Le jeune homme se retourna brusquement, inquiet, et courut rejoindre son collègue, trébuchant dans sa hâte. Rosa continua à battre ses cartes tout en les regardant s'éloigner, Ricci tête baissée sous la réprimande de son partenaire.

« Ils sont partis ? »

La voix était étouffée par les épaisseurs de jupes de Rosa et la planche en bois qu'elle avait appuyée au piédestal de la statue. Rosa ne risqua pas un regard vers la fillette accroupie derrière elle. Elle devinait à l'odeur que l'enfant n'avait pas su profiter de son outre remplie d'eau pour se nettoyer de la boue ou de Dieu sait quoi d'autre qui lui maculait les mains.

« Chut ! » Ricci avait réussi à interrompre le sermon que lui infligeait son collègue et ils interrogeaient à nouveau les badauds massés sous la Loggia. Ils avaient jeté leur dévolu sur un autre malheureux, et disparurent enfin. « Oui, répondit-elle. Mais ne te montre pas avant de t'être lavé les mains. » L'eau se mit aussitôt à éclabousser les pavés, et Rosa réprima un sourire.

C'est tout naturellement qu'elle avait dissimulé la petite fille quand elle l'avait vue surgir de la foule, les mains crasseuses et le visage terrorisé. Elle ne pouvait pas avoir plus de 8 ans, et Rosa avait bien des souvenirs de méfaits similaires commis au même âge – mais aucun ne concernait le pape.

La fillette se montra, l'air tout penaud. Elle rendit l'outre vide avec un petit signe de tête. « Merci, signorina.

— Je t'en prie », répondit Rosa en essuyant discrètement l'outre sur sa jupe, avant de la rattacher à son sac. Il y eut une soudaine agitation du côté de la Loggia dei Lanzi. *Quelqu'un* – peut-être un jeune garde portant l'uniforme d'une des plus prestigieuses familles de la noblesse florentine – semblait avoir égaré sa bourse. Rosa hissa son paquetage sur ses épaules. « Viens, il est temps de partir.

— Vous avez des ennuis, signorina ? » L'enfant marchait sur les talons de Rosa alors qu'elle s'engageait dans une des nombreuses rues latérales. « Ils ne vous ont pas vue me cacher.

— Ils ne m'ont pas non plus vue voler la bourse de ce garde. Mais il ne leur faudra pas longtemps avant de se décider à revenir sur leurs pas.

— Vous l'avez laissé gagner à ce jeu, n'est-ce pas ? »

La fillette contemplait Rosa d'un œil affûté, avec une intelligence aiguisée par la nécessité. « Bien sûr, rétorqua Rosa. On laisse toujours gagner la première partie, au bonneteau. Peut-être même les deux ou trois premières.

— Pourquoi ?

— Pour qu'ils croient avoir compris. Ensuite, tu peux leur demander de parier ce que tu veux, et ils acceptent. Et là, tu n'as plus qu'à prendre leur argent. » Elle donna un coup de coude à la petite. « Tu n'aimerais pas mieux t'en aller avec un florin d'or plutôt qu'avec une seule lire ?

— Hmm. Mais ce jeune homme semblait gentil. » Elle ne paraissait pas bouleversée pour autant.

« Il l'était peut-être, dit Rosa. Maintenant, il est gentil et pauvre. Au moins il n'a pas perdu son poste.

— Les gens gentils ne font pas long feu, avec les Medici.

— J'ai l'impression qu'il ne va pas avoir la vie facile. » Rosa s'arrêta et regarda autour d'elle. Leur course les avait conduites à plusieurs rues de la Piazza della Signoria, et la foule s'était réduite à un flot plus gérable de riches piétons et de marchands. C'était un bon quartier, mais ce côté-ci de l'Arno était la bonne partie de la ville. Rosa examina les bâtiments peu familiers et se maudit d'avoir évité Florence aussi longtemps.

Elle savait où elle se trouvait. Elle *savait* qu'elle le savait. Six ans auparavant, elle aurait pu arpenter ces rues les yeux bandés. Florence avait été pour elle un second foyer, une école, un lieu de travail, *tout*. Mais à présent, sourcils froncés, Rosa étudiait les boutiques, les banques et les églises, qui se dérobaient à sa mémoire.

« Quel est ton nom ? » demanda-t-elle à la fillette qui, encore tapie dans son ombre, n'avait pas l'air de savoir si elle avait le droit de la quitter. L'enfant hésita, ayant subi le dur apprentissage de la rue. « Très bien, comment puis-je t'appeler ?

— Vous pouvez m'appeler… Cat.

— Cat. Je te donne deux lires si tu me montres le chemin. »

Cat écarquilla les yeux. « Pour aller où ? voulut-elle savoir, encore prudente.

— Connais-tu l'apothicaire ? »

Son visage fut déformé par la perplexité. « L'apothi…

— Agata de Rosso. Connais-tu la boutique d'Agata de Rosso ? »

Cat s'illumina aussitôt. « Ah ! Vous cherchez la sorcière ! »

Deux lires, c'était beaucoup trop pour un simple itinéraire, et Cat se chargea personnellement de guider Rosa à travers les rues affairées du centre de la ville, tout en lui offrant un commentaire bavard qui, avec un peu de chance, était à moitié fiable.

Rosa se concentra pour ne pas écouter, et se réapproprier les contours de ce quartier. C'était un petit jeu mental auquel elle s'était livrée maintes fois, d'abord comme exercice pénible imposé par sa mère, et plus tard par réflexe, lorsqu'elle avait pris son indépendance. Le plan de Florence se dessinait dans son esprit, à grands traits, puis plus en détail, la réalité sordide s'infiltrant dans les brumes de la mémoire.

« Il s'agit seulement de rendre l'intangible *tangible* », lui avait expliqué sa mère avant qu'elle soit en âge de comprendre le sens de ces mots. Dans une soupente pleine de courants d'air, elles murmuraient dans les profondeurs de la nuit, penchées au-dessus d'une chandelle. Il n'y avait aucune raison de parler tout bas – elles étaient hélas seules dans la maison, depuis l'enterrement du père de Rosa. Mais comme ni l'une ni l'autre n'arrivait à dormir, elles s'étaient mises à se retrouver sous les poutres grinçantes du grenier à l'heure où le soleil n'était plus qu'un lointain souvenir et ne reparaîtrait pas avant longtemps à l'horizon.

Elle se représentait encore les yeux de Lena Cellini brillant à la lueur de la chandelle, tristes et malins. « On comprend un endroit comme on comprend les gens », avait-elle dit, et Rosa avait acquiescé comme si elle savait de quoi parlait sa mère. « La première fois qu'on rencontre quelqu'un, ou qu'on découvre un lieu, ce n'est qu'une esquisse à la craie. Un petit papier découpé. Rien pour remplir l'intérieur. » Elle avait saisi sa fille, l'avait chatouillée, et Rosa avait couiné, oubliant de se taire. « Mais ensuite, on apprend à les connaître, et cet espace vide se remplit de souvenirs. Au lieu de n'importe qui, tu vois la femme du boulanger qui rit comme une oie. Au lieu de n'importe quelle rue, tu vois l'endroit où tu t'es écorché le genou. Mais il y a une ruse. »

Les yeux de Rosa avaient dû s'ouvrir aussi grand que son visage entier. « Laquelle ? »

L'expression de Lena était devenue solennelle, observant Rosa dans leur sanctuaire. Seules, ensemble. « Voudrais-tu apprendre ? » avait-elle demandé, mais la question ne se bornait pas à ce seul point : il s'agirait de *tout* apprendre.

À présent, en suivant une petite fille assez sotte pour lancer de la merde au pape, Rosa traçait les contours de Florence. Et Florence était envahie par la famille Medici.

Depuis un siècle, grâce à sa richesse et à son influence, cette famille tenait Florence sous son emprise, la modelant, littéralement, à son image. Sculpteurs, peintres, architectes – tous pouvaient attribuer leur réussite à la protection des Medici. Lorenzo, l'un des derniers patriarches, avait été particulièrement prolifique dans ce domaine, sa générosité lui valant le titre de Lorenzo il Magnifico – Laurent le Magnifique –, ainsi qu'un héritage culturel connu dans le monde entier.

Bien sûr, cet héritage ne pourrait protéger la famille éternellement. Après la mort de Lorenzo, des pertes militaires croissantes avaient entraîné l'exil des deux derniers rejetons du clan Medici : son fils Giovanni et son cousin Giulio, alors âgés de 19 ans et 16 ans. Pendant des décennies, ils avaient été bannis de cette ville qu'ils considéraient comme leur appartenant de droit, et leur indignation vertueuse s'était accrue chaque année. Dans le même temps, Florence avait trouvé la paix et la prospérité sans eux, s'épanouissant en une *Repubblica Fiorentina,* la république florentine, libre et démocratique. Il s'avérait que la ville n'avait pas besoin des Medici pour être glorieuse.

Mais les cousins exilés n'avaient pas voulu accepter cette nouvelle réalité. Ensemble, ils avaient comploté pour reprendre Florence au nom de leur famille. Le temps de mener à bien ce projet, Giovanni avait conquis la robe écarlate de cardinal. Il y a cinq ans, soutenus par la puissance de l'Église, lui et son cousin avaient rassemblé une armée afin de soumettre la ville à leur volonté.

Cette transition ne s'était pas faite sans verser le sang, même si le pire avait été épargné à la ville elle-même. L'honneur d'offrir un exemple douloureux était retombé sur d'autres épaules, moins chanceuses. Après tout, pourquoi les Medici auraient-ils voulu casser le jouet qu'ils s'étaient donné tant de mal à récupérer ? La ville avait donc été contrainte d'accueillir à bras ouverts ses patriarches prodigues. Giovanni avait escamoté son nom de famille pour devenir le pape Léon X, et Giulio avait repris le rôle de cardinal laissé vacant par son cousin. Mais s'il fallait se fier aux affiches vindicatives et à la boue jetée sur le carrosse du pape, le retour au pouvoir des Medici était loin de faire l'unanimité.

Rosa frissonna. La dernière fois qu'elle était venue à Florence, c'était au temps de la République. Elle sentait maintenant les doigts froids de ce souvenir lui effleurer la nuque alors qu'elle marchait derrière Cat, revoyant la ruelle où Lena avait battu aux dés des employés de banque, sans dépasser le nombre de parties au-delà duquel ils se seraient fâchés ; l'église de Santa Maria Maggiore, où sa mère avait passé quelques journées fort agréables à raconter des histoires de fantômes sur la pauvre femme emmurée vivante, tandis que Rosa s'esquivait avec l'argent de l'auditoire ; la taverne où Rosa avait volé une gorgée de genièvre et vomi sur le seuil.

Des fantômes, partout des fantômes. Mais elle s'y attendait. Elle pouvait l'accepter. Par chance, ils étaient de plus en plus rares à mesure que Cat l'entraînait loin du centre de la ville, avant de s'arrêter devant une boutique glissée entre une sellerie et une épicerie.

« La Sorcière », annonça Cat en pointant le doigt. Rosa offrit à l'enfant une lire de plus.

« Évite les Medici, lui conseilla Rosa. À moins que tu aies prévu une issue.

— Promis, mentit évidemment Cat. Bonne chance avec vos tours de cartes ! »

Et elle s'en alla, fonçant si vite que Rosa vérifia qu'elle avait encore sa bourse. Sûre de ne pas avoir été détroussée, elle tourna son attention vers la Sorcière.

Par opposition à la pagaille familière du centre, l'échoppe d'Agata de Rosso était un repère intemporel. Même l'enseigne n'avait pas changé – mais, bien sûr, la dernière fois qu'elle l'avait vue, Rosa avait quoi… 10 ans ? 11 ans ? Elle était assez jeune pour avoir oublié des détails importants. Mais le lettrage était le même, les motifs aussi, les couleurs aussi…

Apothicaire. Quelqu'un avait dû repeindre ce mot récemment. Rosa doutait qu'Agata s'en soit chargée, mais après tout, Agata avait toujours été entourée de toute une équipe de personnes qui lui étaient redevables. La liste des raisons pour lesquelles on pouvait avoir besoin d'un apothicaire était longue et humiliante. Maladies intimes, grossesses indésirables, potions et poudres… Il devait lui être facile de forcer un de ses clients à consacrer un après-midi à refaire une beauté à sa devanture, surtout si cela signifiait qu'un proche de cet individu continuerait à ignorer telle ou telle information sensible…

Rosa était à deux doigts d'imaginer une situation autour de l'expression *jouer avec le feu* quand une petite explosion survenue dans la boutique le fit à sa place. Sans hésiter, Rosa entra, notant vaguement qu'une cloche tintait alors que la porte se refermait derrière elle.

L'intérieur de la boutique était une masse de fumée et d'ombre, si obscure que Rosa ne vit pas le long comptoir en bois avant que sa hanche ne s'y cogne violemment. Elle ravala un juron et plissa les yeux en toussant dans la pénombre. Elle distinguait toutes sortes d'étagères et de paniers garnissant le mur derrière le comptoir, source de l'étrange odeur de terre et de plante qu'elle détectait à travers la puanteur âcre de substances carbonisées.

Un bruit retentit dans l'arrière-boutique. « Agata ? héla Rosa. Vous êtes encore en vie ?

— Ne pose pas de questions bêtes, fut la réponse irritable et croassante qui émergea du nuage de fumée. Arrête de tousser. Quelle comédie. J'arrive, j'arrive. Et n'ouvre pas la porte. »

Rosa essuya sur sa manche ses yeux ruisselants. « Que je *n'ouvre pas* la porte ? »

Une petite silhouette voûtée se déplaçait dans l'obscurité, traînant les pieds vers Rosa. Lentement, une vieille femme apparut dans la lumière de l'après-midi.

Comme l'extérieur de la boutique, Agata de Rosso était figée dans le temps. Elle était pareille au souvenir que conservait Rosa : septuagénaire, les cheveux gris frisés, des brins d'une herbe non identifiée coincés derrière les oreilles. Une paire d'épaisses lunettes perchées sur son nez, cerclées d'un solide métal noir. Sa robe, de bonne facture, était couverte de suie et de traces de brûlures, reflétant l'estime en laquelle la tenaient ses clients et le prix qu'Agata accordait à cette estime.

« C'est exact, dit-elle, soumettant Rosa à une inspection qui la rendit nerveuse. Les voisins font toute une histoire à cause de la fumée. Ils menacent d'appeler les gardes de la ville contre moi.

— Je doute fort qu'un seul garde à Florence ose *vous* arrêter, signora de Rosso.

— Hmm. Charmant. » Agata plaça ses lunettes dans ses cheveux. « Tu parles comme ta mère. »

Rosa sourit. « Vous vous souvenez de moi ?

— Les gens ne changent pas, signorina Rosa. Ils deviennent juste plus grands et plus gros. Prends cette caisse. Elle est trop lourde pour mes vieux os. »

Les vieux os d'Agata semblaient plus que capables, mais dans son propre intérêt, Rosa ne formula aucun commentaire. Elle suivit l'apothicaire, portant avec soin l'encombrante caisse en bois qu'avait désignée Agata et écoutant brinquebaler son sinistre contenu.

« Pose-la ici. » Agata indiqua la table au plateau en marbre adossée au mur, et Rosa se délesta de la caisse aussi délicatement que possible. « Ne sois pas si embarrassée, ma fille, elle ne va pas te mordre. Ouvre-là, ouvre-là… Rah ! » Mécontente de la lenteur de Rosa, Agata vint soulever elle-même le couvercle. À l'intérieur, des rangées de fioles en verre scintillèrent à la lueur du feu de cheminée. « Prends-les deux par deux, comme ceci. » Agata lui montra l'exemple, attrapant deux flacons au hasard. « Attache-les ensemble avec de la ficelle, puis passe-les-moi. Tu peux faire ça ?

— Oui, répondit Rosa, sans trop savoir comment elle avait été enrôlée au service d'Agata, mais réticente à se plaindre, de peur d'une autre explosion.

— Bien. » Agata repartit vers la table à tréteaux, voisine de la cheminée, et s'empara d'un mortier et d'un pilon. Le granit frottait contre le granit avec une telle force, que Rosa en grinçait des dents. « Et pendant que tu fais ça, rappelle-moi à quand remonte la dernière fois que je t'ai vue. Cinq ans ?

— Six. » Rosa noua un bout de ficelle et posa deux flacons attachés.

« Six ans sans que tu passes, commenta Agata. Est-ce ainsi que ta mère t'a appris à vivre ?

— Vous devrez lui demander quand vous la verrez. Elle est retenue à Vérone pour le moment. Il y avait du travail et puis, il y avait un homme. Mais déjà avant Vérone, nous travaillions séparément depuis un certain temps.

— Ah oui ? » Agata inspecta Rosa de près. Il y eut un long silence avant qu'elle ne reprenne la parole. « C'est bien. Une femme devrait être capable de se débrouiller seule dans le monde. Mais quand même. La prochaine fois que tu la verras, tu lui rafraîchiras la mémoire : elle me doit dix florins, et ce n'est pas ma faute si elle ne sait pas tricher à la bassette. »

Rosa ficela deux autres fioles. « J'aime ma mère, signora, mais vous auriez plus de chances si vous tentiez d'escalader le Monte Pisano sans jambes. » Elle tendit à Agata le résultat de ses efforts. « À quoi sert tout ça ? »

Le sourire d'Agata montrait un peu trop de dents. « Oh, ce sont mes spécialités, dit-elle.

— Oui, mais à quoi servent-elles ?

— Aux urgences. Laisse-les sur les tréteaux quand tu auras fini – pour l'amour du ciel, ne *touche* à rien…

— Non, non. » Les flacons furent placés en sécurité, sans nouvel incident incendiaire, et quand Rosa leva les yeux, elle vit Agata qui l'épiait de son œil d'aigle tout en maniant le pilon distraitement. « Quoi ?

— Comment ça, “quoi” ? rétorqua Agata. La fille de Lena Cellini débarque après Dieu sait combien d’années, rien que pour rendre visite à une vieille dame ?

— À l’amie très chère de ma mère. »

Le rire d’Agata sonna comme un froissement de vieux cuir. « Je suis sur cette Terre depuis trop longtemps pour croire à ces sornettes. Vas-tu continuer à me faire perdre mon temps ? Pourquoi es-tu ici ?

— Je cherche Sarra. »

Agata devait s’y attendre, car elle n’eut aucune réaction. « Elle n’est pas ici, dit-elle, son geste excessif embrassant tous les recoins enfumés de la boutique.

— Savez-vous où elle est ? »

La vieille apothicaire vida sur la table le contenu de son mortier, une pâte vert-de-gris qui fit éternuer Rosa. « Que mijotes-tu, ma fille ? Tu empestes les ennuis.

— Vous le saurez bientôt. Promis. Je ne vous le demanderais pas si ce n’était pas important. » Il y eut un léger *clink* quand Rosa déposa la pièce d’or luisante sur le marbre à côté du mortier d’Agata. « En remboursement partiel de la dette de ma mère », précisa-t-elle.

Lorsqu’Agata vit la pièce, ses mains s’immobilisèrent, rien qu’un instant, puis se remirent à s’agiter, plongeant dans les sacs d’herbes et de poudres pour en jeter quelques pincées dans le mortier à présent vide. Elle travaillait sans regarder Rosa. Et elle ne la regarda pas davantage lorsqu’elle parla.

« J’ai entendu raconter que vous vous êtes installées à Prato, Lena et toi. »

La mâchoire de Rosa se serra derrière son sourire. Elle poussa l’or plus près d’Agata. « Je vous en prie, signora. »

Il y eut une longue pause. Et soudain, presque trop vite pour que l’œil de Rosa suive, la pièce disparut dans la bourse d’Agata. « Dans le quartier d’Oltrarno, finit-elle par concéder. Mais tu ne la trouveras pas là-bas maintenant. » *Poc,* quelque chose de vert et qui sentait le pin tournoya sous le pilon.

« Agata.

— Il paraît que… ces derniers temps, elle a… de mauvaises fréquentations. » *Plouf,* Agata versa un peu d'eau dans son mortier, puis recommença à broyer les ingrédients.

Rosa haussa un sourcil narquois. « Jamais une Nepi ne côtoierait des *criminels.* »

Agata parut vouloir l'écorcher vive. « Bien sûr que ce sont des *criminels,* déclara-t-elle sur un ton qui aurait suffi à arracher l'écorce d'un arbre. Mais des criminels d'un mauvais genre.

— Violents ?

— Pire que ça, dit Agata en faisant tourner son mortier avec une malveillance particulière. Stupides. »

3

SARRA

« D’ici, je pourrais lui faire sauter la tête. »

Sarra sentit augmenter la palpitation dans ses tempes.

« Je pourrais l’atteindre en plein dans *l’œil*.

— Un peu moins fort, Maître Spinelli ? demanda Sarra. Si vous voulez bien. »

Mais Alberto Spinelli n’avait jamais cru souhaitable d’écouter les bons conseils qu’on lui donnait. Il se pencha encore un peu plus en avant du toit, la visée de l’arbalète contre son orbite. Dans le bâtiment d’en face, l’objet de sa fascination – un garde – bâillait contre un mur. « D’où tires-tu des idées pareilles ? »

Il allait tomber et se rompre le cou. Ou bien il les ferait repérer et peut-être poignarder, fusiller ou pendre pour faire bonne mesure, et Sarra aurait bien du mal à justifier cela à Pietro. Cette soirée n’était vraiment pas censée se dérouler ainsi. Avec précaution, Sarra reprit son arbalète des mains d’Alberto. « Je vous en prie, Maître Spinelli. Si nous pouvions nous concentrer sur notre tâche… »

Alberto ne se concentra pas. « Quand nous aurons fini, penses-tu que je pourrais t'emprunter ça ? Ma femme dit que ce n'est pas à cause du colporteur de Modène qu'elle m'a mis à la porte, mais… »

Elle inspira profondément et vérifia l'arbalète, au cas où la façon maladroite qu'il avait eue de la tenir aurait causé des dégâts irréparables. À côté d'elle, Alberto proférait un flot ininterrompu d'inepties, maugréant au sujet de l'infidélité de son épouse, de sa nouvelle charrette, ou encore de sa facture croissante dans les tavernes. Il n'y avait pas moyen de le faire taire. Cette mission avait été conçue par Alberto : il avait choisi la cible, le mode opératoire, l'équipe. Sarra ne pourrait passer à l'action que quand on le lui ordonnerait.

« Vois-tu le garde ? chuchota Alberto.

— Attendez une seconde. » Elle aligna les viseurs. Le garde était bien là… il pissait contre le bâtiment d'en face. La famille Pazzi aurait dû investir dans de meilleurs services de sécurité.

La sagesse aurait voulu que Sarra Nepi, à 16 ans, se trouve à un tout autre endroit que sur ce toit humide et glacé. Elle n'aurait certainement pas dû porter les vieux habits de son frère, trop grands pour elle, sa natte de cheveux roux fourrée sous le bonnet le plus affreux possible. Et elle n'aurait *en aucun cas* dû fréquenter Alberto Spinelli, voleur à la réputation si abjecte que bien rares étaient ceux qui acceptaient de collaborer avec lui une deuxième fois.

Non, Sarra Nepi n'aurait pas dû être ici. Elle était la vertueuse sœur cadette d'un imprimeur respectable et instruit. C'était une fille bien. Pas une criminelle.

En revanche, Sarra la Bricoleuse… c'était une autre affaire. Depuis deux ans, ses inventions se répandaient dans tous les bas-fonds de la Toscane, et garnissaient sa bourse par la même occasion. *La moitié pour la Bricoleuse*, se répétait-elle, comme un mantra. *La moitié pour l'imprimerie. Et Pietro n'en saura jamais rien.*

Un mouvement derrière le garde qui pissait sur le toit des Pazzi attira son attention. Sarra saisit ce qui ressemblait à un couteau de poche, et qui était suspendu à sa ceinture. Lorsqu'elle l'ouvrit, ce ne fut pourtant pas une lame qui en jaillit, mais un ensemble d'outils déployés en éventail, tous rattachés au manche de chêne. Sarra choisit le minuscule tournevis, replia les autres instruments dans la poignée, et s'en servit pour faire tourner les petits cadrans en cuivre sur le viseur télescopique de l'arbalète. Quelque part à l'intérieur, des engrenages et des leviers s'enclenchèrent, et l'image devint plus proche, plus nette. Sarra distinguait à présent une silhouette vêtue de noir, qui se hissait sur le toit. L'homme, à la bedaine peut-être un peu trop ronde pour une telle ascension, tituba et s'avachit, à bout de souffle.

« Vittorio est en place, murmura-t-elle du coin de sa bouche.

— Tu vois ! jubila Alberto. Je t'avais dit qu'il en serait capable ! »

Elle ne quitta pas des yeux le lourdaud vêtu de noir, qui se trouvait de l'autre côté de la rue. La façon dont Vittorio vacillait lui fit froncer les sourcils. « Il est *ivre* ?

— Vittorio boit toujours une ou deux pintes avant une mission, l'informa Alberto. Ça lui calme les nerfs. »

Cela expliquait pourquoi Vittorio était la seule personne que Sarra avait rencontrée à avoir consenti à travailler avec Alberto plus d'une fois. Déplaçant l'arbalète, Sarra regarda dans le viseur alors que la maçonnerie blanchie à la chaux du palais des Pazzi devenait floue.

« Tu l'as ? » demanda Alberto. Comme toujours, sa voix était beaucoup trop sonore.

« Patience, Maître Spinelli », répondit Sarra, fière de si peu trahir sa frustration dans ses propos. Les années passées à mentir effrontément à son frère avaient rendu son visage impénétrable, et ce rustre d'Alberto Spinelli était loin d'avoir la perspicacité bourrue de Pietro Nepi. Le viseur de l'arbalète vibra et cliqueta alors qu'elle ajustait les cadrans, transformant une masse imprécise d'ombre et de lumière en…

Voilà.

L'image, devenue nette et brillante, révélait la salle à manger du rez-de-chaussée du Palazzo Pazzi. À travers les vitraux, Sarra discernait la lourde table en chêne, les chaises capitonnées à haut dossier, quelques bustes de marbre...

Et bien sûr, l'énorme chandelier suspendu au plafond.

Il était impressionnant, même pour Sarra, qui avait fabriqué un nombre certain d'objets impressionnants. Chacune des branches en fer forgé supportait trois bougies de cire d'abeille. Des pampilles en cristal jaillissaient du métal forgé, reflétant la faible lueur provenant de la rue. Ce lustre était aveuglant, même quand les bougies étaient éteintes. Sarra ne pouvait qu'imaginer combien il devait être éblouissant lorsqu'elles étaient allumées.

Dommage. Ils auraient dû l'attacher au plafond avec quelque chose de plus solide qu'une corde.

« Prête, dit-elle lorsque le morceau de chanvre tressé fut dans son viseur. Vittorio devrait agir dans trois... deux...

— Qui cambriolons-nous ? »

Le monde bascula. Et alors...

Sarra avait à nouveau 9 ans. Elle avait 9 ans et aurait voulu être plus âgée, car ses épaules arrivaient à peine à la hauteur de la table poisseuse de la taverne. À côté d'elle, affalé par-dessus sa chope encore pleine, Matteo Nepi était un bloc de chaleur, et Sarra s'appuyait au flanc de son père, comme pour absorber un peu de son chagrin secret.

« C'est beaucoup moins bruyant maintenant qu'il est parti. » Face à eux, Lena Cellini était perchée de travers sur son banc, les yeux rivés sur le reste de la clientèle. « Et ne me fais pas croire qu'il ne te manque pas. » Elle fit tinter sa chope contre celle de Matteo.

La petite fille assise près d'elle était le double de Lena, et observait le monde avec un intérêt qui le mettait à nu. Ce regard était plus brut, moins exercé que celui de sa mère, mais Rosa conservait les yeux levés alors même que ses mains remuaient à la vitesse de l'éclair, retournant sans cesse trois cartes sur la table, si rapidement qu'elles étaient floues. Quand elle s'arrêta enfin, ce fut pour regarder Sarra avec un sourcil haussé, son intelligence dissimulée sous une passivité qui mettait Sarra – qui mettait *quiconque* – au défi de la sous-estimer.

Le secret, au bonneteau… Bonneteau…

« Si ce gamin était resté un jour de plus, je pense que nos cris auraient ameuté tout le quartier, avait grommelé Matteo. Il est mieux à l'université. » Sarra avait alors ressenti un grand vide, et s'était rapprochée de son père. Sans baisser les yeux vers elle, il lui avait serré les épaules. « Et ce n'est pas comme si je me retrouvais seul, à dépérir. »

Réconfortée par ces mots, Sarra s'était penchée pour choisir une carte. Elle fut retournée avec cette même vitesse de vipère. *As d'Épée.* « Tu as triché ! avait explosé Sarra.

— Ma petite arnaqueuse ! » s'était exclamée Lena, enveloppant sa fille dans une embrassade exagérée. Couinant et gloussant, l'enfant avait disparu dans les manches et les cheveux de sa mère. « Rappelle-toi ceci, avait dit Lena par-dessus la tête de sa fille. Le secret, au bonneteau, c'est de ne jamais regarder les mains du maître du jeu. Si tu veux avoir la moindre chance de gagner, regarde son *visage*. » Sarra avait acquiescé, sa déception bientôt atténuée sous l'assaut des taquineries de Lena, des protestations sans conviction de Rosa et de la proximité de son père. Tout cela réuni réduisit la solitude qui lui rongeait le ventre, et lui rappela que, même si Pietro était loin, elle avait encore de la famille autour d'elle.

Lena avait dû lire tout cela sur le visage de Sarra, car elle s'était baissée vers elle. « Tu me le diras, si ton père se fait du mouron, hein ? demanda-t-elle dans un murmure sonore de conspiratrice. En une demi-seconde, on fera sortir ton frère de sa fichue école.

— Assez. » Matteo lui avait lancé une miette. « Je vais bien. N'avons-nous pas de la besogne à abattre ? »

Lena s'était redressée. « Encore une fois », avait-elle dit à sa fille, et les cartes avaient repris leur danse. Sarra fixait obstinément le visage de Rosa, tandis que le sourire chaleureux de Lena s'affûtait.

Qui cambriolons-nous ?

À présent, sept ans et une vie entière plus tard, le doigt de Sarra se relâcha sur la détente. Elle ne détacha pas les yeux de son arbalète, de peur que sa mémoire ne lui joue des tours et que ce n'était pas le fantôme de Lena Cellini qui rampait à côté d'elle sur ce toit de tuiles.

« Francesco Pazzi, répondit Sarra.

— C'est quoi ce bordel ? » s'étonna Alberto.

Sans la voir, Sarra devina que Rosa Cellini haussait un sourcil. « Intéressant.

— Qui es-tu, toi ? demanda Alberto.

— Tu vas faire tomber le lustre ? » s'enquit Rosa.

Sarra réprima un rire hystérique. « Pour détourner l'attention.

— Pour les gardes ?

— C'était l'idée. Faire descendre tous ceux qui risqueraient d'entendre quelque chose au rez-de-chaussée. S'introduire à l'étage.

— C'est un peu tapageur. »

Sarra désigna Alberto d'un signe de tête. « Il aime le tapage.

— Mais *bon sang, qui es-tu* ? répéta Alberto.

— Ah, fit Rosa. Je vois ce que tu veux dire. »

Sur le toit du Palazzo Pazzi, Vittorio avait été forcé de jouer à un cache-cache éméché avec le garde, qui n'avait toujours rien vu. Tandis que Sarra guettait, le voleur se réfugia à l'ombre d'un pignon au moment où la ronde du garde l'amenait dans ces parages, restant hors de vue.

C'était presque trop beau pour être vrai, mais… « Tu es… de retour ? demanda Sarra, en essayant de ne pas révéler à quel point elle se sentait lamentable.

— J'ai une mission à te proposer. »

Ce n'était pas la réponse à la question de Sarra. « Une mission ? répéta-t-elle, avant de regarder enfin Rosa. Après…

combien d'années ? Tu ne viens pas à l'enterrement de papa, mais tu te pointes quand tu veux me proposer une *mission* ?

— Eh ! » Alberto s'interposa entre les deux jeunes filles. Sarra tressaillit et se redressa sur ses genoux, sentant le rebord de chaque tuile à travers ses chausses. « Elle a *déjà* une mission. »

Rosa se pencha et regarda Sarra de l'autre côté des jambes d'Alberto. « Qu'en dis-tu ? »

Bonneteau.

Sarra n'avait plus 9 ans, mais cela ne signifiait pas qu'elle avait oublié le conseil de Lena. Accroupie sur le toit, elle étudia le visage de Rosa, écartant les couches d'insouciance et de désinvolture. Les contours anguleux de l'enfance avaient été gommés comme au papier de verre. De même que la gentillesse et la frivolité, remarqua Sarra. Rosa s'était apparemment construite sur une solide base de calme froid, comme un glacier autour de ce qui, aux yeux de Sarra, ressemblait à une *colère* brûlante.

Le tout comprimé et maintenu en place par le sourire de Lena. Sarra frissonna.

« Pourquoi moi ? Je ne suis personne. Sauf si c'est pour une raison familiale...

— Si tu n'es personne, tu n'es pas cette Sarra la Bricoleuse dont j'entends dire monts et merveilles depuis deux ans. »

Rosa la manipulait. Sarra savait qu'elle était manipulée. Pourtant, se faire proposer une mission par une Cellini, par une personne qui pouvait concevoir mieux qu'un stupide vol avec effraction, par quelqu'un *avec qui* et non *pour qui* travailler...

Quelqu'un qui connaissait à la fois Sarra la sœur de l'imprimeur *et* Sarra la Bricoleuse. Quelqu'un dont la présence familière réchauffait un peu ces profondeurs solitaires qui n'avaient fait que se creuser au cours des dernières années...

« Une grosse mission ? » demanda Sarra.

Rosa sourit jusqu'aux oreilles. « Assez grosse pour financer l'imprimerie de ton frère jusqu'au Jugement dernier. La plus grosse de ta vie.

— Quelle est la cible ?

— Eh ! » C'était à nouveau Alberto, qui geignait cette fois parce que Rosa lui avait poussé si fort les genoux qu'il avait dû faire quelques pas en arrière pour ne pas tomber du toit. Sans un mot, elle tendit la main et, sans hésitation, Sarra lui confia l'arbalète.

« C'est local », expliqua Rosa tout en hissant le viseur devant son œil. Les rouages intérieurs vrombirent alors qu'elle faisait la mise au point vers un lieu éloigné. « Pas de dépenses à prévoir en logement et nourriture.

— Hmm. » *Bonneteau,* pensa Sarra.

« Et comme j'ai dit, le salaire sera énorme.

— Quelle. Est. La. Cible.

— On ne s'emballe pas. Tiens. » Elle rampa un peu plus loin afin que Sarra reprenne sa place et voie, les yeux plissés à travers le viseur…

Non.

« Tu as en effet dit énorme », articula Sarra d'une voix faible.

Le Palazzo Medici avait toujours été l'un des édifices les plus imposants de Florence, occupant tout un pâté de maisons, avec des murs menaçants et des lumières éclatantes. Il puait le pouvoir, la richesse et le *danger,* et dans la bouche de Sarra, toute la salive se dessécha, rien qu'à sa vue.

« Oui, confirma Rosa.

— Rosa, c'est du suicide !

— Ce sera un suicide si vous ne cessez pas de *discuter* et si vous ne *descendez pas de mon toit.* »

Ça lui avait pris du temps, mais Alberto ne supportait plus leur conversation. Il s'approcha à grandes enjambées, tirant un poignard de sa ceinture. De loin, Sarra vit que la lame était de médiocre qualité, bien que très brillante et affûtée. Malgré tout, les menaces d'Alberto n'éveillèrent pas le moindre intérêt chez Rosa.

« Pardon, mais qui êtes-vous ?

— C'est la question que je *te* pose depuis *cinq bonnes minutes,* bon sang ! s'exclama Alberto.

— Je te présente Alberto, dit Sarra sans cesser de contempler le visage de Rosa.

— Alberto le Tapageur. Ravie de faire votre connaissance. »

Rosa se leva. « Je ne voudrais surtout pas critiquer, alors que nous venons d'être présentés... et je vois que vous avez tout prévu pour neutraliser la garde des Pazzi », fit-elle alors que Vittorio glissait sur une tuile détachée et faillit tomber dans une verrière. « Mais j'imagine que vous n'avez pas remarqué les patrouilles renforcées dans les rues ? » Il y eut un instant de silence, tandis que l'expression d'Alberto oscillait entre la fureur et la confusion. « Non ? Avec le retour de Sa Sainteté à Florence, il suffirait d'un incident un peu tapageur, comme un lustre qui s'écrase inexplicablement en pleine nuit dans une demeure fortunée, par exemple, pour que le quartier soit rempli de gardes en quelques minutes. Vous n'auriez pas le temps de descendre de ce toit, et votre homme là-bas aurait encore moins le temps de saisir quoi que ce soit de valeur et de s'enfuir. » Elle haussa les épaules. « C'est juste une remarque. »

Sarra dévisagea Alberto. « Vous n'y aviez pas réfléchi ? »

Alberto se recroquevilla sur place. « Je... »

Un cri lointain résonna de l'autre côté de la rue. Alberto et Sarra se retournèrent tous deux et virent le garde des Pazzi repérer – *enfin !* – Vittorio. Il tira la sonnette d'alarme de sa ceinture et l'agita, emplissant la nuit d'un *ding-ding-ding* retentissant. Dans la panique, Vittorio s'élança pour l'attraper par le col, et les deux adversaires s'écroulèrent dans une étreinte d'ivrognes, roulant sur le toit, cherchant à prendre le contrôle de la cloche du garde...

Comme Rosa l'avait prédit, la rue se mit à s'animer. Les gardes de la ville affluèrent dans ce quartier riche, attiré par la sonnette. En un clin d'œil, tout le pâté de maisons se mit à grouiller d'hommes arborant le rouge de Florence, tous munis d'une épée tranchante et bien décidés à l'utiliser.

« Ils vont fouiller toutes les maisons dans le coin, annonça Rosa, toujours avec un sourire charmant à l'intention d'Alberto.

Nous sommes pris au piège. À moins que vous ayez un moyen d'attirer leur attention ailleurs ? »

Alberto était pétrifié, subjugué par la scène, par le spectacle de son plan irréprochable qui se brisait en mille morceaux, par le bruit des protestations étouffées de la sentinelle des Pazzi alors que Vittorio lui plaquait une main sur la bouche. Et la garde de la ville qui se rapprochait.

« Pour l'amour du ciel », glapit Sarra. Son arbalète reposait encore sur le rebord du toit. Elle colla son œil au viseur et refit la mise au point sur sa cible.

« Qu'est-ce… Qu'est-ce que tu fais ? balbutia Alberto. Il faut qu'on… Il faut qu'on… »

Sarra appuya sur la détente.

Chez les Pazzi, la corde de chanvre retenant le lustre fut coupée lorsqu'une flèche de fer la transperça. Ce superbe luminaire percuta le sol carrelé avec un vacarme à réveiller les morts, et Sarra s'en voulut d'avoir détruit l'œuvre d'un camarade bricoleur.

« Là ! » cria l'un des gardes de la ville, et le flot d'hommes en rouge franchit la porte des Pazzi, courant vers la salle de bal. Pendant un moment, au moins, la rue se vida.

Rosa avait les yeux hilares quand Sarra la regarda à nouveau. « Il s'agissait bien "d'ameuter tout le quartier" », dit Sarra.

— Tapageur, répondit Rosa. On y va ?

— Je t'en prie.

— Qui *êtes*-vous ? » demanda Alberto, encore hébété. Mais Rosa le contourna simplement, se dirigeant vers la trappe ouverte dans le toit. Ramassant son sac, Sarra suivit, s'arrêtant le temps de rouler des yeux vers un Alberto resté bouche bée.

« Vous allez gober les mouches », observa-t-elle.

Elles quittèrent le toit et le bâtiment avant qu'Alberto ait pu obliger son unique neurone à réagir.

Le Palazzo Pazzi fourmillait encore de gardes de la ville lorsque Sarra et Rosa sortirent par l'arrière de la maison. Une fois dans la rue, Sarra n'eut aucun mal à marcher au même rythme que Rosa, qui avait toujours été moins grande, bien qu'elle soit plus âgée d'un an.

« Tu avais vraiment besoin d'être aussi sévère avec Alberto ? demanda Sarra, se débattant avec sa sacoche pour y faire rentrer son arbalète.

— C'était une question d'orgueil professionnel. Et de bon sens.

— Rosa.

— Quoi ? C'est un idiot.

— Il allait me payer.

— Avec quel argent ? Il n'en avait pas sur lui. Et si vous aviez tous été arrêtés, tu n'aurais rien eu à donner à Pietro. »

À la mention de son frère, Sarra eut l'estomac noué par la culpabilité. « Tu veux bien ralentir ? haleta-t-elle. L'une de nous deux transporte du matériel très fragile.

— L'une de nous deux ne veut pas *donner l'impression* qu'elle transporte du matériel très fragile », riposta Rosa, mais elle ralentit alors qu'elles arrivaient au bout de la ruelle. Au-delà, sur l'étroite Piazza degli Antinori, deux gardes vêtus des couleurs de Florence passèrent en courant. Sarra et Rosa s'immobilisèrent, à moitié visibles sous le clair de lune qui filtrait entre les hauts bâtiments.

Mais les gardes continuèrent à foncer tête baissée, courant sur les pavés et s'engouffrant dans la rue voisine. Le silence se prolongea, tandis que Sarra écoutait le brouhaha émanant du lieu du cambriolage auquel elle aurait dû participer. Elle réussit enfin à fermer son sac.

« Je n'étais pas sûre que tu reviendrais un jour », dit-elle. Rosa suivait encore les gardes des yeux. « Tu m'as manqué. Tu nous as manqué à tous les deux. » Rien n'indiquait que son amie l'avait entendue. « Rosa. »

Rosa lui accorda une demi-seconde d'attention. « Moi aussi, je suis contente de te revoir. »

L'heure des embrassades semblait avoir sonné. Sarra était prête à accueillir celle que, toute sa vie, elle avait considérée comme une sœur. Mais Rosa se focalisait uniquement sur la Piazza, et Sarra capitula avec un soupir, déplaçant sa sacoche sur son épaule. « Donc, reprit-elle. La famille Medici. »

Cela, au moins, suscita une réaction. « C'est une cible aussi bonne qu'une autre, répondit Rosa, l'innocence désinvolte ruisselant de chaque syllabe.

— Pas aussi bonne, corrigea Sarra. Ils sont pires. Ce sont *les* pires. »

Les yeux de Rosa étaient deux lacs noirs dans la nuit. « Si tu ne veux pas en être, je comprendrai.

— Je n'ai jamais dit ça.

— Bien. Parce que tu me suis à travers la Toscane depuis deux ans. Partout où je suis allée, avec tous ceux que j'ai rencontrés, ce n'était que *Sarra la Bricoleuse* par-ci, *Sarra la Bricoleuse* par-là. Apparemment, tu es la meilleure qui existe. Et encore, tu n'as jusqu'ici travaillé que pour des crétins comme Alberto. » Rosa inclina la tête. « Ton frère doit être fier. »

La poitrine de Sarra se serra. « Il… ne sait pas.

— Quoi ? Sérieusement ?

— Et il ne serait pas ravi de savoir que tu es venue me proposer une mission suicide. » L'adrénaline chantait dans les veines de Sarra. « Parce que c'est bien de ça qu'il s'agit. »

L'expression de Rosa était un masque de glace, de ce froid qui s'accumule seulement au fil des siècles. « Je sais que ce sera un travail dangereux. Mais nous pouvons nous en tirer, et survivre pour ensuite dépenser notre argent. Simplement, je… » Elle soupira. « J'ai besoin de toi.

— Tu as bien réfléchi.

— Pendant cinq ans. Tu en es ? »

Oui ! criait chaque battement du cœur de Sarra. Mais un rythme morne offrait un contrepoint à cette exaltation. *Bonneteau, Bonneteau.*

« J'en suis, répondit Sarra. À une condition.

— Laquelle ?

— Jure-moi que c'est uniquement pour l'argent. Une mission aussi énorme ne doit pas avoir d'autre objectif. À l'instant où ça devient une question personnelle, on se condamne à l'échec. »

Rosa regarda droit dans les yeux de Sarra. « Uniquement pour l'argent. Je te le promets.

Sarra tendit l'oreille pour écouter les cris lointains des gardes de la ville envahissant le Palazzo Pazzi, puis inspira profondément. L'air frais de la nuit lui emplit les poumons, et elle se sentit soudain plus légère que depuis des années.

« Très bien. Allons cambrioler la famille Medici. »

4

ROSA

Le soleil peignait en rose l'intérieur des paupières de Rosa. Elle grommela, se renfonça dans son oreiller et releva la couverture par-dessus sa tête.

« Rosa. »

Quelque chose lui toucha le flanc. Ça ressemblait à la pointe d'une chaussure et, avec un sursaut, Rosa se rappela où elle était. D'un seul mouvement, elle se redressa, écarta ses cheveux hirsutes de son visage et plissa les yeux face au visage barbu et solennel de Pietro Nepi.

Chacun regardait fixement l'autre.

« À l'étage », gronda-t-il enfin de sa voix grave. Et il partit, montant l'escalier à pas lourds avant qu'elle ait pu réagir, les marches émettant des grincements sinistres au-dessus de la tête de Rosa. Avec un gémissement, elle se mit debout, découvrant la pièce dans la lumière du petit matin.

L'entrée du petit coin de paradis florentin de Sarra avait pour premier plan une enseigne en bois signalant IMPRIMERIE NEPI pour qui savait lire, avec la représentation d'une presse pour qui ne savait pas. C'était un îlot de respectabilité parmi les ruelles étroites et les devantures miteuses de l'Oltrarno, que le fleuve séparait des rues larges et des places spacieuses du centre-ville. Ceux qui habitaient le dédale de l'Oltrarno étaient des artisans et des ouvriers, qui y déployaient toute leur énergie, même à cette heure matinale.

Leurs cris et leurs rires étouffés accompagnèrent Rosa dans sa recherche d'une carafe d'eau, dans l'espoir qu'en se lavant le visage elle se sentirait un peu plus humaine. Elle se glissa à travers la boutique, dépassant l'unique table, les deux chaises… et la presse massive qui dominait l'espace restant. C'était un monstre de fer et de bois non verni, aussi haut que long. Une énorme plaque de bois reposait sous un cadre tout aussi lourd, auquel était suspendu ce qui était, finalement, un gigantesque tampon. Le bras en saillie sur le côté gênait la circulation, mais quelqu'un – Rosa soupçonna Sarra – y avait ajouté une charnière permettant de le relever quand la journée de travail était terminée. Une armoire sans portes, remplie de plateaux de lettres métalliques gravées et de signes de ponctuation dont Rosa ignorait même le nom, avait été laissée près de la presse. D'un doigt curieux, elle fouilla le contenu de l'un des plateaux…

« Rosa ! »

Le hurlement de Pietro ébranla le plafond aussi bien que l'avaient fait ses pas, et Rosa retira sa main. Tout à coup bien plus réveillée, elle repéra une carafe sous la fenêtre principale, se passa un peu d'eau glacée sur les yeux, et fila à l'étage avant que l'humeur de Pietro n'ait le temps de s'aggraver.

Les pièces situées au-dessus de l'échoppe étaient petites mais bien entretenues, et quand Rosa en franchit le seuil, elle se surprit à tenter de recoiffer ses cheveux en un chignon bas pour être en accord avec l'atmosphère générale. Chaque chaise, chaque table, chaque tenture murale avait bénéficié d'une réelle attention aux détails, jusqu'aux gonds huilés des portes. Ce qui attirait surtout l'œil, c'était la robuste série d'étagères fixées au mur, chargées de tant de livres et de rouleaux de papier que Rosa s'attendait à entendre le bois gémir sous leur poids. Cette collection surpassait sans doute toutes celles qui se trouvaient de ce côté-ci de l'Arno, et sa valeur l'emportait sur tout ce que pouvait contenir la pièce.

Mais c'était aussi une collection connue pour avoir disparu de la bibliothèque de l'université de Pise depuis trois longues années. Rosa s'abstint de toute remarque à ce sujet.

Sarra s'affairait devant la cheminée, ayant troqué ses chausses et son pourpoint pour une robe bleu foncé et un châle de laine. Ses cheveux cuivrés brillaient dans la lumière matinale tandis qu'elle mélangeait quelque chose au-dessus du feu. Somnolent et bougon, son frère était avachi à la table de la cuisine et leva à peine les yeux quand Rosa entra dans la pièce.

« Viens t'asseoir », l'invita Sarra, dégageant un enthousiasme forcé. Elle tenait une poêle contenant des œufs frits qu'elle jeta sur un épais tapis de chiffons, devant Pietro. « As-tu bien dormi ? »

De toute évidence, un orage se préparait entre Sarra et son frère, et Rosa ne voulait surtout pas poser de questions. Abandonnant le cas désespéré qu'étaient ses cheveux, elle se percha sur une chaise à côté de Pietro. « Je n'ai jamais mieux dormi. »

Pietro se contenta de secouer la tête et transféra la plupart des œufs dans une assiette qu'il poussa devant Rosa. « Vous n'êtes pas obligé..., commença-t-elle.

— Tu es un oiseau sans cervelle, Sarra Nepi », affirma Pietro, qui s'attaquait au reste de nourriture déposée dans son écuelle.

Dans son enfance, Rosa avait beaucoup moins côtoyé Pietro Nepi que Sarra : il était le grand frère perpétuellement exaspéré, l'étudiant sérieux, alors que sa sœur, elle, aspirait à devenir un escroc. Quand elle se souvenait de lui, elle se rappelait une odeur de reliures en cuir, de papier poussiéreux et d'encre séchée. Maintenant assise à côté de lui, Rosa put constater que cela, du moins, n'avait pas changé.

Rosa prit une première bouchée.

« C'est délicieux.

— Il y aurait eu davantage à manger hier soir, répliqua Pietro en veillant à ne pas regarder sa sœur. Si tu étais *montée à l'étage.*

— J'étais très bien dans la boutique, signore…

— Signore ! » Pietro s'écarta de la table avec un *tss* exprimant sa contrariété, et arracha le tisonnier de la main de Sarra. « Assieds-toi. Mange. Arrête de t'agiter. Tu me donnes le tournis. »

Sarra répondit en sifflant, trop bas pour que Rosa l'entende, mais Pietro riposta par un sarcasme et se mit à remuer des casseroles, tandis que sa sœur s'installait sur la chaise qu'il avait quittée. « Il est heureux que tu sois ici, dit Sarra. Vraiment. Il m'en veut parce que je t'ai fait dormir en bas hier soir.

— Je ne voulais pas vous réveiller en allant d'une pièce à l'autre, signore Nepi. »

Sarra rit. « Je le lui ai *expliqué*, et pourtant…

— Quand un membre de la famille revient de voyage, on reste éveillé pour l'accueillir, déclara Pietro sans se retourner. Et si mon père était en vie, il t'aurait jetée dehors pour m'avoir appelé signore. »

Rosa picora un peu de pain. « Tu es trop bon avec moi, soupira-t-elle avec sincérité.

— Pietro n'aime pas se souvenir qu'il est vieux, à présent, commenta Sarra en roulant des yeux.

— Pietro a beau être *vieux*, il peut quand même te jeter ce torchon à la tête », rétorqua-t-il du haut de ses vénérables vingt et une années. Rosa s'éloigna un peu de la table, gênée par ces chamailleries familiales et familières.

Pietro s'en aperçut peut-être, car il s'empressa de mettre ses chaussures. « Je descends à la boutique. Si tu restes une nuit de plus, au nom de Dieu, monte donc tes affaires.

— Merci, Pietro », dit Rosa. Il lui adressa un hochement de tête décidé, puis la porte claqua derrière lui.

D'un accord tacite, Sarra et Rosa attendirent que la presse d'imprimerie soit en marche au rez-de-chaussée pour débarrasser le petit-déjeuner. Sarra plaça les assiettes d'argile grossière dans un seau, tandis que Rosa hissait son sac sur la table. « Il était au courant, pour Matteo, non ? demanda Rosa en désignant la porte menant à l'échoppe. Pourquoi ne pas lui avoir parlé de ce travail ?

— J'ai promis à papa, répondit Sarra en s'essuyant les mains sur le torchon brûlé suspendu près de la cheminée. Sur son lit de mort, même. Il m'a dit : "N'entraîne pas ton frère dans ces histoires", et je ne pouvais pas vraiment refuser.

— Il ne s'agit pas seulement d'hier soir sur les toits ? Pietro ne sait rien non plus de la Bricoleuse ?

— C'est sans doute mieux ainsi, dit Sarra sans en sembler ravie. Tu te rappelles à quel point il détestait ça. Papa et lui se criaient dessus chaque fois que papa acceptait une mission. » Elle se tourna vers Rosa, le visage tendu. « Je ne sais pas, Rosa. Pietro n'a pas hérité de l'amour du désordre qu'ont les Nepi, c'est aussi simple que ça. Parfois, je pense que la seule bonne chose qui ait résulté de la mort de papa, c'est que Pietro a quitté l'université et a renoncé à toute cette politique. Il ne vit plus que pour l'imprimerie. » Rosa évita soigneusement de regarder la bibliothèque volée pendant que Sarra reprenait sa respiration, remuant les épaules. « J'ai promis qu'il n'en saurait rien, donc il n'en saura rien. Enfin. Tu as dit qu'il y avait des détails, ou bien on y va à l'aveuglette ?

— Fais-moi un peu confiance. » Rosa ouvrit son sac pour en tirer son bien le plus précieux : un cylindre de papier, d'aspect assez quelconque, enveloppé dans une toile cirée imperméable. Avec ses deux mains et beaucoup de respect, elle le posa sur la table.

Sarra souleva le coin d'un doigt précautionneux. Ses sourcils se haussèrent aussitôt vers la racine de ses cheveux. « Où diable as-tu obtenu ça ? » Rosa déroula suffisamment le papier pour révéler une signature en bas du document. Les sourcils de Sarra montèrent encore un peu, si c'était possible. « Non !? s'exclama-t-elle.

— Si.

— Tu t'es introduite chez l'architecte ? Et ensuite ? Tu lui as simplement demandé ses plans ?

— Ne sois pas bête, dit Rosa. Michelozzo est mort il y a quelques dizaines d'années. Je me suis introduite chez lui et j'ai demandé les plans à sa *petite-fille*. »

En silence, Sarra dévisagea son amie un moment. « Et elle te les a *donnés*, tout simplement ?

— Elle ne les aurait peut-être pas remis à Rosa Cellini, mais elle n'a été que trop heureuse de les confier à la fille d'un très vieil ami de sa famille.

— Ou du moins à ta meilleure imitation de ce personnage, je parie », marmonna Sarra. Elle lâcha le coin du rouleau de papier. « Donc quelle est l'idée ? On pourrait tenter les Colombes jumelles, mais avec une cible aussi grande…

— J'y ai réfléchi… cela exige du neuf. Tu as raison, la cible est trop grande pour que nous la frappions seules. » Rosa se tritura la lèvre. « Il nous faut un cheval de Troie. »

Sarra éclata de rire. « C'est ça oui ! » Puis elle vit l'expression de Rosa. « Tu es sérieuse ?

— Oui.

— On a du mal à en trouver un, même pour les missions les plus faciles. Et toi tu veux… pour *ça*… »

Rosa fut blessée par son ton. « Si tu préfères laisser tomber…

— Il ne s'agit pas de laisser tomber, Rosa, il s'agit de collaborer. Tu ne te rappelles pas comment ça fonctionnait quand nous étions enfants ? Papa insistait. Lena insistait. Papa insistait encore. Lena lui donnait un coup de poing sur le bras. Et puis ils passaient à autre chose. C'était leur façon de faire. »

Rosa grimaça. « Je ne vais pas te donner de coup de poing sur le bras.

— J'espère bien.

— Et j'ai quelqu'un en vue pour notre cheval de Troie.

— Tu… *Vraiment* ? Qui ?

— Je te le dirai. Mais pas tout de suite. Je dois encore y penser. L'approche sera…

— Délicate ?

— Pour le moins.

— Eh bien, en dehors de ce cheval magique, dit Sarra, alors que Rosa se demandait si elle n'allait pas lui donner un coup de poing sur le bras, combien de personnes ? »

C'était une question à laquelle son amie pouvait répondre sans hésiter, au terme de cinq années d'obsession. « Trois.

— Hmm. Il nous faudra des muscles, évidemment.

— Oui. Un acteur aussi. Et… un alchimiste. »

Sarra hocha la tête, songeuse. « Henrik Novak ? Il était sur ce coup, avec toutes les teintures, à Lyon…

— Empoisonné, répondit Rosa. De sa propre main. Un accident. Il y a huit mois.

— Oswald Albrecht ? Avec ses… instruments de démolition…

— Explosé.

— Ah, ces alchimistes ! soupira Sarra. Eh bien, si tu as déjà quelqu'un en vue…

— Agata, dit Rosa.

— Agata *de Rosso* ? » Sarra la regarda fixement. « Elle doit bien avoir *70 ans*.

— Mais elle est toujours en vie, répondit Rosa en haussant les épaules.

— Les sorcières sont difficiles à tuer, grommela Sarra. Très bien. Dois-je deviner qui tu as en vue pour les deux autres rôles ? Parce que tu sais aussi bien que moi qu'il n'y a réellement qu'une seule personne qui a les muscles nécessaires pour ce genre de travail.

— Oh oui, continua Rosa en souriant. Mais j'ai quitté Gênes en… mauvais termes, la dernière fois. Que penserais-*tu* d'aller rendre visite à Khalid ? »

Sarra émit un grognement. « Gênes est à quatre jours de route. Pietro va se poser des questions.

— Tu es la seule à pouvoir contrecarrer Traverio en conservant ta tête attachée à ton corps.

— Bien. *Bien*. J'en parlerai à Khalid. » Sarra se frotta le visage. « Ça fait deux. Qui sera l'acteur ? »

Rosa tressaillit. « Ça ne va pas te plaire. »

Un long moment s'étira entre elles tandis que Sarra examinait le visage de Rosa. Puis elle comprit. Elle fit un bond et partit vers l'autre bout de la pièce. « Non.

— Nous avons besoin de lui, protesta Rosa.

— Il est *dingue* !

— Il n'est pas *dingue*...

— On ne peut pas compter sur lui.

— On peut, si on lui propose assez d'argent.

— Il y a mille autres acteurs qui seraient plus...

— Mais ils ne sont pas Giacomo, conclut Rosa. Ce qui signifie qu'ils ne sont pas le meilleur. »

Voilà comment, quelques jours plus tard, Rosa se trouva dans la campagne des environs de Modigliana, à contempler un jeune couple aux yeux énamourés qui, ayant clairement déjà renoncé à la chasteté à l'abri d'une meule de foin isolée, échangeaient leurs serments devant Dieu, leur famille, la ville et un prêtre bienveillant aux sourcils broussailleux.

C'était une jolie petite église et une jolie petite cérémonie, tout bien considéré. Les mariés semblaient à deux secondes d'arracher leurs vêtements, au diable les convenances, mais Rosa pouvait imaginer pire début pour un mariage. Le curé était parfaitement inconscient des ondes de luxure joyeuse qui émanaient des époux, auxquels il adressait un sourire aimable tout en prononçant les formules latines familières, sonores et *interminables*. Assise au bout du dernier rang, Rosa s'enfonçait les ongles dans la cuisse pour résister à l'envie de dormir.

Finalement, à l'heure où il semblait que les jeunes mariés étaient prêts à envoyer promener la cérémonie pour repartir vers leur meule de foin, ou que la ville entière allait succomber au sommeil, le prêtre trempa ses doigts dans le calice d'or scintillant, traça le signe de croix dans l'air et renonça au latin. « Les vœux, croassa-t-il. Mon fils ? »

Le jeune homme serra les mains de sa bien-aimée contre sa poitrine. « Lucia, dit-il. Je me donne à toi devant Dieu. »

La jeune femme le contempla de ses yeux éclatants. « Je te reçois », répondit-elle, d'une voix qui indiquait combien elle avait hâte de le faire. Quelque part dans l'un des premiers rangs, une femme âgée qui avait les mêmes yeux et la même couleur de cheveux que la mariée émit un son désapprobateur. La jeune Lucia n'en sut rien, car elle regardait son futur époux lui glisser un anneau d'or au doigt, comme s'il lui offrait les clés du jardin d'Éden.

« Et maintenant, ma fille ? » suggéra le curé.

Lucia présenta à son tour un anneau d'or. « Je me donne à toi, dit-elle en passant la bague au doigt du marié.

— Je te reçois, susurra-t-il.

— Alors, en vertu du pouvoir qui m'est conféré par notre Seigneur, déclara le prêtre, je vous déclare… mari et femme. Vous pouvez – eh bien ! »

Il avait fallu que Lucia se jette au cou de son époux tout récent pour que le curé s'aperçoive de ce qui bouillonnait sous la surface depuis le début de la cérémonie. Il tituba, choqué, tandis que le reste de l'assemblée éclatait en un mélange d'acclamations bruyantes et de réprimandes horrifiées, et que Lucia tentait de procéder à l'ablation des amygdales de son mari avec sa langue.

Il y eut un instant de chaos avant que les jeunes mariés ne se séparent, écarlates et radieux, après quoi deux choses devinrent évidentes presque en même temps. La première était un vide tout à fait flagrant, là où s'était jusque-là tenu le prêtre bienveillant. La seconde était un vide non moins flagrant, là où s'était jusque-là trouvé le précieux calice d'or de l'église.

La vitesse à laquelle toute la noce se transforma en foule en colère était à mettre au crédit de la ville, et à l'autorité redoutable de Lucia. Les joues roses de plaisir de la jeune femme avaient viré à un rouge tomate furieux, renforcé par le fait épouvantable qu'un voleur avait profané le jour de son mariage, et la mariée n'avait pas perdu de temps pour répartir ses invités en plusieurs groupes, afin de fouiller les différents recoins du village. Déterminée à ne rien manquer du spectacle, Rosa se joignit à cette battue quand elle vit Lucia, le marié et quelques fermiers burinés se mettre en route ensemble.

« C'était une belle cérémonie, commenta-t-elle. Avant que... vous voyez. Jusque dans le moindre détail, le plus merveilleux mariage auquel j'ai assisté. Ces alliances !

— N'est-ce pas qu'elles sont merveilleuses ? se rengorgea Lucia, soudain moins virulente. Papa les a payés *deux florins*, vous savez.

— Merci d'être venue, dit le marié avec une pointe de confusion. Signorina...

— Allons donc, cousin ! protesta Rosa. Je sais que c'est une journée riche en événements, mais il faut toujours se souvenir de sa famille ! » Elle se pencha vers Lucia. « Voilà pourquoi il a de la chance de vous avoir désormais, pour lui rappeler les choses. »

Une étincelle d'affection illumina le visage de Lucia. « Federigo oublierait dans quelle direction il marche s'il n'avait pas ses orteils pour la lui indiquer.

— Il a toujours été comme ça. C'est héréditaire, j'en ai peur – notre tante était comme ça aussi.

— Bien sûr que je me souviens, déclara Federigo, soucieux de changer de sujet. Ces étés où nous courions à travers le jardin de tante Emilia ?

— Ses coquelicots ! s'exclama Rosa avec plus d'assurance. Je n'ai jamais rencontré une femme plus fière de... »

L'un des fermiers, un homme d'âge moyen aux ongles noircis de terre et à la moustache grisonnante, donna au jeune homme une tape sur les épaules. « Tu n'as rien de mieux à faire, le jour de ton mariage, que de parler à une femme avec qui tu n'es pas marié ?

— Mais… je…, bégaya Federigo.

— Ne vous en faites pas pour moi, signore, gazouilla Rosa. Je ne suis ici que pour débusquer cet affreux voleur avant qu'il ne récidive.

— Humph, grommela le fermier en l'examinant d'un regard sombre.

— Regardez ! » Ennuyée par cet échange, Lucia scrutait les alentours d'un œil de détective. Elle désignait maintenant une maison penchée qui s'enfonçait dans la campagne environnante…

Et le calice doré de l'église, perché au sommet d'un tonneau près de la porte, brillant sous un rayon de soleil.

Toute la bande s'arrêta sur-le-champ, contemplant la coupe dérobée. « Il l'a simplement… laissé là ? s'étonna Federigo.

— Il a peut-être eu peur, suggéra Rosa. Tant de gens honnêtes qui vous courent après, ça a de quoi vous retourner l'estomac.

— Allez dire à la signora Boriardo que cette comédie est finie, ordonna le fermier moustachu à ses compagnons. Nous serons bientôt à la maison pour le banquet de noces. » Les autres cultivateurs acquiescèrent et partirent, tandis que lui s'avançait pour prendre le calice. « Venez, enjoignit-il aux jeunes mariés, qui s'avancèrent ensemble. Vos mains ! », et ils se hâtèrent d'obéir, sans opposer de résistance lorsqu'il enroula leurs doigts autour de l'objet. « Rapportez-le à l'église. Ne le lâchez pas tant que vous n'y serez pas arrivés. Ensuite, nous pourrons chasser cet épisode absurde de nos mémoires et continuer à festoyer. »

Les sourcils de Lucia étaient froncés. « Mais si cet homme est encore…

— Viens, marmonna Federigo à sa femme. Ta mère a passé la journée entière à cuisiner ce dîner. On va en entendre parler si on n'y est pas.

— Je vais le chercher, votre voleur, promit Rosa à Lucia. Allez vous amuser. Profitez de votre mariage. »

Cette phrase parut suffire. Lucia laissa Federigo la ramener au centre du village, d'où parvenaient déjà les sons d'un orchestre et des réjouissances. Il n'y eut bientôt plus que Rosa et le fermier, hors les murs. Seuls.

Elle l'observait. Il l'observait.

« C'est bizarre, qu'un brigand abandonne son butin ainsi, dit-elle.

— Bizarre, opina le fermier.

— Ce calice doit bien valoir au moins quelques florins. Tout cet or. »

La bouche du fermier se tordit sous sa moustache. « À moins que ce soit juste du métal doré.

— Bien sûr, acquiesça Rosa. Alors ça ne vaudrait pas grand-chose.

— Hmm.

— Sauf comme appât. »

Un silence.

« Hmm. »

Rosa inclina la tête. « Où as-tu mis les alliances ? »

Le visage du fermier se fendit en un large sourire. C'était une expression étrange, qui déplaçait ses traits de manière troublante, tout en le faisant paraître bien plus jeune que sa quarantaine d'années. « Je n'ai pas la moindre idée de ce que tu sous-entends », pépia-t-il gaiement. Sa voix aussi semblait transformée, son ton plus léger et plus raffiné.

Rosa lui ôta le chapeau du crâne d'un geste vif. Des boucles grises et rebelles dégringolèrent autour de ses oreilles. « Eh ! » protesta-t-il, mais la jeune femme s'éloignait déjà, glissant un doigt sous le ruban du couvre-chef. Un instant après, les deux bagues d'or des époux – *deux florins*, avait affirmé Lucia – scintillaient à l'annulaire de Rosa.

« Comment fais-tu pour toujours *savoir* ? demanda le fermier.

— Une dame a ses secrets, répondit-elle. Ah ! » Ce cri peu élégant lui fut arraché quand le fermier l'enlaça vigoureusement, la soulevant du sol. « Repose-moi ! » exigea Rosa, en tapant le haut du dos de Giacomo.

« Non, dit-il, la voix étouffée par l'épaule de sa victime. Ma dame, ma reine, lumière de ma vie, tu ne peux imaginer quel baume c'est pour mon âme de poser à nouveau les yeux sur toi…

— Oui, oui, toi aussi tu m'as manqué, Giacomo. Pose-moi *à terre*, tes cheveux salissent mes habits.

— Zut. » Giacomo san Giacomo déposa Rosa sur ses pieds si vite qu'elle vacilla sur place. En effet, des traces de la même teinte grise que ses cheveux maculaient sa robe.

« La couleur ne tient pas, rassure-moi ?

— Oui, regarde. » Il se plia le corps en deux et s'ébouriffa avec les doigts. Des nuages de poudre blanche jaillirent de sa chevelure. « Je travaille encore sur la formule, expliqua-t-il, toujours la tête en bas, mais soit ça part trop facilement, soit ça colle comme de la résine.

— Enlève le reste de ce déguisement, il faut qu'on parle. »

Giacomo se redressa, la main contre la poitrine. « Tu ne voudrais tout de même pas…

— Giacomo.

— Tu abuses d'un jeune homme innocent et sans défense !

— Si tu en vois un, montre-le-moi et je lui présenterai mes excuses. Pas de ça entre nous. »

Giacomo se débarrassa de sa veste grossière et entreprit de retirer sa chemise. « Comme ma dame le désire, je me dois de me hâter de… zut… » Le bas de la chemise s'était coincé dans la soutane qu'il portait encore par-dessous. « Tu pourrais… »

D'une main experte, Rosa défit l'imbroglio. Lorsqu'elle recula, le curé de la noce – un peu dépenaillé – lui souriait tout en se déboutonnant bien vite. « Toute cette comédie était-elle vraiment nécessaire ? demanda-t-elle.

— Je vois deux amoureux qui ont besoin de sanctifier leur union, je sanctifie leur union », répliqua Giacomo. La soutane tomba de ses épaules, le laissant torse nu. « Aurais-tu l'amabilité de me restituer ma chemise ? Ou préférerais-tu me garder à ta merci ? »

Il avait une marque sur l'une de ses omoplates – une brûlure, une cicatrice, ou… – mais ça ne la regardait pas. Levant les yeux au ciel, elle lui lança sa chemise au visage. « Je ne t'ai pas vu opérer à l'église. Comment as-tu fait ?

— Vive les mariés, applaudissez ! chantonna Giacomo alors que sa tête émergeait du col de sa chemise. Bénissez-les, disparaissez. Personne ne regarde le prêtre. Où diable est mon pourpoint ? Oh. » Avec une énergie farouche, il poussa la porte branlante de la maison, et revint muni d'une sacoche. D'un geste large, il en tira un pourpoint de cuir brun qui semblait trop beau pour avoir été acquis par des moyens légitimes.

— As-tu fini ?

— Presque. » Puis Giacomo s'arracha le nez.

L'appendice se détacha en tirant sur la peau de ses joues, s'allongeant puis reprenant sa forme lorsqu'il se décolla. En dessous se trouvait un autre nez, parfaitement normal, mais sans les larges narines et la teinte rougeâtre du premier. Contemplant le mastic couleur chair, Rosa ne put réprimer un léger malaise.

D'un coup sec, Giacomo ôta les sourcils broussailleux du curé et la moustache du fermier. Au fermier quadragénaire et, avant lui, au prêtre d'âge mûr, succéda un beau jeune homme de 19 ans, aux cheveux frisés, aux yeux marron et à la peau bistrée. Il frotta à deux mains autour de son nez. « Ça me gratte toujours quand je fais ça. Alors, cette conversation que tu tiens tant à avoir ? »

Rosa croisa les bras. « Je veux te proposer un travail. »

La bouche de Giacomo s'incurva en un sourire spontané. « Fascinant. Quel travail ?

— Je ne peux pas te le dire ici. »

Le sourire s'élargit. « Encore plus fascinant. Et tu es aux commandes ?

— Normal, c'est moi qui ai conçu le projet.

— Rosa Cellini ! s'exclama Giacomo. Adorable et sournois petit serpent !

— Je ne suis pas adorable.

— Il y aura de l'argent ?

— Plus que tu ne peux l'imaginer. Viens à Florence. Dans deux semaines. On pourra parler des détails.

— Rosa », dit Giacomo. Elle réussit à s'esquiver à temps pour qu'il ne la soulève pas à nouveau dans ses bras.

« Si tu m'attrapes, je te mets un coup de pied », le prévint-elle.

Il parvint à capturer une de ses mains. « On se verra là-bas.

— Formidable… » Elle essaya de dégager sa main, mais il la serrait trop.

« Et je rêverai de toi toutes les nuits jusqu'à ce que nous soyons réunis.

— Ne sois pas ridicule.

— Toutes les nuits, signorina, soupira-t-il en lui imprimant un léger baiser sur la main.

— Ne me fais pas regretter. »

Il adressa un nouveau clin d'œil. « Deux semaines se dressent comme une éternité entre nous…

— Beurk. » Finalement, Rosa put retirer sa main de la sienne. Elle partit à grands pas sur la route de campagne, et Giacomo san Giacomo poursuivit son monologue dans le vide.

C'est seulement lorsqu'elle et son cheval furent à un kilomètre de là qu'elle le remarqua : les deux anneaux d'or qu'elle avait cachés dans sa manche avaient disparu. Le contact des doigts de Giacomo sur sa main, sur son poignet, lui revint brièvement en mémoire.

Rosa céda à l'envie de rire. *Personne ne regarde le prêtre.*

5

KHALID

Khalid al-Sarraj avait depuis longtemps maîtrisé l'art de l'immobilité opiniâtre. Sans un mot, sa posture faisait comprendre à tous que l'homme robuste au pourpoint vert rapiécé ne bougerait qu'aux dépens des organes internes d'un autre. Même dans cet entrepôt, cette bâtisse abandonnée et décrépite des quais de Gênes, pleine à craquer d'hommes endurcis par la vie, le regard intense de Khalid lui valait d'être laissé en paix.

« Où est Cibo ? »

Khalid ne se donna pas la peine de baisser les yeux vers le petit parieur au corps noueux. Il continua à regarder le cercle des spectateurs excités au centre de la pièce. « Pas ici. »

L'homme dansa d'un pied sur l'autre. « C'est toujours lui qui gère mes paris…

— Pas ce soir. » Khalid lui accorda un regard. « Si vous voulez miser, adressez-vous à moi. » Dans le public, Khalid entendit plus qu'il ne vit Marino encaisser un nouveau coup de poing sur la mâchoire. Lorsqu'il s'écroula sur la terre battue, il ne bougea plus pendant cinq longues secondes. Il respirait à peine.

Le sang coulait de sa lèvre fendue, de son nez enflé, de ses dents cassées, et se mêlait à la poussière. « Ça ne va pas tarder, signore, dit Khalid au parieur. Je pense que ce combat-ci est presque terminé. »

L'adversaire de Marino, un géant espagnol nommé Salazar, n'avait pas la victoire élégante. Il arpentait les limites du ring délimité par des traits peints sur le sol, agitant les bras au-dessus de sa tête. Autour de lui, la foule rugit et acclama son champion.

Comme prévu, pensa Khalid, de loin. *Le signore Traverio sera content.* Il se demandait s'il était possible d'entendre l'océan d'ici. Il se demandait ce qu'il mangerait au dîner. Il se demandait combien de temps il faudrait aux poissons pour dévorer le corps de Cibo une fois que les vagues se refermeraient sur sa tête.

Le parieur déchiffra peut-être une partie de ces questions sur le visage de Khalid. Il ne prit pas même la peine de marmonner des excuses avant de se retirer. La foule l'engloutit, surgissant alors que Salazar entonnait une chanson à boire en espagnol. Les hommes riaient et criaient avec lui, même s'ils n'en comprenaient pas les paroles.

Mais ce soir Khalid n'était pas là pour surveiller Salazar. Il était là pour surveiller l'homme ensanglanté qui gisait à terre, aux pieds de Salazar.

Et Marino remuait.

« Ce n'est pas un bon choix », avait dit Khalid au signore Traverio en début de journée. Il était fier d'avoir gardé une voix ferme, alors même qu'un homme agonisait sur la mosaïque décorant les sols du signore Traverio. « Il est imprévisible. On ne peut pas compter sur lui. »

Le signore Traverio, dit la Vive de Gênes, venait d'essuyer sa dague sur les rideaux. Khalid observa la lame pendant tout ce temps. En apparence, le signore Traverio n'avait rien d'imposant. Des décennies de vie facile l'avaient empâté, lui ramollissant les muscles et créant des rides autour de ses yeux et de sa bouche. Son allure était très ordinaire, comme ces vives que l'on pêchait à Gênes et auxquelles il devait son surnom.

Mais ces poissons ne se contentaient pas de rester tapis dans les eaux peu profondes : ils étaient venimeux. Les épines alignées sur leur dos étaient remplies de toxine, et ils frappaient quand leur cible s'y attendait le moins.

Le signore Traverio n'avait pas besoin de venin. Sa dague et son caractère sanguinaire lui avaient valu la domination de Gênes et bien au-delà. Du Maghreb jusqu'à la Bavière, des preneurs de paris et des tenanciers de bordels lui devaient un pourcentage de leurs bénéfices. Parfois, Khalid avait l'impression de n'avoir jamais croisé un homme qui ne travaille pas pour la Vive de Gênes.

Après avoir nettoyé sa dague traîtresse, le signore Traverio avait donné à Khalid une tape dans le dos. « Ton affaire, c'est la bagarre, pas les soucis. Ton talent est là. Marino sait ce qui est bon pour lui. Contrairement à ce crétin. » De la pointe de sa botte, le signore Traverio avait fait jaillir du malheureux Cibo un nouveau jet de sang écarlate. « Il restera à terre s'il est payé pour rester à terre. »

Et voilà. Marino avait été payé pour rester à terre. Et voilà maintenant qu'il se relevait.

Tout rêve de dîner, de se coucher tôt ou de l'océan fut dissipé. Sans pouvoir intervenir, Khalid vit Marino tapoter l'épaule de Salazar. Il titubait, mais seul un imbécile aurait été dupe.

Mais Salazar était un imbécile, apparemment. « Ça ne t'a pas suffi ? » demanda-t-il en riant.

Marino lui cracha une dent cassée au visage.

Merveilleux, songea Khalid. En se concentrant assez fort, il pouvait imaginer la piqûre d'une épine de vive lui transperçant la plante du pied.

Devant la résurrection inattendue de Marino, l'excitation de la foule redoubla. La majorité incitait Salazar à réduire Marino en bouillie. Quelques-uns, toujours prêts à miser sur le perdant, encourageaient Marino à en infliger autant à Salazar. Au total, le vacarme était assourdissant. Et Marino, lui, souriait.

Si Khalid y avait été autorisé, il aurait mis un terme au combat. Mais cela aurait nui à l'image du signore Traverio. Cela aurait pu suggérer que l'issue de ces affrontements était… *en partie seulement* déterminée par les capacités des lutteurs.

Khalid fit un effort pour ne pas penser au mot « truqué ». Il y avait toujours le risque que, quelque part à Gênes, le signore Traverio puisse l'entendre. Cibo, le preneur de paris, n'avait pas eu cette prudence. Il avait jugé bon de faire connaître la vraie nature de ces matchs en vendant des tuyaux aux joueurs. Pire encore, il avait négligé de partager ses gains avec le signore Traverio. À présent, il y avait un trou là où aurait dû se trouver sa gorge. Autrement dit, Khalid ne pouvait que croiser les bras, écouter l'océan, et regarder.

Salazar était arrogant. Il prêtait davantage attention aux acclamations de la foule et aux cris de ses supporters qu'au survivant nerveux qu'il avait devant lui. D'un geste théâtral, Salazar se prépara à frapper. Son poing se dirigea vers le flanc de Marino, prenant de la vitesse et de la force, comme un rocher qui dévale une colline.

Ce fut un cauchemar de mauvais calcul et de mauvaise exécution. Khalid se représenta les quelques secondes qui allaient suivre. Avec une clarté désolante, il voyait déjà comment Marino esquiverait le coup. Comment Marino riposterait, d'un coup de poing vers les reins, d'un autre à l'épaule. Il voyait déjà Salazar vaciller. Marino frapperait le genou de Salazar. La foule, qui saluait la victoire de Salazar un instant auparavant, crierait sa joie lors de sa défaite.

Khalid sortit de l'entrepôt.

Il émergea sur un ponton de bois pourri, soutenu par des piliers plantés dans les vagues grises de la mer Ligurienne. Les portes de la fragile bâtisse se refermèrent derrière lui, supprimant la chaude lueur des lanternes découvertes, l'abandonnant sous le froid clair de lune. À sa droite, le rayon fixe de la Lanterna di Genova brillait par-dessus les eaux salées, avertissement lointain, phare bienvenu pour les marins et les marchands.

Il se rappelait encore la première fois qu'il l'avait vu, depuis le pont d'un navire arrivant au port. Tunis ne manquait pas de tours, élégantes, ciselées et inondées de soleil. Par comparaison, le phare de Gênes lui avait paru bien étranger. Il était solide à tous points de vue, carré, immuable. Khalid ne s'était pas rendu compte qu'il le contemplait bouche bée, jusqu'au moment où le signore Traverio lui avait donné une tape sur l'épaule, se moquant de lui.

« Elle est superbe, notre Lanterne, pas vrai ? » avait dit le signore.

Khalid avait hoché la tête, profitant du spectacle. Quelques semaines auparavant, son univers n'avait été qu'impasses. Jamais il n'aurait échappé aux rues de son enfance. Il aurait repris la boutique de tissu de Baba et aurait travaillé jusqu'à ce qu'il la transmette à son propre fils.

Ou du moins, c'était ce qu'il aurait dû faire. Mais Baba n'avait jamais été très doué pour le commerce. Il avait contracté un emprunt auprès de Diego de Ávila, un fabricant de teintures castillan qui avait suivi l'armée royale à Grenade, et qui avait continué seul vers le sud lorsqu'il avait découvert que le climat du Maghreb lui convenait bien mieux que celui de son pays natal. Un arrangement à l'amiable avait d'abord été négocié, entre voisins, et, dans l'intérêt de leur relation professionnelle, Diego s'était contenté des petits paiements sporadiques de Baba.

Puis tout avait changé. Soudain, Diego avait cessé de se comporter en voisin. Il avait demandé des intérêts colossaux, frappant sans cesse à leur porte pour exiger d'être remboursé selon un échéancier impitoyable.

Khalid avait eu l'idée de se rendre au *funduq* – l'auberge où les marchands génois menaient leurs affaires à Tunis – pour y trouver du travail. Baba avait déclaré le projet trop dangereux :

tout le monde savait que les lieux comme le *funduq* grouillaient de pirates. Et puis, *un fils n'a pas à s'occuper des dettes de son père.*

Khalid y était allé quand même. Il n'était plus un enfant, et s'il pouvait le prouver en sauvant la boutique de son père, il le ferait.

Il s'était cru béni lorsque le signore Traverio, ce mystérieux homme d'affaires génois, lui avait proposé un emploi. Un travail qui payait assez pour satisfaire Diego, au moins en partie. Et le plus beau, c'était qu'en acceptant l'offre du signore Traverio, Khalid pourrait voir le monde. Finies, les impasses. Khalid avait aussitôt consenti. Pourquoi aurait-il réfléchi à deux fois ? On lui avait promis un avenir dont toute sa famille tirerait profit, et qui était aussi brillant que la lanterne placée au sommet du phare.

Il avait été aussi bête que Salazar. Khalid le savait désormais. La Lanterna di Genova n'était pas plus magique que n'importe quel caillou dans ce monde étroit. Depuis qu'il l'avait vue, les impasses s'étaient seulement resserrées autour de lui, au point de l'étouffer. Et il n'y avait rien de brillant dans son avenir, rien que du sang – la destinée d'un garçon naïf qui avait sauté sur la première occasion croisée en chemin, sans poser de questions.

Quelque part à l'intérieur de l'entrepôt, il y eut un craquement, puis un cri de douleur, trop grave et trop sonore pour émaner de Marino. Khalid tourna le dos à la Lanterna et contempla l'océan.

Dans sa tête se déroula un compte à rebours, à partir de cinquante.

La porte de l'entrepôt s'ouvrit à vingt-trois, plus tôt qu'il ne l'aurait cru. Les hurlements des spectateurs devinrent plus bruyants, et des hommes assoiffés de sang se précipitèrent sur les quais.

Khalid soupira. Il roula des épaules, et se planta face à la foule.

Quelqu'un avait bloqué la porte pour qu'elle ne se referme pas. Une lumière dorée se répandait dans la nuit glaciale. Khalid ne put trouver Salazar parmi les visages de ceux qui l'entouraient, égayés par l'excitation et l'alcool.

Mais Marino occupait le devant de la scène, tout sourire. Sa figure était encore souillée de sang, et un bleu s'épanouissait en travers de son omoplate, même s'il ne semblait remarquer aucune de ses blessures. Ses yeux enflammés étaient fixés sur Khalid.

Derrière Khalid, l'océan s'agitait. « Tu commets une erreur. »

Marino pouffa de rire. « Je viens simplement récupérer mes gains. Pas vrai, les gars ? »

La gaieté de la foule fit mal aux oreilles de Khalid. Il ne broncha pas. « Ce n'est pas le moment de te faire un ennemi, Marino.

— Je veux mon argent.

— Alors tu aurais dû perdre ce combat, gronda Khalid, la voix plus basse que le brouhaha du public. Si tu penses que toi et moi allons être payés ce soir, tu te trompes. »

Marino fronça les sourcils. « Si la Vive veut que je pique une tête, elle ferait mieux de me payer pour chaque bleu. Je t'ai vu encaisser les mises. Traverio ne me paiera pas ? Alors, tu le feras.

— Tu commets une erreur », répéta Khalid.

Marino adressa à la foule un sourire aux lèvres épaisses. « Qu'est-ce que vous en pensez ? J'oblige le chien de garde de Traverio à me payer ? »

Ses admirateurs rugirent. Le ponton était secoué à chaque déferlement de la houle. Khalid inhala l'air salé. Il fit un pas vers la droite.

Avec un sifflement, le poing de Marino rata son visage.

Il aurait été absurdement poétique de dire que, pour Khalid, le combat était comme l'océan. Un combat était un combat. C'était la contraction et la détente des muscles, l'exploitation stratégique des forces et des faiblesses. C'était le contact et la douleur. C'était les bleus. C'était le sang.

Malgré tout, Khalid inspirait en rythme avec les vagues, tandis que ses pieds dessinaient des motifs sur le ponton. Il se déplaçait, inhalant la mer, tout en faisant tourner Marino en rond. Debout, il ne cédait pas un millimètre de terrain, et restait dos à la lumière de l'entrepôt, laissant Marino illuminé et son propre visage dans l'ombre. Il plongea vers la gauche, huma l'air de la mer, et le coup de poing de Marino manqua sa cible.

La Lanterna di Genova se dressait derrière l'épaule droite de Marino. Dans l'imagination affamée de Khalid, la lumière brillante du phare gonflait, éclatait en flammes, avalait toute cette satanée tour.

Khalid la fixa d'un regard noir avant de poser ses yeux sur son adversaire. Alors il porta un coup de coude, d'une force imprévisible, à l'endroit de la tempe de Marino où s'était déjà formé un bleu.

La rencontre des deux corps déclencha une onde de choc. Comme toujours. Marino tomba sur un genou, mais se releva presque aussitôt, les pieds glissant sur les planches humides, les yeux louchant.

« C'est ta dernière chance », lui dit Khalid.

Le coup lancé par Marino lui effleura le menton.

Khalid cassa le poignet et le nez de Marino, lui fractura deux côtes, et le jeta dans la mer.

Il fut surpris par sa propre colère. Son cœur martelait sa poitrine. Le salaire qu'il aurait dû toucher pour le travail de cette nuit – l'argent qui aurait dû contribuer à éponger la dette sans fond de Baba – n'était que poussière dans le vent, dispersée par un crétin cupide et égoïste. Il avait envie de crier, mais la foule les observait encore. En silence, pour la première fois de la soirée. Les spectateurs avaient obtenu leur dose de sang, mais ils ne savaient que penser de leur héros.

« C'est fini pour aujourd'hui, tonna Khalid. Ceux qui ont misé pourront régler leurs comptes demain matin. » Quelques hommes semblèrent sur le point de protester, mais il les fit taire de son air le plus menaçant. « Si quelqu'un a un problème, il peut toujours aller en parler à la Vive. »

Ce nom suffit à disperser la foule. Khalid resta sur place, dos à l'océan, écoutant les vagues s'abattre sur le rivage, tandis que les hommes s'éloignaient sur le ponton pour regagner la ville, en groupe, par deux ou seuls. Ils grommelaient, et regardaient Khalid par-dessus leurs épaules. Il n'avait pas fini d'entendre parler de cette soirée. Sa malchance accumulait les intérêts.

Il ne fut donc pas si surpris lorsqu'il comprit qu'une personne s'attardait. L'air désinvolte, l'homme se tenait dans le rayon de lumière qui s'échappait de la porte de l'entrepôt. Grand et mince, il avait les mains accrochées à la ceinture et observait Khalid. Bien qu'il soit à contre-jour, Khalid crut le voir esquisser un sourire.

Il soupira et roula des épaules. Il ne voulait pas conclure cette nuit en effaçant un autre sourire à coups de poing, mais si la situation l'exigeait...

« Je n'ai pas fait tout ce chemin pour me battre, Khalid », dit l'homme en s'avançant. Khalid put alors distinguer son visage : le menton imberbe, les grands yeux, légèrement écartés, les mèches rebelles de cheveux cuivrés. Ce n'était pas du tout un homme.

Sarra la Bricoleuse lui tendit la main. « Ça fait plaisir de te voir. C'était très impressionnant. »

Khalid serra la main de la jeune femme. Pour la première fois de la soirée, il sentit sa tension s'atténuer un peu. « C'est un plaisir de vous revoir également, signorina. »

Khalid avait toujours trouvé Sarra sympathique, malgré ses habits étranges. Leurs chemins ne s'étaient croisés que deux fois, mais d'après ce qu'il devinait, elle acceptait les petits boulots sans se plaindre. Elle était familière du monde du crime parce qu'elle avait passé sa vie à regarder et à écouter. Et parce qu'elle n'était pas idiote.

Oui, Khalid aimait bien Sarra la Bricoleuse. Et il ne lui faisait pas confiance, ce qui était un compliment. Après tout, il appréciait peu de gens, et la méfiance était une forme de courtoisie professionnelle. Tous ceux qui travaillaient pour le signore Traverio – c'est-à-dire tous les individus que Khalid avait rencontrés depuis qu'il avait mis le pied à bord de ce navire, à Tunis – étaient au moins un peu escrocs. Khalid s'incluait dans cette généralisation. On ne pouvait pas vivre dans l'orbite du signore Traverio et prétendre avoir une morale.

La méfiance de Khalid envers la jeune femme rousse était le fruit du respect, pas de l'appréhension. Il savait que, malgré son âge, elle était capable de beaucoup de choses impossibles. Il avait vu certaines des inventions sorties de son atelier. Ce genre de génie, les mécanismes de son cerveau… personne ne pouvait jamais savoir à quoi pensait Sarra à un moment donné.

« Une de tes connaissances ? » D'un signe de tête, elle désigna le bord du ponton. On entendait encore gémir et jurer Marino qui remontait la plage en contrebas.

« Un associé, dit Khalid en montrant le bleu qui enflait sur son menton.

— Tes associations ont l'air difficiles. »

La politesse de Khalid s'était depuis longtemps noyée en mer. « Il n'a eu que ce qu'il méritait.

— Moi aussi j'ai travaillé avec des imbéciles, compatit Sarra. Allons dîner, c'est moi qui invite. »

Il était parfaitement invraisemblable que Sarra la Bricoleuse, surgie de la nuit, l'invite à dîner par pure bonté d'âme, après l'avoir vu rouer de coups un autre homme. Mais l'estomac de Khalid gargouillait. Si elle avait une motivation cachée – une proposition, une question, une tentative d'assassinat –, elle pourrait tenter sa chance autour d'un plat de poisson.

Khalid la conduisit sur les quais jusqu'à une petite taverne dont la tenancière, une femme au visage parcheminé prénommée Flora, leur jeta deux écuelles garnies sans qu'ils n'aient rien demandé. Flora avait cinq fils, avait-elle un jour confié à Khalid, tous marins, tous partis faire le tour du monde. Apparemment, Khalid lui rappelait le troisième, celui qui était en voyage depuis le plus longtemps. « Il aligne rarement plus de trois mots, mais il est capable de manger plus que tous mes autres garçons réunis », avait-elle expliqué. Déconcerté, Khalid avait simplement acquiescé, et le visage de Flora s'était froissé en une masse de rides souriantes. Depuis, elle lui servait toujours des portions plus copieuses, sans contrepartie financière.

Il ne jugea pas utile de demander pourquoi Sarra était à Gênes. Elle le lui dirait quand elle serait prête. Il préférait se concentrer sur la vapeur qui montait en spirale de son assiette.

« Tu es bien installé », constata la jeune femme, la bouche pleine de bar. Avec sa veste au lainage grossier et son bonnet, elle aurait pu être un ouvrier des docks particulièrement mince. « Vue sur la mer, emploi régulier. Sans parler de la nourriture. » Elle leva sa pinte de cidre en direction de Flora, qui les guettait comme un aigle depuis son poste près de la porte de la cuisine. En réponse, Flora lui lança un regard noir, toujours aussi soupçonneuse à l'endroit des inconnus.

Cet accueil glacial ne désarçonna pas Sarra. Elle enfourna un autre morceau dans sa bouche. « La Vive te tient toujours bien occupé ? »

Khalid eut la présence d'esprit de ne pas souligner la stupidité de la question. « Oui.

— Ah, cet homme… il a toujours une affaire en cours.

— Il sait que tu es à Gênes ?

— Non, non, dit Sarra, chassant la question d'un mouvement de son couteau. Il ne se soucie guère des gens insignifiants tels que moi. Je ne veux pas lui faire perdre son temps. De toute façon, mon séjour ne sera pas long. »

Elle aurait aussi bien pu faire tinter une sonnette d'alarme au-dessus du crâne de Khalid. Gênes était la patrie du signore Traverio. Rien ne se déroulait à l'intérieur des murs de la ville, et surtout à proximité des quais, sans qu'il ne soit au courant. Et même si Sarra n'était pas célèbre au sens strict, elle n'en avait pas moins un passé et une réputation. Qu'elle soit même *près* de Gênes sans prévenir respectueusement le signore Traverio...

C'était le meilleur moyen de provoquer des désagréments. Dans un éclair écœurant, Khalid vit le sourire mouillé sur la gorge de Cibo. Il posa son couteau. « Long comment, ce séjour ?

— Juste assez pour que je présente mes félicitations », répondit Sarra. Elle prit une autre gorgée de cidre.

« À moi ?

— Mmh. »

Khalid réprima son mécontentement croissant. Si Sarra s'en tenait aux non-réponses, ils en avaient pour la nuit entière. « Je n'aime pas ce genre de petit jeu, la Bricoleuse. »

Sarra soupira et posa son cidre. « Moi non plus. Mais nous manquons de personnel en ce moment, c'est pourquoi je suis ici. » Elle leva à nouveau les yeux et fixa sur Khalid un regard direct. « Je suis venue te féliciter pour la naissance imminente de l'enfant de ton frère. »

Pendant un instant, Khalid se crut revenu à bord du navire. Le monde tangua sous ses pieds, comme les vagues de l'océan. « Mon... frère... ?

— Ton frère. »

Khalid réessaya. « Yusuf... a un enfant ?

— Sa femme est enceinte d'environ cinq mois. »

Si Khalid s'évanouissait et attirait l'attention sur leur table, Flora aurait sûrement son mot à dire. La dernière fois qu'il avait vu son frère, Yusuf avait 14 ans, c'était un adolescent dégingandé et plein de poussière, qui riait avec ses amis. Khalid ne lui avait pas fait ses adieux avant de suivre le signore Traverio jusqu'aux quais. Il avait été trop enthousiaste. Il avait simplement songé à la joie innocente de Yusuf tandis que lui fuyait la sécurité ennuyeuse de la maison paternelle pour un avenir plus vaste.

Et maintenant... Yusuf était *marié*. Il allait être père. Et Khalid n'en savait rien...

Eh bien, à qui la faute ? « Comment… », se força-t-il à articuler à travers le mur de reproches qui l'asphyxiait.

Sarra l'observait par-dessus sa chope. « Tu connais Rosa Cellini, je crois. »

La brume se dissipa brièvement dans l'esprit de Khalid, pour accueillir l'image des yeux noirs, vifs et intelligents, d'une autre jeune femme. « Elle est venue ici il y a quelques années.

— Et a fait forte impression à Traverio, semble-t-il. »

En effet. Dans le souvenir de Khalid, le signore Traverio avait tenté de la recruter, d'abord par la promesse de l'or, ensuite par la force. Mais la jeune femme était loin d'être aussi naïve que Khalid l'avait été. Elle s'était envolée dans la nuit malgré tous les efforts de la Vive. « Oui, confirma-t-il.

— Elle a été en contact avec ton frère.

— Elle lui a écrit ? Elle n'avait aucun droit, éructa Khalid. Elle n'a pas à se soucier de ma famille.

— Yusuf lui a confié un message, dit Sarra. Il voulait être sûr que tu serais au courant. Tu es parti, mais ça ne signifie pas que tu ne reviendras jamais. » Elle inclina la tête. « Il veut que ses enfants connaissent leur oncle. »

La rue inondée de soleil, la maison de son enfance, le visage de son frère… Ses souvenirs dansaient devant ses yeux, si tangibles qu'il croyait pouvoir les toucher. Tous les instants de nostalgie et d'isolement, tous les kilomètres qui s'étendaient entre Gênes et Tunis, tout ce qu'il avait piétiné, ce qu'il n'avait pas voulu s'autoriser à ressentir depuis trois ans… tout ressurgit tout à coup et menaça de le submerger.

Mais la réalité était une lame tranchante. Elle se planta entre ses côtes, coupant court à cette vision dorée. « C'est impossible », dit-il d'une voix rocailleuse. Il but une gorgée, ravalant ses émotions avec son eau.

Sarra l'observait encore. « À cause de ton employeur ?

— À cause de la promesse que j'ai faite. Mon salaire suffit à peine à empêcher les créanciers de frapper à la porte de mon père. Je ne peux pas rentrer tant que je n'ai pas gagné assez pour éponger ses dettes.

— Quand on promet des choses à son père… on se fait toujours avoir. Comment se porte la tienne, de promesse ? »

Khalid ne daigna pas répondre. L'emploi qu'on lui avait proposé à Tunis n'était qu'un fantasme. La réalité était triviale, brutale et sanglante, un purgatoire sous-payé, une vie de paranoïa. Et où étaient les alternatives ? Personne n'osait lui offrir du travail ici à Gênes, de peur de s'attirer le courroux de la Vive. Il n'y avait aucune option en Toscane pour un Tunisien loin de chez lui.

Le chien de garde de Traverio. Marino l'avait appelé ainsi. Il serait jusqu'à sa mort le chien de garde de Traverio.

Son silence fut pour Sarra une réponse suffisante. « Ah, fit-elle, je vois. »

Bien sûr qu'elle voyait. C'était la raison pour laquelle elle était venue à Gênes. C'était certainement la raison pour laquelle elle était venue à Gênes sans prévenir le signore Traverio. Khalid mordit à l'hameçon. « Qu'est-ce que tu veux ?

— Te donner du travail. »

Cela le fit rire sèchement. « Le signore Traverio ne serait pas heureux de t'entendre.

— Et qui le lui répètera ? demanda Sarra. Tu as l'occasion de gagner plus d'argent que tu ne peux en rêver. Deux mois. Une mission. À la fin, tu auras de quoi t'acheter une traversée jusqu'à Tunis en première classe, de quoi sauver l'entreprise de ton père, et de quoi vivre dans l'opulence avec toute ta famille qui s'agrandit, jusqu'à la fin de tes jours. Tu n'auras plus jamais à repenser à Gênes. »

Khalid avait déjà été assez bête pour accepter un emploi à l'aveugle une première fois. Il ne commettrait plus la même erreur. « Où est le piège ?

— Giacomo fait partie de l'équipe. »

Le fantôme d'un rire chatouilla les oreilles de Khalid. Il grogna et se renfonça sur son siège. « Ce fou ?

— J'ai eu la même réaction que toi, mais c'est le meilleur. Et toi aussi. C'est pour ça que nous vous voulons tous les deux.

— "Nous". Toi et la Cellini. »

Sarra vida son cidre. « Tu n'es pas obligé de répondre immédiatement. Viens avec moi à Florence. Écoute les arguments de Rosa et tu pourras prendre ta décision.

— Le signore Traverio ne me laissera pas quitter Gênes.

— Si. Parce qu'il y a un nouveau venu à Florence qui a des vues sur le port de Gênes.

— Ah oui ? » Khalid restait impassible.

« Je t'assure. Un jeune audacieux, qui fait peur. Et surprise suprême, il vient du Maghreb.

— Je n'ai jamais entendu parler de ce petit génie.

— Eh bien, la Vive de Gênes le connaît, lui. Il a reçu des renseignements de source très sûre, cet après-midi même. Il paraît que ça l'a beaucoup troublé. »

Logique. Le signore Traverio avait toujours été paranoïaque. Ce genre de nouvelle, un jeune ambitieux dont il n'avait jamais entendu parler... ça l'avait forcément ébranlé. Il voudrait que quelqu'un enquête. Et pour dénicher la vérité derrière les rumeurs concernant un concurrent maghrébin, qui de mieux que...

« Tu as confiance en elle ? » s'enquit Khalid.

Sarra n'eut pas besoin de demander à qui il faisait allusion. « À mon avis, elle a plus de chances de réussir que l'idiot qui t'a attaqué tout à l'heure.

— Hmm. » C'était exactement le genre de réponse auquel Khalid s'attendait de quelqu'un comme Sarra. Le visage de Yusuf scintilla à nouveau dans son esprit et, pour une fois, il ne chassa pas cette image. Il y avait peut-être un peu d'espoir dans le monde. Sa destinée pouvait peut-être changer – assez pour lui payer le retour à Tunis, pour régler les comptes avec Diego de Ávila, pour sauver sa famille une fois pour toutes. Peut-être que le monde n'était pas fait que d'impasses.

Et si le signore Traverio ne l'apprenait jamais, il ne finirait même pas comme Cibo.

« Le reste de l'équipe, reprit Khalid. Toi, la signorina Cellini, l'acteur fou…

— Et Agata de Rosso.

— C'est tout ? » Cela semblait un comité restreint, pour une tâche aussi lucrative que Sarra le promettait.

Elle grimaça et parut mal à l'aise pour la première fois depuis qu'elle avait abordé Khalid sur les quais. « Il y a quelqu'un d'autre. Mais il faut encore… le convaincre.

— Qui est-ce ? »

Sarra soupira. « Un handicap. »

6

DOMINIC

C'était un désastre. Il n'y avait rien à sauver. C'était une catastrophe totale, tout était sa faute, il était désespéré, et mieux valait renoncer pour de bon.

Le manche du pinceau craquait dans le poing de Dominic. *Doucement, doucement,* chuchotait sa mère dans son esprit, et il obligea ses doigts à se desserrer. Mais toutes les touches légères et libres du monde ne suffiraient pas à sauver cette peinture de son auteur. À la sauver de *lui*.

Il prit sa palette et ne réussit qu'à répandre du vert-de-gris, du bout des doigts jusqu'à la paume. Avec un grommellement, il laissa tomber le pinceau et passa sa main propre sur son visage.

C'était la toge. Le problème était là. Il avait fait du beau travail, il le savait. Elle était identique à l'image qu'il avait en tête, jusqu'au moindre détail des plis de la manche gauche. Mais quelque part, entre la conception et la concrétisation, quelque chose n'allait plus. Ça n'allait pas du tout. Rien n'allait, ni la toge, ni la femme qui la portait, ni la vue de Santa Maria del Fiore à l'arrière-plan. Mis ensemble, ces éléments avaient transformé sa peinture en une énigme agressive et bariolée. *Une fois de plus.*

Sur le papier, Dominic Fontana était un jeune homme promis à une carrière glorieuse. À 15 ans, il maîtrisait déjà les subtilités d'innombrables techniques picturales, il était capable, de mémoire, de reproduire les lignes brutes de da Vinci, les courbes romantiques de Botticelli, les couleurs claires de Bellini. Ça avait suffi pour qu'il devienne apprenti dans l'un des ateliers les plus compétitifs de Florence, après quoi il aurait sans doute pu obtenir la protection de toutes sortes de nobles riches et férus de culture, ce qui lui permettrait ensuite de se faire un nom qui résisterait à l'épreuve du temps.

Et pourtant, trois ans plus tard, Dominic s'apercevait que la maîtrise de l'art des autres ne débouchait pas nécessairement sur la création de son art à lui. Ce qui n'avait *aucun* sens, car s'il la copiait précisément, une toge peinte par lui serait aussi bien que l'original peint par…

« Da Carpi ? »

Pendant un instant, Dominic crut qu'il entendait à nouveau la voix de sa mère dans sa tête. Mais ce n'était pas le cas : cet appel venait d'au-dessus de son épaule, marmonné dans la pénombre de l'atelier. Dominic poussa un cri et son bras chercha frénétiquement le pinceau qu'il venait d'abandonner, renversant, dans son agitation, sa palette, ses couteaux et ses pigments. Il tourbillonna, brandissant le pinceau comme une arme. S'il devait être assassiné par un critique d'art, il se battrait d'abord.

Au lieu de quoi, il se trouva face à face avec une jeune femme, qui se tenait *très près* de lui. Elle mesurait quelques centimètres de moins que Dominic, qui n'était pas très grand, et elle le dévisageait à travers ses boucles en désordre. Le manteau qui entourait ses épaules grisonnait déjà sous la poussière de marbre toujours en suspens dans la pièce.

Elle ouvrait de grands yeux étonnés, à la fois sombres et vifs. Les doigts de Dominic se crispèrent sur son pinceau.

« Qui…, finit-il par dire lorsqu'il eut retrouvé l'usage de la parole. Quoi…

— Pardon, pardon… » La jeune femme recula de quelques pas, assez pour créer une distance suffisante entre Dominic et son propre regard magnétique.

« Quoi ? répéta-t-il, incapable de penser à un autre mot.

— J'ai dit "Pardon" », réitéra la jeune femme, mais Dominic avait retrouvé ses repères, à force de battre des paupières. Aucun ciseau ne frappait la pierre, aucun joyeux bavardage ne provenait des apprentis plus âgés. L'atelier, vaste espace ouvert, était obscur, et son pêle-mêle de tables grossières, de blocs de marbre et de toiles sur châssis était englouti par la nuit.

« Oh non, s'exclama-t-il, ses craintes affluant de plus belle. Quelle heure est-il ?

— Au moins trois heures après le coucher du soleil, signore », répondit la jeune femme.

Dominic gémit. Il avait promis de s'en aller ce soir en même temps que les autres apprentis, mais il avait été si absorbé par sa lamentable peinture qu'il en avait perdu l'heure de vue. « Zut. *Zut.* » Comme si le diable en personne faisait craquer un fouet derrière lui, il se mit à rassembler ce qu'il avait fait tomber quand la visiteuse était apparue tout à coup, et déposa le tout sur la table à tréteaux branlants, qui supportait aussi son unique chandelle. La jeune femme ramassa un couteau à peinture, qui avait glissé jusqu'à son pied.

« C'est un beau tableau », commenta-t-elle en venant se placer à côté de lui pour mieux voir la signature griffonnée en bas de la toile. Elle sentait les agrumes. « Dominic… Fontana ? »

Ce mensonge, plus encore que son inexplicable présence, l'agaça. Il lui arracha des mains le couteau à peinture. « Il est tard. L'atelier est fermé au public.

— Oh, je ne fais pas partie du public », dit-elle, le visage illuminé par un beau sourire. La vue de cette perfection étudiée irrita encore un peu plus l'artiste. Il fronça les sourcils. « J'ai rendez-vous, poursuivit-elle. Da Carpi ? »

Dominic eut une hésitation. « Qui ? Non… » Il envoya le couteau rejoindre ses semblables sur la table. « Il n'est même pas à Florence.

— Je sais. Mais ce personnage, là. » Son doigt plana au-dessus de la toge qui lui causait tant de tracas. « Je l'ai déjà vu. Sur une des gravures d'Ugo da Carpi, à Venise. Les pavés aussi. Pietro Perugino. Ils sont bien peints, on ne voit pratiquement pas la différence avec l'original. Mais ce n'est clairement pas de lui. »

Elle avait raison. Il avait copié ces deux maîtres – non, il s'était *inspiré* d'eux. Mais Dominic n'était pas pour autant ravi d'être démasqué. Il ramassa le tissu à terre et, d'un geste rapide, en drapa son œuvre. « Vous devez partir. Revenez demain matin, si c'est nécessaire.

— Je pensais que les peintres signaient uniquement lorsque le tableau était achevé, continua la jeune femme en s'adossant à la bibliothèque que Dominic utilisait pour séparer son espace et le reste de l'atelier. Ce n'est pas censé porter malheur ? »

Sans originalité. Plusieurs jours après, Dominic avait encore la chair de poule lorsqu'il repensait au reproche de son maître. « Il aurait *dû* être achevé, marmonna-t-il, ce qu'il regretta aussitôt.

— Vraiment ?

— Vous devez partir, répéta-t-il.

— Comme je vous l'ai dit, je dois voir quelqu'un. J'ai un rendez-vous. »

D'un geste, Dominic désigna l'atelier désert. « Je pense qu'on vous a oubliée.

— Je peux patienter, gazouilla la jeune femme. On ne m'attend nulle part ailleurs. Pourquoi travaillez-vous encore à ce tableau, s'il est censé être terminé ? »

Il plissa les yeux face à son sourire éclatant. « Avec qui avez-vous rendez-vous ?

— Je vous ai posé une question.

— Vous êtes dans *mon* atelier.

— Dans l'atelier de votre *maître*. J'ai rendez-vous avec votre *maître*. »

Il étrécit encore un peu les yeux. « Pourquoi ?

— Je vous l'ai dit. J'ai rendez-vous. Il m'attend. » Elle se pencha vers lui. Il recula. « Pour une affaire *personnelle*. »

Il était dos au mur, mais risquait de perdre la vue à force de contempler ce sourire radieux. Quelque chose chez cette jeune femme le déstabilisait, mais quoi ?

« Ai-je quelque chose sur mon visage, signore Fontana ? demanda-t-elle, et Dominic s'aperçut qu'elle l'examinait en retour, de ses yeux noirs perçants. Si c'est le cas, il faut me le dire. »

Soudain, tout prit sens. Son arrivée tardive, ses connaissances artistiques, son prétendu rendez-vous avec son maître. « Ah, je *vois*. Je sais pourquoi vous êtes ici. »

Elle haussa le sourcil, et Dominic eut l'idée absurde que c'était la première expression sincère qu'il voyait sur ce visage depuis qu'elle avait sursauté en le faisant sursauter. « Vraiment ?

— Des comme vous, nous en recevons toutes les semaines. » Il secoua la tête, recommençant à ranger son espace de travail. « Il ne vous signera rien. Il n'aura pas un seul mot d'encouragement pour… les prétentions artistiques que vous pouvez avoir. » Ces mots étaient amers dans sa bouche. « Vous feriez donc mieux de vous en aller maintenant pour vous épargner cette déception. »

Un véritable ravissement s'épanouit sur le visage de la jeune femme. « Vous pensez que je suis ici parce que… Vous me prenez pour une *admiratrice* ?

— Vous avez reconnu da Carpi et Perugino depuis l'autre bout de la pièce.

— Parce que vous les avez *copiés à l'identique*.

— Moi ? Non, je…

— Botticelli, aussi. Ne croyez pas que je n'ai pas remarqué. Je ne nourris pas “d'aspirations”, mais je ne suis pas *aveugle*.

— Alors *qui* êtes-vous ?

— C'est pour ça que vous travaillez encore dessus ? demanda-t-elle en désignant le chevalet. Vous voudriez en faire davantage qu'un assemblage de fragments empruntés ici et là ? »

Cette réflexion le piqua davantage qu'elle n'aurait dû, surtout venant d'une inconnue apparue quelques minutes auparavant. Il serra les poings. « Partez. *Dehors*.

— *Fontana*. »

Aboyé par une voix râpeuse, son nom résonna comme un coup de fouet. Dominic sentit son visage se vider de son sang, si vite qu'il craignit un instant de s'évanouir, et il se mit au garde-à-vous, ou quelque chose d'approchant.

« Elle... Elle partait, balbutia-t-il face à la mine renfrognée de son maître. Maître Michelangelo. »

7

ROSA

L'homme qui se tenait devant Rosa n'était qu'intensité comprimée. Les bras croisés devant sa poitrine étaient si robustes que Rosa aurait pu croire qu'il avait poussé comme un arbre entre les dalles du sol. Il devait avoir une quarantaine d'années, et il affichait la force d'un homme qui travaillait de ses mains constellées de coupures et de cicatrices. Sa barbe et ses cheveux frisés étaient couverts de poussière de marbre, si épaisse qu'elle formait une sorte de croûte. Il observait Rosa d'un œil scrutateur qui l'assimilait par fragments, qui cataloguait chaque centimètre carré de peau, chaque articulation, chaque organe, chaque veine…

« Pourquoi es-tu ici ? » demanda l'artiste avec un mécontentement glacial. Elle n'arrivait pas à croire que c'était lui : Michelangelo Buonarroti, Michel-Ange, *Il Divino en personne*.

Il fallut à Rosa un moment pour comprendre que la question ne s'adressait pas à elle. Le jeune signore Fontana n'eut pas cette hésitation. « Je peignais, balbutia-t-il en chassant la panique de ses yeux bleu gris, et j'ai… j'ai oublié l'heure.

— Hum », grommela Michelangelo pour toute réponse. Cette syllabe résumait son opinion concernant Dominic, son travail, et la peinture en général. Dominic s'affaissa en conséquence.

Rosa aurait pu avoir pitié de lui s'il n'avait pas été si agaçant. Avant que Michelangelo finisse de réduire son apprenti en un tas de cendres fumantes, elle s'avança. « Bonsoir, dit-elle avec une révérence. Je pense que vous m'attendiez. »

« *Penses-tu réellement devoir y aller seule ?* » avait demandé Sarra la veille de son départ pour Gênes. Elles étaient penchées par-dessus la table de cuisine des Nepi, à hacher des oignons pour leur dîner, tout en écoutant le bruit des pas de Pietro, dans la boutique du rez-de-chaussée.

« Je ne veux pas qu'il se sente acculé, avait répondu Rosa.

— Il pourrait avoir alerté la garde de la ville.

— Il ne fera pas ça.

— Tu n'en sais rien. » À la lueur des chandelles, Rosa se demanda si Sarra la voyait, elle, ou plutôt sa mère.

Mais Rosa n'avait pas de temps à perdre avec des fantômes. « À un moment, nous allons bien devoir prendre des risques, non ? »

Elle avait été particulièrement ravie d'être seule alors qu'elle traversait le quartier élégant de San Niccolo en début de soirée. Le doute avait commencé à s'insinuer dans son esprit, à mesure que les échoppes et les ateliers de Santo Spirito cédaient la place à leurs homologues plus huppés. Elle avait failli ne pas voir la longue bâtisse poussiéreuse, tapie dans l'ombre de ses voisines, plus impressionnantes. Le seul indice avait été la couche de poussière de marbre incrustée dans les pavés devant la grande double porte en chêne. Refoulant ses appréhensions, Rosa avait redressé les épaules et était entrée.

L'apprenti combattif aux longs cils avait été une surprise, mais Rosa ne pouvait se laisser désarçonner. Tandis que Michelangelo continuait à la toiser de son regard perçant, passant de l'évaluation physique à l'évaluation morale, Rosa resta immobile pour qu'il continue son inventaire. Son sourire ne faiblit pas. Elle était tout à fait capable de le garder bien en place. Elle avait souri bien plus longtemps à des individus bien pires.

« Hum », fit-il enfin, ce son recelant une fois encore d'innombrables sous-entendus. Puis, au lieu de s'expliquer, il tourna le dos à Rosa et à l'apprenti réprimandé, et s'éloigna à grands pas.

Il ne l'avait pas expulsée, il n'avait pas appelé la garde de la ville. Cela ferait l'affaire.

« Ravie de vous avoir rencontré, signore Fontana », lança Rosa par-dessus son épaule, tout en courant après Michelangelo. Dominic lui accorda à peine un coup d'œil car, de ses mains aux articulations blanches, il se débattait avec sa toile pour la détacher du chevalet. Si Rosa avait aimé miser de l'argent, elle aurait parié que ce tableau finirait dans le fleuve avant le lever du soleil.

Michelangelo Buonarroti, la vivante manifestation terrestre des muses, l'artiste touché par la grâce de Dieu, travaillait dans un minuscule recoin de son propre atelier, qu'il avait soustrait aux yeux indiscrets des apprentis en vénération et des mécènes fascinés par quelques mètres de tissu accrochés au plafond. Les draps, gonflés par la brise soufflant à travers la porte arrière, étaient peints des nuances éthérées du clair de lune qui filtrait à travers les persiennes. Rosa tira un de ces rideaux et découvrit le sculpteur accroupi au pied d'un bloc de marbre, le ciseau dans une main. L'autre main était appuyée à la pierre, suivant chaque contour avec tant d'affection que Rosa crut bon de détourner les yeux.

Il ne dit rien. Pas de problème, ils pouvaient jouer à ce jeu, et Rosa ne serait pas la première à briser le silence.

« Vous ne manquez pas de culot, de m'envoyer un tel message », commença enfin Michelangelo. Un instant après, un soudain *crac* déchira le calme de la nuit. Rosa fit un bond. Elle l'avait à peine vu bouger, mais le ciseau de Michelangelo était maintenant encastré dans la surface implacable du marbre. Cela devait exiger une force incroyable. Sans la regarder,

Michelangelo souleva un maillet qu'il appliqua sur le bout du ciseau. « Qu'est-ce qu'une fille comme vous peut bien me vouloir ?

— Si la réponse ne vous intéressait pas du tout, vous ne m'auriez pas attendue ce soir.

— Hum », fit-il. Elle commençait à croire que cette interjection représentait la moitié du vocabulaire de cet homme.

« Quant à “ce que je vous veux”, il s'agit de redistribuer des richesses.

— Ah oui ? » Un rire amer lui échappa. « C'est censé signifier quoi ?

— Voilà bien la question d'un artiste à l'esprit noble. Pour nous, la redistribution des richesses est un mode de vie. »

Il ricana. « Vous savez tisser de belles paroles.

— Merci.

— Mais ce que vous dites, c'est que vous êtes une voleuse.

— Hum, dit Rosa, lui renvoyant son monosyllabe favori. Bien sûr, *votre* richesse n'a rien à craindre.

— Je me fous éperdument de *mon* argent. » Michelangelo frappa un coup, puis deux, sur l'extrémité de son ciseau. « Eh bien, gamine… comment vous appelez-vous ?

— Vous pouvez m'appeler Rosa.

— Rosa. Vous vous croyez très intelligente. Mais je sais pourquoi vous êtes ici.

— Ah ?

— Vous visez les Medici. » Des fragments de marbre gros comme le pouce d'un homme se répandirent sur le sol.

« Il Divino mérite son titre, avoua Rosa. Quelle perspicacité !

— En voici un autre exemple. Vous avez perdu la tête. Je devrais appeler la garde pour vous arrêter.

— Alors pourquoi ne le faites-vous pas ? »

Il leva vers elle un regard pénétrant. « Les Medici m'ont installé ici.

— C'est un endroit charmant.

— Ils me fournissent les meilleurs matériaux. Ils ont pour moi des projets incroyables. Ils *me paient leurs commandes.*

— Ah ? Je pensais que vous vous en foutiez éperdument, remarqua doucement Rosa.

— Tout le monde le sait, signorina », dit-il, une pointe d'amertume colorant ses mots. « Je leur dois ma vie entière. Ils m'ont fait débuter. Ils m'ont tiré de l'obscurité. Lorenzo de' Medici m'a pratiquement élevé comme son propre fils. » Ses épaules s'agitèrent, ses muscles noueux se tendirent et se relâchèrent, et durant une autre de ces étonnantes fractions de seconde, le ciseau s'encastra à nouveau dans le marbre. « Pour l'amour du ciel, reprit Michelangelo, ils ont même confié à mon crétin d'apprenti la tâche de restaurer leur fresque affreuse. »

Certaines des angoisses de Dominic à l'égard de sa peinture revinrent à l'esprit de Rosa. « Je comprends votre préoccupation.

— Vraiment ? » ironisa Michelangelo. Son maillet s'abattit sur le ciseau, détachant un morceau de marbre gros comme le poing de Rosa, qui s'écrasa à terre, un nuage de poussière venant peindre en blanc le bas de ses jupes. « Comprenez-vous que vous êtes à *Florence* ? Comprenez-vous que cette ville appartient au Medici ? Comprenez-vous ce qui arrive à ceux qui sont assez stupides pour s'opposer à eux ? »

Sous les côtes de Rosa, une flamme glacée s'alluma. « Puis-je vous poser une question, Maître Michelangelo ? Si nous avons encore quelques minutes avant que la garde de la ville ne vienne me chercher ? » Michelangelo ne relâcha pas son emprise sur son ciseau, mais ne le plongea pas non plus dans l'œil de la jeune femme, elle y vit alors la permission de continuer. « À mon arrivée dans cette ville, je suis passée près du Palazzo Vecchio. Je n'ai pas pu m'empêcher de remarquer l'étonnante statue placée devant. Le *David.* »

Michelangelo l'observait attentivement. « Oui.

— Vous l'avez sculptée.

— Avec quatre ans de ma sueur et de mon sang.

— Quelle formule évocatrice ! Mais voici ma question. Que signifie pour vous cette statue ? » Il battit des paupières, et une première lézarde fissura son armure bourrue. « Les gens de cette ville déposent des offrandes à ses pieds. Des fleurs, des sucreries. Des lettres d'amour. Des messages de haine. Ils la souillent de boue. Pour eux, ce n'est pas simplement une œuvre d'art. Elle représente davantage. Et si elle compte tellement pour la populace, alors que doit-elle signifier pour Il Divino, le génie qui l'a créée ? »

Le visage de Michelangelo était un masque de contrariété et de conflit. Il ne dit rien. « Je vais vous expliquer ce qu'elle signifie, poursuivit Rosa, profitant de son avantage. Je pense que pendant des années, Florence a été une république. Elle s'est épanouie comme république, libre du règne de la famille Medici. Et à cette époque, vous avez appliqué votre ciseau au marbre et vous avez créé quelque chose d'extraordinaire. Vous avez accompli un exploit. David, triomphant de Goliath, avec en main l'arme de sa victoire. Je pense que vous avez sculpté un symbole de cette liberté démocratique que vous aimez. Et puis...

— Prato. » Le nom échappa à Michelangelo en un souffle, lourd de peur et de chagrin. « Les Medici ont brûlé Prato. »

Le sourire agréable de Rosa ne vacilla pas. « Seul un idiot essayerait de vous rallier à sa cause par une promesse d'or et de pouvoir, dit-elle. Vous avez assez des deux. Je viens donc à vous avec le souvenir de la République, pour vous demander... Ne saisiriez-vous pas l'occasion de faire ne serait-ce qu'une entaille dans l'armure de la famille qui vous l'a volée si elle se présentait ? » Elle exagérait peut-être, mais elle n'aurait pas de seconde chance. « J'ai vu les affiches sur les murs. Les graffitis. Florence se souvient de la République. Et puisque le *David* n'a pas surgi du néant, je serais prête à parier que vous vous en souvenez aussi. »

Le silence était accablant. Il les oppressait comme une bulle de coton, estompant tout à l'intérieur de ces minces parois de toile. Ici, sur le lieu de travail du plus grand artiste florentin, le temps s'étirait, les instants se changeaient en minutes, puis en heures. Rosa comprit qu'elle retenait sa respiration et la relâcha, assez lentement pour ne faire aucun bruit.

Quelque part au milieu de ses envolées lyriques, Michelangelo avait posé son ciseau. Il avait maintenant les deux mains plaquées sur le bloc de marbre, les yeux fermés, tirant sa force de la promesse de la pierre. Les épaules voûtées, les bras tendus, il semblait si petit que c'en était pénible à voir.

« Ils sont trop puissants », répliqua-t-il enfin, mais il leva les yeux tout en parlant. Était-ce de l'espoir qui pétillait dans ce regard enflammé ? « Trop riches. Trop bien armés. Il est inutile de se dresser contre eux.

— Qui a dit qu'ils étaient bien armés ? Vous connaissez leur devise familiale. *Festina lente*. Hâte-toi lentement. Je n'ai pas besoin d'une armée. Je n'ai besoin que d'être présentée.

— Mais comment cela pourrait-il suffire ?

— Ah, Maître Michelangelo, je pense qu'un artiste comme vous le comprendra mieux que quiconque. Il suffit d'une pierre pour vaincre Goliath. »

8

GIACOMO

D'après l'expérience de Giacomo, Florence était une ville gaie, à l'atmosphère prospère et festive. Et peut-être parce qu'il avait laissé passer tant de temps entre deux visites, il fut franchement *choqué* par la tension sous-jacente qui courait dans la ville pendant qu'il en franchissait les portes. Elle était inscrite sur les visages des boutiquiers, des mendiants et des gardes qui arboraient les couleurs des Medici ou de la ville et qui patrouillaient dans les rues étroites. Elle était inscrite sur les *murs*, bon sang ! Cette Florence était une ville prête à... quelque chose. Au bord de *quelque chose*.

Giacomo avait hâte de deviner quoi.

Alors que le soleil commençait à se coucher, il arriva au moulin situé dans les faubourgs. C'était un vieux bâtiment, vautré sur la rive de l'Arno, comme si quelqu'un l'avait laissé là, et Giacomo l'observa d'un œil dubitatif pendant une longue minute, avant que le grondement de son ventre lui rappelle qu'il avait à peine grignoté un morceau ce jour-là. S'il pouvait se fier à l'odeur qui flottait par la fenêtre ouverte, il y avait de très grandes chances que de la nourriture patiente à l'intérieur.

Il prit rapidement la décision de fourrer ses mains dans sa ceinture et de pousser la porte.

Il s'était attendu à trouver un mobilier rustique, un feu crépitant dans la cheminée et un sol de terre battue. Il s'était même attendu à la longue table remplie de pain et de fromage, de fruits et de vin.

Il ne s'était *pas* attendu à voir le beau et menaçant visage de Khalid al-Sarraj, qui se retourna pour fixer son attention sur lui.

« Khalid ? » Le nom jaillit de ses lèvres avant qu'il ait pu le retenir. « Que diable fais-tu *ici* ? »

S'il y avait bien une chose que Giacomo avait apprise au cours des trois années durant lesquelles ils avaient été amis, simples connaissances, ou encore *ennemis acharnés*, c'est que seul le diable pouvait tirer Khalid de Gênes et des griffes de ce bandit de Traverio. Le voir ici, à Florence, en train de réduire en miettes un morceau de pecorino, était presque trop étrange pour être vrai.

« La même chose que toi, répondit Khalid, dont le déplaisir irradiait à travers la salle.

— Eh bien, je *dois avouer*, dit Giacomo en se glissant vers la nourriture, que si Rosa m'avait annoncé que tu étais pressenti pour cette mission, j'aurais sauté sur l'occasion *beaucoup* plus tôt. » Il fit tomber quelques grains de raisin dans sa bouche, souriant tandis que Khalid continuait à le foudroyer du regard. « Vous semblez désemparé, signore al-Sarraj. Écoute donc : si tu as envie de me frapper, réglons l'affaire tout de suite. Je te demande seulement de viser mon estomac plutôt que ma tête. »

Le silence qui suivit n'eut rien d'encourageant, et Giacomo roula des yeux parce que, *vraiment*, des opportunités comme celle-là ne se présentaient pas tous les jours. « Je ne t'en voudrai pas, ajouta-t-il. Je préférerais même ça, parce qu'à te voir froncer les sourcils en permanence et à t'entendre me demander *quand*, *quoi* et *comment*, je vais finir par complètement perdre la boule.

— Tu as déjà perdu la boule, répliqua Khalid.

— Exact. Donc, si tu veux y remédier, fais-le maintenant, je t'en prie. » Il ferma les yeux. « Je suis prêt. »

La seule réaction de Khalid fut une expiration agacée. Giacomo entrouvrit une paupière. « Non ? Lors de notre dernière rencontre, tu m'as dit que tu m'aplatirais le nez si on se revoyait.

— Parce que tu avais volé deux pendants d'oreille en or dans la soute du *Viola* et que j'ai dû rendre des comptes au signore Traverio. »

Giacomo eut un hoquet de surprise. « Moi ? Jamais !

— Ensuite tu as fait tomber mon déjeuner dans la mer.

— Alors, que te faut-il de plus ? C'est ta dernière chance, signore al-Sarraj. Si tu essayes de me frapper plus tard, je le prendrai comme un *affront personnel.* »

Khalid ne bougea pas, mais Giacomo ne renoncerait jamais. Il ferait céder Khalid, quand bien même il devrait lui faire tomber ses déjeuners dans la mer pendant les vingt prochaines années.

Mais ce n'était pas à l'ordre du jour. La porte s'ouvrit, laissant pénétrer une colonne rouge de soleil mourant et la silhouette voûtée d'une femme âgée.

Khalid se redressa aussitôt. « Signora de Rosso !

— Ah, Khalid, mon mignon, dit la vieille, cheminant d'un pas agile entre les fragments de meuble poussiéreux qui encombraient le moulin. Et le signore san Giacomo, je présume. »

Il ne pouvait s'agir que d'Agata de Rosso, l'une des meilleures apothicaires au monde. « Qu'une dame comme vous me connaisse est le compliment le plus flatteur qui soit, signora », sourit Giacomo. Il s'inclina très bas, son esprit en alerte.

Il avait déjà des soupçons quant à l'ampleur du travail en question – sinon, pourquoi Rosa serait-elle venue le chercher elle-même ? Faire un rapide voyage à Modigliana était une chose. Braver le déplaisir de Giuseppe Traverio pour lui voler son homme de main préféré sous son nez, en était une autre. Et c'en était une tout autre encore que de recourir aux services de la Sorcière de Florence.

En d'autres termes, une telle réunion de talents promettait une entreprise bien plus étonnante qu'il ne l'avait espéré.

« Permettez-moi de vous aider. » Giacomo tendit son bras à la signora de Rosso. « Considérez-moi comme à votre disposition. Tous vos caprices sont permis. Je suis votre humble serviteur.

— *Humble ?* » marmonna Khalid.

Giacomo ne releva pas, et guida la signora de Rosso à travers la pièce encombrée, jusqu'à la grande table de noyer qui en occupait le centre. « Du vin ? proposa-t-il lorsqu'elle fut installée sur l'une des rares chaises encore en état.

— Ça c'est un bon garçon. »

Giacomo remplit généreusement un verre, qu'il offrit à la signora de Rosso. Le regard affûté, elle l'observa par-dessus le bord du gobelet. « Tu es celui qui a dérobé les saphirs à Milan.

— Il se pourrait que ce soit moi.

— Et qui a cambriolé la bijouterie à Gênes. »

Les yeux de Khalid perçaient le visage de Giacomo, qui se contenta de sourire. « Qui peut le savoir ?

— Le vol de violons à Grosseto ? » ajouta la signora.

Giacomo fut pris d'une démangeaison à l'épaule. « Je n'ai jamais mis les pieds à Grosseto, j'en ai peur.

— Hum. » La signora de Rosso redirigea son attention vers son vin. Mais quand Giacomo redressa la tête, il s'aperçut que Khalid l'épiait encore, l'examinant comme une énigme à résoudre.

La porte se rouvrit. « Parfait, s'exclama Rosa. Nous sommes au complet. »

Elle s'avança, suivie de la grande Sarra la Bricoleuse, qui salua de la tête Khalid et la signora de Rosso, et qui adressa un froncement de sourcils à Giacomo – ce qu'il estima tout à fait injuste et même *impoli*, puisqu'ils n'avaient plus échangé un seul mot depuis un an.

La troisième personne à entrer était un homme vigoureux, à la barbe noire aussi hirsute que la tignasse de son crâne. Malgré la curiosité de Giacomo, de Khalid et de la signora de

Rosso, il refusa de croiser leur regard. Pourtant, il y avait en lui quelque chose de familier…

« Il Divino ? » tenta Giacomo. L'homme le foudroya aussitôt d'un regard aussi meurtrier que celui de Khalid. « C'est *vous* ! Vous *êtes* Il Divino !

— Giacomo, le mit en garde Sarra.

— Rosa, que fait *Michelangelo Buonarroti* ici ? »

Rosa s'interposa entre Il Divino et l'enthousiasme débordant de Giacomo. « Chaque chose en son temps. Nous sommes prêts ? »

Elle semblait différente ici, mais cela tenait peut-être à la lumière poussiéreuse du jour qui tombait. Elle souriait encore – Rosa Cellini souriait toujours, elle était toujours ouverte et agréable, parce que c'était le meilleur moyen de berner les gens. Mais il y avait là-dessous quelque chose d'étudié. Quelque chose de calculateur, de tranchant, comme une lame gainée sous ce masque d'arnaqueuse, qui suintait la glace et le givre.

Giacomo eut un léger frisson alors qu'il s'attablait avec les autres.

« Vous savez déjà pourquoi nous sommes ici. Pour l'essentiel. Et certains d'entre vous sont venus de loin pour m'écouter, donc je ne vous ferai pas davantage perdre votre temps. J'aimerais vous embaucher pour une mission. Peut-être la mission la plus dangereuse que nous ayons tentée jusqu'à présent. Mais si nous réussissons – et je nous en crois capables –, nous récolterons un butin plus gros que nous n'en avons jamais vu. »

La promesse de fortune aspirait Giacomo comme un courant marin, et à en juger par la mine des autres, il n'était pas le seul. Même Il Divino était affecté, bien qu'il garda les yeux rivés vers le sol.

« Si ça vous paraît un peu trop intimidant, continua Rosa, c'est le moment de renoncer. Il ne vous sera adressé aucun reproche, aucune question. Vous aurez ma bénédiction si vous décidez de vous en aller, et j'espère que nos chemins se rencontreront à nouveau. » Elle s'interrompit, assez longtemps pour croiser le regard de chacun d'entre eux, l'un après l'autre. « Personne ? »

Khalid fut le premier à briser le silence pesant. « Gros comment, le butin ? »

Pour une femme aussi petite, Rosa n'eut aucun mal à dérouler l'immense parchemin, d'un geste théâtral que Giacomo contempla avec une admiration toute professionnelle, et peut-être une petite pointe de jalousie. Il applaudit brièvement.

« Cesse donc, et tiens les coins avec moi », ordonna Sarra, qui posait des gobelets et des assiettes sur les bords du rouleau.

Toute tentative de repartie se flétrit et mourut dans la gorge de Giacomo à l'instant où il découvrit le document. *Des plans*, comprit-il, se penchant pour en saisir les détails. Les plans d'un vaste édifice carré. Ici était l'entrée voûtée, là, la grande cour, ici, les fenêtres et les portes menant à l'intérieur…

Il reconnut le bâtiment. Il était passé devant ce jour-là. « Pardonnez-moi si je me trompe, signorina. Ce n'est tout de même pas… le Palazzo Medici ? »

Rosa aplatit un pli sur le bord du plan. « C'est notre cible », confirma-t-elle.

Giacomo éclata de rire : c'était une excellente plaisanterie, un bon prétexte pour l'avoir fait venir à Florence avant de lui révéler le *véritable* travail que Rosa envisageait, quel qu'il soit. Mais sa joie ne dura qu'un instant, face à l'expression sérieuse d'Il Divino et de Sarra. De l'autre côté de la table, Khalid avait laissé retomber ses bras massifs. Il dévisageait Rosa comme si elle avait une seconde tête.

Et la signora de Rosso, qui avait apparemment déjà vu et fait à peu près tout ce qu'un être humain pouvait voir et faire sur cette Terre, serra si fort les doigts autour de son gobelet de vin que Giacomo craignit qu'elle ne le casse. « Dévaliser la *famille Medici* ? » s'étonna-t-elle, les yeux anormalement brillants.

Le plus fou, c'était que Rosa *hochait la tête*. « Vous avez certainement appris que le pape est de retour à Florence », dit-elle. Elle n'avait pas l'air d'une démente recherchant la mort, mais

Giacomo s'était déjà trompé sur le compte d'autres personnes. « Il séjourne au Palazzo Medici avec son cousin, le cardinal Giulio de' Medici.

— Si vous voulez cambrioler le Palazzo, intervint Khalid, ne serait-il pas plus prudent d'attendre que le pape ait regagné Rome ?

— On pourrait le croire. Mais ce n'est pas le moyen de vraiment s'enrichir. »

Rosa frappa du doigt le milieu de la cour. « En temps normal, le Palazzo Medici ne contient pas plus d'or que n'importe quelle autre maison riche de Florence. Ce n'est pas rien, mais il n'y a pas de quoi en faire une histoire.

— Et pas de quoi risquer notre peau, murmura Giacomo.

— *Cependant* », répliqua Rosa en jetant quelque chose sur la table.

Au centre du parchemin s'étalait un sac en velours sur lequel était brodée une croix dorée, scintillante. Giacomo avait quitté le droit chemin depuis bien longtemps, mais pas assez pour manquer de reconnaître une bourse ecclésiastique quand il en avait une sous les yeux. Il avait vu bien des pièces de monnaie déposées dans des sacs de ce genre.

Clic-clac faisaient dans sa mémoire les perles d'un chapelet. Il chassa cet écho.

« Je vois, dit la signora de Rosso, penchée par-dessus la table. C'est assez malin, ma fille.

— Qu'est-ce que c'est ? demanda Khalid.

— Des indulgences. »

Il fallut à Giacomo un moment pour déterminer qui avait parlé. Il Divino n'avait pas bougé depuis que Rosa avait déroulé les plans, mais son attention était rivée sur le parchemin, avec toute la concentration d'un artiste. Soudain, un souvenir revint à l'esprit de Giacomo : Michelangelo Buonarroti n'avait-il pas débuté sous l'aile protectrice de la famille Medici ?

« Des indulgences, oui, confirma Rosa. Dans toute la chrétienté, les fidèles versent leur argent à l'Église pour sauver leur âme immortelle. La colère, la luxure, l'envie, l'orgueil… un seul de ces péchés suffirait à vous valoir la damnation éternelle, comme les prêtres ne sont que trop heureux de le rappeler tous les dimanches et la plupart des jours de la semaine. Mais par chance pour les croyants – et pour nous – l'Église est également prête à offrir l'absolution… moyennant quelques florins d'or et la soumission aux émissaires du pape.

— Donnant donnant, résuma Sarra.

— Tout le monde y gagne, expliqua Rosa. Les fidèles sont sauvés, et l'Église s'enrichit.

— Le Vatican est assis sur un tas d'or, dit Giacomo. Rien de nouveau. »

Rosa plaqua ses deux mains sur les plans, ses paumes encadrant l'entrée principale du Palazzo Medici. « En es-tu si certain ? En règle générale, être le porte-parole du Seigneur coûte cher. Et le pape Léon X a une sacrée ardoise. Il y a les cathédrales à bâtir et à entretenir. Et puis, bien sûr, l'Église a la mauvaise habitude de faire la guerre. Enfin, il y a les dépenses personnelles. Sa Sainteté en a pas mal, des dépenses personnelles.

— Il paraît qu'il a un éléphant », ajouta la signora de Rosso.

Giacomo n'en revenait pas. « Quoi, vraiment ?

— Pour faire court, reprit Rosa, les coffres de l'Église sont absolument vides. Il n'y a pas de tas d'or. » Elle passa le doigt sur la croix dont s'ornait la bourse de velours. « Donc le pape en recrée un. Au cours des prochaines semaines, les gardes des Medici recueilleront la recette des indulgences vendues dans toutes les églises de Toscane pour que le pape les rapporte à Rome avec lui. Si mes calculs sont exacts, avant qu'ils partent… on atteindra un montant proche de *dix mille florins d'or*. »

Si le premier silence qui s'était abattu dans la salle lorsque les plans avaient été déroulés avait été presque tangible, le second fut écrasant. Il avait un poids. Il avait une *richesse*.

« Seigneur Dieu…, marmotta la signora de Rosso.

— Ceux qui achètent des indulgences le font par désespoir, déclara Khalid. Cela ne reviendrait pas à profiter de la situation ?

— C'est déjà ce que fait l'Église, rétorqua Rosa. Et puis, n'est-ce pas l'acte de donner de l'argent qui sauve les âmes ? »

Khalid ne parut pas entièrement convaincu. « Je suppose…

— Eh bien, puisque l'argent a été donné, les âmes sont sauvées. Ce qui arrive à cet argent *après* n'a aucun effet sur le donateur. Il a atteint son but sacré.

— Voilà qui est moralement et théologiquement douteux, dans le meilleur des cas, signorina », lança Giacomo.

Rosa tourna vers lui son sourire tranchant. « Comme je l'ai déjà indiqué, si ça te pose un problème, la porte est derrière toi. »

Dix mille florins d'or. Giacomo recula, et agita les mains. « Tu te méprends. J'adore les débats théologiques et je ferais *n'importe quoi* pour participer à l'un d'eux. »

Rosa fit signe à Sarra, qui s'avança à côté d'elle. « Dans six semaines, les Medici organiseront un banquet afin que le pape reparte pour Rome en grande pompe, comme il convient, expliqua la Bricoleuse. Les familles influentes de toute la Toscane afflueront à Florence. Les Este, les Sforza, les Borghese… »

Giacomo sentit son épine dorsale se glacer. « Les familles influentes ? »

Rosa acquiesça. « Elles demanderont audience auprès du pape. Pour qu'il les entende en confession. Pour obtenir la faveur du Vatican, ou la faveur des Medici.

— Voilà pourquoi tu as enrôlé Michelangelo », dit Khalid. Le grondement de ses mots rappela Giacomo, que l'évocation des *familles influentes* avait transporté à des kilomètres, à l'instant présent. « Si quelqu'un bénéficie d'une invitation, ce sera lui.

— Humph », grommela Il Divino, dans un grognement affirmatif.

Rosa tourna son regard vers l'artiste. « L'invitation est-elle arrivée ? »

Il prit un air furieux. « Il y a plusieurs jours.

— Y avez-vous répondu ?

— J'allais le faire.

— Non, faites-vous désirer. » Rosa s'adressa à nouveau à toute l'assemblée. « Chaque audience privée auprès des Medici aura un prix élevé qui pourrait jusqu'à *doubler* les dix mille florins arrivant des campagnes. Et tout cet argent sera rangé dans la salle du coffre, située sous le Palazzo Medici, jusqu'au départ du pape, le lendemain du banquet. Donc, la seule question est : comment y accédons-nous ? »

La difficulté n'était pas mince. Le Palazzo Medici était bâti comme une forteresse, et il en présentait l'aspect, au moins vu de l'extérieur. Les plans ne démentaient en rien cette impression. Même pour l'œil inexpérimenté de Giacomo, les murs épais, les couloirs sinueux, l'énorme cour… tout indiquait qu'il faudrait un miracle pour réussir cet exploit.

« Commençons par les faits, dit Sarra. Le pape est paranoïaque. Tout comme le reste de la famille Medici. Et ils se sont fait assez d'ennemis pour que cette paranoïa soit justifiée. Combien de gardes a-t-il à sa disposition, selon vous ? Doublez ce nombre, et vous serez dans le vrai.

— Les murs ont beau sembler grossiers et rustiques, ajouta Rosa en passant ses doigts sur le périmètre du palais, ils sont fabriqués dans le meilleur calcaire que l'argent et l'influence peuvent obtenir. Impossible de les percer. Les seules entrées sont les portes avant et arrière, gardées à toute heure du jour et de la nuit. Et si vous réussissez à y entrer, vous vous retrouvez dans la cour… » Elle s'empara enfin de la bourse ecclésiastique en velours violet. « … au cœur même du palais.

— Entouré de fenêtres, renchérit Sarra. Et de serviteurs. Et de gardes. Et d'arbalètes. »

La cour, avec ses arcades gracieuses, ses colonnes et sa promenade, prit soudain un aspect bien plus sinistre. « Si vous surmontez cette épreuve, continua Rosa, sa voix résonnant dans les oreilles paniquées de Giacomo, il reste encore à affronter la salle du coffre proprement dite. »

Elle traça alors sur le plan un chemin allant de la cour à l'une des pièces qui bordaient le cloître.

Cette extrémité du plan était plus proche de Khalid. Il plissa les yeux pour déchiffrer l'inscription minuscule. « Il est écrit “chapelle”, constata-t-il. Pas “salle du coffre”.

— La chapelle des Mages, répondit Rosa. L'un des joyaux du palais. Fresques, statues, tapisseries... c'est la prunelle de leurs yeux. Et *aussi*, ajouta-t-elle en désignant une porte voisine de la chapelle, qu'y a-t-il au bout de ce couloir très quelconque ? La chambre forte des Medici. Bon, je sais ce que vous pensez tous : ça paraît beaucoup trop simple. » Giacomo et Khalid poussèrent le même soupir incrédule, et le premier surprit un sourire malicieux au coin des lèvres de Rosa. « Eh bien, vous auriez raison », dit-elle, le regard dansant. *Prenait-elle* plaisir *à cela ?* « Ce couloir a l'air innocent, mais les dalles dissimulent toutes sortes de surprises désagréables. Da Vinci l'a truffé de pièges, donc à moins de...

— *Qui* l'a truffé de pièges ? » Le regard du Divino n'était qu'acide pur, et il transperça Rosa.

Rosa répondit, tout innocente. « Ils ont embauché Leonardo da Vinci pour concevoir une série de pièges mécaniques, cachés dans le sol. Tout va bien, Maître Michelangelo ?

Maître Michelangelo était, en fait, à deux doigts de la crise d'apoplexie. « Ils sont allés chercher... cet *escroc*... Ils ont embauché ce *crétin* à la cervelle embrumée... pour...

— J'ai le sentiment de vous avoir contrarié, Maître Michelangelo.

— Tout va bien, éructa Il Divino, mais en voyant comme il s'agrippait à la table, Giacomo craignit qu'il n'en détache un morceau.

— Bien. Si vous êtes sûr de vous, dit Rosa Cellini, en bonne maîtresse arnaqueuse et manipulatrice. Je vais donc... où en étais-je ?

— Le couloir, lui souffla astucieusement Sarra.

— Exact. Les pièges. Ils sont dangereux. À moins de savoir exactement où poser les pieds, vous finirez avec un pied empalé, ou pire. Je n'ai pas pu trouver de plan, mais on parle d'apprentis et de serviteurs qui y auraient perdu des doigts, des yeux ou des mains. Si vous déclenchez la mauvaise dalle, vous vous viderez de votre sang devant la porte de la salle du coffre, sans gagner un centime.

— Cette porte, compléta Sarra, est munie d'une serrure Henlein. Elles viennent d'Allemagne et sont fabriquées sur demande pour Lucrezia de' Medici. Très modernes, très compliquées.

— Donc pas moyen de la crocheter, conclut Giacomo.

— Il y a toujours un moyen de venir à bout d'une serrure, dit Sarra. Pour crocheter celle-ci, il faudrait… deux jours ?

— Nous ne disposerons pas de deux jours.

— Non, non, bien sûr ». Giacomo avait un peu l'impression que le sommet de son crâne était en feu. « Pourquoi aurions-nous besoin de *temps* pour franchir une armée de gardes et nous introduire dans une chapelle privée bien gardée, emprunter un couloir meurtrier et ouvrir une porte qui ne s'ouvre pas ?

— Une fois dans le coffre, c'est facile, reprit Rosa, comme si Giacomo n'avait rien dit. Il n'y a ni serrures ni pièges pour protéger l'or. Rien qu'une dalle de pierre de la même taille que ça, à peu près. » Elle frappa l'épaisse table en bois massif autour de laquelle ils étaient réunis. « Donc une fois débarrassés de cet obstacle, vous récupérez quelques centaines de kilos de monnaie, vous les emportez hors de la ville, et vous êtes libres. » Elle se redressa. « Des remarques ? »

Le visage de Khalid était impénétrable. « C'est impossible.

— Tout ça pue le projet Nepi-et-Cellini », commenta la signora de Rosso. Giacomo ne put éviter de constater combien ce commentaire flatta Sarra, en voyant une rougeur ravie s'épanouir sur ses joues pâles. La réaction de Rosa, en revanche, fut à peine perceptible. La seule preuve qu'elle ait entendu la Signora résidait dans ses yeux, qui tressaillirent un instant vers Sarra, avant de revenir devant elle.

« En ce monde, rien n'est "impossible", dit Rosa. Il existe simplement des choses que les gens les plus intelligents n'ont pas encore tentées. » Giacomo ricana. « Disputes théologiques à part… vous en êtes ou vous renoncez ? »

Khalid hocha la tête, avec une absence d'hésitation que Giacomo lui envia. « J'en suis.

— Agata ? »

L'apothicaire reprit son gobelet de vin. « Pour faire la nique aux Medici ? Il suffit de demander. »

Rosa dirigea sa gaieté acérée vers Giacomo. « Signore ? »

Les plans reposaient là, impassibles. La cible était inaccessible. De l'autre côté de la table, les yeux de Khalid lui lançaient des éclairs.

Mais *dix mille florins*. Et Giacomo san Giacomo était un fou, non ?

Il sourit. « Plus c'est insensé, mieux c'est, chère dame. Je vais me chercher à boire, et vous m'expliquerez par où commencer. »

PARTIE II

9

ROSA

« *Le pape Medici voudrait nous faire croire que le pardon du Seigneur peut être acheté, comme un lé de drap ou une miche de pain.* »

Rosa déposa dans son assiette un morceau de poisson-chat dans lequel elle avait planté son couteau. « Où a-t-elle trouvé ça ? murmura-t-elle à Giacomo au-dessus de la table basse.

— *Il veut nous faire vider nos bourses au nom du salut éternel*, poursuivit Sarra, se débattant avec le parchemin démesuré. *Pourtant, il se montre ici pour ce qu'il est vraiment : non pas un homme de Dieu, mais le dernier d'une longue lignée de banquiers*. »

Subjugué par la lecture de Sarra, Giacomo ne prit même pas la peine de répondre à la question de Rosa d'un battement de paupières. Son couteau était suspendu entre son assiette et sa bouche, un morceau de poisson risquant d'en tomber à tout moment. « *Giacomo* », insista Rosa, en lui donnant un coup de pied sous la table.

Il sursauta, son poisson-chat se répandant dans son assiette. « C'était collé au mur à côté des portes du Palazzo, si tu peux le croire. »

Les sourcils de Rosa se haussèrent. « Les portes du Palazzo *Medici* ?

— La moitié du quartier Santa Croce en est tapissée, fit remarquer Khalid depuis le banc voisin de Giacomo.

— L'auteur de cette affiche est l'homme le plus fou de Florence, estima Sarra. Encore plus fou que toi, Giacomo. »

Affiches séditieuses mises à part, deux jours d'un calme trompeur s'étaient écoulés depuis que Rosa avait réuni pour la première fois son équipe dans le moulin situé au bord de l'Arno. Khalid et Giacomo s'étaient installés dans leur nouveau lieu de vie sans trop se chamailler, et Rosa avait tenté de dissimuler l'immense soulagement qu'elle avait ressenti lorsqu'elle avait récupéré ses affaires dans la boutique des Nepi, afin d'en faire autant.

« Moi qui pensais que tu voudrais rester avec nous à l'imprimerie, avait dit Sarra, le front plissé.

— Et c'est aimable à toi de me le proposer, répondit Rosa en endossant son paquetage. Mais je dois être avec tous les autres. Comme ça, si quelque chose ne va pas, je serai sur place pour m'en occuper. Et j'aurais du mal à me déplacer librement avec Pietro dans les parages. »

La mention de son frère ne fit qu'aggraver la moue de Sarra, mais elle avait renoncé à protester. Rosa était ainsi partie pour le moulin, où elle s'était approprié une paillasse près de la cheminée. Elle s'y créerait un chez-soi en attendant d'être recueillie par d'autres personnes, et ce n'était de toute façon pas comme si elle avait rompu toute relation avec Sarra : la jeune femme était venue tous les soirs au moulin partager ce que Giacomo appelait désormais le dîner en famille.

« Qui que soit l'auteur, dit Rosa en arrachant la feuille des mains de Sarra avant de la jeter au feu, nous devons le remercier. Plus il y aura d'yeux pour le chercher, lui, et moins il y en aura pour nous chercher, nous. Et je ne peux que me réjouir de tout ce qui nous aidera à passer inaperçus. »

C'est alors que la porte du moulin s'ouvrit, et qu'Agata de Rosso, dégageant une odeur de fumée âcre et couverte de suie jusqu'aux sourcils, fit irruption à l'intérieur. « Eh bien, mon cher cœur, dit-elle en guise de salutation, je crains bien d'avoir explosé. »

Ce n'avait été qu'une petite détonation, affirmait-elle, mais c'était aussi le troisième incident de ce genre en moins d'un mois. Entre l'épisode survenu Piazza della Signoria, le sabotage d'un certain lustre, et les affiches qui proliféraient sur les murs de Florence, la garde de la ville avait décidé de *s'intéresser* à l'apothicaire.

C'est la fin. Ces mots traversèrent l'esprit de Rosa lorsqu'Agata eut terminé son récit, l'espoir et le souffle l'abandonnant à la fois. *Tout est parti de travers, alors que nous n'avons même pas commencé. Je suis finie.*

Non. Rosa détendit ses épaules et se tint aussi droite qu'elle le pouvait, tandis qu'Agata vidait une outre d'eau. La réaction première était rarement la meilleure, et elle ne commettrait pas l'erreur de s'y fier. Elle s'était justement installée au moulin afin de pouvoir gérer ce genre de situations, c'était donc ce qu'elle allait faire.

« Le dîner s'arrête là, mes amis, annonça-t-elle à la cantonade. Nous avons du travail. »

Elle avait espéré que la tâche puisse être accomplie rapidement, mais cela se révéla bientôt illusoire. Avec les incitations d'Agata et les efforts conjoints de Sarra, Rosa et Khalid, il fallut jusqu'à l'aube pour récupérer et ranger tout le contenu de l'échoppe encore fumante, qu'ils entassèrent dans deux charrettes à légumes tirées par des mules. Résultat : deux montagnes combustibles et précaires, hautes et menaçantes sous le clair de lune.

« Avez-vous fini ? » Ce murmure anxieux tapait sur les nerfs de Rosa. Elle réprima son irritation avant de présenter un sourire au quadragénaire vêtu du rouge de la garde de la ville qui les regardait par la porte arrière de la boutique.

« Presque, signore, gazouilla-t-elle en déployant une couverture grossière par-dessus le monticule de caisses et de sacs qui se trouvaient dans la deuxième charrette.

— Mes collègues seront là d'une minute à l'autre. Je ne sais pas de combien de temps nous disposons encore.

— Arrête de t'inquiéter, Pip, ordonna Agata avec cette autorité de général en chef qu'elle avait manifestée toute la nuit. Tu ne t'inquiétais pas autant quand tu avais cette plaie sur ton...

— Oui, merci, signora, je vais... » Le visage cramoisi de l'homme disparut dans l'échoppe. Agata le suivit en caquetant, peut-être pour le harceler un peu plus, peut-être pour dénicher quelques potions ou poisons oubliés.

« Que va-t-elle bien pouvoir faire de tout ça ? » chuchota Sarra. Elle avait grimpé avec Rosa à l'arrière de la charrette et s'appliquait à recouvrir le chargement d'une couverture.

« Tu es certaine de vouloir entendre la réponse ? » l'interrogea Giacomo. Il était déjà perché sur la première charrette, à la place du conducteur. De toute la soirée, il n'avait dû aider à porter qu'un pauvre sachet d'herbe.

« Tu ferais mieux de partir avant qu'elle ne t'entende, conseilla Rosa. Khalid ? »

Khalid hocha la tête, bondissant auprès de Giacomo, et un instant après, tous deux s'élançaient dans la rue, emportant vers les portes de la ville la moitié des biens d'Agata.

Sarra, quant à elle, ne parut pas remarquer leur départ. Perplexe, perdue dans ses pensées, elle était concentrée sur le contenu de la charrette sous ses pieds. Rosa la vit sauter, ce qui suscita un battement d'oreilles agacé de la part des mules éprouvées par la cargaison, et elle se retint de crier lorsque quelque chose cliqueta dans l'une des boîtes amoncelées.

« Dix mille..., marmonnait Sarra.

— Sarra ? »

Agata surgit de sa boutique et s'avança très vite vers elles. « Il est temps de partir. Il y a une patrouille qui arrive, et Pip n'est pas assez malin pour les distraire davantage. » Elle remarqua que Sarra avait un pied sur une caisse. « Es-tu acrobate, ma fille ? Arrête d'escalader mes affaires, et *prends les rênes.* »

La charrette s'engagea bientôt dans la rue, Agata assise sur le banc à côté de Sarra. N'étant ni la plus grande ni la plus âgée, Rosa fut forcée de se serrer à l'arrière, où elle dut respirer par la bouche pour ne pas être asphyxiée par les odeurs variées.

Elle aperçut le rouge des gardes de la ville quand Sarra tourna dans la rue suivante. Mais la patrouille se dirigeait vers l'enseigne peinte de l'apothicaire et ne prêta pas attention à la charrette surchargée qui se faufilait dans les rues florentines. Soulagée, Rosa s'effondra contre la ridelle alors que les hommes disparaissaient.

« Tu te rappelles la mission au palais des Doges ? »

Rosa n'ouvrit pas les yeux. « Quoi ?

— La mission que Lena et papa avaient acceptée au palais des Doges, précisa Sarra. Ils ont perdu la moitié de leur butin parce que la barque a sombré sous le poids.

— De quoi parles-tu ? » À la mention de sa mère, la colonne vertébrale de Rosa avait été parcourue de flammes d'irritation. « Tu dis qu'on pourrait gagner plus de dix mille florins.

— Ce pourrait même être le double, avec tous les nobles qui affluent en ville. »

Agata émit un petit sifflement, mais Sarra ne semblait pas partager son enthousiasme. « C'est bien ce qui m'inquiète. Cinq mille florins, ça se transporte dans n'importe quelle charrette. On pourrait même se servir de celle-ci. Mais le double ? Le quadruple ? Ça promet un essieu cassé ou un fond percé.

— Alors il faudra simplement que tu nous construises toi-même un véhicule adéquat. »

Sarra éclata de rire, mais cette hilarité ne dura pas. « Tu es sérieuse ? Rosa, ce n'est pas si facile. Les matériaux nécessaires… Il faudrait du chêne de Rimini, ou même du noyer… Il faudrait la voiture du pape en personne pour y arriver !

— En supposant que la voiture du pape ne soit pas une option, tu devras trouver une alternative. » De sa place à l'arrière, Rosa ne voyait que le profil de Sarra, mais c'était un profil obstiné, au menton contrarié. « Sarra », réessaya-t-elle plus doucement.

Et elle fut projetée en avant, les côtes heurtant la ridelle tandis que Sarra tirait si brusquement sur les rênes que les mules s'arrêtèrent en dérapant.

« Mais qu'est-ce qui… », glapit Rosa, du fond de la charrette. Sa mâchoire se referma dès qu'elle vit la main de Sarra s'agiter frénétiquement dans son dos. Avec précaution, Rosa s'assit, jetant un regard entre Sarra et Agata, en direction de la rue… et de la patrouille des gardes des Medici qui leur barrait le passage.

Rosa s'autorisa un court instant de confusion et de vertige. Il n'y avait aucune raison pour que les gardes des Medici fassent leur ronde si près des portes de la ville. Leur juridiction s'étendait au Palazzo et à l'entourage immédiat de la famille Medici. Les gardes de la ville les avaient-ils enrôlés pour leur descente dans la boutique d'Agata ? Parce que, si c'était le cas… leur petite charrette s'exposait à des ennuis bien plus grands que Rosa ne l'avait prévu.

« Euh, bonsoir, signori », balbutia Sarra. Elle serrait tellement fort les rênes qu'elle en avait les articulations blanchies, et Rosa poussa un juron silencieux. Sarra n'avait aucun talent pour la comédie, elle était incapable de dissimulation, surtout face à autant d'hommes armés.

Plaçant une main apaisante sur le dos de la jeune femme, Rosa se leva, arborant son plus beau sourire. « Pouvons-nous vous être utiles d'une manière ou d'une autre ? » demanda-t-elle.

L'un des gardes fit un pas dans leur direction. « Que faites-vous dehors à une heure pareille ? »

Il pouvait être aussi impérieux qu'il le voudrait. Rosa ne serait pas ébranlée par une question aussi arbitraire. « Comme vous le voyez, nous aidons notre grand-mère à emménager dans un nouveau logement.

— Hum ? couina Agata. Qu'est-ce qu'il y a ? Qui parle ?

— Pauvre chère grand-mère », se désola Rosa en lui tapotant la tête.

Le garde ne parut pas convaincu. « Qu'y a-t-il sous cette couverture ?

— Rien que les affaires de ma grand-mère.

— Qui êtes-vous ? demanda Agata en levant la tête vers Rosa.

— Montrez-moi ça », exigea le garde.

Sarra sursauta sur son siège, prête à protester. La main de Rosa voltigea vers son épaule, devançant l'objection avant qu'elle ne soit formulée.

Un détail avait attiré l'œil de Rosa : un morceau de papier accroché à la manche du garde. Il y avait quelque chose d'écrit dessus, des lettres imprimées, le fragment d'un mot plus long déchiré dans un accès de colère, supposa-t-elle d'après l'expression de l'homme.

« Bien sûr ! » acquiesça Rosa, avec sa gaieté habituelle. Et d'un geste fluide, elle écarta la couverture, dévoilant le matériel d'apothicaire d'Agata.

« Rosa ! » protesta Sarra, mais Rosa ne quitta pas des yeux les gardes des Medici, qui entouraient la charrette pour en étudier le contenu.

Parce que leur visage ne trahissait aucune émotion. Aucune étincelle de victoire. Ils n'avaient pas été envoyés à la poursuite de l'apothicaire en pleine combustion. Non, c'est une tout autre mission qui avait été confiée à ces hommes.

« Eh bien ? » questionna le chef.

L'un des autres secoua la tête. « Rien.

— Si nous savions ce que vous cherchez, suggéra Rosa, nous pourrions peut-être vous aider ? »

Mais les gardes ignorèrent sa question et se rapprochèrent de leur chargement. L'un d'eux tendit la main et déplaça l'une des caisses sans y prendre garde.

« *Ne touchez pas à ça.* »

Agata, qui avait finalement renoncé à jouer la gâteuse, fixait sur lui un œil d'acier. Et cette fois, l'avertissement ne ressemblait en rien aux mises en garde joueuses qu'elle avait adressées à plusieurs reprises à Rosa et au reste de la bande pendant que l'on débarrassait sa boutique. L'injonction était amère et rageuse, assez brutale pour que le jeune homme retire ses doigts comme s'il avait été mordu.

« Aga... Grand-mère ? » murmura Sarra, se penchant contre la vieille femme. Mais Agata, droite comme un i, foudroyait du regard les hommes en bleu Medici, comme si elle désirait infliger à chacun d'entre eux le sort qu'avait connu sa boutique.

Rosa s'éclaircit la gorge. « Bien. Il est tard et, comme vous le voyez, ma grand-mère ne supporte pas très bien la fatigue. »

Le chef des gardes semblait désarçonné par la menace d'Agata. « Circulez », finit-il par marmonner en faisant signe à ses hommes de s'éloigner.

Sarra fit claquer les rênes et les mules partirent dans la rue, comme si de rien n'était.

« Si près des portes, murmura Sarra par-dessus le cliquetis des roues. Pourquoi les Medici patrouillent-ils si près des portes ? »

Rosa se rassit prudemment à l'arrière. « À cause des affiches. Ils cherchent les coupables. » La signora de Rosso avait encore les épaules crispées, malgré toutes les rues interposées entre les gardes et elles. « Agata ? »

Agata ne se retourna pas. « Tout va bien, ma fille.

— Ils sont loin, maintenant. »

La voix de l'apothicaire avait la dureté d'un diamant : « Les Medici ne sont jamais *loin*.

— Ils repoussent les limites de leur autorité, dit Sarra. Nous ne saurons jamais où on risque de les trouver. »

Rosa ferma les yeux, laissant le vent glacé du fleuve refroidir l'adrénaline dans ses veines. « Si, nous le saurons.

— Ils pourraient apparaître n'importe où.

— C'est pourquoi il nous faut un complice parmi eux », conclut Rosa.

10

KHALID

Il pleuvait à torrents, et l'alcôve où Khalid avait trouvé refuge commençait à être inondée. Il sentait l'eau s'infiltrer dans ses chaussures. S'il avait été raisonnable, il aurait mis fin à ce stupide jeu de dés, et aurait cherché un abri plus sûr.

« Beau temps, n'est-ce pas ? »

Il y avait à peine assez de place pour une seule personne, mais le boulanger rondouillard s'y inséra malgré tout, se frayant un passage jusqu'au tabouret inoccupé, en face de Khalid. Celui-ci ne broncha pas, tandis que l'homme se mettait à l'aise. Il lança les dés. *Huit*.

« Pas de bonjour ? » demanda le boulanger. Il ramassa les dés et les fit rouler avant que Khalid ait pu réagir. « Ce n'est pas très poli. Oh, un huit ! » Les lires que Khalid venait de placer sur le plateau disparurent en un éclair.

Khalid grinça des dents. Ces intempéries le mettaient toujours sur les nerfs. Le martèlement de la pluie et l'humidité qui montait le renvoyaient à ses premiers jours sur le sol génois, à l'époque où il avait compris qu'il n'était qu'un imbécile crédule.

Voici comment s'étaient déroulées ses vingt-quatre premières heures à Gênes :

Khalid s'était réveillé avant le soleil dans une petite mansarde située au-dessus d'une des nombreuses maisons de plaisir du signore Traverio. La nuit avait été agitée. Son corps était encore habitué aux longues journées passées sur le navire, et il était mal à l'aise sur la terre ferme. Si on ajoutait à cela le vacarme du rez-de-chaussée et la pluie qui tambourinait sur le toit, Khalid n'avait pas réussi à dormir davantage que quelques heures ici et là, le sommeil entrecoupé de rêves bizarres. Il avait fait ses prières, l'estomac barbouillé et l'esprit troublé par des palpitations, mais sa journée ne s'était pas améliorée pour autant.

Khalid avait été convoqué dans les bureaux du signore Traverio, qui consistait en un ensemble de pièces ensoleillées tout près du port. Le signore avait ri de son teint verdâtre. « Tu trouveras vite tes repères, mon garçon. » Khalid n'avait pas eu le courage d'exprimer ses doutes. Il l'avait remercié en hochant la tête, tandis que son nouvel employeur, dans sa générosité, lui remettait du pain et du fromage et lui offrait pour guide un homme qui avait une cicatrice au sourcil. Là-dessus, Khalid avait été lâché dans Gênes pour la première fois.

La ville sentait le renfermé. Les murs, les bâtiments, les rues, tout était étroit et sombre, il était constamment bousculé. La puanteur du poisson pourri le suivait partout, pas du tout atténuée par la pluie constante et brumeuse. Il avait cru assez bien maîtriser la langue, mais le dialecte local bourdonnait dans ses oreilles. L'expérience avait été déconcertante et morne, sans rien de commun avec les grandes aventures éclatantes que le signore Traverio lui avait décrites à Tunis. Mais ce n'était que le premier jour, s'était rassuré Khalid. Les choses s'amélioreraient certainement avec le temps.

Rien n'avait changé lorsque sa première mission lui fut confiée. Bien que la soirée soit bien avancée, la chaleur poisseuse de la journée était devenue celle de la soirée quand son guide lui avait annoncé, en aussi peu de mots que possible, qu'il serait videur dans l'une des salles de jeux du signore Traverio. Mais ce que le guide n'avait pas précisé à Khalid, c'était que cette *salle* n'en était pas une au sens traditionnel. En effet, le signore Traverio avait acheté plusieurs anciens navires à de vieux capitaines alcooliques, des rafiots incapables d'une ultime traversée, mais parfaitement aptes à flotter assez loin du rivage pour décourager les gardes locaux. C'est là qu'il accueillait bien volontiers les gens de Gênes qui souhaitaient passer leur soirée à perdre leur argent.

Ses responsabilités seraient simples, lui avait expliqué son guide. Rester debout. Fixer tout le monde d'un regard sévère. Et, en cas d'agitation, jeter à la mer les fauteurs de troubles.

Il n'avait pas exagéré. Khalid avait passé la nuit debout, le regard sévère, exactement comme on le lui avait indiqué. Il n'avait eu besoin de jeter personne à la mer, mais il avait interrompu deux bagarres. Et pour le reste…

Pour le reste, Khalid avait simplement écouté les vagues.

Il avait compris, seulement en l'entendant cette nuit-là, combien ce bruit lui avait manqué. Les vagues l'avaient alors bercé pendant des jours, remplissant ses oreilles et apaisant son cœur chaque fois que la panique venait le suffoquer. Elles lui étaient familières, comme un écho de Tunis. Régulières. Apaisantes. Elles lissaient les aspérités de son esprit, avec leur eau verte et fraîche. Elles étaient une promesse de paix, un refuge loin du chaos de Gênes.

L'aube naissait à l'horizon quand Khalid fut libéré de ses fonctions. Il n'avait pas dormi depuis vingt-quatre heures, mais il se sentait plein d'énergie, revitalisé par le temps passé sur l'eau. Si son travail pour le signore Traverio était toujours de ce genre, alors peut-être n'avait-il pas commis d'erreur, après tout. Khalid avait donc sans peine accepté les deux sacs de pièces – la recette de cette nuit – des mains du responsable de la salle de jeux, avant de regagner le rivage pour porter l'argent aux bureaux du signore Traverio.

Tout était silencieux quand Khalid avait pris le chemin sinueux partant des quais, et il n'avait donc pas entendu approcher le commis avant qu'il soit trop tard. Ils s'étaient télescopés, l'énorme caisse en bois que portait le jeune homme labourant les flancs de Khalid avec une force douloureuse. Arrêté dans son élan, le commis était tombé sur le mur de pierre qu'était Khalid al-Sarraj. Il s'était écroulé à terre, la caisse lui échappant des mains.

« *Bon Dieu !* » s'était écrié le commis, le juron arraché à ses lèvres comme l'air avait été arraché à ses poumons.

Khalid avait mis un moment à aligner les mots dans sa tête avant de parler. « Tu es blessé ? »

À peu près du même âge que lui, le commis n'avait pas 20 ans. D'une main, il se tenait les côtes. Sa respiration sifflante était superficielle, mais il avait entrouvert l'œil droit pour regarder Khalid. Un œil brun et chaleureux, que Khalid avait trouvé intéressant.

« Ça va, ça va, avait dit le commis. Tu m'as coupé le souffle, c'est tout. Tu es fait en quoi, en granit ? » L'intéressant œil brun avait remonté des bottes de Khalid jusqu'au sommet de son crâne, avant de se poser sur son visage. « Peut-être bien que oui, après tout. »

Khalid avait eu la quasi-certitude que le commis plaisantait. Il avait aussi eu la certitude *absolue* d'être gêné par ce regard baladeur. Une tension se répandait sur toute sa peau. Il n'aimait pas ça. « Tu devrais faire plus attention », avait-il dit en lui tendant la main.

Le commis l'avait saisie, révélant un éclair de liquide rouge vif. Entre l'instant où il avait percuté Khalid et celui où il avait percuté le sol, il avait réussi à arracher une longue bande de peau à l'une de ses paumes. « Oh ! avait-il fait, réellement surpris. C'est laid. Il faudra combien de temps pour que ça guérisse, d'après toi ? J'ai besoin de mes mains, tu comprends. » Tout ce discours était sorti d'une traite de la bouche du commis, et tournait autour des oreilles de Khalid. Le commis lui avait alors pris la main pour se remettre debout. La tension sur la peau de Khalid s'était amplifiée. Il avait dû se retenir d'acquiescer, car tout le monde avait besoin de ses mains, et c'était la seule phrase qu'il avait réellement comprise. Bien sûr, il avait gardé un œil sur les doigts du commis tout en remettant ses habits en ordre. Khalid n'était à Gênes que depuis une journée, mais il avait passé toute sa vie dans une grande ville. Il avait appris très jeune à ne pas autoriser les doigts d'un inconnu à s'approcher de ses poches.

C'était parce qu'il surveillait d'aussi près les mouvements du commis qu'il l'avait vu chanceler. « Oh non, avait marmonné le jeune homme. Non, non, non... » Oubliant plaies et bleus, il avait couru vers la caisse en bois qui gisait à terre, éventrée, perdant sa paille. « Non, par pitié, avait-il murmuré en prenant le couvercle entre ses mains tremblantes. Pitié... »

Khalid avait regardé avec une vague appréhension le commis retirer le couvercle. À l'intérieur était niché, dans la paille, ce qui, peu auparavant, avait été un énorme vase en céramique. À présent, le vase n'était plus que sept morceaux de céramique. Quand le jeune homme avait remué la caisse, les sept étaient devenus huit.

« Je suis mort, avait tremblé le commis. Je suis mort. Il va me tuer. »

Il semblait si désemparé que Khalid n'avait pu s'empêcher d'intervenir. « Est-ce... Qu'est-ce que c'est ?

— C'est... » Le commis lui avait adressé un sourire humide. Il tâchait de faire bonne figure. C'était un sentiment que Khalid connaissait. « Ce n'est rien. J'étais... Mon maître m'a envoyé chercher ce paquet quand le *Cecilia* est arrivé tout à l'heure. Il a payé très cher pour que cet objet lui soit acheminé depuis Constantinople, et il l'attend depuis plusieurs mois, mais... » Il avait hoqueté en baissant à nouveau les yeux vers le vase brisé. « Enfin.

— Tu vas avoir des ennuis ?

— Comme toujours, marmonna le commis. Je vais… Il a mauvais caractère, mais… ça ira. Ça m'apprendra à regarder devant moi, pas vrai ? »

Ce fut ce désespoir tranquille qui avait motivé la décision de Khalid. Fouillant dans l'une des poches intérieures de sa veste, il en avait tiré une poignée de lires. Une si petite somme ne manquerait sûrement pas au signore Traverio. « Tiens, prends.

— Quoi ? Je ne peux pas…

— Ça ne remboursera pas le vase, mais c'est mieux que rien. Tu pourras peut-être quitter la ville. »

La proposition était triviale. Mais en la formulant, Khalid avait compris qu'elle ne valait pas pour lui. Ce garçon était libre de quitter Gênes, s'il était désespéré. Mais Khalid, lui…

C'était la première fois qu'il avait vraiment envisagé sa nouvelle réalité. Une oppression affreuse avait envahi sa poitrine. Il l'avait maîtrisée de justesse. Pendant tout ce temps, le commis l'examinait, promenant son regard sur le visage de Khalid. Lentement, il avait tendu sa main éraflée et meurtrie, et pris les pièces dans la paume de Khalid. « Merci. Tu es… très gentil.

— Bonne chance, signore », avait répondu Khalid. Avec un hochement de tête plein de fermeté, il avait pivoté sur ses talons et s'était éloigné. S'il se concentrait sur cet acte de gentillesse, il ne verrait peut-être pas les barreaux de cette prison qu'était désormais sa vie.

Ce ne fut que lorsqu'il avait atteint les bureaux du signore Traverio qu'il avait appris qu'il n'existait aucun navire appelé le *Cecilia*, qu'un nouvel escroc hantait les quais, et que l'argent qu'il avait prélevé sur les gains de la salle de jeu allait très certainement manquer à son patron.

Voilà comment Khalid avait fait la connaissance de Giacomo san Giacomo.

Au cours des années suivantes au service du signore Traverio, Khalid avait maintes fois vécu ce même type d'entrevue. Il avait analysé ces rencontres sous tous les angles, les avait démantelées, inspectées. Elles avaient été une leçon pour lui ; elles lui avaient appris à ne se fier à aucun de ceux qu'il rencontrait. Surtout pas à un caméléon comme Giacomo.

C'est pourquoi il ne réagit pas quand le boulanger moustachu lança les dés vers lui avec un grand sourire et un clin d'œil. Trois ans après, ses yeux étaient toujours d'un brun intéressant, mais Khalid n'y était désormais plus sensible.

« Vous avez l'air malheureux, signore, dit Giacomo. *Vraiment*, on croirait que vous n'avez pas envie d'être ici. »

Khalid fit rouler les dés et posa une autre lire sur le plateau. « C'est fini ?

— Il te reste quelques minutes. » Giacomo était saupoudré de farine du cou jusqu'aux genoux. Il en avait même sous les ongles. « Le temps de terminer cette partie. Ça te tuerait de *faire semblant* de t'amuser ? C'est un jeu, c'est censé être drôle !

— Lance les dés.

— Un jour, je vous verrai sourire, signore al-Sarraj », le taquina Giacomo. Il fit rouler les dés distraitement et évacua la case quatre. « Écoute-moi bien. Ça n'est pas difficile, je le fais tout le temps ! Regarde… » Il désigna son propre visage. Un sourire radieux apparut sous l'horrible moustache. « Tu vois ? C'est sans douleur, tu devrais essayer de temps en temps. »

Khalid fronça les sourcils. « Ça ne me plaît pas.

— De sourire ? Ça, je m'en serais douté.

— Non », dit Khalid. Il ramassa les dés et les retourna entre ses doigts glacés par la pluie. « Faire semblant. Ça ne me plaît pas.

— C'est juste parce que tu le fais mal, répliqua Giacomo, balayant l'objection d'un geste. Tu aimerais si on te l'avait appris. Je pourrais te donner des leçons. J'ai un système, tu vois. »

Khalid réussit à récupérer une pièce de la case neuf. « Je n'ai pas besoin de leçons.

— Ah oui ? D'après mes souvenirs, tes compétences consistent avant tout à te pointer là où le signore Traverio t'envoie et à jouer des muscles jusqu'à ce que les gens pissent dans leur froc.

— Tu préférerais que je leur fasse les poches ?

— Je ne vous ai jamais fait les poches, signore al-Sarraj. » Giacomo inclina la tête. « Tu t'es déjà demandé pourquoi ? »

Khalid se l'était souvent demandé, mais il aimerait mieux mourir que de l'avouer. « Non.

— Tu mens très mal. » Giacomo feignit la désapprobation. « C'est là que mes leçons tomberaient à pic. Tu te retiens beaucoup de ne pas me frapper ?

— Hum.

— C'est ce que je pensais. Dommage que tu n'aies pas saisi l'occasion. » Giacomo baissa les yeux vers le tonneau. « Oh, regarde ! J'ai fait un douze ! »

Khalid plissa le front. « Tu as triché.

— Impossible de tricher au jeu du Bateau, répliqua Giacomo, mentant effrontément. Tout le monde le sait. »

Khalid le regarda glisser dans sa bourse toutes les pièces posées sur le plateau. Il ne put s'empêcher d'estimer qu'il manquait quelque chose – comme s'il était de retour à Gênes et voyait un jeune homme aux mains éraflées ouvrir une caisse de céramique cassée.

Trois hommes passèrent le long de son abri peu profond, leurs bottes lui éclaboussant les mollets d'eau boueuse. Ils s'arrêtèrent devant une maison étroite, couverte de lierre. L'un d'eux – un forgeron musclé, dont la bedaine débordait de ses habits brûlés – empoigna la porte et la secoua.

« Lisa ! rugit-il. Lisa, sale garce ! Je sais que tu es là !

— Est-ce lui ? chuchota Khalid à Giacomo, qui observait la scène avec intérêt.

— C'est lui. »

L'une des fenêtres de l'étage s'ouvrit et une femme voluptueuse se pencha. Ses cheveux étaient dénoués, et sa tenue était… réduite au strict minimum. « Tu viens au beau milieu de la journée crier dans la rue comme un…

— Je sais qu'il est là ! hurla le forgeron. Je sais qu'il est avec toi !

— Va au diable ! riposta la femme, assez fort pour noyer le bruit d'une porte voisine qui claquait.

— La porte arrière », dit l'un des amis du forgeron. Tandis que la femme continuait à vociférer, les trois hommes contournèrent le bâtiment.

« Ça, c'est pour toi, j'ai l'impression », lui lança Giacomo. Khalid était déjà debout. Sa proie avait disparu, mais les cris et les bruits indiquaient qu'elle n'était pas loin. « N'oublie pas de t'amuser ! » lui lança Giacomo tandis qu'il partait au petit trot.

Un spectacle pitoyable l'accueillit tandis qu'il tournait à l'angle de la maison. Le forgeron et ses amis formaient un cercle autour d'un solide gaillard, étendu sur les pavés humides et sales, les mains au-dessus de la tête. Il était aussi peu vêtu que la femme à l'étage, qui continuait à crier des insultes aux hommes par une fenêtre à l'arrière. La pluie ne suffisait pas à atténuer cette cacophonie. Dans la ruelle, tout le monde était trop occupé à hurler, frapper – ou être frappé – pour prêter attention à Khalid.

C'était très bien. Ça ne durerait pas.

En voilà, un ensemble de compétences, songea Khalid alors qu'il tapotait l'épaule du forgeron.

L'homme s'interrompit, la botte encore au creux du ventre de sa victime. « Qu'est-ce que tu veux ? » aboya-t-il.

Khalid lui opposa son habituel regard inexpressif. « Laisse-le tranquille.

— T'es qui, toi, un saint ? » Le forgeron donna un nouveau coup de pied à sa victime étendue à terre. « Tu le connais, Bianci ? »

Bianci ouvrit un œil qui enflait déjà. « Moi… euh… »

Le forgeron ricana. « Et toi, Lisa ? Tu couches avec lui aussi ? »

Khalid se contentait d'observer. Derrière le forgeron, l'un des autres attaquants s'inquiétait du stoïcisme du nouveau venu. « On s'en va, murmura-t-il. Il a eu sa dose. »

Mais le forgeron fixait maintenant Khalid, les yeux plissés. « Non. Il y en a un à qui je vais tordre le cou aujourd'hui. Si ce n'est pas à cette pauvre merde… » Il enfonça le talon de sa botte dans l'estomac de Bianci, plus profond, arrachant un couinement de panique au malheureux. « … alors ce sera à son ange gardien. »

Le coup, lorsqu'il s'abattit, ne vint ni d'un poing ni d'un genou. Le forgeron avait fait apparaître une barre de fer, qu'il dirigea vers les côtes de Khalid avec férocité, pour lui vider les poumons de tout l'air qu'ils contenaient.

C'était un geste habile, et l'arme produisit un effet de surprise tout aussi habile. Mais le forgeron était plus familier des bagarres de rue que des duels. Il avait l'habitude d'être soutenu par ses amis. Sans l'appui de ses compagnons, il ne serait plus bon à rien. Khalid esquiva légèrement la barre de fer, qui frôla le tissu de sa manche.

Le forgeron tituba, pris au dépourvu par la dextérité de Khalid – ou par le fait qu'il ne s'enfuyait pas, peu importait. Alors que l'homme s'apprêtait à frapper à nouveau, cette fois pour briser le genou de son adversaire, Khalid se baissa, de sorte que le bras du forgeron qui tenait l'arme aille frapper l'un de ses compagnons au visage.

Ce dernier recula, le sang et la pluie ruisselant entre ses doigts. « Nom de Dieu ! » cria-t-il, le blasphème résonnant entre les murs. Khalid ne lui laissa pas le temps de se ressaisir – la seconde suivante, il lui assena un coup à l'entrejambe, et l'homme s'écroula au sol. Il le frappa du même pied, le côté de sa botte percutant la tempe de sa victime, qui s'étendit face contre terre, dans la boue.

Et d'un. Plus que deux.

Derrière lui, Khalid entendit le forgeron pousser un juron. Il eut tout juste le temps de s'écarter quand la barre de fer s'abattit. Elle lui effleura l'épaule, propagea une douleur lancinante dans tout son bras gauche, mais manqua, par bonheur, sa tête. En se retournant, Khalid découvrit le forgeron et son unique ami, restés debout côte à côte, qui lui barraient la route. Sous cette pluie battante, il ne voyait plus nulle part le pauvre Bianci.

« Tu vas le regretter », menaça le forgeron, dont les phalanges étaient blanchies par la force qu'il mettait dans le maintien de son arme.

Khalid ne leur laissa pas l'occasion de charger. Il était déjà en mouvement, et il s'approchait des deux hommes tout en évitant les coups. Sous la fenêtre de Lisa, une caisse en bois se décomposait. Khalid posa un pied sur sa surface instable et s'accrocha au rebord de la fenêtre, ses doigts glissant sur la pierre vermoulue, à la recherche d'une prise…

Mais trouvant bientôt prise…

Il se balançait, suspendu, ses pieds pédalant dans le vide. Au-dessus de lui, Lisa émettait des cris incompréhensibles. En dessous, son mari poussait des rugissements inintelligibles. Khalid pensa que chacun d'eux méritait tout à fait son conjoint.

Il se laissa tomber. Les genoux repliés, les talons dirigés droit vers la tête du forgeron, l'élan qu'il prit, combiné à son poids, l'aidèrent à le transformer en projectile. Ses jambes se tendirent et il eut la satisfaction de sentir ses pieds entrer en contact avec un corps humain.

Il toucha le sol et se roula en boule avant de s'accroupir. Le forgeron n'eut pas cette chance. Il avait été renversé contre la caisse, dont les fragments se dressaient maintenant autour de lui. Il gémissait parmi les débris et ne semblait pas près de se relever de sitôt.

L'un de ses amis était encore debout. Khalid inclina la tête vers lui, se plantant sur les pavés, au cas où il déciderait de tenter sa chance…

C'est alors qu'une planche vint frapper l'arrière du crâne de l'homme et qu'il s'effondra, révélant, juste derrière lui, le visage tuméfié de Bianci.

Bianci regarda Khalid. Khalid regarda Bianci.

« Vous... », dit Bianci. Il semblait avoir perdu l'usage de la parole. Sa planche, tirée de la caisse détruite, pendait de ses doigts. « Vous... »

Khalid baissa le menton. « Êtes-vous blessé, signore ? »

Bianci le contempla encore quelques instants, avant de renverser la tête en arrière, riant à gorge déployée. « Si je suis *blessé* ? répéta-t-il en essuyant une larme. Bon Dieu, vous êtes incroyable ! Mais *qui* êtes-vous ?

— J'ai entendu la bagarre », répondit Khalid. Ce n'était pas une réponse, mais ce n'était pas un mensonge. Il eut pourtant la sensation d'avoir le visage en feu. Comment Giacomo faisait-il donc ? « Quand je vous ai vu seul contre trois et... dans cette tenue, je n'ai pas eu le choix. »

Si Bianci avait été moins reconnaissant ou moins commotionné, il aurait peut-être remarqué l'inconfort flagrant de Khalid. Heureusement, ce ne fut pas le cas. Bianci, dans un émerveillement cotonneux, l'admirait. « Vous êtes un ange, voilà ce que vous êtes. »

Des pas s'avançaient dans la ruelle. Quelques instants plus tard, la silhouette grande et longiligne d'un homme apparut sous la pluie brumeuse. « Sergent ! héla-t-il.

— Vieri, espèce de salopard, répliqua Bianci dont le sourire chaleureux s'effaça. Tu étais censé faire le guet !

— Je le faisais ! protesta Vieri en pataugeant dans les flaques. Je suis allé chercher du vin et des fruits, comme vous l'aviez demandé. »

Bianci fronça les sourcils. « Je ne t'ai rien demandé du tout.

— Mais si. Le cuisinier de la signora Lisa m'a transmis vos ordres. » Voyant que Bianci ne comprenait pas, Vieri insista. « Le gros ? Avec la moustache ?

— Si tu dois vraiment aller à la taverne, choisis un moment où je ne suis pas en train de me faire trucider. Et n'essaye pas ensuite de me mentir ! Sans ce monsieur, qui sait ce qui aurait pu arriver ? »

Pour la première fois depuis le début de cette conversation, le regard de Vieri glissa vers Khalid, s'arrêta sur ses vêtements salis par le voyage et ses articulations ensanglantées. « Ce... monsieur ? » dit-il, entassant une montagne de mépris dans ce dernier mot.

Khalid le salua. « Yazid Ben-Halil. De Ferrare.

— Vous avez fait tout le chemin depuis Ferrare ? demanda Bianci, tournant le dos à Vieri. Qu'est-ce qui vous amène à Florence ?

— Je cherche du travail, signore. J'ai entendu dire que les occasions étaient nombreuses ici. » Derrière Bianci, Vieri renifla. « Jusqu'à présent, j'ai été... déçu.

— Du travail, hein ? » Bianci l'étudiait d'un air narquois. « En tout cas, tu sais te défendre...

— Mon amour ! »

Lisa semblait remise de ses émotions. Penchée à la fenêtre, elle tenait un paquet de vêtements. Bianci ouvrit les bras et elle le lui lança. Il lui envoya un baiser, qu'elle lui rendit. Puis elle disparut à nouveau dans la maison, indifférente au spectacle de son mari qui gisait encore à terre, dans la ruelle.

Bianci enfila ses chausses et les laça. « Dieu soit loué. J'aurais eu du mal à rentrer chez moi à moitié habillé. » Il noua les cordons. « C'est peut-être ton jour de chance autant que le mien, Ben-Halil.

— Signore ? » Khalid tenta de se rappeler la mine qu'avait affichée Giacomo dans cette rue obscure de Gênes, le jour de leur première rencontre – de grands yeux innocents, le front soucieux. Il fit de son mieux pour l'imiter, bien que certain de se ridiculiser.

« Oh oui », dit Bianci. Il secoua son pourpoint et y inséra ses bras, avant de le refermer devant sa poitrine. Un blason familial apparut alors entre les plis du tissu – une triple fleur de lys sur un fond d'un rouge profond. L'uniforme de la garde familiale des Medici. « Je crois connaître une noble famille qui serait tout à fait ravie d'avoir quelqu'un d'aussi talentueux que toi à son service. »

11

SARRA

Il faisait encore nuit quand Sarra quitta son lit le lendemain, frissonnant dans le froid matinal. À pas de loup, elle alla ouvrir le coffre placé au pied de son lit et se mit à fouiller dedans.

La première fois qu'elle avait revêtu chausses et pourpoint pour une mission, ça avait été pour des raisons de commodité. Une nuit passée à courir sur les toits et à manipuler des inventions délicates tout en se débattant avec de longs jupons avait bien failli tuer ses rêves d'escroquerie dans l'œuf, et elle avait donc dérobé à son frère des vêtements qu'il ne portait plus. Mais lorsqu'elle était sortie, les cheveux relevés et ses formes masquées, le monde s'était ouvert à elle comme jamais auparavant. Elle pouvait aller partout où elle voulait, quand elle le souhaitait, sans que personne ne lui lance de regard désapprobateur. C'était *grisant*. Le justaucorps, le pourpoint et les chausses étaient donc devenus un uniforme, qu'elle revêtait chaque fois qu'un travail se présentait. Ils ne lui allaient pas parfaitement – ce ne serait jamais le cas, malgré toutes les retouches imaginables –, mais habillée ainsi, elle se sentait plus elle-même qu'en robe, à jouer le rôle de la sœur d'un respectable imprimeur.

Quand Sarra entrouvrit la porte de la chambre, Pietro n'était qu'une masse de couvertures sur la paillasse devant les braises qui rougeoyaient dans la cheminée. Marchant avec précaution, tenant à deux mains ses habits de rechange, elle traversa le plancher encore chaud. Elle était presque sur le palier quand la montagne de tissus fut ébranlée par une secousse colossale. Sarra se pétrifia alors que Pietro s'asseyait, fixant sur elle ses yeux hagards. Les bruits qu'il émit à ce moment-là auraient difficilement pu être qualifiés de phrase, mais Sarra avait seize ans d'expérience dans l'art de traduire le Pietro Nepi matinal, et là où n'importe qui n'aurait entendu qu'un fouillis de consonnes et de voyelles, elle comprit : « Pourquoi diable es-tu debout ?

— Rendors-toi, chuchota-t-elle. Il est encore tôt. »

Il battit des paupières, et Sarra comprit que, la veille, il s'était couché encore plus tard qu'elle – elle ne l'avait même pas entendu rentrer à la maison. « Où vas-tu ? » demanda-t-il d'une voix rocailleuse, mais articulant de véritables mots, cette fois.

Pendant une fraction de seconde, la réminiscence d'un vide solitaire s'empara de Sarra – c'était un vide identique à celui qu'elle avait ressenti lorsqu'il était parti pour l'université, quelques années auparavant. Son frère ne lui avait plus posé cette question depuis si longtemps. *Où vas-tu ?* demandait Pietro, derrière ses piles de livres, tandis que leur père entassait des provisions dans un sac, Lena attendant près de la porte.

Il posait la question, Matteo répondait, Lena riait et le taquinait, ajoutant des détails alléchants et des destinations exaltantes. Sarra planait dans l'ombre de Lena, portée par l'espoir enfantin que cette fois ils l'emmèneraient avec eux. Elle ne comprenait jamais pourquoi Pietro paraissait fâché en découvrant les projets de son père, pourquoi il suppliait papa de rester en sécurité – alors que Matteo revenait à chaque fois chargé de pièces, de bijoux et d'or, quelques heures, quelques jours ou quelques semaines plus tard.

Mais il ne rapportait pas d'histoires, peu importait combien Sarra les réclamait. Le récit de leurs escapades palpitantes et de leurs fuites audacieuses, c'était Lena qui le lui faisait. Et même si Pietro refusait d'écouter, préférant bouder dans un coin ou se cloîtrer à l'université, Sarra ne s'était jamais sentie seule. Elle avait Rosa pour compagnie, les jambes croisées devant le feu, tandis que Lena racontait ses histoires, et elle rêvait du jour où elles vivraient toutes deux des aventures comme papa… du jour où elles seraient des arnaqueuses aussi douées que Lena.

Mais ensuite…

Promets-moi de ne jamais entraîner ton frère là-dedans.

Ces mots avaient raclé la gorge de papa, quelques heures avant qu'il ne succombe à la fièvre. Accrochée à sa main trop chaude – Rosa et Lena Cellini ayant depuis longtemps disparu –, Sarra avait acquiescé et promis. Puis la solitude et le vide avaient commencé à s'insinuer en elle.

« Je te l'ai dit, murmura-t-elle à Pietro. J'ai accepté quelques petits boulots pour contribuer à régler les factures. Cette semaine, je serai chez les de' Baldi.

— Les factures ? » L'espace d'un instant, Pietro ouvrit de grands yeux avant de retomber dans un demi-sommeil. « Ah. Les factures. »

Elle s'en voulut d'évoquer leur manque d'argent, qui ne résultait nullement d'un manque de travail de la part de Pietro. Mais rien n'était plus efficace pour qu'il cesse de la questionner ainsi, et donc…

« Ils avaient besoin d'aide pour leurs livraisons, expliqua-t-elle en pliant son pourpoint afin qu'il ne soit pas identifiable. Avec le nouveau bébé, et tous les gens qui arrivent en ville à cause du pape…

— Hmm, fit-il tandis qu'elle enfilait son manteau.

— En tout cas, je ferai des allées et venues, donc ne t'inquiète pas pour moi, dit-elle en finissant de s'habiller par des gestes prompts. On se verra quand ce sera un peu moins la panique.

— Sarra.

— Pietro », répondit-elle en imitant son ton sérieux.

Le regard intense dans la lumière grise de l'aube, il scrutait son visage. Elle se demanda ce qu'il voyait. Elle espérait en partie qu'il devinerait la vérité, pour qu'elle puisse enfin renoncer à tous ces mensonges… mais elle ne pouvait permettre à cette partie de son esprit de prendre le dessus.

C'est lui qui céda le premier : ses yeux se fermèrent par un bâillement. « C'est tout ? le taquina-t-elle, son cœur martelant sa poitrine. Je peux disposer ?

— Chut. » Il se laissa retomber sur la paillasse. « Je dors.

— Bien sûr. » Elle mit la main sur la poignée de la porte. « À plus tard. »

Elle était sur le palier lorsqu'elle l'entendit marmonner une réponse, si étouffée qu'elle était presque inaudible. « Sois prudente, s'il te plaît. »

Elle sentit ces mots se poser quelque part entre ses omoplates, plus lourds qu'ils n'auraient dû l'être. Ils pesaient sur elle comme de la neige – si elle s'arrêtait dans la boutique pour enlever sa robe, elle risquait de s'écrouler. Elle emporta donc ces paroles, ainsi que ses chausses et son pourpoint, hors de la ville, jusqu'au moulin.

Il était encore tôt. Le seul membre de leur équipe à ne plus dormir à cette heure-là serait peut-être Khalid, or il accomplissait sa première patrouille nocturne pour les Medici, et ne reviendrait qu'à midi. Sarra eut brièvement envie d'entrer voir s'il y avait de quoi prendre un petit-déjeuner, mais comme le fleuve était clair et que le soleil promettait de se montrer, elle refusait catégoriquement de s'enfermer dans n'importe quel endroit avec quatre murs et un toit. Elle opta donc pour la deuxième solution, qui impliquait du bois, de la corde, un marteau au poids parfait et un ciseau affûté.

Quand Rosa passa la tête à la fenêtre du moulin, Sarra était couverte de copeaux de bois et avait trébuché deux fois dans ses jupes. « Merde », lâcha-t-elle alors qu'un coup de maillet maladroit fit déraper son ciseau, traçant une mince ligne de sang sur le côté de son petit doigt.

« La journée commence mal ? » gazouilla Rosa. Elle portait un châle autour des épaules pour se protéger du froid, et son haleine se changeait en vapeur.

« Non, dit Sarra, ce qui était à la fois vrai et faux. Je voulais simplement démarrer de bonne heure.

— Il fallait vraiment que ce soit *d'aussi* bonne heure ? ronchonna une voix qui ne pouvait être que celle de Giacomo.

— Chut, fit Rosa. J'attends encore tes plans pour le vin, d'ailleurs. » Sarra ne put distinguer le nouveau grommellement de Giacomo, auquel Rosa répondit en levant les yeux au ciel. « Je descends », annonça-t-elle à Sarra avant de refermer les volets. Sarra s'accorda un moment de répit pour fourrer son doigt blessé dans la bouche, ce qui permit à ses pensées de se calmer par la même occasion.

Quelques minutes s'écoulèrent avant que Rosa ne pousse de son pied nu la porte du moulin, puis la laisse se refermer derrière elle. Elle avait les bras chargés d'une masse de tissu, et tenait maladroitement un mouchoir fermé dans une main. « Prends ça, avant que ça ne tombe… »

Sarra obéit. « C'est pour moi ?

— Le petit-déjeuner. » Dénouant le baluchon, Sarra trouva un quignon de pain, un morceau de fromage et un rayon de miel. « C'est Agata qui t'envoie le miel. Pour ta main, pas pour le manger.

— Et ça ? » demanda Sarra entre deux bouchées de pain et de fromage, désignant l'autre fardeau de Rosa. Avec un sourire en biais, Rosa le secoua. Ce qui n'était au premier abord qu'un tissu informe se révéla être une superbe robe vert bouteille, bordée de ruban jaune au col et aux poignets. Sarra émit un sifflement. « Magnifique.

— Rien n'est trop beau pour la nièce du Divino, dit Rosa avec à peine une pointe de moquerie. C'est pour la charrette ? » Tout en étudiant le désordre dont son amie était entourée, elle avait réussi à enfiler la robe verte, dont elle laçait le corsage, ses yeux posés sur les douves de bois et le ciseau de Sarra.

« Les tonneaux, répondit Sarra. Mais j'ai étudié la question de la charrette, et il y a vraiment un problème, Rosa. Les matériaux qu'il faut, je ne peux pas les obtenir dans les temps. *Mais*. Il y a quelques personnes à qui je peux demander de nous prêter…

— Non », trancha Rosa. Le ton était charmant, mais cachait une volonté d'acier.

« Tu ne m'écoutes pas. Ce sera impossible de…

— Alors nous devrons imaginer une solution. Nous ne sortirons pas de notre cercle pour quelque chose d'aussi dérisoire qu'une charrette. Je ne prendrai pas ce risque. » Ses doigts voltigeaient, resserrant le devant de la robe. « Parle-moi de ces tonneaux. »

Sarra n'en avait pas fini avec cette conversation, mais elle accepta de passer à autre chose. « Ils devraient être prêts au bout de huit jours environ. Après, il s'agira d'installer la coquille interne, mais ce sera facile. J'ai un schéma pour les insonoriser, je te le montrerai. Tu as des nouvelles de Khalid ?

— Il est dans la place, répondit Rosa. Je ne l'ai pas vu depuis hier, mais en ce qui me concerne, pas de nouvelles, bonnes nouvelles. En cas de pépin, il saura nous avertir. »

Contrairement aux autres, sous-entendait-elle. « C'est Michelangelo qui t'inquiète ? » demanda Sarra.

Rosa fit disparaître les lacets à l'intérieur de la robe. « Je maîtrise la situation. »

Sarra poussa un soupir exaspéré. « C'est toi qui as eu cette idée ! Et s'il est trop bavard ?

— Ce ne sera pas le cas. » Rosa conserva son sourire insouciant alors qu'elle glissait une épingle dans ses cheveux.

« Compte tenu de notre éducation, je sais que ça peut te paraître radical, dit Sarra tout en esquissant de longs coups réguliers sur le bois avec son ciseau. Mais certaines personnes doivent accomplir de grands efforts pour cacher des choses à leurs proches.

— J'imagine.

— Y a-t-il quelqu'un dans ta vie qui *ignore* ce que tu fais ?

— On parle toujours de Michelangelo ? »

Sarra n'avait jamais eu ce don de faire semblant que possédaient Lena, Rosa et même (Dieu merci) Giacomo. Elle retourna la planche et se mit à travailler sur l'autre extrémité, se concentrant sur son outil pour ne pas avoir à croiser le regard de Rosa.

« Comment va Pietro ? » La voix de Rosa était aussi neutre que son expression.

« Ne sois pas désagréable.

— Tu lui as avoué ? »

Sarra renifla. « Non. Comme je te l'ai dit, j'ai promis.

— Très bien, approuva Rosa. Tu ne peux rien lui dire. Il ne sait pas. Où est le problème ? »

Elle ne se rendait pas compte. Cette idée frappa Sarra comme un éclair. Toute l'intelligence de Rosa, une vie passée à s'entraîner auprès de la plus grande arnaqueuse que Sarra avait jamais connue, et elle était incapable de comprendre la situation. Ou bien ne le voulait-elle pas, simplement.

Deux ans. C'était le temps que Sarra avait passé à vivre seule avec la Bricoleuse, mentant à toute sa famille chaque fois qu'elle acceptait une mission. Et ce uniquement afin d'accomplir ce pour quoi elle se sentait faite, uniquement pour que Pietro ne demande pas « Où vas-tu ? », ne veille pas pour l'attendre, ne s'inquiète pas pour elle, comme il s'était inquiété pour papa.

Deux ans pendant lesquels cette solitude vide s'était creusée dans le ventre de Sarra. Puis Rosa, la sœur que Sarra croyait avoir perdue, était réapparue, surgie de nulle part…

Mais si elles étaient comme deux sœurs, pourquoi Rosa ne lui laissait-elle rien voir à travers son masque souriant et désinvolte ?

Tchic. Tchic. Le ciseau de Sarra ne faiblissait pas. Le gros du travail sur cette douve était presque achevé. Et Sarra comprit qu'elle posait à Rosa la mauvaise question.

« À qui parles-tu quand tu ne parles *pas* de ton travail ? »

Les moments où elle avait une longueur d'avance sur Rosa Cellini étaient si rares qu'ils étaient précieux. Celui-ci était l'un d'eux : sous le soleil de l'aube, Rosa la regardait, les yeux écarquillés comme une carpe échouée.

« Allons donc, Rosa. » La fissure de l'armure de son amie incita Sarra à chantonner gaiement. « Tu as beau garder pour toi les détails de cette mission, l'escroquerie ne peut pas être tout ton univers. Et le reste, alors ?

— Je..., bafouilla Rosa. Qui a du temps pour le reste ?

— Avoir une vie, ce n'est pas négliger ta mission. »

Le regard de Rosa se dirigea vers le sang sur la main de Sarra, et celle-ci dut résister à l'envie de cacher la blessure derrière son dos.

« Je dois y aller, dit Rosa en récupérant son mouchoir et son châle. Tiens-moi au courant de l'avancement de la charrette, si tu peux. »

La réprimande fut subtile mais réelle, et Sarra tâcha de ne pas lui en vouloir. Après avoir échangé un signe de tête, Rosa partit en direction des portes de la ville et Sarra resta seule dans l'herbe, avec son orgueil offensé et son tas de planches.

« La moitié pour la Bricoleuse, la moitié pour l'imprimerie, murmura-t-elle pour elle-même. La moitié pour la criminelle, la moitié pour la sœur. »

Et rien pour moi.

Étranglée par cette triste pensée, elle reprit son outil et se remit à l'ouvrage.

~ 12 ~

GIACOMO

Giacomo connaissait deux choses au sujet du gardien de la Porta Romana duquel il s'approchait, et l'une d'elles était son nom. L'autre, c'était que le capitaine Santini, de la garde de la ville, se croyait *beaucoup* plus intelligent qu'il ne l'était réellement. Il était donc le genre de personne que Giacomo aimait mieux que toute autre, et avec qui il y aurait de quoi *s'amuser*.

« Vous n'imaginez pas à quel point c'était affreux, capitaine, gémit Giacomo, au comble de la joie. Ma pauvre tête. J'en ai des *palpitations*. »

Lorsqu'il avait rencontré le capitaine Santini, Giacomo avait complété sa liste d'informations. Bien qu'il soit *visiblement* membre de la garde de la ville, Santini avait triché ou payé pour se dispenser de la formation indispensable pour devenir garde (premier point). Il était prêt à tout pour satisfaire le blason d'une noble famille, quel qu'il soit (second point). Naturellement, il n'était guère apprécié de ses subordonnés, dont la fierté de servir leur ville était sans limites. Ces derniers avaient signifié leur mécontentement en chassant leur capitaine du corps de garde, et en l'envoyant affronter, seul, l'homme des Medici – qui avait semblé proche de l'évanouissement – et son garde stoïque.

« Il y avait d'abord la tension, *des mètres* de tension, dit Giacomo en se tamponnant le front. Et puis les hurlements. Le cuisinier s'est mis à lancer des objets, un vrai cauchemar, et bien sûr l'endroit en est venu à exsuder une odeur…

— “Exsuder” ? » Manifestement, le capitaine Santini ne s'attendait pas à *exsuder*.

« Mon cher ami, vous comprendriez si vous aviez été sur place, déclara Giacomo. En toute franchise, j'aurais été ravi d'échapper à cela s'il n'y avait pas eu… » Il baissa la voix et pointa le pouce par-dessus son épaule. « *Celui-là.* »

Celui-là ressemblait moins à un humain qu'à une muraille, haute de plus d'un mètre quatre-vingts, vêtue de l'uniforme bleu Medici aux boutons luisants, les bras croisés. C'était Khalid al-Sarraj. Giacomo eut du mal, beaucoup de mal, à ne pas rire en voyant l'angoisse et l'envie alterner sur le visage du capitaine Santini alors qu'il contemplait tour à tour les muscles et l'uniforme qui lui faisaient face. Mais, en bon professionnel, Giacomo continua à défaillir contre le mur de pierre rugueuse de la Porta Romana, comme la fleur fragile qu'il incarnait alors.

« Je… peux vous assurer que la garde de la ville accomplit son devoir très consciencieusement », dit le capitaine, maîtrisant de justesse son balbutiement. Khalid était vraiment un champion dans l'art du regard menaçant ; Giacomo devrait solliciter quelques tuyaux. « Nous prenons notre tâche très au sérieux, ici, à la Porta Romana.

— Et bien sûr, je vous crois tout à fait, riposta Giacomo. Vous et moi, nous sommes des hommes simples, nous tenons les comptes, au fond. Notre plus grand bonheur dans la vie est de veiller à ce que les missions qui nous sont confiées soient exécutées sans peine et sans encombre. Nous sommes taillés dans la même étoffe, capitaine.

— Hum, se rengorgea Santini.

— Alors quand un chargement de poisson est livré à ma maisonnée un jour plus tard que prévu – et *de nuit*, qui plus est, abandonné dehors jusqu'au lendemain matin – vous comprenez bien que ce grain de sable grippe tout le mécanisme ? Le pape adore la truite, mais il l'aime beaucoup moins lorsqu'elle empeste toute sa cour. »

Ce nom lâché incidemment résonna comme un gong dans l'esprit du capitaine. « Le pape ? »

Giacomo entendit Khalid changer de position, quelques mètres derrière lui. « Demandez donc au garde Ben-Halil, dit-il en agitant vaguement la main en direction de Khalid. Je n'ai pas, *moi*, été témoin de la réaction de Sa Sainteté, mais *lui* l'a bien vue. Et quand nous avons contacté le livreur, il nous a signalé qu'il avait été retardé en franchissant cette porte-ci. » Il se pencha en avant, et le capitaine Santini l'imita malgré lui, comme deux conspirateurs réglant *ensemble* un point épineux. « Apparemment, il s'agirait d'une histoire de jeu de dés ? »

Santini recula, indigné. « Mes hommes ne jouent jamais pendant le service !

— Mais bien entendu, bien entendu ! s'exclama Giacomo. Jamais je *n'oserais* insinuer une chose pareille. Non, nous savons tous deux, je pense, qu'il est bien plus probable que ce livreur imbécile ait été accaparé par quelque distraction et en soit venu à négliger ses devoirs.

— Il essaye de nous faire porter le chapeau, fulmina le capitaine.

— Et je ne voudrais surtout pas souiller votre réputation aux yeux de Sa Sainteté. Surtout avec le banquet imminent, qui dépendra principalement du passage des marchandises par la Porta Romana. Si la famille Medici sait qu'elle peut compter sur vous et vos hommes, la vie sera bien plus simple pour vous comme pour moi, capitaine. » Dans un soupir, Giacomo ôta son bonnet et se passa la main dans les cheveux. « Il doit exister un moyen de garantir à Sa Sainteté que les retards de livraison ne soient pas causés par cette porte. »

Santini était un vrai cadeau. Giacomo voyait presque ses lèvres remuer pendant qu'il réfléchissait. Il aurait pu avoir pitié, mais Giacomo n'aurait pas été un très bon escroc s'il avait éprouvé de la compassion pour ses victimes. Au lieu de quoi, il fit la moue, plissa le front, et fit semblant de *penser* de façon si évidente que même cet abruti de capitaine comprit.

« Pourquoi ne pas lui dire tout de suite ce que tu veux qu'il fasse ? » avait naïvement demandé Khalid, alors qu'ils cheminaient vers la Porta Romana une heure auparavant.

Giacomo l'avait rabroué. « Être *direct* ? Je ne puis vous croire, signore al-Sarraj. Quelle idée répugnante. *Comment* penser que nous exerçons le même métier ?

— On gagnerait du temps. »

Giacomo avait éclaté de rire. « Tu es pressé, tu as un rendez-vous ? Mon travail consiste à faire croire aux gens qu'ils sont intelligents alors qu'ils ne sont que des marionnettes dont je tire les ficelles. Je ne peux pas demander à un homme de me donner sa bourse, il me mettrait immédiatement un coup de couteau. En revanche, je peux trouver un homme et lui jouer la comédie, l'embobiner jusqu'à ce qu'il *ait lui-même l'idée* de me donner sa bourse. Ainsi, j'obtiens l'argent et je reste en vie, ce qui est une bonne affaire pour moi.

— Comment ? »

La question avait pris Giacomo au dépourvu. « Tu me demandes des leçons ? Tu veux apprendre à faire semblant ? » Khalid ne l'avait pas regardé, et Giacomo avait donc ri à nouveau, afin de combler le silence. « Je ne serai jamais au bout de mes surprises, avec toi. *Bien*. Quand je tâte le terrain pour aborder une cible, je tiens compte de deux éléments. Le vice et la voix. » Khalid avait haussé un sourcil et le sourire de Giacomo s'était élargi. « C'est accrocheur, non ?

— Le vice et... la voix ?

— Je t'explique. Disons que tu es une cible. Rien d'autre qu'un bon vieux bonhomme terriblement séduisant qui boude dans la rue – oui, exactement comme ça, ne change rien, tu es doué. Je te repère, et la première chose que j'essaye de déterminer, c'est ce que tu veux.

— Je ne veux rien. »

Giacomo avait roulé des yeux. « Tout le monde veut quelque chose. Ce n'est pas toujours *concret*, comme de l'argent, de la nourriture, un logis ou une nouvelle paire de bottes. Parfois, c'est plus… » Il agita les mains, sifflant légèrement. « Informe. Intangible. Certains veulent se sentir puissants. Certains veulent se sentir malins. Certains veulent se sentir généreux. » Lui revinrent en mémoire un petit matin à Gênes, une caisse de fragments de poterie, et l'œil triste d'un jeune homme. Mais Giacomo avait vite jeté ce souvenir au ruisseau pour continuer sa leçon. « C'est le vice. Une fois que tu l'as identifié, tout est affaire de voix. Dans l'esprit de ta cible, qui l'aidera à obtenir ce qu'il veut ? Tu deviens cette personne, et tu n'as plus qu'à manipuler ta victime. Elle est prête à tout pour te faire plaisir. »

Un nuage orageux s'était fixé sur le visage de Khalid. « Je vois.

— Tu n'es pas d'accord. »

Khalid avait haussé les épaules, parlant d'une voix tendue et saccadée. « Je te l'ai déjà dit. Je n'aime pas faire semblant.

— Vous l'avez dit, signore al-Sarraj, avait répliqué Giacomo avec un coup d'épaule contre celle de Khalid, mais je pense qu'on arrivera à faire de toi un acteur. »

Cette conversation était encore fraîche dans l'esprit de Giacomo pendant qu'il regardait les engrenages tourner et grincer dans la tête du capitaine Santini, ce qui signifiait que Giacomo avait quelque chose à prouver. Quand Santini émergea enfin de l'abîme de réflexion dans lequel il s'était noyé, il s'écria : « J'ai une idée : le journal de bord ! », Giacomo *mérita* son moment de satisfaction. Il résista à l'envie de se retourner tout fier, non seulement parce qu'il se serait trahi, mais aussi parce que Khalid se serait sans doute borné à faire « Humph ». Il se contenta de l'*idée* de l'admiration de Khalid, quelques mètres derrière lui, et se plaqua la main sur le front en criant : « Je ne peux pas croire que je n'y ai pas pensé !

— Nous sommes censés y noter l'heure d'arrivée de tous ceux qui entrent dans la ville », ajouta le capitaine. Il avait le dos très droit, et semblait lustrer mentalement la fleur de lys des Medici sur sa poitrine. « Ce livreur a dû se signaler à mes hommes au moment de son arrivée.

— Nous allons très vite tirer cela au clair ! » dit Giacomo. Santini était *radieux*, et Giacomo ne rayonnait pas moins. « Nous vous suivons, capitaine ! »

Santini ne fut que trop heureux d'ouvrir la porte du corps de garde pour y faire entrer Khalid et Giacomo. L'intérieur était aussi sobre que l'extérieur, et Giacomo dut surmonter une montée de claustrophobie, dans cet air humide et glacé. Khalid et lui suivirent le capitaine à travers le vestibule, ignorant les regards mauvais des gardes de la ville.

« Capitaine, protesta l'un des hommes, vous accordez aux Medici juridiction même dans notre logis ?

— Je... Je ne me rappelle pas vous avoir demandé votre avis, tempêta Santini, avant d'adresser à Giacomo une grimace pour s'excuser. La famille Medici est toujours la bienvenue ici, cela va de soi. Ils sont les protecteurs de notre ville, après tout. Tout ce dont vous pourrez avoir besoin... absolument tout... »

Si cet homme continuait à lécher les bottes de Giacomo, il finirait par se rendre malade. « Vous êtes un vrai patriote ! »

Ils s'arrêtèrent devant une porte massive. « Toutes nos archives sont conservées ici, les informa le capitaine Santini en s'écartant. Il ne nous faudra que quelques instants pour confirmer... »

Giacomo craignit un instant que l'homme se soit inexplicablement étouffé en avalant sa propre langue, mais le doute fut levé lorsqu'il vit la main de Khalid serrée autour du poignet du capitaine. « Que signifie ce..., réussit à couiner Santini.

— Lui d'abord », grogna Khalid de sa voix la plus grave, la plus intimidante ; Giacomo y avait été exposé de nombreuses fois à Gênes, et il savait qu'elle était parfaitement apte à vous secouer jusqu'à l'os.

« Excusez-moi, capitaine », dit Giacomo en se glissant dans le bureau. Quelque part dans le couloir derrière lui, le capitaine Santini tentait de se remettre de ses émotions, mais Giacomo ne lui accorda pas un regard, profitant de l'occasion pour examiner la pièce tandis que l'homme crachait et protestait.

« Vous devez comprendre notre position », reprit Giacomo. Ses yeux allaient d'un mur à l'autre, remarquant chaque centimètre de cet espace lugubre. Que le capitaine rêve de travailler pour une noble maison n'avait rien d'étonnant, s'il était logé ici. Les étagères grinçantes, la table branlante, l'unique fenêtre... tout cela évoquait à Giacomo un lieu familier, froid et humide, et réveillait une terreur depuis longtemps gravée en lui. « Sa Sainteté voudra savoir que nous avons fait tout ce qui était en notre pouvoir pour nous assurer que ces archives sont exactes sans l'ombre d'un doute. Pour ma part, je vous fais confiance, bien sûr, mais je dois pouvoir affirmer aux Medici, dans mon rapport, que j'ai procédé sans aucune... main extérieure. » Comme c'était une série de phrases longues et embrouillées, Giacomo ajouta un autre « vous *devez* le comprendre » à la fin, pour être certain que le message était passé.

« Très bien », concéda le capitaine, effondré mais encore retenu par la main de Khalid.

Giacomo afficha un sourire niais. « Merveilleux. Ce sont là les archives ? » Il désigna le volume relié de cuir vert, posé sur la table, ouvert à côté d'une plume et d'un encrier. Des pattes de mouche couvraient les pages non lignées, et une pile d'ouvrages identiques occupait les étagères. Santini hocha la tête. « Merci, capitaine. Nous ne vous dérangerons pas très longtemps. »

La chaise protesta lorsqu'il s'y assit, tirant le volume vers la lumière. Sous cet angle, les écritures étaient plus lisibles, et les lettres penchées couraient sur le papier, presque comme si elles tentaient de s'échapper.

Lombardi, fermier. Poviglio. Mercato Vecchio. 27 bottes de foin.

Strozzi, marchand. Carpineti. Palazzo Pazzi. 42 rouleaux de soie.

C'était un relevé de tous les cultivateurs, commerçants et colporteurs qui entraient en ville, précisant quelles étaient leurs marchandises et où ils prévoyaient de les décharger. C'était *de l'or*. Giacomo remonta peu à peu vers les jours précédents, les doigts avides, tout à fait conscient de l'anxiété du capitaine debout derrière lui. Le regard de Khalid ne le tiendrait pas éternellement en respect, et il se mettrait bientôt à faire des histoires.

Mais la chance était du côté de Giacomo : cinq pages plus loin, il trouva le premier signe de sa proie – une ligne griffonnée dans ce qui devait être l'écriture illisible du capitaine Santini.

Bartolini, vigneron. Cortine. Palazzo Medici. 22 tonneaux.

Prenant la plume dans l'encrier et tirant de sa ceinture un petit calepin, Giacomo recopia l'information avec soin.

« Ça y est ? C'est ce qu'il vous faut ? demanda Santini.

— Presque, capitaine, soyez patient, je vous en prie », l'apaisa Giacomo. Les entrées se succédaient tandis qu'il feuilletait le volume, ne s'arrêtant que pour prendre des notes quand il rencontrait les mots *Palazzo Medici*. Fermiers, tisserands, marchands, fromagers… Tous furent répertoriés dans le calepin de Giacomo, comme autant de munitions potentielles.

« Vraiment, signore, je me dois d'insister…, balbutia le capitaine alors que Giacomo tournait les dernières pages du livre.

— Et vous avez absolument raison ! » répliqua Giacomo. Il n'y avait pas d'autres livraisons enregistrées pour la famille Medici, et il *supposa* qu'il pourrait consulter les volumes antérieurs, mais il en était au mois de juin et avait déjà inscrit une petite armée de noms dans son minuscule calepin. « Nous avons assez abusé de votre temps et de votre amabilité. Ben-Halil ! » Khalid lâcha le bras de Santini, qui ne se frictionna pas aussitôt l'endroit où la main du Tunisien l'avait serré comme un étau, ce qui était tout à son honneur. « Un grand merci pour votre aide, capitaine », dit Giacomo, rouvrant le volume à la page la plus récente, celle du fermier Lombardi avec toutes ses bottes de foin. « La famille Medici a une… »

Il se pétrifia, les mots s'évaporant sur sa langue.

Il n'avait pas remarqué l'entrée qui figurait sur la page suivante. Il avait été trop occupé à chercher chaque mention des Medici pour s'intéresser à autre chose, et donc…

De' Mori, boucher. Monteloro. Casa Petrucci. 10 porcs.

Un frisson glacé parcourut l'épine dorsale de Giacomo.

Il aurait dû s'y attendre. Il aurait vraiment, *vraiment* dû. *Les familles influentes,* avait dit Rosa, et cela aurait dû être son premier indice. Mais il s'était tellement laissé entraîner par cette mission impossible, la promesse d'une montagne d'or rutilant, la joie de pouvoir enquiquiner Khalid pendant *six semaines entières,* que cette idée ne lui avait pas traversé l'esprit.

Petrucci. Il ne s'était même pas autorisé à *penser* à ce nom… mais il était là, inscrit dans ce livre. Ils étaient ici, à Florence. Ou du moins, ils y seraient très bientôt. Et même à travers l'abîme de l'espace et du temps, Giacomo fut choqué de se sentir aussi… tourneboulé.

« Signore ? » Le capitaine Santini l'observait, la confusion lui pinçant les sourcils.

« Une dette, s'écria Giacomo en recollant un sourire sur son visage. La famille Medici a une dette envers vous. » Il s'éclaircit la gorge. « Dix porcs ? Ces Petrucci doivent être affamés. »

Le capitaine eut un petit rire nerveux. « Je suppose. »

Khalid foudroya Giacomo du regard, mais ce dernier n'en tint pas compte. « Avez-vous leur adresse ? demanda-t-il en tapotant les mots *Casa Petrucci.* Je devrais aller les saluer s'ils viennent d'arriver. »

Les yeux du capitaine se plissèrent légèrement – et c'était compréhensible –, puisque même Giacomo ne comprenait pas vraiment ce qu'il était en train de faire. Khalid était une cause perdue. Khalid allait peut-être le tuer. « Non ? » répondit Santini, lentement et sans aucune assurance. « Je ne… Je devrais ? »

Le pouls de Giacomo battait dans son crâne. « Bien sûr que non ! gloussa-t-il. Je posais la question à tout hasard. Je veillerai à dire aux Medici tout le bien que je pense de vous. »

Il passa devant le capitaine pour se faufiler dans le couloir. Un peu plus loin derrière lui, Giacomo entendit Khalid émettre un monosyllabe en guise d'adieu à l'intention du malheureux Santini avant de le suivre.

Il allait certainement lui poser des questions, mais Giacomo n'était pas tenu d'avoir des réponses à lui donner. Il ne pouvait pas en parler à Khalid. Il ne *pouvait pas*. Qu'aurait même pu *faire* Khalid ? L'inciter à user de prudence ? De logique ? Inutile.

Il sortit du bâtiment et laissa le soleil le percuter comme un bélier. Il avait un peu envie de rire, et très envie de hurler, mais il s'autorisa simplement à penser : *ils sont ici*.

Ils sont ici.

13

ROSA

Tous les jours, de bon matin, Rosa Cellini partait le long du fleuve en direction de la plus occidentale des portes de la ville. Toutefois, ce n'était jamais Rosa Cellini qui arrivait à destination.

« Je ne puis vous en demander moins, avait-elle dit à Michelangelo. Il vous suffit de ne rien faire. »

Il avait grommelé et s'était tordu les mains, mais il n'avait haussé qu'un seul sourcil quand Rosa de' Lombardi s'était présentée le lendemain matin dans son atelier : sa nièce au visage frais rendait visite à son célèbre oncle dans la grande ville, pour la première fois de sa jeune vie. Les apprentis les plus gauches l'avaient dévisagée, puis une place près de la fenêtre avait été proposée à Rosa, qui avait distribué un sourire à chacun, une réserve inépuisable de linge à repriser avec elle, et un œil toujours fixé à la porte principale. Il aurait fallu être un esprit bien perspicace pour déceler le chasseur aux aguets qui se cachait sous la façade charmante, joyeuse et un peu sotte de Rosa de' Lombardi.

Toute l'opération avait été facile – deux semaines de facilité. Rosa et son équipe étaient réglées comme une horloge. Rosa en était venue à attendre avec impatience les observations avisées de Khalid, tous les matins au petit-déjeuner. Elle était capable de traduire la logorrhée de Giacomo, de passer outre son verbiage pour découvrir les pépites de vérité ou d'information noyées dans le flot de mots. Elle parvenait maintenant à reconnaître certaines des décoctions d'Agata rien qu'en les voyant, ce qui était réconfortant, et elle pouvait toujours compter sur le flair et l'ingéniosité de Sarra pour réaliser avec brio toutes les tâches qu'elle lui confiait.

Était-ce toujours ainsi ? se demandait Rosa tout en tirant son aiguille à travers le morceau de toile épaisse qu'elle avait sur les genoux. Elle occupait sa place habituelle dans l'atelier de Michelangelo, blottie sur sa chaise près de la fenêtre. *Les choses ne pouvaient sûrement pas être aussi…*

« Signorina. »

Rosa transperça la toile avec son pouce.

Pendant ces deux dernières semaines, Dominic Fontana avait été peu présent à l'atelier. La plupart du temps, il partait travailler à l'extérieur, courant dans la direction du Palazzo Medici. Elle ne s'était guère souciée de son absence – après tout, ils n'avaient échangé que quelques mots, qui avaient été plutôt tendus. Mais le voir quasiment *courir* se prosterner aux pieds des Medici…

Et voilà qu'il la toisait, les poings sur les hanches. « Signore Fontana ! » s'exclama-t-elle, abandonnant sa couture pour lui adresser une petite révérence, en partie par politesse, mais surtout pour le plaisir de voir les bonnes manières de Dominic lui rendre son salut, bien à contrecœur. « Quel plaisir ! Je commençais à croire que vous m'évitiez.

— Pas du tout. » Il était déjà à cran. « J'étais… occupé.

— Vous devez être l'homme le plus occupé de Florence ! Je vous ai à peine vu. Il est vraiment dommage que vous ne soyez pas venu me dire bonjour. » Elle plissa le front. « Je m'ennuyais.

— Je ne suis pas chargé de vous divertir », lâcha-t-il avant de pouvoir s'en empêcher.

Elle réprima un sourire. « Malgré tout, combien coûte un bonjour ? »

Il avait envie de mordre à l'hameçon. *Bon Dieu,* il en avait envie, Rosa le voyait bien. Il était sur le point d'éructer une remarque sévère et de s'éloigner. Au lieu de quoi, il dit : « Je vous dois des excuses. »

Elle battit des paupières. Il regardait un point situé au-dessus de son épaule droite, afin d'éviter de croiser son regard. « Pardon ?

— Je vous dois. Des. Excuses, répéta-t-il d'une voix lente et sonore, comme si le vacarme de l'atelier avait rendu Rosa sourde. Voilà pourquoi je suis ici. Je regrette les suppositions que je me suis permises lors de notre première rencontre. Si j'avais été au courant de votre parenté avec Maître Michelangelo, je... je n'aurais jamais dit ces choses-là. »

Ah. Il venait donc présenter ses excuses à Rosa de' Lombardi. « Vous voulez dire que vous n'auriez pas dit que "des comme moi", vous en receviez toutes les semaines ? »

Les joues de Dominic s'enflammèrent. « C'est ça.

— Ou bien faites-vous allusion à votre colère, quand vous m'avez sommée de m'en aller ?

— C'est *vous* qui étiez indiscrète en commentant mon travail.

— Ah, je vois, dit-elle. Vous craignez que j'aie parlé de vous à mon oncle. »

Il devait avoir la langue en lambeaux à force de se la mordiller. « Je vous prie d'accepter mes excuses les plus sincères, réitéra-t-il, raide comme une planche.

— Ne vous inquiétez pas, signore Fontana. Mes lèvres sont scellées. Mon oncle Michelangelo n'a pas besoin de savoir. » Elle se pencha avec un sourire coquet contre le rebord de fenêtre. « Pour le moment. »

Il s'inclina si légèrement que Rosa n'aurait pu qualifier ce mouvement de salutation. « Bon après-midi, signorina. » Puis il traversa l'atelier dans l'autre sens.

Il ne l'aimait pas. Il n'y avait rien d'anormal à cela, si ce n'était que cette aversion n'était pas de son fait. Rosa aurait dû s'en préoccuper. Elle aurait dû, néanmoins elle était… intriguée. Dominic Fontana était un chat mort pourrissant au soleil et elle avait un bâton. Elle voulait savoir comment quelqu'un d'aussi peu assuré en était venu à travailler auprès de l'un des plus grands artistes de tous les temps. Elle voulait savoir comment il en était venu à travailler pour la famille Medici. Elle voulait savoir pourquoi il *continuait* à travailler pour eux. Elle voulait planter son bâton dans sa chair, jusqu'à ce qu'il *explose*.

Quelque part dans les tréfonds de son esprit, Sarra lui demandait « À qui parles-tu ? » Mais Rosa l'ignora aisément, tout en suivant Dominic dans le dédale chaotique de l'atelier. Beaucoup d'artistes barbus, pâles copies du Divino, échangèrent sur son passage des œillades amusées.

Ils pouvaient bien se moquer. « Signore Fontana ! » le héla-t-elle, atteignant le sanctuaire de Dominic.

Il lui tournait résolument le dos. Pinceaux, palettes et pigments empoignés à l'aveuglette disparurent dans sa sacoche. « Signore Fontana… », chantonna-t-elle. Elle vit les épaules de l'apprenti se tendre encore plus – comme si cela était possible. « Je sais que vous m'entendez. »

Il eut le culot de *soupirer* avant d'accepter de lui faire face, ce dont Rosa s'indigna gaiement. *Enfonçons un peu plus le bâton.* « Y avait-il quelque chose dont vous vouliez discuter ?

— Moi aussi, je vous dois des excuses.

— Ce n'est pas la peine, répondit-il sèchement.

— Bien sûr que si, contesta-t-elle en injectant dans sa voix autant de chaleureuse franchise qu'elle le pouvait. Je n'aurais pas dû critiquer votre travail, d'autant plus que nous n'avions pas encore été présentés. Permettez-moi de faire amende honorable.

— Très bien. J'accepte vos excuses.

— Vous ne semblez pas très convaincu.

— Quelle importance ? » Il passa son sac sur son épaule et s'apprêtait à filer.

Rosa Cellini aurait été capable de vendre des bottes à un oiseau. Elle avait même persuadé le plus grand artiste de Florence d'agir contre ses plus généreux mécènes. Il était hors de question qu'un homme aussi insignifiant que Dominic Fontana lui résiste. « Mon oncle Michelangelo me dit que vous jouissez de la faveur de la famille Medici. »

Il resta tendu, mais sa contrariété se changea en angoisse. Il jeta un coup d'œil en direction de l'espace de travail de Michelangelo, délimité par des rideaux. « Vraiment ?

— Il m'a dit le plus grand bien de vous. Est-ce là que vous allez ? Au Palazzo ?

— Maître Michelangelo dit le plus grand bien de moi ? » Dominic ne semblait pas avoir entendu la question.

« Mais oui. Il m'a dit que vous accomplissiez un excellent travail pour réparer les fresques des Medici. »

Dominic aurait normalement dû rougir et bégayer à cet éloge venu de la part d'un maître aussi difficile à impressionner que Michelangelo. Au lieu de cela, il étrécit les yeux et fixa Rosa. « C'est faux. »

Quelle fracture avait-il vue chez elle ? Par quel détail s'était-elle trahie ? Elle aurait aimé le lui demander. « Bien. Il a dit que vous répariez l'une de leurs fresques. J'ai *supposé* que vous accomplissiez un excellent travail. »

Il ne se retourna pas vers la peinture recouverte d'un drap, mais Rosa sentit que chacun de ses membres était conscient de sa présence. « C'est un honneur d'être distingué par la famille Medici.

— Ne prenez pas ce ton sinistre ! Est-ce un enterrement ?

— Un enterrement pour ma carrière », marmonna-t-il. Cette réflexion avait dû lui échapper, car il écarquilla les yeux, surpris par ses propres paroles.

Elle ne put réprimer un rire. « Je ne vous savais pas capable de plaisanter, signore Fontana !

— Ce n'était pas… Je n'ai pas… » Il s'interrompit, lâchant petit à petit son sac. Un sourire penaud s'épanouit sur son visage, et Rosa fut… non pas *subjuguée*, car elle n'était pas un poussin sans défense… mais certainement *intéressée* par cette évolution imprévue. « Sans doute parce que je connais très peu de personnes à Florence qui m'y encouragent.

— Eh bien, dit-elle en jouant avec un pinceau, s'il vous prend un jour l'envie de faire une autre plaisanterie de ce genre et que vous n'avez pas de public, venez me chercher. Je serai ravie de l'entendre. »

Il baissa la tête, son sourire devenant plus large, plus authentique. « Je m'en souviendrai. Mais je vous assure que je ne devrais pas dire cela. La famille Medici m'a offert une formidable opportunité, et je suis très reconnaissant de pouvoir travailler pour eux. »

Rosa acquiesça, se mordant l'intérieur de la lèvre. « Cela va de soi. »

Il plissa les yeux, le délicat sourire disparaissant aussitôt. « Qu'y-a-t-il ?

— Hm ? Rien. »

Il souffla. « Très bien. À une prochaine fois, signorina. » Il fit mine de partir, à nouveau.

« Puis-je vous demander une chose ? »

Il était tout près quand la question sortit de la bouche de Rosa. Il s'éclaircit la gorge et, par courtoisie, recula d'un pas. « Je dois aller travailler…

— Oui, c'est vrai », dit-elle très vite. Qu'était-elle en train de faire ? « Simplement, je… je voulais savoir si vous connaissiez l'histoire de la famille Medici.

— Je ne serais pas un bon apprenti de Michelangelo si je ne la connaissais pas. Il Duomo. Donatello. Botticelli. Tout dans cette ville évoque leur influence.

— Ce n'est pas ce que je voulais dire.

— Alors quoi ? Parlez clairement, je vous en prie. Vous avez le luxe d'avoir du temps, mais ce n'est pas mon cas. »

Sentant sa poitrine se glacer, Rosa se redressa. « Quand êtes-vous arrivé à Florence ?

— Il y a trois ans.
— Ah.
— Ah, l'imita-t-il. Avez-vous une véritable question à me poser, ou puis-je... »

Il termina peut-être sa phrase, mais Rosa ne l'écoutait plus. Toute son attention, et celle de l'ensemble de l'atelier, était désormais tournée vers la double porte principale. Cet accès était généralement maintenu ouvert pour laisser pénétrer le soleil et l'air frais, et pour créer un lien avec le monde extérieur. Mais à ce moment précis, la lumière qui y émanait habituellement se réduisit à seulement quelques ombres bleues, englouties par la silhouette massive d'un carrosse... et par la silhouette sévère qui en franchit le seuil.

C'était un homme mince, tout en longueur. Il aurait eu une allure d'araignée réprobatrice, si ce n'était pour l'éclatante robe écarlate qui pendait sur sa carcasse. Un petit bonnet de la même couleur était perché au sommet de son crâne dégarni. Son apparition avait mis à l'arrêt toute l'activité de l'atelier – même Michelangelo était sorti de sa grotte pour accueillir l'arrivée du cardinal Giulio de' Medici.

Rosa n'entendit pas les mots qu'ils échangèrent, mais elle vit parfaitement Michelangelo se plier en deux pour embrasser la bague du cardinal. Au moment où ses lèvres touchèrent le métal, une vague de rage et de chagrin déferla en elle, si soudaine et si ravageuse que, l'espace d'un instant, elle crut qu'elle s'y noierait. Son souffle se gela dans ses poumons, puis brûla pour se geler à nouveau. L'univers n'était plus qu'un tourbillon écarlate, de la même couleur que la robe du cardinal.

La nuit était noire lorsqu'elle avait vu une telle robe pour la dernière fois. Et cependant, elle l'aurait reconnue n'importe où.

« Signorina ? » Dominic l'observait. « Tout va bien ? »

Elle se demanda à quoi pouvait bien ressembler son visage, mais y renonça immédiatement, remettant son sourire en place. C'était le moment qu'ils attendaient, la raison pour laquelle elle hantait cet atelier depuis deux semaines, et elle ne laisserait pas filer l'occasion par un manque de sang-froid digne d'un amateur.

Sous l'œil des maçons ébahis, Michelangelo guidait le cardinal de' Medici vers son repaire. « Je me demande s'ils ont soif ! » s'exclama Rosa. Sans un regard en arrière, elle courut après Michelangelo, plantant là un Dominic abasourdi et perplexe.

Les tentures qui séparaient le lieu de travail de Michelangelo du reste de l'atelier n'offraient guère d'intimité réelle. Le soleil qui se répandait par les portes arrière éclairait en ombres chinoises l'artiste, son visiteur ainsi que la sculpture qui émergeait du bloc de marbre, tandis que la brise d'automne emportait leurs propos. Tendant l'oreille, Rosa s'affairait sur un banc inoccupé, remplissant une cruche de vin et disposant quelques coupes sur un plateau.

« … si vous y assisteriez », disait le cardinal de' Medici . Alors que les draps ondoyaient, son profil restait immobile – presque comme s'il était la statue inachevée que sculptait Michelangelo.

L'artiste n'avait pas cette maîtrise de soi. Les mains derrière le dos, il dansait d'un pied sur l'autre. Rosa serra les dents pour se retenir de protester à haute voix.

« J'ignorais qu'une réponse était nécessaire, avoua Michelangelo.

— Allons donc, mon ami, dit le cardinal, dont le ton s'était réchauffé de manière presque imperceptible. Vous savez que nous apprécions toujours d'avoir de vos nouvelles, au Palazzo.

— Pourtant, quand les Medici exigent une chose, ils sont toujours sûrs de l'obtenir, me semblait-il.

— Dans ces temps troublés, toute manifestation de soutien est bonne à prendre.

— Alors je viendrai », répondit Michelangelo. Redressa-t-il vraiment les épaules ? « En signe de soutien.

— Vous êtes trop généreux avec votre temps ».

Rosa décida que le moment était venu d'entrer en scène. Le plateau dans une main, la cruche dans l'autre, elle écarta le rideau, pénétra dans le saint des saints… et s'arrêta net.

« Oh ! s'exclama-t-elle en faisant une profonde révérence. Votre… Votre Éminence ! »

Elle leva les yeux pour voir le cardinal de' Medici se tourner vers Michelangelo avec une ombre d'amusement. « Je suis surpris, confessa-t-il. Je pensais que vous ne tolériez pas… la présence des femmes. Même parmi vos domestiques. »

Michelangelo observait Rosa à travers une brume de panique. Elle discernait presque les fissures sous ses cheveux rebelles. À la moindre pression, l'artiste risquait de s'écrouler, et Rosa serait chassée de l'atelier pour être envoyée directement à l'échafaud.

Michelangelo avait néanmoins gravé ses rêves démocratiques dans le marbre et les avait placés devant l'hôtel de ville pour que tous en soient témoins. « Ma nièce, dit-il après un instant qui parut une vie entière. Rosa. »

Enfin – *enfin* –, Rosa se redressa. « C'est un honneur de vous rencontrer, Votre Éminence. Veuillez pardonner ma hardiesse. J'ai vu votre voiture et j'ai pensé que vous auriez envie de quelques rafraîchissements, vous et mon oncle. » Elle posa le plateau et la cruche sur l'établi de Michelangelo.

Le regard froid du cardinal de' Medici pesait sur elle alors qu'elle remplissait les coupes de vin. « Vous n'avez jamais mentionné cette nièce, Michelangelo.

— La… La fille de ma sœur, répondit le sculpteur. De la campagne.

— Je ne suis arrivée que ce mois-ci, Votre Éminence », l'informa Rosa avec un sourire superbe. Elle apporta une coupe au cardinal avant de donner la sienne à Michelangelo. « Hélas, ma mère et mon oncle Michelangelo n'ont jamais été très liés, mais j'ai sauté sur l'occasion de le rencontrer. Et de voir cette ville ! J'entends raconter tant de choses sur Florence depuis que je suis enfant !

— Hmm. » Le cardinal de' Medici l'épiait par-dessus le bord de sa coupe. Elle sourit jusqu'aux oreilles. « Et que pensez-vous de notre belle ville, signorina ? »

Michelangelo buvait son vin avec un peu trop d'enthousiasme. Rosa lui marcha sur le pied. « Elle est différente de tout ce que j'ai pu voir dans ma vie, s'enthousiasma-t-elle. Je n'aurais jamais cru qu'il existait tant de gens dans le monde entier ! Les églises, les places, les maisons... Je peux à peine en croire mes yeux ! »

Un sourire retroussait maintenant les coins de la bouche du cardinal. « Votre oncle s'est-il chargé de vous la faire visiter ?

— Eh bien..., répondit Rosa, évasive.

— Je suis occupé, grogna Michelangelo.

— Mon oncle a beaucoup de travail. Mais j'ai un peu exploré le quartier.

— Honte sur vous, Michelangelo. » Le cardinal posa sa coupe. « Vous tirez cette fille de sa campagne et vous ne la laissez même pas quitter San Niccolo ? C'est à peine si elle a vu Florence. » Il hocha la tête, strict et résolu. « Vous viendrez déjeuner au Palazzo, votre oncle et vous. Ainsi, vous verrez la véritable Florence. »

Rosa hoqueta. « Le... Le Palazzo Medici ? Moi ?

— Je suis sûr que Sa Sainteté sera enchantée de faire votre connaissance. Je *sais* qu'il a envie de vous voir, Michelangelo. »

Le sculpteur avait la mâchoire si serrée qu'il résultait du miracle qu'il ne claque pas des dents. « Bien sûr, dit-il. Quand les Medici exigent une chose...

— Oui, oui. » Le cardinal se leva. « Nous avons hâte de vous accueillir. La semaine prochaine ?

— Quand vous voudrez.

— Parfait. Dieu vous bénisse tous les deux. Signorina Rosa, il me tarde déjà de vous retrouver. »

Elle fit une nouvelle révérence. « *Merci*, Votre Éminence. C'est trop d'honneur. »

Il hocha la tête avec grâce. « Michelangelo, raccompagnez-moi. » Les draps s'agitèrent autour de lui pendant qu'il se dirigeait élégamment vers la salle principale, Michelangelo sur ses talons.

Rosa s'attarda, regardant le dos écarlate du cardinal se retirer vers les portes de la façade. Elle pensait à des toits en feu et desserra les poings avant que ses ongles ne la fassent saigner.

« *Festina lente,* murmura-t-elle. Je vous rattraperai. »

14

KHALID

Les regards noirs et haineux rampaient sur la peau de Khalid comme des puces. Ils lui démangeaient la nuque et s'enfonçaient dans son cuir chevelu. Il en était *infesté.*

C'était ainsi depuis sa première patrouille. Partout où il allait, l'uniforme des Medici était comme une lumière attirant les sarcasmes et les malédictions murmurées. Boutiquiers, mendiants, artisans… peu importait de qui Khalid croisait le chemin, l'accueil tournait forcément au vinaigre.

« C'est simplement parce que ces patrouilles sont nouvelles », expliquait le sergent Bianci. Ils étaient de service ensemble ce soir-là, et serpentaient à travers la Piazza di Santa Croce. Le sergent semblait indifférent aux moues hostiles. « Quand les gens auront pris l'habitude de nous voir, ce ne sera plus un problème.

— Ces patrouilles sont censées devenir permanentes ?

— Oh oui, dit gaiement le sergent. D'ici la fin de la semaine nous couvrirons aussi les quartiers nord de la ville. Avant la fin du mois nous serons peut-être même dans l'Oltrarno. »

Si Khalid put éviter de manifester sa surprise, ce fut grâce à un long entraînement dans l'art de dissimuler toute émotion.

« Le reste de Florence n'est pas sous l'autorité de la garde de la ville ? »

Le sergent Bianci eut la gentillesse de paraître un peu déconcerté. « Eh bien, cette autorité, ils ne la mettent *pas vraiment* en pratique, n'est-ce pas ? L'audace augmente dans cette ville. C'est ce que dit le capitaine Romano. Enfin... » Il désigna l'ombre d'un auvent. Des affiches imprimées en grosses lettres recouvraient toute la surface du mur. « La situation devient insupportable, et la garde de la ville ne peut pas, ou ne veut pas agir. Tu as entendu parler de l'attaque contre Sa Sainteté, le jour de son retour à Florence ?

— Non.

— Il a été agressé au milieu de la Piazza della Signoria. Il aurait aussi bien pu être tué. Et la garde de la ville n'a toujours pas mis la main sur les terroristes. Pour le moment, nous essayons simplement de les soulager en partie du fardeau. »

Khalid repensa aux regards venimeux que lui avaient adressés les gardes de la ville à la Porta Romana. « Je suppose qu'ils nous en sont reconnaissants. »

Le large visage du sergent Bianci se déforma. « Ils sont...

— *C'est un secret pour personne que vous aimeriez voir toute la ville enchaînée, bande de larbins !* »

Rugis dans une rue voisine, ces mots furent suivis d'un son reconnaissable entre tous : un poing heurtant la chair. Khalid n'attendit pas la permission du sergent pour foncer vers la source du bruit.

Dès qu'il eut dépassé le coin de la rue, il découvrit le tumulte causé par une poignée d'hommes à la lumière d'une lanterne abandonnée, posée sur les pavés. On se bousculait, on se battait, un poing sortait de la mêlée pour revenir frapper au hasard.

Portant deux doigts à ses lèvres, Khalid émit un sifflement à vous percer les tympans. Surpris, les hommes se divisèrent en factions ; deux arboraient l'habit grossier des tisseurs de laine, deux autres, le rouge de la garde de la ville, et le dernier... Khalid le reconnut.

Son estomac se noua en voyant la mine du garde Vieri.

« T'es perdu, Ben-Halil ? éructa Vieri. Qu'est-ce que tu veux, bordel ? »

L'homme n'avait jamais pardonné à Khalid leur première rencontre. Vieri était le garde qui s'était laissé distraire pendant qu'il devait faire le guet lors du rendez-vous galant du sergent Bianci, et le sergent le tenait pour personnellement responsable de tous ses bleus. Plusieurs semaines après, Vieri rejetait sur Khalid tout son mécontentement. L'honneur, la nationalité, l'intelligence, les talents – rien n'était à l'abri des insultes de Vieri. Il crachait son venin à travers un sourire fragile.

Un jour, Khalid enfoncerait sa botte dans le ventre de Vieri, et ce ne serait pas sa faute.

Vieri se mit au garde-à-vous uniquement quand le sergent Bianci les eut rejoints. « Seigneur Dieu, que quelqu'un me dise ce qu'il se passe ici ! » grommela le sergent, essuyant la sueur sur ses joues rubicondes.

Les gardes de la ville étaient tous les deux aussi hargneux. « Vous n'avez pas d'ordres à nous donner, déclara le plus imposant.

— Sergent », dit Vieri en empoignant par le col l'un des tisseurs de laine. L'homme titubait, visiblement ivre. « Ces deux-là se bagarraient dans la rue. Je suis intervenu afin de les séparer et de les incarcérer pour…

— “Les incarcérer” ! s'exclama le garde massif. Vous voulez les enfermer…

— *Pour trouble de l'ordre public*, poursuivit Vieri avec un sourire crispé. À la demande de la famille Medici…

— Ce ne sont que Landi et Donati, protesta le plus petit des deux gardes de la ville. C'est chaque semaine la même chose, mais ils se battent uniquement entre eux…

— Qui trouble l'ordre public ? bafouilla l'un des tisseurs de laine – Donati, pensa Khalid. C'est votre homme qui nous met des coups de poing… »

Le sergent Bianci fronça les sourcils. « Est-ce vrai, Vieri ?

— Nous avons une autorité à faire respecter, sergent. Même votre Ben-Halil comprend ça. Ordres du capitaine.

— Du *capitaine* ? éructa le garde imposant.

— Contester cette autorité, c'est contester les Medici en personne, continua Vieri.

— Nous n'essayons pas de *contester* vos *maîtres*, dit le plus petit des deux gardes.

— Comment les avez-vous appelés ? glapit Vieri.

— Aboie un peu plus fort, caniche, ironisa Donati, toujours tenu par la poigne de Vieri.

— Oui, cours donc te réfugier dans ton *palais* », railla le garde imposant.

La situation s'envenimait, il ne fallait pas être un génie pour s'en apercevoir. Le sergent Bianci se contentait de regarder les visages s'empourprer et les insultes s'aggraver. D'un instant à l'autre, un nouveau coup de poing serait lancé. Mais cette fois, Bianci et Khalid seraient forcés de prendre le parti de Viera, et la bagarre s'envenimerait.

Khalid ne voulait pas soutenir Vieri.

Il s'éclaircit la gorge. « Puis-je faire une suggestion, sergent ? »

Bianci acquiesça, curieux de l'entendre. Vieri ricana.

« Le garde Vieri a raison, dit Khalid. Si ces hommes troublent l'ordre public, ils ne devraient pas être dans la rue. »

Le garde imposant se montra dédaigneux. « Bien sûr que tu le défends, espèce de...

— La garde de la ville pourrait les reconduire à la Porta Romana, ou à un autre point d'entrée, pour qu'ils cuvent leur vin », acheva Khalid.

Donati dévisagea Khalid dans le noir. « Pas en prison ?

— Pas en prison. »

Cette solution sembla satisfaire le tisseur de laine. Il dégagea son col des doigts de Vieri et s'avança vers les gardes de la ville. « Ouvrez donc la marche, signori !

— Sergent..., protesta Vieri, mais le sergent Bianci secoua la tête.

— Vous l'avez entendu. Ouvrez la marche, messieurs. »

Les gardes de la ville empoignèrent chacun un ivrogne. L'air méfiants, comme s'ils craignaient que les gardes des Medici ne veuillent les leur dérober, ils entraînèrent les deux artisans.

« Sergent », reprit Vieri dès que les gardes eurent disparu. Bianci secoua la tête à nouveau.

« Excellente idée, garde Ben-Halil », dit-il. Ces mots furent articulés comme autant de piques pour embrocher Vieri. « Seul un parfait imbécile voudrait se mettre à dos nos camarades de la garde de la ville. »

Khalid le remercia d'un hochement de tête. « Nous avons affronté des situations semblables quand j'étais à Ferrare... »

Le reste de sa phrase mourut dans son gosier. Au bout de la rue, Khalid venait d'apercevoir une silhouette décharnée qui longeait le mur de calcaire. De loin, il était difficile de distinguer ses traits, mais Khalid voyait que l'individu gardait un bras plaqué contre la poitrine.

Il connaissait ce bras. Il l'avait lui-même cassé.

Au clair de lune, Marino adressa un petit signe à Khalid.

« Tu as oublié la langue, *Yazid* ? » ironisa Vieri. Ce fut assez pour rappeler Khalid à l'instant présent, l'aiguillon de l'irritation et de la colère l'obligeant à se concentrer.

« Je... réfléchissais, répondit-il d'une voix étranglée. Je devrais suivre la garde de la ville. Pour m'assurer que tout se passe bien. Sergent ?

— Autre bonne idée. Va, va, l'incita Bianci, avant de tourner un regard furibond vers Vieri. Toi, suis-moi.

— Sergent... », geignit Vieri, mais le sergent se dirigeait déjà à grandes enjambées vers le Palazzo Medici. Avec un ultime regard assassin pour Khalid, Vieri baissa la tête et suivit. Alors Khalid fut seul.

Marino avait été assez prudent pour disparaître aussitôt après avoir attiré l'attention de Khalid. Il ressurgit uniquement quand celui-ci se fut engagé dans la rue voisine, se matérialisant hors des ténèbres.

Khalid ne ralentit pas. « Où ? » murmura-t-il.

Marino grimaça. Les bleus sur son visage s'étaient estompés, mais son nez semblait encore enflé. « À la *Vite Contorta*. Viens. »

Le marin savait où aller. Khalid eut envie de prendre ses jambes à son cou, mais il y renonça. Si Marino connaissait si bien les rues, le risque était grand qu'il ne soit pas seul dans la ville. Toute tentative de fuite se conclurait par un poignard en travers de la gorge.

Khalid garda la tête baissée et le suivit.

Marino le mena jusqu'à la taverne *Vite Contorta*, dans les faubourgs de la ville. Curieusement, Khalid reconnut vaguement l'endroit. Il était fréquenté par les gardes, davantage pour ses prix que pour son ambiance. Il savait d'avance ce qu'il allait y découvrir lorsqu'il poussa la porte tordue : des tables penchées, maculées de bière, quelques bancs branlants et des chandelles emplissant la pièce sans fenêtre d'une épaisse fumée noire.

Ce qu'il ne s'attendait pas à découvrir, en revanche, c'était la Vive de Gênes, affalé dans un coin.

Khalid s'immobilisa, les pieds enracinés dans le sol. Marino, à un pas devant lui, émit un ricanement. « Tu comprends, maintenant. Ne le fais pas attendre. »

Le signore Traverio sourit en le voyant s'approcher, mais ce sourire n'avait rien de rassurant. « Khalid ! s'exclama-t-il, d'une voix aussi chaleureuse que celle qu'il avait utilisée lorsqu'il l'avait accueilli à bord du navire qui quittait Tunis. Assieds-toi, assieds-toi ! Je peux t'offrir quelque chose à manger ? »

Docile, Khalid se posa sur le banc déglingué. « Non, merci.

— Quelque chose à boire ? La bière est atroce, mais elle désaltère.

— Non, merci.

— Comme tu voudras. » Des yeux bleus, pâles comme un ciel gelé, examinaient Khalid de l'autre côté de la table. Khalid s'efforçait de ne pas s'agiter. « Sais-tu pourquoi je suis ici ? » demanda finalement le signore Traverio.

Khalid ne répondit pas. Il n'y avait rien à dire.

Le signore Traverio poussa un soupir, venu des profondeurs de sa déception. Khalid l'avait entendu des dizaines de fois, adressé à d'autres. En général, ces gens étaient retrouvés estropiés ou morts. Parfois, on ne les retrouvait jamais. « Très bien, dit-il en secouant la tête. Si cette question te dépasse, j'en essaye une autre. Sais-tu pourquoi *tu* es ici ? »

Là encore, Khalid garda les lèvres closes. Il entendit Marino ricaner et, un instant après, le banc de Khalid fut propulsé à travers la pièce par le coup de pied de Marino. « Parle, ordonna ce dernier.

— Marino ! » aboya le signore Traverio. En un instant, son visage se transforma, la colère noyant ses traits. « Tu te tais tant que je ne te donne pas la parole. » Marino se calma, laissant quelques pas entre le banc de Khalid et lui. Le signore Traverio reprit aussitôt une expression bienveillante, sans que Khalid ne puisse se détendre pour autant.

« J'aimerais qu'on arrête ce petit jeu, maintenant. J'ai fait un long voyage, Khalid, et je suis fatigué. Et c'est entièrement ta faute.

— Je… Je vous demande pardon. » Ces mots urticants se frayèrent un chemin difficile dans sa gorge à vif. Il fut horrifié de comprendre à quel point ils étaient enveloppés de crainte. Ces dernières semaines, il s'était laissé aller. Il s'était tenu aux côtés de Rosa, il avait observé les doigts habiles de Sarra, il avait contemplé avec stupeur l'œuvre de Michelangelo. Il avait évité les expériences d'Agata, il avait taquiné Giacomo. Il s'était senti plus en vie qu'il ne l'avait jamais été en tant que sinistre poing droit de la Vive de Gênes. Mais s'il était à nouveau en vie… cela signifiait qu'il pouvait avoir peur.

« Tu as fait l'école buissonnière, continua le signore Traverio. Tu es censé poursuivre un individu qui m'a défié, et je te retrouve… portant l'uniforme de la garde des Medici ? Et ce n'est pas le pire. D'après mon ami Marino, tu as été vu à Gênes avec Sarra la Bricoleuse il y a un mois à peine. Cette information est l'unique raison pour laquelle il a encore l'usage de ses mains. » Derrière Khalid, Marino observait un silence remarquable. « Maintenant, poursuivit le signore, puisque la jolie Bricoleuse a négligé de me faire approuver son séjour, et puisque tu as été repéré à Florence en sa compagnie… j'en suis arrivé à une conclusion, Khalid. Une conclusion qui ne m'enchante guère. » Il posa bruyamment sa chope sur la table. « Demande-moi laquelle.

— Quelle conclusion, signore Traverio ?

— La voici : Sarra Nepi est venue à Gênes te proposer une mission. Et mon cher petit Khalid, tu as été assez bête pour accepter. » Il secoua la tête. « Tu travailles pour moi *et* pour la Bricoleuse ? À Gênes *et* à Florence ? Tu cumules. Tu sais ce que je fais aux cumulards. »

Khalid avait la bouche sèche. « Je… » fut tout ce qu'il réussit à articuler avant que le reste de sa phrase ne s'émiette.

« Je sais, je sais, répondit le signore Traverio, dont les yeux irradiaient la compassion. Ça fait beaucoup pour toi. Ça a toujours fait beaucoup. Mais je suis là pour ça. Dieu sait que tu es un garçon plein de talents, c'est bien pour ça que je t'ai choisi dans cette ville poussiéreuse. Mais comploter ? Ce n'est pas ton point fort, Khalid, et nous le savons tous les deux. » Il lui tapota la main. « Rien n'est cassé pour l'instant. On peut encore réparer ça. *Tu* peux encore réparer ça. »

Dans les poumons de Khalid, l'air était lourd comme du plomb. « Comment ?

— Voici mon idée. Si Sarra Nepi t'a ramené ici depuis Gênes, ça signifie forcément qu'elle a besoin de toi pour un très gros boulot. Le butin doit être énorme. » Le signore Traverio se renfonça dans son siège. « Je le veux.

— Vous… Je vous offre volontiers ma part…

— Pas simplement *ta* part. Tu vas m'apporter la totalité. »

La totalité. Tout le butin. Si le signore Traverio comptait sur Khalid pour s'en emparer, alors il devait toujours penser que…

« Ses nouveaux amis pourraient devenir gourmands, suggéra Marino.

— Alors il s'occupera d'eux. » Les paupières du signore Traverio étaient à moitié baissées. « Parce que si tu essayes de me refiler un *pourcentage*, alors je doublerai la dette de ton père. Et j'exigerai d'être payé. »

Les oreilles de Khalid bourdonnaient. « Vous ne pouvez pas. C'est Diego de Ávila qui détient la dette de mon père.

— Il en collecte les intérêts, c'est certain. Mais il ne la *détient* plus depuis… oh, un peu plus de trois ans, maintenant. Et je peux te dire que, la présente mésaventure exceptée, pas un seul instant je n'ai regretté de l'avoir rachetée. »

Trois ans. Le signore Traverio avait racheté la dette de Baba avant même d'embaucher Khalid. « Pourquoi…

— Ne fais pas le modeste. »

Khalid avait la bouche sèche. « Vous… Vous avez fait ça pour moi.

— Je l'ai fait parce que cela nous était profitable à l'un comme à l'autre. Tu voulais une raison de partir. Je voulais que tu travailles pour moi. Allons, ne fais pas ta coquette, comme si j'avais eu du mal à te convaincre. » Le signore Traverio conserva son air d'agréable désinvolture pendant qu'il inspectait la lame du poignard qu'il venait de dégainer à la lumière des chandelles. « Combien de dettes as-tu recouvrées pour moi ? Et tu n'as jamais pensé que je pouvais être le créancier de ton père ? »

Non. Il n'y avait pas pensé. Cela ne lui avait pas traversé l'esprit. Comment pouvait-il encore découvrir de nouvelles dimensions à sa naïveté ?

« Je vois. » Un rire scintilla dans les yeux glacés de la Vive. « Alors je suis content que nous nous comprenions enfin. Ça signifie que je peux parler clairement. » Il fit tournoyer sa dague. « Tu travailles pour moi. De même que beaucoup de gens dangereux. Si je le souhaite, je n'ai qu'un mot à dire, et à Tunis, quelqu'un mettra le feu à la boutique de ton père, et c'en sera fini pour lui. Je peux anéantir Sarra Nepi et tous ceux pour lesquels tu travailles. Tout ça, je le ferai si tu ne m'apportes pas l'argent dès que ta mission est accomplie. Tu m'as bien compris ? »

Khalid serra les poings. « Oui, signore Traverio. »

Le visage du signore se fendit en un large sourire. « J'en étais sûr. »

C'était une façon de le congédier, autant qu'il pourrait l'être sans avoir la lame de la Vive sur la gorge. Khalid se leva, les épaules droites. Il n'accorda pas un regard à Marino en sortant.

« Ouvre l'œil, Khalid ! cria le signore Traverio d'une voix joyeuse et pleine d'entrain. On se reparle bientôt ! »

15

GIACOMO

« *Paroli*, signori, dernier appel, *Paroli…* »

Les cartes s'agitaient et dansaient dans les mains de Giacomo. Il ne lui en restait que quelques-unes, mais encore suffisamment pour se donner en spectacle : un éventail, une cascade de cartes coulant entre ses doigts, de manière à laisser entrevoir d'alléchantes possibilités de suites et de couleurs.

Cette comédie atteignit son but, qui était bien sûr de fasciner et d'exciter les hommes massés autour de la table circulaire occupant le centre de la salle de jeux, enfumée et basse de plafond. Des entailles mordaient profondément le bois, comme autant de balafres creusées par des joueurs malchanceux, initiales de leurs homologues plus heureux, qui en disaient aussi long sur l'histoire de l'établissement que sur le bavardage des parieurs.

Giacomo distribua les deux premières cartes et écouta les acclamations et les grognements qui suivirent.

« Bel effort !

— Le jeu de la bassette est *toujours* risqué.

— Le cinq gagne ! » annonça Giacomo, écartant de ses yeux une mèche teinte en roux. Jamais il ne pourrait accomplir une mission en étant *lui-même*. « Le valet perd ! Je ramasse, signori ! » Ses doigts s'animèrent à nouveau pour rassembler les pièces que firent rouler vers lui, moroses, les joueurs moins en veine.

Il y avait pourtant un joueur qui acceptait de Giacomo plus d'argent qu'il n'en rendait. C'était l'homme qu'il gardait en limite de son champ de vision, qui entassait ses gains en piles soignées, tout en examinant les trois cartes retournées devant lui. Le visage de l'homme était lisse et impassible, ne trahissant aucune émotion alors qu'il posait un doigt sur le cinq de coupes.

« *Paroli, signori* », lança Giacomo et, d'un coup d'ongle, le joueur replia le coin de sa carte vers le haut. Autour de lui, un murmure frénétique parcourut les spectateurs fascinés, qui soupesaient le sens de cette décision.

« Pardon. » Une serveuse se pencha par-dessus les épaules de Giacomo avec un plateau rempli de chopes, qu'elle répartit entre les joueurs restants. « Vous m'avez tous l'air assoiffés. »

Cette remarque suscita quelques sifflets et acclamations, mais par réflexe : c'était une réaction obligée, et non le signe d'une véritable appréciation des charmes plutôt maigres de la demoiselle. L'attrait de l'alcool ne pouvait cependant être surestimé, et tandis que les joueurs sirotaient leur première gorgée, Giacomo eut l'occasion de saisir le regard de mise en garde que lui envoya Sarra Nepi.

Attention, comprit-il. *Ne lui en donne pas trop à la fois.*

Giacomo résista à l'envie de lui tirer la langue alors qu'elle repartait vers le comptoir. *Personne* ne lui faisait donc confiance dans son travail ? Il savait retenir une cible à la table, *bon sang*.

Malgré ce picotement d'irritation, Giacomo fut prudent lorsqu'il distribua la main suivante. Après tout, qui pouvait savoir quand se présenterait une autre occasion de détrousser le capitaine de la garde des Medici ?

Telle était la question depuis *des semaines* : le capitaine Luigi Romano était avant tout *responsable*. Une forteresse de vertu impénétrable qui s'acquittait de ses devoirs envers la famille Medici dans la journée, puis qui s'en allait chaque soir retrouver son épouse et leurs trois enfants pour les vêpres. Il ne sortait pas boire. Il ne visitait pas les bordels. Il lisait sa bible pendant une demi-heure jusqu'à ce que la chandelle s'éteigne, puis il s'endormait auprès de sa femme et ronflait jusqu'au matin.

Ces habitudes étaient admirables chez un capitaine de la garde. Elles étaient également fâcheuses pour ceux qui voudraient le délester de certains objets sensibles et bien gardés… comme les clés de la complexe serrure Henlein de la salle du coffre des Medici, par exemple.

« J'ai entendu certains des gardes affirmer qu'il dort avec les clés sous son oreiller », avait dit Khalid, hagard après une nuit de patrouille. L'équipe s'était réunie au moulin pour le petit-déjeuner, le soleil de l'aube filtrant à travers les persiennes. Seule Sarra était pleinement éveillée, et Giacomo était à peu près certain qu'elle n'avait pas dormi du tout, ayant inexplicablement choisi de veiller toute la nuit à manipuler Dieu sait quoi sur son établi au lieu de rentrer chez elle, dans son lit douillet.

« Merveilleux, avait-elle riposté en écalant un œuf dur. Voilà qui est commode si nous avons besoin de déverrouiller ses rêves.

— Si le capitaine Romano ne se sépare jamais des clés, cela signifie qu'il a confiance en lui, avait commenté Rosa. Il se fie à son jugement et à son instinct.

— Et il se fie à l'armée personnelle qu'il commande, avait ajouté Agata.

— Le cas paraît désespéré », avait gémi Giacomo. L'épaule de Khalid, avait-il découvert, était presque aussi moelleuse qu'un oreiller, et c'était donc là qu'il avait somnolé, les yeux mi-clos. « Autant arrêter les frais et retourner dans nos fermes. Le signore al-Sarraj pourra transformer son épée en soc de charrue. Et moi, je devrai apprendre à planter de la vigne ou un truc comme ça.

— Le capitaine Romano a toujours les clés sur lui parce qu'il a confiance en lui, avait répété Rosa sans tenir compte de l'intervention de Giacomo. Que fait-il donc des clés lorsqu'il n'a plus confiance en lui ?

— Tout homme a ses vices, avait suggéré lentement Khalid, comme s'il voyait là une solution à laquelle Giacomo était aveugle. Même le capitaine Romano. »

Rosa s'était penchée par-dessus la table pour tapoter le crâne de Giacomo. « Tu es bon pour truquer un jeu de cartes ? »

Les jeux d'argent. C'était par trop évident. Le capitaine Romano, commandant sans reproche de la garde des Medici, était terrassé tous les quinze jours par le *jeu,* et maintenant que Giacomo avait un instant pour y réfléchir, cela semblait tout à fait logique. Si le reste de l'existence du capitaine était si vertueux et si réprimé, toute son imprudence devait bien se réfugier *quelque part.* Et quel meilleur refuge que la bassette, ce jeu connu dans tout Florence pour enrichir les caisses des croupiers ? Il était impossible d'y gagner et presque aussi impossible de ne rien y perdre.

À moins que le croupier ait une raison de vous vouloir à sa table, bien entendu.

« La dame gagne ! annonça Giacomo. Le neuf perd ! » Sur sa gauche, Romano lança quelques pièces qui gisaient sur son neuf de Coupe retourné – petit sacrifice, négligeable par rapport à la fortune amoncelée sur le cinq de Coupe. « *Paroli, signori !*

— “Con-sti-tue un flagrant abus...” »

C'est le froissement du papier qui attira l'attention de Giacomo, malgré le brouhaha croissant. Le papier n'était pas le genre de matériau que l'on rencontrait ordinairement dans les salles de jeux comme celle-ci, et Giacomo eut vite fait de repérer les trois hommes rassemblés en lisière de la foule, les têtes jointes au-dessus d'une feuille jaune et pliée.

L'un d'eux énonçait tout bas les mots imprimés sur le papier, sans que les joueurs le remarquent. « "De pouvoir, qui est devenu la..." Mon Dieu, ça continue comme ça.

— Poursuis, marmonna son ami impatient.

— Ça répète tout le temps la même chose, dit le lecteur. Ils disent que les Medici ne devraient pas être aux commandes. Ils disent que... tout allait mieux du temps de la République.

— *Paroli, signori !* » cria Giacomo, plus fort cette fois, battant ses quatre dernières cartes. Il ne fallait pas être un génie pour deviner ce que lisaient les trois hommes, et si Romano le découvrait...

Son regard croisa celui de Sarra au comptoir. Elle lui adressa un petit signe de tête, tout en s'essuyant les mains sur son tablier, et se fraya un chemin vers lui.

« Le deux gagne ! Le huit perd ! » proclama Giacomo, noyant la voix de l'homme qui déclarait *Celui qui a écrit ça a envie d'être pendu*. Giacomo écouta les hauts cris qui suivirent cette phrase et *pria* pour que Romano soit trop absorbé par le jeu pour ne pas s'intéresser aux idiots installés de l'autre côté.

C'était son jour de chance, apparemment, car Romano se contenta de jeter encore une pièce sur son cinq de coupes et se rassit sur sa chaise, le regard perdu dans le lointain, totalement indifférent aux cris qui l'entouraient, alternance d'encouragements et de huées. « Dernière main, signori ! annonça Giacomo, brandissant les deux dernières cartes. *Paroli !* »

Les trois hommes *parlaient encore* – Giacomo distinguait leurs grommellements à travers le tumulte. Cela ne durerait pas : le silence se ferait à un moment ou un autre... et là ils seraient tous dans le pétrin.

Où était Sarra ? Giacomo scruta la foule pour la trouver, ou trouver un signe d'elle. Oui, *là*, un courant qui se dirigeait vers la table, au milieu de la cohue...

Mais quand ce courant atteignit les rives du jeu de bassette, ce ne fut pas Sarra qui émergea. Deux hommes d'âge moyen jouaient des coudes, fiers comme des paons, leurs habits brodés créant un contraste frappant avec l'entourage crasseux. L'un d'eux – barbe grise, vêtements d'un bleu profond – appliquait un mouchoir contre sa bouche et son nez, les yeux embués. L'autre, dont la tête chauve était maintenue au chaud par un bonnet de velours marron, semblait plus assuré, le regard ferme, lorsqu'il se posa sur l'objet de sa quête.

C'était un regard très familier.

Giacomo se pétrifia.

« Capitaine Romano ! » s'exclama quelqu'un, mais Giacomo eut le plus grand mal à identifier de qui il s'agissait. Il était trop occupé à chercher l'air, la lumière, la faculté de se mouvoir. Il ne pouvait détourner les yeux du bonnet marron qui s'avançait vers Romano. Dans un recoin de son cerveau, il savait que la situation était catastrophique, que Romano s'était écarté de la table, qu'il observait les nobles visiteurs avec un mélange de honte et d'embarras…

Il baissa la tête, dans l'espoir que ses boucles teintes suffiraient à dissimuler son visage, mais son instinct de survie ne lui permit pas davantage. *Fais quelque chose,* enjoignit-il à ses membres inertes. *Tu savais que ça risquait d'arriver. Ne te laisse pas anéantir ainsi.*

« Signore Talliere ? » Alors qu'un des joueurs, las d'attendre le bouquet final, le questionnait, Giacomo put seulement agiter ses doigts gourds autour des dernières cartes et les retourner. « Le dix gagne, marmonna-t-il, la langue pâteuse. Le cinq perd. »

Même plongé dans sa conversation avec les deux nobles, Romano frémit à l'idée qu'il avait perdu. Il poussa vers Giacomo tout l'argent placé sur son cinq de coupes, sans prêter la moindre attention aux pièces qui roulaient à terre.

Giacomo ne fit rien pour les attraper. Il savait vaguement que ce qui venait de se produire n'était pas censé se produire, et qu'il avait commis une assez grave erreur. Sarra, de l'endroit où elle était alors, lui adressait vraisemblablement toutes les insultes qu'elle connaissait. Mais Giacomo ne pouvait que contempler Romano faisant une révérence aux nobles visiteurs.

« À la semaine prochaine, alors, les salua Romano en s'éloignant de la table. Signore Petrucci. Signore Loredan. »

La foule s'entrouvrit et il partit, les joueurs réclamant déjà une autre partie. Giacomo aperçut Sarra barrant la route à Romano, l'interrogeant, tâchant de le retenir à la taverne, à la table, effectuant le travail de Giacomo à sa place…

« Vous voyez ? Il suffit de savoir parler à ces gens », dit Petrucci. Passant sur Giacomo sans le reconnaître, ses yeux s'arrêtèrent sur Romano. Dans le nuage que le choc avait suscité dans son cerveau, des veines d'adrénaline s'allumèrent, lançant des étincelles comme un orage, chuchotant *peut-être peut-être peut-être…*

C'est alors qu'un pavé traversa la fenêtre et que le chaos éclata.

16

ROSA

Que fait donc le capitaine Romano des clés lorsqu'il n'a plus confiance en lui ?

La Casa Romano était une humble demeure à deux niveaux, aux murs de calcaire impeccables, avec un toit de tuiles que ne souillait aucune feuille morte automnale. C'était la copie inanimée de son propriétaire : propre, bien tenue, respectable...

Logique. Romano ne confiait qu'à lui-même ses biens les plus précieux. Lorsqu'il se lâchait à la table de bassette, les quatre murs façonnés à son image montaient la garde.

Prévisible, pensa Rosa.

« Il y aura un garde à la porte, leur avait dit Khalid. Le capitaine Romano n'est pas assez bête pour laisser sa maison sans surveillance. Pourtant... » Il s'était interrompu, pensif, ce qui avait enchanté Rosa. De toute son équipe, Khalid était le plus capable d'assembler les pièces d'un puzzle. Traverio l'avait contrôlé, mais sans doute parce qu'il redoutait son potentiel. Si on le laissait s'épanouir, Khalid deviendrait un maître ès ruses.

« Être en faction devant la Casa Romano, avait-il poursuivi, c'est une mise à l'épreuve. Tout jeune garde inexpérimenté doit passer au moins une nuit à monter la garde sous ses yeux pour prouver qu'il sait se tenir. Le capitaine Romano ne prendrait jamais le risque d'envoyer un incapable patrouiller autour du Palazzo Medici. Les enjeux sont trop grands.

— Donc il leur fait assurer la sécurité de sa propre famille, en déduisit Sarra.

— Tant qu'il estime qu'un garde n'est pas à la hauteur, il doit subir cette ignominie. Le garde de' Carlo y est toutes les nuits depuis un mois. »

Un mois de mise à l'épreuve. À présent, cachée dans l'ombre d'un cyprès, Rosa voyait pourquoi. Le jeune garde de' Carlo était en poste devant la porte de la Casa Romano depuis deux heures, et il avait passé tout ce temps à bouder. Au fil des minutes, elle l'avait regardé frissonner, cracher, marmonner des jurons et froncer les sourcils d'un air de plus en plus hostile. Maintenant, alors que minuit approchait, il semblait prêt à cracher de l'acide sur le premier qui s'approcherait d'un peu trop près.

« Il n'y en a plus pour longtemps », murmura Rosa. Derrière elle, Khalid hocha deux fois la tête. Ce soir, il était encore moins bavard qu'à l'ordinaire, et ses observations succinctes manquaient à Rosa. Le silence commençait à la fatiguer.

À peine Rosa avait-elle parlé que le jeune de' Carlo se détacha du mur, proférant des propos inaudibles et sans doute grossiers. D'un geste agacé, il ouvrit la porte et disparut dans la chaude lumière orangée, à l'intérieur de la maison.

Rosa et Khalid échangèrent un regard. *En avance sur le programme.* Le garde avait pris l'habitude de quitter son poste avant l'heure, mais en général il ne s'autorisait guère plus d'un quart d'heure d'avance – quinze minutes pendant lesquelles la porte n'était plus gardée, alors que la majeure partie de la maisonnée dormait.

« Tu penses que tu pourrais t'introduire dans la maison, chiper les clés de la salle du coffre et ressortir en moins de quinze minutes ? lui avait demandé Sarra.

— Je pense que je peux le faire en moins de dix, avait répliqué Rosa. Les cinq autres, c'est juste pour avoir de la marge. »

La porte principale de la Casa Romano était verrouillée quand Khalid et Rosa y arrivèrent : le jeune garde y avait veillé. Mais Rosa n'eut besoin que de deux ou trois tours de ses passe-partout pour l'ouvrir toute grande.

Il n'y avait pas trace du garde dans le vestibule ; il n'y avait trace de personne, en fait. L'unique rai de lumière que Rosa put discerner venait du bout du couloir le plus à droite, se glissant dans l'interstice autour d'une porte close. *Les cuisines*, articula Khalid, en réponse au sourcil inquisiteur de Rosa.

Ce devait être là que le jeune garde s'était réfugié pour fuir le froid de novembre. En tendant l'oreille, Rosa distingua une conversation qui filtrait à travers la porte. Les murs étaient trop épais pour qu'elle en saisisse les mots, mais le ton était assez clair : geignard plutôt qu'alarmé. Elle avait parié que de' Carlo irait se plaindre auprès du cuisinier, dont les réponses grommelées étaient si apathiques qu'il aurait pu donner à Khalid des leçons d'indifférence.

La sécurité de la Casa Romano s'étant sérieusement relâchée, Khalid ouvrit la marche dans la maison. Ils traversèrent ensemble d'humbles couloirs sans décoration, montèrent un escalier ciré en restant collés au mur pour ne pas faire craquer les marches. Fidèle aux prédictions de Khalid, la maisonnée était bel et bien endormie, et l'étage supérieur était encore plus silencieux que le rez-de-chaussée…

« Maman ? »

… ou du moins, il aurait dû l'être.

La voix, si petite qu'elle soit, venait de quelque part au bout du couloir. Rosa entendit deux petits pieds parcourir le sol de pierre. Quelque chose grinça, et pendant un instant de panique, Rosa crut que Khalid ou elle avait marché à un mauvais endroit.

Mais non : c'était un bruit métallique, le cri de charnières en fer. La petite fille avait entrouvert une porte.

« Maman ? » appela-t-elle à nouveau.

La voix qui répondit était pâteuse de sommeil. « Que fais-tu hors de ton lit ?

— J'ai fait un cauchemar.

— Un cauchemar ? » La signora Romano n'était pas assez éveillée pour comprendre ce que disait sa fille. « Ce n'était pas réel. Retourne te coucher.

— J'ai trop peur. »

Un soupir vigoureux résonna dans le couloir. « Alors viens. » Les petits pas s'avancèrent bien vite. « Et ferme la porte derrière toi », ajouta la signora Romano.

La porte se ferma, le loquet s'enclencha. Le couloir redevint silencieux.

Khalid et Rosa laissèrent respirer le silence une minute, puis deux. Il n'y eut pas d'autre signe de vie, de la part de la signora Romano ou de l'un de ses enfants. Avec précaution, Khalid gravit les dernières marches et jeta un coup d'œil sur le palier.

La voie est libre, articula-t-il à l'adresse de Rosa.

Le suivant, elle passa devant deux portes en chênes identiques et nues, avant de s'arrêter devant une troisième. Essayant la poignée, Rosa ne fut pas surprise de la trouver verrouillée. Mais la porte principale avait montré que le capitaine Romano n'avait pas avec Peter Henlein une relation aussi intime que ses employeurs, et la porte céda bientôt. Lorsqu'elle fut refermée derrière eux, Rosa permit enfin à ses épaules de se détendre un peu.

Le bureau de Romano était encore plus sobre que le reste de la maison, si c'était possible. Des doubles fenêtres, encadrées par des rideaux gris, éclairaient sans doute fort bien la pièce dans la journée. Un simple bureau, de fabrication solide, était le seul meuble, joint à la chaise qui s'y encastrait avec une précision toute militaire.

Quelques étagères garnissaient les murs, chargées d'une admirable collection de volumes – unique signe de richesse dans toute la maison. Rosa y promena un regard curieux tout en faisant le tour de la pièce, dont elle mesura les dimensions d'un œil de professionnelle. Elle s'arrêta avant de longer les fenêtres, tirant les rideaux au cas où un badaud dans la rue apercevrait ce qu'il ne devait pas voir.

« Que dois-je chercher ? » chuchota Khalid. C'était sa phrase la plus longue de la soirée, mais il avait encore son air inquiet.

« Quelque chose qui cloche, répondit Rosa. Un coffre-fort n'est jamais totalement invisible. Il doit y avoir des traces – des livres mal alignés, des zones inégales dans le sol. »

Chacun à un angle de la pièce, ils passèrent leurs doigts sur les étagères et les lattes du plancher. Rosa s'attaquait aux tiroirs de la table pour y déceler d'éventuels doubles fonds quand Khalid fit un bruit près de la bibliothèque de gauche.

« Rosa », susurra-t-il, tandis qu'un des rayonnages pivotait sous sa main. Derrière, Rosa devinait les contours d'un objet carré et massif.

Elle sourit. « Bien vu. » Se rapprochant, elle put y discerner les détails : un coffre-fort en fer, fixé dans le mur avec une précision qui ne laissait aucun doute. Romano avait voulu éliminer tout risque qu'on le lui dérobe.

« Lumière », murmura-t-elle. Khalid tira de son sac une lanterne sourde qu'il alluma, détournant de la fenêtre son rayon concentré.

Un rapide examen du coffre indiqua que la porte était fermée simplement par une série de clous à grosse tête. Commençant par la gauche, Rosa posa le doigt sur chacun d'eux, cherchant un écart, un point où il y aurait du jeu…

L'un des clous bougeait légèrement. Rosa appuya plus fort. Avec un cliquetis, il lui tomba dans la paume, dévoilant une minuscule serrure.

Les passe-partout en main, Rosa se mit au travail.

17

SARRA

Une pluie d'éclats de verre, de fragments de volets en bois et de morceaux de pavés s'abattit sur le sol de la salle de jeu, faisant taire la clientèle. Hommes et femmes, à des degrés divers d'ébriété, tâchaient de comprendre ce qui leur arrivait. Le capitaine Romano avait la mâchoire béante. Au vu de leur expression semblable, les deux nobles qui l'avaient abordé étaient manifestement sous le choc. Même Giacomo, dont le visage restait pâle, semblait ébranlé.

À travers le trou précédemment occupé par les volets, ils entendaient des cris.

Il ne s'agissait pas des braillements sporadiques d'un fêtard surexcité. Le bruit engloutit la salle de jeu d'un ensemble de voix entrelacées en une vague écrêtée qui ne cessait d'enfler.

Quand la porte éclata pour laisser entrer un homme en bleu Medici, ce fut à peine une surprise. « Capitaine ! s'écria-t-il, avec un soulagement évident.

— Mais que se passe-t-il donc ? grommela Romano en s'avançant vers le garde.

— Les affiches, capitaine », dit l'homme, qui tressaillit lorsque Romano lui intima de baisser la voix. Derrière Sarra, le bourdonnement d'activité reprenait alors que les croupiers tâchaient de ranimer l'enthousiasme des joueurs. « Les affiches séditieuses. Nous avons arrêté quelqu'un qui en avait une pile. Nous voulions l'incarcérer, mais ses amis… ont appris la nouvelle. »

Les trois hommes que Giacomo avait signalés à Sarra échangèrent des regards gênés. L'un d'eux fourra un carré de papier dans sa ceinture.

« Faites conduire le prisonnier au Palazzo, ordonna Romano. Il sera châtié demain, pour l'exemple.

— C'est le problème, capitaine. Le séditieux… ce n'est qu'un enfant. 10 ans à peine. Et ses compagnons ont bien envie de le récupérer. Ils ont bloqué les gardes à la Loggia. Ils attirent tellement l'attention que le soulèvement se propage.

— Le soulèvement ?

— Dans le quartier de Santa Maria Novella, en tout cas. »

Les épaules du capitaine Romano se raidirent. « Mon cheval, grogna-t-il. Préparez mon cheval.

— Capitaine ? » demanda le garde, mais Sarra ne partageait pas sa confusion. Le quartier de Santa Maria Novella incluait bon nombre de riches demeures, de belles piazzas et de jardins verdoyants.

Il incluait aussi la Casa Romano, que Khalid et Rosa étaient sans doute encore en train de dévaliser sous le nez de ses habitants endormis. Et si Romano réveillait la maisonnée…

Le sort qui attendait le pauvre gamin à la Loggia dei Lanzi ne serait rien par rapport à ce que subiraient Rosa et Khalid s'ils étaient arrêtés. Sarra devait les avertir. Mais elle ne pourrait arriver la première chez Romano s'il était à cheval.

Le garde se frayait déjà un chemin entre les tables de bassette, en direction de la porte arrière et des écuries. Encore figé comme une statue inutile, Giacomo n'eut aucune réaction.

Il n'avait même pas ramassé les pièces brillantes entassées en jolies piles devant les joueurs.

Sarra retint sa respiration. *Oui.*

Elle n'eut pas grand mal à rejoindre Giacomo. Les joueurs de bassette s'intéressaient moins au jeu qu'au tumulte de l'autre côté de la fenêtre cassée. « Giacomo ! chuchota Sarra à l'oreille de son complice. Qu'est-ce qui te prend ? » Elle fut récompensée par un léger tressaillement, l'esprit de Giacomo ressurgissant des profondeurs qui l'avaient submergé.

Elle ne pouvait attendre qu'il se réveille. Sarra devait agir maintenant. Coinçant son genou sous le plateau et saisissant l'un des pieds de la table, elle donna un puissant coup vers le haut…

Les florins et les lires se répandirent au sol comme une pluie superbe, roulant sur la terre battue, sous les tables et les tabourets, parfois sans s'arrêter avant d'avoir atteint les murs. Les joueurs réagirent aussitôt. Les hommes cessèrent instantanément de bavarder, tombant à genoux pour remettre la main sur leurs gains perdus, jouant des coudes et se bousculant.

Le garde poussa un cri de douleur quand un poing lui percuta le sternum. Il s'écroula au milieu de la mêlée, avalé par le chaos.

« *Rendez-vous* », chuchota Sarra à Giacomo, filant vers les écuries avant que ne se referme le chemin qui s'ouvrait devant elle. Lorsqu'elle lança un dernier coup d'œil vers son complice, ses yeux s'étaient plissés, comme sous le coup d'une détermination nouvelle. Puis elle sortit dans la nuit agitée.

Même aussi près des murs nord de la ville, les rues étaient bondées, des hommes et des femmes affluaient vers la Piazza della Signoria, où se trouvait la Loggia dei Lanzi. La colère bouillonnait, propageant son aigreur dans l'air. Sarra la sentait dans ses veines, vénéneuse et… familière.

Cinq ans. La dernière fois qu'elle avait vu Florence dans cet état remontait à cinq ans, quand le pape Léon X récemment élu et son cousin avaient mené l'armée papale aux portes de la ville pour exiger que l'autorité soit rendue à la famille Medici.

Elle n'était alors qu'une enfant, mais elle n'oublierait jamais les émeutes dans les rues et la mine terrorisée de son père. Il savait de quoi étaient capables les Medici et leur armée d'envahisseurs. Toute la Toscane le savait. Des nouvelles venant de Prato s'étaient répandues dans la ville comme une maladie, contagieuse dans son angoisse et son désespoir. Il avait suffi d'intimider les soldats florentins pour qu'ils se rangent dans le camp des Medici, ne laissant que des civils pour sacrifier leur vie au nom de la République.

Un chagrin ancien étrangla Sarra. Elle lutta contre ce sentiment, ouvrit sa trousse à outils et en tira un tournevis. Elle avait repéré le cheval hongre de Romano lorsqu'il était arrivé, et elle n'eut pas de mal à le localiser dans les écuries, où le bruit du soulèvement le faisait piaffer et hennir.

Romano entretenait à la perfection les boucles de sa selle, si brillantes qu'elles étaient faciles à distinguer dans la pénombre, et que Sarra put aisément y glisser son tournevis pour les tordre. Avec un peu de chance, le capitaine ne remarquerait pas les dégâts avant que les lanières ne se détachent sous lui. Avec encore un peu plus de chance, cela se produirait au milieu de la foule. Et avec un maximum de chance, cela signifierait que Sarra le devancerait à la Casa Romano.

Tous ses espoirs suspendus à un morceau d'acier déformé, Sarra partit en courant dans les rues de Florence en pleine ébullition.

~ 18 ~

KHALID

Les minutes s'étiraient, interminables. Rosa était encore agenouillée devant la porte du coffre-fort. Seuls ses doigts bougeaient, faisant tourner les minces passe-partout les uns avec les autres. Les mains de Khalid le démangeaient, à force de la regarder.

Finalement, alors que le temps avait perdu toute signification, un *pop* satisfaisant retentit. La serrure pivota. Rosa se rassit, souriante. « Et voilà », murmura-t-elle, ouvrant la porte.

L'intérieur du coffre était aussi organisé que le reste du bureau du capitaine. Les registres étaient rangés en une pile bien nette, soutenant un tas de papiers, une bourse de velours remplie de pièces… et deux clés en fer, réunies par un anneau.

Rosa s'en empara. « Tu as le moule ? » demanda-t-elle.

Khalid hocha la tête. Fouillant dans le sac accroché à sa ceinture, il en sortit une boîte métallique, de la taille d'un jeu de cartes. Une fois ouverte, chaque moitié contenait un bloc d'argile spongieux. Rosa sépara les clés et les disposa dans la boîte. En prenant soin de ne pas les déplacer, elle referma le couvercle, les enfonçant dans l'argile.

« C'est un peu comme du plâtre, avait expliqué Agata à Khalid, en criant pour se faire entendre par-dessus la meule du moulin. Si tu enfonces quelque chose dans le plâtre, il garde la forme, même après qu'on enlève l'objet. » Elle avait mis le doigt dans l'argile et, quand elle l'avait retiré, Khalid avait pu observer le dessin de son empreinte digitale dans le creux. « Mais contrairement au plâtre, ça ne sèche pas.

— Comment obtenez-vous ça ? » avait-il demandé.

Un sourire avait ridé les yeux d'Agata et elle lui avait tapoté la joue. « Une sorcière ne révèle jamais ses secrets, mon mignon. »

Poc.

Le bruit d'un petit projectile percutant un rebord de fenêtre était reconnaissable entre tous. Rosa et Khalid s'immobilisèrent. Il porta un doigt devant ses lèvres. « Reste là », murmura-t-il. Rosa acquiesça, son attention déjà happée à nouveau par le coffre-fort ouvert.

Khalid rampa vers la fenêtre. Il écarta les lourds rideaux, juste assez pour entrevoir la rue en contrebas.

Il y avait plus de monde que lorsqu'ils étaient arrivés. De petits groupes d'hommes et de femmes longeaient la façade. Certains marchaient en s'accrochant les uns aux autres. D'autres tenaient des bâtons, des haches et des bêches qu'ils semblaient vouloir utiliser dans un cadre tout autre que celui du travail.

Impossible de savoir qui avait lancé la pierre, au premier abord, mais Khalid remarqua bientôt un mouvement sous l'auvent de la maison voisine. Scrutant l'obscurité, il vit quelqu'un se baisser brièvement dans le clair de lune, et eut le temps de distinguer son visage.

C'était Sarra la Bricoleuse. Et elle avait l'air paniquée.

« Je crois qu'il est temps de nous en aller », murmura Khalid. Sarra lui fit signe : *maintenant, maintenant, maintenant*. « Maintenant, transmit Khalid, docile. Rosa ? »

Rosa n'avait apparemment pas entendu un mot. L'un des registres du capitaine Romano était ouvert sur ses genoux. Un pli creusait son front alors qu'elle tournait une page.

« Qu'y a-t-il ? demanda Khalid.

— J'ai l'impression que Romano devient paranoïaque », répondit-elle. Il regarda par-dessus son épaule. La page du registre était couverte de cette petite écriture soignée qu'il reconnut comme celle du capitaine. « Qu'en penses-tu ? »

Il était toujours étonné quand Rosa lui posait cette question. Le signore Traverio n'avait jamais sollicité l'opinion de quiconque. Khalid observa la page de plus près. De son écriture minutieuse, le capitaine Romano avait recopié une liste de noms, de dates et, détail le plus étrange, de quartiers de la ville. « "San Niccolo" ? lut Khalid à haute voix.

— Ce sont les patrouilles, expliqua Rosa en tournant encore une page. Les gardes, les dates de leur emploi, et la zone qui leur est attribuée.

— Mais San Niccolo n'est pas un quartier placé sous la juridiction des Medici.

— Ces hommes ne sont pas les gardes des Medici. San Niccolo… Porta Romana… Porta Prato. Ce sont les patrouilles de la garde de la ville. » Elle déchiffra un nom. « Santini. Ce n'est pas le nom du capitaine qui a donné à Giacomo la liste des fournisseurs ?

— Si.

— Apparemment, sa générosité ne concerne pas que les archives de la porte. » Elle se tapota la bouche, le regard dans le vague. « Mais pourquoi les Medici auraient-ils besoin d'informations sur la garde de la ville ? »

Nous essayons simplement de les soulager en partie du fardeau, avait dit le sergent Bianci. Mais ce n'était pas le moment d'élucider ce mystère car, dans la rue, Sarra gesticulait comme une possédée. « Il faut partir, Rosa.

— Encore quelques secondes », dit-elle en consultant une autre page.

Quelque part à l'étage inférieur, la porte principale s'ouvrit si brutalement qu'elle frappa le mur. *Le capitaine Romano.*

« *Rosa !* » siffla Khalid.

Un bruit de pas lourds arracha Rosa à ses réflexions.

« *Les clés* », murmura-t-elle. Khalid rouvrit délicatement la boîte. Avec d'infinies précautions, il en dégagea les clés. L'empreinte laissée était nette. Khalid poussa un soupir de soulagement. Rosa lui prit les clés et les remit dans le coffre, dont elle ferma rapidement la porte.

Le registre des gardes de la ville était plaqué contre sa poitrine. « Ne va-t-il pas en remarquer son absence ?

— Si, probablement. Il n'y a pas de mal à ajouter un peu d'huile sur le feu de sa paranoïa. » Elle se faufila jusqu'à la porte, l'ouvrant juste assez pour entrevoir le couloir.

Deux pieds se traînaient non loin. Khalid faillit avoir une crise cardiaque. Rosa ne paraissait guère plus vaillante lorsqu'elle recula soudain. « *Caro ?* appela la signora Romano, sa voix résonnant alors qu'elle avançait sur le palier.

— C'est toi ? Oh ! Mais qu'est-ce qui t'est arrivé ?

— Ma fichue selle a cédé. Où sont les enfants ? » C'était incontestablement le capitaine Romano, brusque et tendu.

« Ils dorment, répondit son épouse. Que se passe-t-il ? »

Rosa ferma la porte sans bruit. « Nous ne pourrons pas descendre sans être repérés. »

Il n'y avait pas d'autre issue. « Alors nous ne descendrons pas. »

Quand Khalid alla tirer les rideaux et ouvrit la fenêtre, dont les battants pivotèrent vers l'extérieur, Sarra avait disparu.

« Il y a un treillage, de ce côté-là », murmura Rosa. Penchée par-dessus le rebord, elle enfonça le registre dans son corsage. « Il permet de rejoindre le toit des voisins.

— Vas-y », lui souffla Khalid, qui entendait les pas lourds du capitaine Romano montant l'escalier. Si l'un d'eux devait être découvert, il valait mieux que ce soit lui. Rosa pourrait peut-être mener à bien son projet sans lui. « Je te suis. »

Elle disparut dans le tourbillon de ses jupes grises, grimpant sur le treillage en habituée à ce genre d'exercice. L'un des montants émit un grincement sinistre lorsqu'elle s'agrippa au bord du toit, et quelques feuilles vertes et rouges tombèrent à terre. Personne ne semblait la remarquer. Dans les rues, la circulation s'était encore intensifiée depuis que Khalid avait ouvert les rideaux. Davantage de gens marchaient désormais vers le centre-ville qu'en sens inverse. Il entendait vaguement des cris au loin, et les poils de sa nuque se hérissèrent.

« … quitter la ville dès que possible. Je te donnerai de l'argent pour le voyage… »

Khalid était presque sur le rebord de la fenêtre quand la voix du capitaine Romano se fit entendre à travers la porte de la pièce. Instinctivement, il tourna les yeux vers le coffre-fort, se rappelant la bourse qu'il contenait.

Son estomac se noua. L'étagère n'avait pas été remise en place. L'écart n'était que de quelques centimètres, et si ce bureau avait été celui d'un autre que Romano, Khalid n'aurait pas hésité. Mais le capitaine était un homme maniaque, et le moindre détail déplacé…

À pas de loup, Khalid courut vers le mur opposé. Il entendit Rosa l'appeler dans un murmure paniqué, mais il n'avait pas le temps de s'expliquer ou de demander sa permission. Aussi fermement qu'il l'osa, il appuya sur l'étagère, sans s'arrêter avant que le loquet ne s'enclenche et qu'elle ne reprenne sa position.

Il n'avait qu'à espérer que cela suffise. Il devina que le capitaine s'était arrêté devant la porte de son bureau. Se retournant, Khalid fonça vers la fenêtre ouverte. Sur le palier, une main se posa sur la poignée de la porte à l'instant où Khalid enjambait le rebord. Il lui fallut tout son sang-froid pour ne pas claquer la fenêtre derrière lui, mais il réussit à en repousser les panneaux, du bout de ses doigts en sueur.

À travers la vitre, il vit la porte s'ouvrir. Khalid se baissa tandis que Romano pénétrait dans la pièce. Il retint son souffle, vit le capitaine se planter devant la bibliothèque et se prépara à l'inévitable…

Mais le capitaine Romano se contenta de faire pivoter l'étagère. Il y eut un bruit de clé, et le coffre-fort s'entrouvrit juste assez pour que le maître des lieux attrape la bourse en velours. Il le referma avec bien moins de délicatesse que Khalid et Rosa et, dans sa hâte de retrouver sa femme, laissa la bibliothèque en l'état. Dès qu'il fut parti, Khalid s'affaissa, soulagé.

« *Khalid !* » cria Rosa depuis le toit voisin, sa tête hirsute à peine visible. Khalid se balança vers elle, saisissant les étais du treillage à deux mains. Le bois se fendit et craqua sous son poids alors qu'il s'y hissait, sans plus se soucier de prudence.

Il attrapa le bord du toit d'une main. Puis d'une autre. Khalid s'y hissa et s'étendit sur les tuiles à côté de Rosa, en essayant de ne pas respirer trop bruyamment.

« Bon Dieu, murmura-t-elle. *Bon Dieu.*

— Il faut qu'on parte.

— C'est quand tu veux », plaisanta-t-elle. Dans un ultime effort, il roula sur le ventre et rampa à travers le toit, suivi de près par Rosa.

La descente fut bien moins difficile. Khalid et Rosa purent bientôt presser le pas dans les rues du quartier de Santa Maria Novella, perdus dans la folle énergie de la foule.

« Par ici », chuchota Rosa, bifurquant vers une ruelle plus calme, bordée d'échoppes et de maisons modestes mais bien entretenues. Toutes les fenêtres étaient protégées, volets fermés. Aucun des habitants des alentours ne voulait être mêlé à l'agitation qui grondait dans le centre-ville.

« Qu'est-ce qui se passe ? » demanda Khalid. Un bruit de verre brisé retentit au loin.

« Je l'ignore », répondit Rosa, la mine perplexe. Khalid partageait son trouble.

Le point de ralliement était fixé dans un abri à outils, derrière la boutique d'un vieux charpentier. Sarra attendait déjà lorsqu'ils arrivèrent. « Oh, le Seigneur soit loué, marmonna-t-elle lorsqu'ils se glissèrent à l'intérieur. Pourquoi vous a-t-il fallu aussi longtemps ? » Elle lorgna la bosse dans la robe de Rosa. « C'est quoi, ça ? »

Rosa libéra le registre. « Un échantillon des lectures du capitaine Romano.

— C'est pour ça que vous avez failli vous faire prendre ? »

Même Khalid vit que Rosa tressaillit sous la réprimande de Sarra. « Nous avons les clés, dit-elle, un peu sur la défensive.

— Eh bien, Dieu soit loué pour ça, au moins », approuva Sarra. Elle se mit à tirer sur les lacets de sa robe. Khalid eut le tact de regarder ailleurs. « Plus personne ne pourra jamais rien obtenir de Romano. Vous l'auriez vu dans la salle de jeux, il est dégoûté de tout ça jusqu'à la fin de ses jours... »

Un bruit de verre qu'on brisait leur imposa le silence un instant. « Sait-on... de quoi il s'agit ? s'enquit Rosa.

— Ces idiots avec leurs affiches anti-Medici », dit Sarra. D'un sac de farine, elle extirpa des chausses. Khalid en fit autant pour récupérer son uniforme de garde, s'empressant de troquer les vêtements sombres et informes qu'il portait contre le bleu Medici. « L'un d'eux a été arrêté. Ses amis sont en train de provoquer une émeute.

— Où est Giacomo ? » demanda Khalid. La question lui brûlait les lèvres depuis qu'ils étaient sous l'abri du charpentier. Il ne put la retenir plus longtemps, alors qu'il était question du soulèvement. « N'est-il pas parti avec toi ? »

Sarra boutonna son pourpoint, soufflant pour chasser ses cheveux cuivrés de ses yeux. « C'est l'autre problème. »

Rosa haussa un sourcil. « L'autre problème ?

— Encore un. Giacomo se débrouillait très bien, à la table de bassette – il menait Romano par le bout du nez. Mais deux hommes sont venus trouver le capitaine. Giacomo les a regardés et s'est figé.

— Figé ? Giacomo ?

— Pétrifié. Il a saboté le reste de la partie. Puis l'émeute a commencé et Romano a déguerpi. J'ai dit à Giacomo qu'on se retrouvait ici, mais je ne l'ai pas revu. Pour ce que je sais, il est peut-être encore à la salle de jeux. »

Rosa se mâchouilla la lèvre. « Ces deux hommes lui ont-ils adressé un mot ?

— Je ne crois pas. Ils étaient riches. Ils voulaient parler à Romano, mais le capitaine n'avait pas envie de les écouter. » Elle attacha un dernier bouton, ses yeux bleus concentrés. « L'un d'eux s'appelait Loredan. Et l'autre… Petrucci. »

Petrucci. Ce nom évoquait des images fugaces. Une pile de carnets verts. Un petit bureau terne, aux murs de pierre.

Le visage de Giacomo qui interrogeait le pauvre capitaine de la garde de la ville.

Ces Petrucci doivent être affamés.

« La ville est un enfer, pour le moment, dit Rosa. Où peut-il bien être allé ? »

Khalid desserra sa mâchoire. « J'ai peut-être une idée. »

~ 19 ~

GIACOMO

C'est une erreur.

Cette pensée flottait dans l'esprit de Giacomo comme une pomme ballottée par des rapides. Il la réprima alors qu'il quittait la salle de jeux, dans le sillage du signore Petrucci. Il la refoula à nouveau lorsqu'il arriva sur les pavés usés du Mercato Vecchio, suivant le bonnet de velours marron qui écartait la foule avec autorité. Et il noya vaillamment cette pensée, une fois de plus, quand il eut devant lui les portes de la Casa Petrucci avec de part et d'autre deux gardes, dont la tenue rouge et blanche accrochait l'œil, qui ouvrirent au maître des lieux.

C'est seulement quand ce portail fut refermé qu'il autorisa un peu d'air à cette pensée.

C'est une erreur.

Le problème… Le *problème* était que Giacomo n'aurait vraiment pas dû faire ça. Il n'aurait pas dû être *là*, devant cette riche demeure proche du Mercato Vecchio, et il savait à présent, de manière un peu floue, que l'atmosphère de la Piazza et des rues environnantes avait considérablement changé depuis qu'il était arrivé dans la salle de jeux.

Quand même. En lisant le nom *Petrucci* à la Porta Romano quelques semaines auparavant, Giacomo était resté en conflit avec lui-même, ce dont il n'avait *absolument pas* l'habitude. Il savait déjà qu'ils étaient quelque part en ville, ou du moins qu'ils y seraient très bientôt. Et Giacomo san Giacomo avait bravé des bandits, des mécréants et même Khalid al-Sarraj juste après avoir englouti son déjeuner. Alors pourquoi paniquait-il autant à l'idée de voir cette maison ?

Il avait fait tout ce qui était en son pouvoir pour éviter tout ce qui se rapprochait de près ou de loin du nom Petrucci. Et il y était parvenu. Jusqu'au moment où le signore Petrucci s'était lui-même servi sur un plateau et posé à une table de bassette de Giacomo. *Me voici,* avait-il dit. *Que vas-tu bien pouvoir y faire ?*

Cela avait percé une brèche dans l'instinct de survie de Giacomo, qui prenait l'eau désormais. Et il se trouvait maintenant exactement où il n'aurait pas dû être, parce que...

Il avait patienté quatre ans. À présent, la porte était entrouverte, et il fallait qu'il sache. *Il le fallait.*

Sans hésitation aucune, Giacomo passa devant les gardes patibulaires et tourna à l'angle de la Casa Petrucci, se glissant dans la petite ruelle qui menait à l'arrière du bâtiment.

Il avait déjà senti des odeurs plus nauséabondes – il avait déjà senti lui-même bien plus mauvais – mais cette ruelle *puait*, et quand il mit le pied dans une flaque de ce qui n'était certainement pas de l'eau, il frémit. Il n'avait néanmoins pas le temps de déterminer ce qui imbibait ses chausses : l'entrée des domestiques n'était plus qu'à quelques mètres. La porte pouvait s'ouvrir à tout moment, et Giacomo ne voulait pas avoir à s'expliquer auprès de la servante irritable qui risquait d'en surgir. Il allait devoir être malin, rusé même, ce qui, alors que tout son instinct l'incitait à ouvrir grand la porte pour s'introduire sans crier gare, lui demandait un effort terrible.

Giacomo fit un pas en arrière, pinça ses lèvres et se mit à siffler.

C'était un art qu'il avait appris à maîtriser enfant, alors qu'il battait la campagne dans les collines de Grosseto. Il était déjà fasciné par l'imitation – pas encore assez pour incarner des personnages sous des masques variés, mais il avait bien fallu commencer un jour. Et pour Giacomo, cela avec commencé par les chants d'oiseaux. Imiter leurs gazouillis et leurs sifflements avait été un défi, auquel il s'était appliqué jusqu'à pouvoir les reproduire, si bien que les oiseaux attendaient que Giacomo soit presque parmi eux pour s'envoler.

Sa famille désespérait de le voir perdre son temps aussi sottement. On le traitait souvent d'imbécile, de bon à rien et de…

Enfin. *La plupart* des membres de sa famille le traitaient ainsi.

Ce qui sortit des lèvres de Giacomo n'était pas un sifflement humain, mais le chant joyeux et entraînant de la lusciniole à moustaches, minuscule volatile propre à la ville de Grosseto. C'était jadis un de ceux qu'il préférait, si gai… et l'un des siens, aussi : c'était l'imitation qu'*elle* lui demandait le plus souvent, surtout pendant les longs mois d'hiver.

Était-il en train de devenir fou, ou est-ce que les rideaux de la fenêtre en haut à gauche avaient bougé ?

Giacomo sifflota à nouveau, si fort que tout amateur d'oiseaux passant non loin penserait qu'une lusciniole se faisait assassiner à proximité. Il siffla, siffla encore, les yeux rivés à ce rideau, dans l'espoir qu'il remuerait, qu'il trahirait la présence de quelqu'un qui l'écoutait et le connaissait.

« Eh ! »

Le chant d'oiseau s'évapora. Giacomo se retourna. Subjugué par les rideaux, il avait oublié de surveiller la ruelle, et maintenant les deux gardes à rayures rouges et blanches chargeaient vers lui, l'air mauvais. Celui de gauche, dont les joues disparaissaient sous d'épais favoris, empoignait déjà son épée.

Giacomo s'affala contre le mur, sans se soucier de la tache que quelque chose d'organique et brun laissait sur sa veste. « Signore ! les salua-t-il de son ton le plus allègre. Deux signori ! Ou bien n'êtes-vous qu'un ? » Il se pencha en avant, au risque de basculer. « J'ai peut-être, dit-il dans un murmure trop sonore, peut-être… bu un coup de trop.

— On ferait mieux de l'évacuer avant que Maître Petrucci l'entende, proposa le garde à favoris.

— Chhhut ! fit Giacomo en titubant plus près d'eux. N'en parlez pas à Maître Petrucci !

— On va devoir signaler l'incident ? » demanda le garde rasé de près à son collègue.

Giacomo hoqueta comme s'il s'apprêtait à vomir sur les chaussures de la personne la plus proche. Le garde à favoris s'éloigna de lui. « Tu tiens vraiment à signaler *ça* ? »

Un autre hoquet, et le garde rasé de près leva les yeux au ciel. « Allons, circule. Qu'on ne te revoie plus ici.

— Quelle *gentillesse* ! » bredouilla Giacomo, tendant le bras pour tapoter l'épaule du garde à favoris. Celui-ci l'esquiva, et Giacomo trébucha. « Je me souviendrai toujours d'hommes aussi merveilleux… »

Les rideaux étaient ouverts. Et comme Giacomo en avait si souvent rêvé… elle était là. Elle le contemplait avec de grands yeux.

La dernière fois qu'il l'avait vue, il n'était pas encore Giacomo san Giacomo. Il était… eh bien, plus jeune, d'abord. Il avait 15 ans, il était plus aimable, plus lent, plus doux. Et incontestablement plus bête. Jusqu'à… Jusqu'à…

Giulietta Petrucci. Jamais il n'aurait confondu avec une autre cette boucle de cheveux châtain grisonnant qui lui tombait sur les yeux, ou la façon dont ses lèvres remuaient lorsqu'elle prononçait son nom dans une question.

Il baissa le menton pour hocher la tête.

C'était bien sûr un élan *redoutable*, et s'il avait eu toute la maîtrise de ses facultés mentales, il se serait lui-même donné des coups de pied au derrière, de Florence à Naples puis dans l'autre sens. En un instant, le garde à favoris l'empoigna par le col et le tira vers lui. « C'était quoi, ça ? » grommela-t-il sous le nez de Giacomo, qui sentit sa salive lui éclabousser les joues.

Il eut un haut-le-cœur en sentant le poing énorme de l'homme se fermer sur ses habits. « Quoi ? » Le bafouillement d'ivrogne lui venait maintenant plus facilement, sa langue devenant cotonneuse.

« Giorgio. » Le garde glabre avait les yeux fixés à la fenêtre de Giulietta. Elle était à présent déserte, mais les rideaux s'agitaient. « Notre maîtresse a un admirateur. »

Giorgio le garde resserra son emprise sur le col de Giacomo, chose étrange car Giacomo sentait une pression sur ses poignets. Ses mains semblaient *lourdes*. Seigneur Dieu, il perdait la boule. « Votre maîtresse ? » répéta-t-il. Le dos collé au mur de la ruelle, une gouttelette froide lui tomba dans le cou. Il sursauta. Au loin, il entendait le bruit du bois heurtant le bois, bruit familier et écœurant. « Pas du tout, signore, je cherchais simplement le chemin de ma maison…

— Le chemin de la fenêtre de la chambre de la signora Petrucci », dit le garde rasé de près, contournant Giacomo de l'autre côté. Il était maintenant cerné, le dos contre le mur, deux tas de muscles l'entourant, et le cliquetis du bois assourdissant…

Ave Maria, gratia plena, Dominus tecum…

Clic, clic, *faisaient les perles entre ses doigts…*

Giacomo avança autant qu'il le pouvait. « Je ne regardais *personne*, signore, je vous *assure…* »

Un éclair de douleur le frappa avant même qu'il ait pu comprendre que Giorgio lui avait assené dans les côtes un coup de la garde de son épée. Il s'effondra en arrière, une main sur le flanc…

Benedicta tu in mulieribus…

« Boucle-la », dit quelqu'un, la voix venant de si loin sous l'eau que Giacomo ne put savoir qui avait parlé. Sa vision se brouillait, se tordait. Une main lui tira un peu plus sur le col, Giacomo tenta de se protéger le visage avec le bras, mais les menottes l'en empêchaient…

Et benedictus fructus ventris tui, Iesus…

Encore, murmura le Père Bernardo.

« Tiens-le », ordonna l'une des deux taches rouges et blanches, avant de lever quelque chose au-dessus de sa tête.

Je te guiderai, dit le Père Bernardo.

Et Giacomo ne put alors que fermer les yeux et chuchoter « Amen ».

20

KHALID

Ces Petrucci doivent être affamés.

Giacomo san Giacomo arborait un masque de désinvolture, choisi avec soin, à chaque instant. C'était au logis des gardes de la Porta Romana que, pour la première fois, Khalid avait entrevu l'homme sous le déguisement. Il soupçonnait que nul n'aurait pu remarquer cette fracture sans avoir passé trois ans à étudier Giacomo et toutes ses particularités. Mais en cet instant fugace, Giacomo était apparu à Khalid comme une blessure ouverte.

Assez ouverte pour répandre son sang sur leur projet, évidemment.

Khalid accéléra.

Si les rues près de la Casa Romano étaient agitées, celles qui bordaient le fleuve n'étaient que chaos. Cris et vacarme éclataient de tous côtés. Toutes les ruelles révélaient leur tumulte : des hommes munis de torches et d'armes improvisées, des gardes arborant les couleurs des Medici et celles de la ville, des femmes et des enfants qui hurlaient.

Le bleu Medici de Khalid était peut-être un handicap. Pendant sa course à travers toute cette démence, il fut souvent la cible d'insultes et d'invectives. Personne n'avait encore osé lui donner un coup de coude ou de massue, mais Khalid estimait que ce n'était plus qu'une question de minutes.

Le Mercato Vecchio était désert lorsqu'il y arriva. Le spectacle était étrange. D'ordinaire, le marché était une place animée et crasseuse, où se vendait tout ce que l'on pouvait désirer. À présent, les seuls signes de vie étaient les silhouettes des gardes, qui rôdaient, cherchant la bagarre.

Khalid garda ses distances et poursuivit sa route.

Une question sèchement posée à un colporteur qui détalait lui indiqua la direction de la Casa Petrucci, bâtisse trapue qui occupait le côté est de la Piazza. Elle n'était pas gardée quand Khalid s'en approcha, et personne n'était en faction devant les portes malgré les vociférations des émeutiers. Khalid devint encore un peu plus mal à l'aise. Si la famille Petrucci était aussi riche que Sarra l'avait estimé, il n'y avait aucune raison pour qu'elle ne soit pas surveillée.

C'est à ce moment qu'il entendit les voix.

C'était un brouhaha confus, trop faible pour que Khalid n'en détecte davantage que leur provenance. Il tâta son épée, suivit le son en contournant l'édifice, vers la bouche lugubre d'une petite ruelle où les voix devenaient plus nettes.

Il fallut à Khalid un moment pour identifier celle de Giacomo. Il ne l'avait encore jamais entendu parler ainsi, malgré tous les personnages qu'il l'avait vu incarner. La voix de l'acteur avait à présent une nuance inconnue, aiguë, tendue, tranchante. Il bégayait les premières syllabes de ce qui aurait pu être « S'il vous plaît. »

Un homme l'interrompit, non sans une certaine allégresse : « Tiens-le. »

Khalid entra dans la ruelle et résolut le mystère des gardes Petrucci manquants. Deux hommes en uniforme rouge et blanc plaquaient un troisième individu contre le mur. L'un d'eux tirait son épée. En quelques dizaines de pas, Khalid se trouva derrière lui à l'instant précis où il abattait son arme.

« Gardes », se contenta-t-il de dire.

Khalid pouvait se déplacer sans bruit lorsqu'il le voulait. C'était un talent qu'il avait reçu à la naissance. Son frère n'en était guère friand, puisque l'une des activités préférées de Khalid était de le prendre par surprise. Le signore Traverio, lui, l'avait apprécié, car un recouvreur de dettes qui surgissait de nulle part était plus terrifiant que ceux qu'on entendait venir.

Les gardes Petrucci réagirent plutôt comme Yusuf. Ils l'accueillirent par des jurons cuisants. Khalid resta impassible.

« Merci d'avoir retrouvé mon protégé », dit-il sans les quitter des yeux. Il distinguait les contours de Giacomo entre les épaules des deux gardes. Il y avait quelque chose d'anormal dans sa posture, dans la manière dont il était avachi contre les briques, mais Khalid n'osait pas l'examiner de plus près. Pas tant que le garde n'aurait pas rangé son épée.

Ce même garde fut le premier à parler. « C'est toi qui es chargé de cet imbécile ? » demanda-t-il, ses yeux voltigeant du haut du chapeau de Khalid jusqu'à la semelle de ses bottes, avant de remonter. Khalid conserva son air indifférent alors que la pomme d'Adam de l'homme se soulevait à sa déglutition.

« Il m'a échappé tout à l'heure, précisa Khalid.

— On dirait qu'il a visité deux ou trois tavernes entretemps », murmura le plus jeune des deux gardes. Derrière eux, Giacomo eut la présence d'esprit d'émettre un hoquet qui lui secoua tout le corps.

« Le cardinal de' Medici sera très mécontent d'apprendre qu'il s'est mis dans cet état. » Khalid s'autorisa un vrai regard vers Giacomo. Il se serrait les côtes, au point d'en avoir les articulations blanches. Mais quelque chose d'autre alluma une étincelle d'inquiétude chez Khalid. Les yeux de Giacomo étaient… étranges. Ce regard brun et chaleureux, si animé en temps normal, était flou et distant, comme si Giacomo voyait quelque chose qui n'était pas réellement présent.

« Le cardinal de' Medici ? » Le jeune garde devint vert dans son uniforme rouge et blanc.

Son collègue fut moins aisément intimidé. « Il harcelait la dame de cette maison. Maître Petrucci est formel : il faut punir ce genre d'intrus. »

La dame ? La plupart des rideaux de la Casa Petrucci étaient fermés, mais il y avait une fenêtre ouverte à l'étage, volets écartés. Sans aucun signe de mouvement, cependant.

« Libre à vous de réclamer aux Medici le droit de le châtier, dit Khalid. Vous savez où ils habitent, je suppose. » S'avançant entre les gardes, il saisit Giacomo par le col, sans rencontrer de résistance, et le tira vers lui. « Bonsoir, messieurs.

— Ravi de vous avoir rencontrés ! » bredouilla Giacomo, traînant les pieds sur les pavés. Khalid comprit qu'il ne regardait pas du tout les gardes. Ses yeux ne cessaient de glisser vers cette fenêtre vide à l'étage.

Cependant, la fenêtre ne demeurait plus vide. Un petit visage rond, bronzé et encadré de boucles châtain grisonnant s'y penchait. Une dame, comme les gardes l'avaient affirmé. Elle observait Khalid et Giacomo. Et Giacomo la contemplait en retour.

L'irritation s'empara de Khalid. « Grouille-toi », murmura-t-il, en poussant Giacomo en avant. Ils débouchèrent dans la Via degli Speziali, et Khalid vacilla face à la marée sonore qu'ils y découvrirent. Il avait oublié l'émeute. Il avait vu Giacomo sur le point de faire échouer tout leur projet en se faisant tuer, et la panique avait alors chassé l'émeute de son esprit. À présent, tout lui revint d'un seul coup. Tenant plus fermement le col de Giacomo, il le guida vers la gauche, loin du Mercato Vecchio, de la Loggia et du tumulte, et vers l'Arno.

Il avait envie de le secouer. Il se retint. Il avait envie de lui demander qui était la dame à la fenêtre. Il se retint de cela aussi. Il serait professionnel jusqu'au bout, même si Giacomo ne l'était pas. Il se maîtriserait. Il n'allait pas *perdre la tête* à cause de *la première venue*. Il continuait à avancer, tandis que Giacomo titubait, et leur frayait un chemin vers le Ponte Vecchio.

Quelle mouche avait piqué Giacomo pour qu'il fasse une chose aussi stupide ? Khalid ne l'avait jamais vu manquer de prudence. Il ne l'avait certainement jamais vu succomber à un joli minois quand il y avait une affaire sérieuse en cours. Giacomo était peut-être plus fou que Khalid ne le soupçonnait. Ce que les gens racontaient sur son compte était peut-être vrai.

L'imbécile, c'était peut-être Khalid, parce qu'il avait une trop haute opinion de lui. Le signore Traverio avait peut-être raison : Khalid n'aurait pas dû se mêler de ce genre de manigances.

Ils étaient presque arrivés au pont quand Khalid comprit que quelque chose n'allait pas. Il avait gardé en main le col de Giacomo, en partie parce qu'il était en colère, mais aussi pour s'assurer que Giacomo ne disparaisse pas à nouveau. Pour sa part, Giacomo avait réussi à marcher au même rythme impitoyable que Khalid, alors même que la ville s'insurgeait autour d'eux. Mais soudain, le pied de Khalid dérapa sur un pavé et, sans le vouloir, il tira à lui le col de Giacomo. À cet instant précis, il entendit un gémissement.

C'était un cri d'animal, comme en émet un chien qui reçoit des coups de pied. Il émanait de Giacomo, avait été arraché à sa gorge. Khalid l'examina, à travers une brume d'inquiétude et de contrariété. Il voyait bien que le flou du regard de Giacomo s'était seulement intensifié. Il semblait maintenant en pleine détresse. Il avait tout d'une bête traquée.

Khalid s'arrêta dans un cercle de lumière, devant l'échoppe d'un bottier. Giacomo l'imita. Maintenant qu'ils ne bougeaient plus, Khalid sentait que son compagnon tremblait, des frissons parcourant tout son corps. « Giacomo ? » Il lui lâcha le col, dirigeant une main qu'il espérait réconfortante vers le poignet de Giacomo.

Le tressaillement le prit au dépourvu. Giacomo retira ses mains en reculant. « Ne me… » dit-il d'une voix étranglée. Il ferma les yeux. Quand il les rouvrit, Khalid fut soulagé de voir qu'ils avaient un peu retrouvé de leur clarté.

« Ah », fit Giacomo avec un sourire encore incertain. Il serra ses mains dans son dos, hors de portée de Khalid. « Pour l'amour du ciel, signore al-Sarraj. Un peu de douceur, s'il vous plaît. »

Il y eut un vacarme derrière eux. Le bottier, énervé par l'émeute, avait tout à coup fermé ses volets. Khalid l'ignora. « Ça va ?

— Oh, moi, parfaitement », répondit Giacomo avec insouciance. La sueur perlait sur son front. Il passa un doigt dans l'encolure de son pourpoint et fronça les sourcils. « C'est pour cette broderie que je me fais du souci, franchement, tu sais combien elle m'a coûté ? Ce *cochon* de garde qui la déchire, et ensuite, toi ? Personne n'a donc aucun respect pour l'artisanat ? » Ses joues reprenaient des couleurs. « Voulez-vous bien vous calmer, signore al-Sarraj ? Je ne risque pas de m'enfuir de sitôt. Où diable pourrais-je aller ? »

Khalid croisa les bras. Il ne savait comment réagir à la transformation de Giacomo, d'abord pâle et vacillant, maintenant vif et mordant. « Tu trouverais forcément quelque chose.

— Je n'aurais jamais espéré une telle confiance de ta part, je risque de succomber au choc...

— Qu'est-ce qui t'est arrivé ? demanda Khalid, avec une force qui l'étonna lui-même.

— Pardon ? » Les yeux bruns de Giacomo étaient larges et innocents, tandis qu'il ajustait son col et ses manchettes. Mais lorsque Khalid fit un pas en avant, Giacomo recula à nouveau. « D'accord, d'accord, d'accord – écoute-moi – écoute un seul instant...

— Je t'écoute. Tu ne dis rien.

— N'en parle pas à Rosa, je t'en supplie. »

Le visage de Khalid devait être impressionnant. « Ces hommes auraient pu te tuer.

— Mais ils ne l'ont pas fait.

— Tu aurais pu être arrêté par les gardes de la ville.

— Je sais, mais…

— Le plan ne peut pas fonctionner sans toi. Aucun d'entre nous ne sera payé, sans toi. » *Sans toi, ma famille est détruite. Sans toi, je suis condamné.*

« J'en suis bien *conscient.* » Giacomo leva les yeux au ciel, imitant son personnage ordinaire. « Je te donne ma parole que ça ne se reproduira pas. Ça signifie que je le promets. Je te promets que je ne…

— Je sais ce que ça veut dire, merci », riposta Khalid.

Giacomo essayait de noyer le poisson, et dut remarquer qu'il y était parvenu, car il sourit et se remit à marcher dans la rue. Enfonçant ses mains dans sa ceinture, il se dirigea vers le Ponte Vecchio. « Ma parole ne te suffit pas ? » Khalid grogna et se hâta de le rattraper. « Et si je te proposais cinq pour cent de ma part à condition que tu oublies cette aventure ? »

Quelque part dans Florence, le signore Traverio lui riait au nez. *Je veux la totalité,* avait-il déclaré. Et voilà que Giacomo marchandait sur une somme qu'il ne pourrait pas garder.

« Allez », l'aiguillonna Giacomo. Il avait trop l'habitude des silences de Khalid pour se méfier de celui-là. « Qu'en penses-tu ? Vous êtes un homme raisonnable, signore al-Sarraj, je le sais. Un être raisonnable, intelligent, malin, qui a les pieds sur terre…

— Comment puis-je te faire confiance ?

— Comment peut-on faire confiance à quiconque ? demanda Giacomo avec un soupir lourd de prières. Nous sommes tous des voleurs, des imposteurs, nous nous bagarrons et nous donnons des coups de poignard dans le dos… »

Cet homme était impossible. « Que voulais-tu à cette femme ? »

Giacomo grimaça. « Tu as vu. » Ce n'était pas une question, mais Khalid acquiesça quand même. Les épaules de Giacomo se voûtèrent. « Elle… Qui cette femme est… n'a rien à voir avec notre mission. Je te le *jure.* » Ils étaient presque au Ponte Vecchio, les gardes de la ville en faction à l'entrée les observant avec suspicion. « C'est… tout ce que je peux dire. Je suis désolé. Je t'en prie, ne m'oblige pas à te mentir. »

Cela ressemblait davantage à la vérité que tout ce que Giacomo avait pu dire. Khalid adressa un signe de tête aux gardes, qui s'écartèrent avec réticence. Il entendit les sarcasmes suscités par son uniforme.

« Tu ne mens pas, murmura Khalid. Tu distrais.

— Oh ? » Ils étaient maintenant dans l'obscurité. Le visage de Giacomo n'était qu'un contour, mais la malice ruisselait de ses mots. « Tu veux que je te distraie ? »

L'estomac de Khalid se noua, et une sensation désagréable qu'il ne connaissait pas s'y propagea. « Non.

— C'est bien ce que je pensais. » Le vent froid du fleuve fit frémir Giacomo. « Écoute, je promets que ça n'arrivera plus. J'ai bien conscience que tu ne seras pas toujours là pour me sauver la vie quand de grands gaillards voudront me casser les dents, et je sais que j'en demande beaucoup, mais je t'implore véritablement de ne rien dire à Rosa. » Khalid sentit quelque chose effleurer sa manche. Giacomo avait pincé le tissu, un peu, juste assez pour qu'il le regarde. « Tu voulais savoir si tu peux me faire confiance, pas vrai ? » Il était de nouveau lui-même, la lumière s'était rallumée dans son regard. « Si je récidive, il y a de fortes chances pour que je ne sois pas payé, parce que j'aurai été arrêté, torturé ou tué. Et la “confiance” n'est-elle pas la seule chose qui nous reste ? Tu pourrais me dénoncer demain. Même chose pour Sarra ou Agata. Dieu seul sait pourquoi Il Divino ne l'a pas fait. Mais je suppose que si l'un de nous tombe, tous les autres tomberont. Donc. Confiance. » Il tendit les mains. « Aie confiance en moi. »

Khalid ne pouvait s'imaginer prononçant ces mots avec autant d'aisance. Mais dans le clair de lune, le sourire de Giacomo était sincère et ses yeux brillants. Tout le portrait d'un homme honnête.

« Dix pour cent », dit Khalid, pressant le pas.

Giacomo courut à sa suite. « De ma part ? Tu veux me saigner à blanc ?

— Dix pour cent.

— Six.

— Dix pour cent.

— Tu t'y prends mal. Tu es censé répondre neuf, et après moi je dis sept.

— Dix pour cent.

— J'ai des *frais,* signore al-Sarraj », gémit Giacomo.

Khalid savourait le rythme familier de leurs chamailleries. Il n'en profiterait pas toujours. Tôt ou tard, la dette de Khalid arriverait à échéance, et là…

En affaires, Khalid al-Sarraj ne faisait confiance à personne. Si Giacomo ne partageait pas cette méfiance… il y viendrait avant la fin de cette mission.

21

SARRA

Les cris de l'autre côté du fleuve avaient diminué, laissant l'air lourd de silence alors que Sarra et Rosa traversaient San Niccolo. Les portes de la ville avaient été fermées pour endiguer le tumulte qui y persistait, et comme leur moulin ne serait pas accessible avant le lever du jour, Rosa devrait passer la nuit dans l'atelier de Michelangelo.

« Il y a toujours l'imprimerie, proposa Sarra. Tu pourrais y dormir…

— J'ai du travail », répondit Rosa. Le refus n'aurait pas dû être cinglant, mais il le fut. « Je ne veux pas vous empêcher de dormir ». Les doigts de Rosa tambourinaient sur la couverture du registre qu'elle continuait à serrer contre sa poitrine.

Ce registre. Rosa ne l'avait pas perdu de vue depuis qu'ils s'étaient enfuis de la Casa Romano, et elle ne s'était expliquée auprès de Sarra que par des sourires énigmatiques. Malgré un flot constant de propos rassurants mais creux, elle gardait le regard fixé sur un point lointain.

« Giacomo a intérêt à ne pas s'être fait tuer », dit Sarra, cherchant une réaction – quelle qu'elle soit – sur le visage de Rosa. *Bonneteau.*

« Mmh », fit Rosa, comme si Sarra venait de signaler que le ciel était bleu. Ses doigts se remirent à tambouriner. « Il ne lui arrivera rien. Khalid sait comment le gérer. »

Sarra résista à l'envie de hurler. « Et l'émeute ? Il sait aussi comment la gérer ? »

Les yeux de Rosa avaient l'apparence de deux billes noires. « L'émeute ne nous concerne pas.

— La moitié de la ville a été prise de démence ! Je n'ai pas vu Florence dans cet état depuis mon enfance. Tu n'étais pas là quand les Medici l'ont reconquise, tu ne comprends pas…

— Je ne comprends pas ? » Le sourire de Rosa était féroce, tordu, assez hostile pour faire reculer Sarra d'un pas. Puis il s'estompa, ses contours adoptant une forme plus chaleureuse et plus familière. « La nuit a été longue. Nous avons fait du très bon travail. Je suis sûre que tu t'inquiètes pour ton frère… »

La mention de Pietro troubla Sarra ; elle n'avait pas pu passer le voir, et avec toute la cohue dans les rues, qui sait ce qui aurait pu arriver…

Cette angoisse, ces tourments, c'est ce que Rosa voulait, et Sarra commençait à deviner ce que cachait son sourire étudié. « Tu te souviens de ce que tu m'as promis, non ? » À cette question, Rosa se contenta d'incliner la tête. « Tu m'as promis que tu entreprenais ce projet uniquement pour l'argent. Tu as dit qu'il n'avait rien de personnel.

— Je ne vois pas où tu veux en venir. »

Sarra s'arrêta. Elle avait besoin de toute l'attention de Rosa. « Voler les clés, ça fait partie du plan. Il s'agit d'argent. Mais ça ? dit-elle en pointant vers le registre un doigt accusateur. Tu as failli te faire prendre, à cause de ce bouquin.

— Nous ne nous sommes pas fait prendre.

— *Rosa.* » Sarra inspira profondément, luttant contre sa colère. « Qu'y a-t-il dans ce registre ?

— Rien qui doive t'inquiéter.

— Rien ? Non, ne me repousse pas, protesta-t-elle, regrettant que cela sonne comme une supplique. Si tu refuses de me faire voir l'ensemble du tableau, je ne pourrai pas t'aider. Je ne sais pas de quoi il s'agit, mais je *veux* t'aider. C'est ce que nos parents auraient…

— *Nous ne sommes pas nos parents.* »

Ces mots claquèrent comme un coup de fouet. Pourtant, la fureur de Rosa ne dura pas. Sarra eut seulement le temps de battre des paupières, stupéfaite. Un instant après, Rosa avait repris le masque impeccable de la politesse tolérante, bien que fatiguée. « Je suis désolée. L'adrénaline retombe. J'ai besoin de dormir. »

Rosa n'était pas la seule à être épuisée. Sarra se sentait lestée par des poids attachés à tous ses membres, et ses paupières la grattaient. Et elle reconnaissait sa défaite. « Comme tu voudras », conclut-elle. Les deux jeunes femmes se dirent froidement au revoir et partirent dans des directions opposées : Sarra vers l'imprimerie Nepi, Rosa vers l'atelier de Michelangelo.

Contre toute attente, il n'y avait dans l'Oltrarno pratiquement aucune trace de l'émeute. Il était cependant impossible d'ignorer les murmures étouffés et les épaules tendues des habitants du quartier. Sarra marchait aussi vite qu'elle le pouvait sans attirer les soupçons, trottinant dans le dédale familier des rues menant à l'imprimerie.

« Pietro ? héla-t-elle en ouvrant la porte de la boutique. Tu dors ? »

Il n'y eut aucune réponse.

Au creux de l'estomac de Sarra, l'anxiété qui mijotait déjà atteignit l'ébullition. Pietro avait le sommeil léger. Même s'il était déjà couché pour la nuit, il aurait ronchonné, mécontent d'être réveillé par sa sœur. Sans prendre la peine d'être discrète, Sarra monta à l'étage. « Pietro ? »

La cuisine était plongée dans l'obscurité. Le silence était suffocant. Et la paillasse près du feu était froide et vide.

Aucun signe de son frère, nulle part.

Elle fut d'abord prise de panique. Et s'il avait été emporté par le soulèvement ? Et s'il avait été blessé par la foule, piétiné ou frappé ? Et si les gardes des Medici l'avaient pris pour un émeutier ? Pietro avait bon cœur, il avait peut-être aidé l'un des instigateurs, ce qui lui aurait valu d'être arrêté par erreur… Il pouvait avoir été incarcéré dans un cachot des Medici, jeté dans un fossé, après avoir été roué de coups, brisé…

Calme-toi. Sarra se contraignit à maîtriser sa respiration. Paniquer ne servirait à rien. Il n'y avait aucune raison logique d'imaginer que Pietro s'était trouvé près des émeutes de la soirée. Non. Non, il avait plutôt dû aller bavarder avec ses amis à la taverne. Il rentrerait au petit matin, empestant la bière et plein de mille théories sur ce qui s'était passé, grâce au premier ivrogne qui l'aurait convaincu de lui payer à boire.

Elle se déshabilla, cacha ses chausses et son pourpoint, mais se sentait encore incapable de se mettre au lit. Ses nerfs ne le toléreraient pas. Elle drapa donc un châle autour de ses épaules, se servit un gobelet de vin et prit un livre, s'installant à la table de la cuisine. Après quoi elle ne lut pas une ligne et ne but pas une goutte, mais consacra toute son énergie à contempler la porte palière, dans l'espoir que son frère y apparaisse.

Une vie entière s'écoula – ou, du moins, elle en eut la sensation – ou seulement trente minutes, mais à l'instant où Sarra envisageait de faire la tournée des tavernes de Florence pour retrouver son frère, elle entendit s'ouvrir la porte d'entrée. Vinrent ensuite les pas lourds de Pietro sur le plancher grinçant, puis dans l'escalier. Elle manqua de renverser son gobelet en se levant et, à son grand désarroi, s'aperçut que des larmes de soulagement lui piquaient les yeux.

« Où étais-tu ? » s'écria-t-elle dès que Pietro fut à l'étage.

Il la dévisagea. Pendant un moment, elle crut qu'il avait du mal à voir dans la pénombre, mais elle prit le temps d'examiner ses traits et distingua des cernes noirs sous ses yeux. Son manteau était déchiré. Il semblait avoir peine à la situer dans la cuisine, comme si son esprit ne pouvait assimiler sa présence. « Pietro ? » risqua-t-elle d'une voix plus douce.

Pietro se secoua pour s'extraire de la brume. D'un geste précis, il dégrafa son manteau. Il ne se donna pas le mal de dissimuler la déchirure du tissu lorsqu'il le suspendit à une patère. « Tu es de retour.

— Je… C'est *toi* qui es de retour ! lâcha-t-elle avec rage. Tu n'as pas entendu ce qui est arrivé ?

— J'ai entendu. » Sa démarche pesante le mena jusqu'à Sarra, mais sans qu'il la regarde.

« Donc tu as décidé d'aller à la taverne ? Tu aurais dû me prévenir, je me suis fait un sang d'encre… »

Il lui confisqua son gobelet et but une rasade de vin. « Je l'aurais fait volontiers. Mais ces derniers temps, je n'ai pas souvent eu l'occasion de te parler. »

Elle aurait pu aisément lui expliquer. En elle, tout aspirait à se confier – le sourire hermétique de Rosa et son *Nous ne sommes pas nos parents* la blessaient encore. Mais…

« Je suis très prise par ces livraisons », dit Sarra.

Pietro posa le gobelet. « Les de' Baldi doivent faire de bonnes affaires. Pour te retenir aussi tard.

— Hmm. »

Pietro croisa enfin son regard. Elle le regretta, car il avait dans les yeux une tristesse profonde, qui s'aggravait de seconde en seconde. « Sarra, commença-t-il.

— Quoi ? »

Il secoua la tête, se tournant vers la porte. « Je dors en bas, cette nuit. Au cas où on essayerait de forcer la porte.

— Mais…

— Tu diras aux de' Baldi de ne pas s'inquiéter s'ils doivent te garder plus longtemps. J'ai appris à ne plus t'attendre. » Il s'arrêta sur le seuil, avec une hésitation brévissime. « Sens-toi libre d'en faire autant. »

Et la porte se ferma, enfermant Sarra dans sa solitude.

22

ROSA

« Vous allez vomir ? »

Les cahots de la voiture ajoutaient leurs secousses à ses propos tandis que le carrosse roulait sur les pavés. Par respect pour son tempérament sensible et même s'il était le plus susceptible de contrecarrer son projet, Rosa avait cédé à Michelangelo le privilège du banc placé dans le sens de la marche. Néanmoins, l'artiste était vert de la pointe de son menton jusqu'au sommet de ses sourcils broussailleux. « Non », répondit-il.

Rosa n'en croyait rien. Depuis l'émeute, Michelangelo était sur le point de s'effondrer, et elle s'était mise à passer plus de temps à l'atelier, simplement pour s'assurer que, victime d'une crise, il n'allait pas dévoiler leurs plans en criant à pleins poumons.

C'est toi qui as eu cette idée ! La phrase de Sarra tournait en boucle dans son esprit, et Rosa luttait contre le tourbillon de mécontentement qui agitait ses entrailles. Elle avait consacré cinq longues années pour en arriver là, acceptant de travailler pour toutes sortes de personnes. Dans aucune équipe elle n'avait vu le bras droit défier le meneur comme Sarra la bravait.

Enfin. Ce n'était pas tout à fait vrai. Matteo Nepi et Lena Cellini… c'était différent. Ils se disputaient beaucoup, c'était certain. Mais ils étaient aussi…

Une famille.

Elle refoula cette pensée. Une voiture n'était pas l'endroit rêvé pour ruminer ce genre de réflexion. Surtout quand un autre problème – un problème barbu et boudeur – réclamait son attention urgente.

« Quoi ? le taquina-t-elle. Ne me dites pas que vous avez des remords ? »

Michelangelo la foudroya du regard, par-dessus ses bras croisés. « Je ne suis pas habitué à ça.

— Personne n'est habitué à ça. Je ne suis pas habituée à ça. Je n'ai encore jamais rencontré un pape. Mais nous n'avons que quelques minutes avant d'atteindre le Palazzo, et vous ne pouvez pas vous présenter avec la tête de quelqu'un qui va rendre son petit-déjeuner. Que puis-je faire pour vous ? »

Il devint encore plus vert, si c'était possible. *Doucement,* s'ordonna-t-elle. *Doucement.*

« Vous avez déjà vu le cardinal de' Medici . Le monde ne s'est pas arrêté. Qu'y a-t-il de différent cette fois ? »

Michelangelo avait la mâchoire si serrée qu'elle put à peine comprendre sa réponse. « Le… Le Palazzo. Je n'y suis pas retourné. Pas depuis… la fin de la République. » Son visage se durcit, et les mots suivants furent implacables, chargés de haine. « Je ne veux en aucun cas être associé à l'avenir qu'ils prévoient pour cette ville. Mais… cet endroit… »

Rosa hocha la tête. « On m'a toujours répété que nous apprenons à connaître les lieux en les remplissant de souvenirs. Et si ce lieu se gâte, il s'infecte comme une plaie ouverte. Les souvenirs aussi. » Elle parlait sans regarder la rue, les bâtiments et les statues qui défilaient. « Vous entrerez dans ce Palazzo, et vous aurez d'abord l'impression de faire un voyage dans le temps. Comme si vous étiez à nouveau apprenti, avec tout le bien et le mal que cela implique. » Ils étaient presque arrivés à destination, et elle se sentait prête à se montrer stricte avec Michelangelo si cela permettait de le tirer de ce bourbier introspectif. « Êtes-vous en train de m'annoncer que vous allez jeter un coup d'œil à l'intérieur, puis me laisser me débrouiller avec les gardes ? »

Il redressa le menton. Ses joues paraissaient un peu plus roses. « Vous surestimez l'emprise que les Medici ont sur moi.

— Bien, dit Rosa alors que la voiture s'arrêtait. Prouvez-le. »

Ils étaient attendus par une modeste garde d'honneur, deux hommes en uniforme bleu de part et d'autre des portes. Le cardinal de' Medici apparut quand la voiture fut garée, posant un regard froid sur les valets qui s'empressèrent d'aller ouvrir la portière.

Rosa était passée d'innombrables fois devant le palais ces dernières semaines, notant tous les détails – les patrouilles, l'emplacement des fenêtres, la circulation à toutes les heures de la journée. Mais il y avait une différence entre étudier ces éléments et prendre la mesure de la majesté de l'édifice. Même avec tout son sang-froid professionnel, elle put à peine éviter de trébucher quand l'un des valets l'aida à descendre de voiture.

L'amusement voila le visage morne du cardinal. « Attention, mon enfant. »

Elle rougit et fit la révérence. « Votre Éminence. C'est tellement *merveilleux*. De toute ma vie, je n'ai jamais rien vu de tel. »

Michelangelo lui succéda bruyamment le pas sur le marchepied du véhicule. « Le reste est assez joli aussi.

— Tout à fait », approuva le cardinal, avant de s'engouffrer à l'intérieur du bâtiment. Du coin de l'œil, Rosa vit Michelangelo hausser les épaules, et ils suivirent la robe écarlate de leur hôte.

La cour principale du Palazzo Medici était telle que Rosa l'avait vue sur le plan : des arcades couraient tout autour d'un atrium dallé, les étages en surplomb soutenus par de gracieuses colonnes. « Superbe, murmura Rosa, juste assez fort pour que le cardinal l'entende.

— D'autant plus superbe que vous êtes parmi nous, signorina, répondit-il. Notre humble demeure est flattée par votre présence. »

Ils s'arrêtèrent tout au bout d'un couloir et le cardinal baissa la tête pour offrir ses excuses à Rosa. « Je dois vous dérober votre oncle quelques instants. Nous avons des questions sérieuses à aborder, et je crains qu'elles n'ennuient une demoiselle. »

Ces *questions sérieuses* ne pouvaient que désigner le soulèvement, et Rosa souffrit d'être exclue de l'entretien. Elle voulait savoir si les Medici avaient été choqués par l'émeute, s'ils étaient nerveux ou même effrayés…

Au lieu de quoi elle fut livrée à elle-même au milieu du Palazzo, où elle avait apparemment bien le droit de se trouver. L'occasion était trop belle pour la laisser échapper. « Bien sûr, Votre Éminence, se réjouit-elle. Je suis certaine que je saurai m'occuper. »

Rosa avait remarqué l'entrée de la chapelle des Mages dès qu'elle était entrée dans la cour. Elle emprunta le chemin tortueux qui y conduisait, s'arrêtant tous les deux ou trois mètres pour admirer une sculpture ou observer les pétales d'une fleur. Il n'y avait ni serviteurs ni gardes en vue, mais peut-être était-elle épiée depuis les fenêtres supérieures.

Elle fit une pause en atteignant la chapelle, en jeune femme bien élevée qui craint d'aller trop loin dans une maison où elle n'est qu'une invitée. Mais sous son hésitation apparente, Rosa vibrait, bourdonnait, jetait des éclairs. Elle avait si souvent vu la chapelle en deux dimensions, elle avait suivi quantité de fois le tracé de ses murs… et maintenant, elle pouvait en ouvrir la porte et confirmer tout ce qu'elle avait imaginé…

Elle s'avança dans l'obscurité.

Les plans ne rendaient pas justice à ce lieu. Ce qui, sur le papier, avait l'air d'une petite pièce toute simple se révéla être un écrin débordant de riches couleurs et de motifs éblouissants.

Le sol était revêtu de mosaïques tourbillonnantes, les murs couverts de velours, et les bancs brillaient d'un brun doré à la lumière faible des lanternes. Même l'air avait un parfum décadent, chargé d'encens au santal qui lui réchauffait les poumons à chacune de ses inspirations.

C'était bouleversant. Ou du moins, cela l'aurait été sans l'échafaudage mal bâti qui engloutissait un mur entier, où un jeune homme était étendu sur le ventre, un pinceau dans la main. Il regardait Rosa.

« Vous me suivez ? » demanda Dominic Fontana.

Rosa songea à tourner les talons sans répondre, mais cette grossièreté aurait été impardonnable. « Je suis ici avec mon oncle. Nous avons été conviés à dîner avec Sa Sainteté.

— Maître Michelangelo est ici ? » Le jeune homme fit un bond, ébranlant les planches qui émirent des craquements sinistres.

« Le cardinal de' Medici a quelques questions privées dont il veut discuter avec lui, dit Rosa avant que Dominic ne fasse une chute fatale. Ce n'est pas pour les oreilles d'une demoiselle, apparemment. » Dominic renifla à ces mots. « Est-ce la fresque sur laquelle vous travaillez ? »

Elle s'avança vers l'échafaudage. À travers les montants et les planches, elle distinguait l'ébauche d'une fresque qui devait occuper toute la surface de mur encore disponible. « Impressionnant.

— Vous ne pouvez rien voir. Ici. » Et à sa grande surprise, Dominic déplaça ses peintures et ses pinceaux méticuleusement alignés et lui fit signe de grimper à côté de lui. « Venez. »

Elle hésita. Elle aurait dû profiter de ce moment pour mesurer la résistance de la porte de la salle du coffre, vérifier les issues, chercher les endroits depuis lesquels ils risquaient d'être vus, ou…

« Vous ne vous salirez pas, précisa Dominic. Je vous le promets. »

Eh bien, puisqu'il y tient vraiment. Rosa retroussa ses jupes d'une main et se servit de l'autre pour se hisser à côté de lui, sans profiter du bras qu'il lui tendait. « Comme vous voudrez », l'entendit-elle murmurer tandis qu'elle prenait place pour admirer la fresque.

Elle eut le souffle coupé.

Rosa avait consacré ces dernières semaines à hanter l'atelier du meilleur – malgré lui – peintre de fresques au monde. Mais même si ça n'avait pas été le cas, elle aussi gagnait sa vie grâce à sa capacité à distinguer entre qualité et médiocrité. Face à cette ambitieuse composition… les mots lui manquaient.

« Vous trouvez toujours ça impressionnant ? » demanda Dominic, narquois.

Rosa n'eut pas la force de répliquer. C'était bel et bien impressionnant : la scène se déployait sur le mur en couleurs vives et en détails exquis. Son regard se trouvait à la hauteur des yeux d'un homme en vert, qui tâchait de dompter un énorme chat en laisse. L'air d'exaspération sur son visage était si réel qu'elle tressaillit avec lui. En fait, chacun des innombrables personnages se promenant sur ces murs avait la même vigueur, si magistralement représentée qu'elle pouvait les croire sur le point de faire irruption dans la réalité.

« C'est extraordinaire », finit-elle par dire, s'obligeant à détourner le regard. Dominic l'observait, le visage impénétrable. « Vous… la retouchez ? » Rosa n'aurait pas osé le déclarer tout haut, mais d'après ce qu'elle avait pu constater, Dominic Fontana était très loin d'avoir les talents artistiques qui s'illustraient dans cette chapelle.

Peut-être avait-il néanmoins détecté son opinion dans ces mots. Il reprit ses peintures, les pommettes empourprées. « Maître Gozzoli l'a achevée en 1461. Cette fresque a plus de cinquante ans. Avec le temps, elle s'est ternie et craquelée. Vous pouvez le remarquer ici. » Il laissa son doigt en suspension au-dessus de l'épaule d'un jeune garçon monté sur un cheval blanc. Derrière lui était peint un arbre d'un vert profond où, si elle collait son nez au mur, Rosa pouvait voir une très mince fissure. « Donc j'examine et je répare.

— Comment ?

— Avec du plâtre et de la peinture. » C'était peut-être l'éclairage ou simplement le sujet, mais ses yeux semblaient plus brillants et plus enthousiastes que jamais auparavant. Il était impossible d'y répondre par autre chose qu'un sourire chaleureux. « Il s'agit simplement d'imiter le style de l'artiste, puis d'utiliser les matériaux équivalents. C'est assez facile quand on a les bons outils, et pour les couleurs, je prélève de petits échantillons que je rapporte à l'atelier pour préparer mes propres pigments et… »

Il s'interrompit, son regard perdant soudain tout son éclat. Rosa fut un peu perdue, ne sachant quand il reprendrait. Dominic gardait le silence, écoutant attentivement les pas qui traversaient la cour. Plus ils s'approchaient, plus ses épaules lui remontaient vers les oreilles.

« Dominic », fit-elle. Il ne broncha pas, les yeux fixés à la porte.

Mais les pas dépassèrent la chapelle sans ralentir ; c'était un serviteur ou un garde vaquant à ses propres tâches. Tout le corps de Dominic s'affaissa.

« J'ai beaucoup de travail, signorina, déclara-t-il, le regard redevenu inexpressif.

— Vous pouvez m'appeler Rosa, vous savez ». Elle lui tendait un rameau d'olivier.

Mais il se contenta de ramasser son pinceau et se mit à mélanger des couleurs sur sa palette. *Vert foncé*. La nuance exacte de l'arbre sur la fresque. Rosa soupira. « Je ne veux pas vous retarder », murmura-t-elle, en veillant à secouer au maximum l'échafaudage alors qu'elle en descendait.

Une fois sur la terre ferme, Rosa prit le temps de se recentrer sur l'essentiel. *La salle du coffre*. Voilà pourquoi elle était ici. Elle n'avait pas *infiltré* le *Palazzo Medici* pour contempler un jeune artiste à peine capable de barbouiller l'œuvre d'un autre. De là où elle se tenait, elle distinguait la porte du couloir menant au coffre. Dorénavant, elle ne se concentrerait que là-dessus, et sur les milliers de florins qu'il renfermait.

Promenant un doigt sur l'un des bancs, Rosa calcula la circonférence de la chapelle, en direction de la porte close. *Dix pas vers l'échafaudage. Encore dix… quatorze… dix-sept… jusqu'au couloir… Donc, depuis l'entrée de la chapelle, cela fait…* Elle plaça une main sur la poignée de la porte, à tout hasard. *Seize pas ? Peut-être quatorze en courant…*

« Vous ne ressemblez pas à votre oncle. »

Elle laissa aussitôt retomber sa main.

Dominic était assis dos au reste de la pièce. Son pinceau allait et venait, ajoutant de petites touches sur la fresque.

« Je suppose que non », répondit Rosa. Elle avait les deux yeux fixés sur Dominic, le couloir de la salle du coffre derrière elle. S'il insistait pour la harceler de commentaires, elle devait le garder en ligne de mire. À l'aveuglette, elle se remit à l'ouvrage. « Est-ce une mauvaise chose ? Je ne crois pas que je pourrais porter la barbe aussi bien que lui.

— Ne vous sous-estimez pas », dit-il alors que, ses doigts refermés sur la poignée, elle tentait à nouveau de la tourner.

La porte ne bougea pas d'un millimètre. Fermée à clé. *Zut. Une ligne de plus à inscrire sur notre liste de choses à faire.*

« Vous allez me faire rougir. Mais tout à l'heure… Vous ne m'avez pas dit que vous aviez un système pour reproduire une couleur à l'identique ?

— Ça ne peut pas vraiment vous intéresser, répliqua-t-il, gêné.

— Comment le savoir tant que vous ne me l'expliquez pas ? »

Dominic s'accroupit avec un soupir, posant son pinceau sur sa palette. Il balança ses jambes sur le côté, les pieds dans le vide au-dessus du sol. Rosa s'avança, levant les yeux vers lui.

« Je fais ça depuis que je suis tout petit, dit-il enfin. Ma mère m'a appris.

— Elle est peintre ?

— La meilleure que je connaisse, répondit Dominic. Et j'inclus votre oncle là-dedans. C'est… la peinture… ça a toujours été une… une telle joie. Pour elle. Chaque étape du processus l'éclaire de l'intérieur. On le voit sur son visage et sur ses doigts. Elle adore ça. » Rosa, qui observait attentivement une étincelle semblable sur le visage de Dominic, avait une idée de ce qu'il voulait dire. « Elle me faisait mélanger les couleurs pour elle quand j'avais 4 ans. Elle m'a appris la composition, la complexité, l'ombre et la lumière. Elle m'a fait entrer tout ça dans le crâne. J'aurais dû trouver ça ennuyeux, mais… je la suivais partout, j'imitais chacun de ses traits de pinceau. Chaque touche. Je voulais être exactement comme elle. » Il se tut, regardant quelque part en lui-même. « Je ne l'ai pas revue depuis mes 14 ans. »

Il devint tout à coup trop difficile de garder ses yeux fixés aux siens. Rosa appuya sa hanche à un banc, traçant les ciselures avec ses ongles. « Elle doit être fière de vous.

— Elle l'est. Je suis venu à Florence travailler pour Maître Michelangelo. C'est un immense honneur. Et je pense… Eh bien. Elle n'avait plus rien à m'enseigner. Je maîtrisais les techniques, mais pour ce qui est de l'application pratique… ça demande une créativité que je… » Il frappa l'échafaudage avec ses talons. « Elle devait espérer que Maître Michelangelo pourrait me guider dans ce domaine-là. Et il s'est montré très généreux, s'empressa-t-il d'ajouter. Il m'a réservé un espace dans son atelier, alors que rien ne l'obligeait à le faire. Je lui serai toujours reconnaissant. Et il m'a procuré ce travail qui est… très gratifiant… »

S'il en parlait avec un peu plus d'ardeur, il finirait peut-être par s'en convaincre lui-même. « C'est ainsi qu'il a fait ses débuts, après tout, commenta Rosa. Avec les Medici. »

Il la regarda du coin de l'œil. « On recommence, ça y est ?

— Pas du tout. Je ne voudrais pas manquer de respect envers mes hôtes.

— Vous vous moquez de moi.

— Nous *bavardons* simplement, Dominic. »

Il prit une posture très droite. « Je ne vous vois jamais asticoter votre oncle de cette manière. Pourquoi me titiller à propos de mes choix, quand les mêmes lui ont permis d'arriver où il en est aujourd'hui ?

— Et quels sentiments en éprouve-t-il, selon vous ? »

D'un seul coup, il expulsa avec irritation tout l'air contenu dans ses poumons, mais Rosa lisait en lui comme dans un livre ouvert. Entouré de ses peintures et de ses pinceaux, loin de la pression de l'atelier de son maître, il était vulnérable. Ce jeune homme tentait de se mesurer à un génie, et il n'avait même pas ce qu'il aurait fallu pour oser un début de comparaison. Chez quelqu'un de moins humble, cette arrogance aurait pu devenir insupportable, mais cette version-là de Dominic Fontana réussirait peut-être, car un aveu de faiblesse aurait été destructeur.

Mais *cette* version-ci de Dominic Fontana, tendu comme un fil à plomb à la limite d'un échafaudage branlant, réclamait à cor et à cris une approbation qu'il n'obtiendrait jamais. Il n'y aurait pas d'acclamation nationale pour ses ouvrages inspirés. Et parce qu'il était si conscient de lui-même, il ne l'exigerait jamais. Il continuerait simplement à mélanger des peintures pour quelqu'un d'autre, dans un recoin invisible de l'atelier de Michelangelo, jusqu'à ce que le monde passe à autre chose, ou jusqu'à ce qu'il en fasse autant.

« Elle vous manque ? demanda Rosa. Votre mère ?

— Je suis là où je dois être, répondit mécaniquement Dominic.

— Il n'y a pas de honte à regretter sa famille. »

Il eut à nouveau l'œil pétillant, et quelque chose de plus toxique que le ravissement brûlait sous ses cils dangereux. « Facile à dire pour vous. Vous êtes avec la vôtre. »

Ces mots frappèrent Rosa de plein fouet, l'arrachant au cocon douillet de cette chapelle parfumée au bois de santal. Elle se leva du banc et se planta fermement sur ses deux jambes. « Ne me tenez pas pour responsable de votre solitude, apprenti.

— Alors mêlez-vous de vos affaires, signorina. » Dominic jeta bruyamment son pinceau sur la plateforme voisine. « Seigneur Dieu, tout ce que je veux, c'est finir mon travail, mais à chaque fois, je me…

— Pardonnez-moi d'avoir empiété sur votre *mécénat*…

— Et nous y revoilà ! Vous avez une si piètre estime de moi parce que je travaille pour les Medici alors que ma carrière est en jeu…

— Je n'ai pas une piètre estime de vous parce que…

— *Mais c'est vous qui allez dîner avec eux.*

— Hum hum. »

Rosa et Dominic se figèrent tous deux, les yeux dans les yeux. Elle voyait bien qu'il avait les articulations blanches, accrochées aux montants de l'échafaudage. Pour éviter de tomber ? Ou pour s'empêcher de se jeter sur elle toutes griffes dehors ? Cela n'avait guère d'importance.

Une servante se tenait à l'entrée de la chapelle, les mains jointes, en veillant soigneusement à ne regarder ni l'un ni l'autre. « Signorina ? dit-elle au plafond. Votre présence est demandée dans le jardin.

— Merci. » Rosa sentit le regard de Dominic percer des trous dans ses omoplates alors qu'elle quittait la chapelle des Mages pour regagner la lumière du soleil.

~ 23 ~

KHALID

« Quinte ! »

L'ordre du sergent Bianci résonna dans la cour poussiéreuse des écuries. Khalid brandit son épée contre celle de son partenaire. Le garde Ricci s'affaissa sous le coup.

« Garde le coude à l'intérieur, suggéra Khalid. Ça stabilisera ta lame. » Il eut un hochement de tête approbateur quand Ricci corrigea sa posture. « Bien.

— Second ! » cria le sergent Bianci. Cette fois, quand l'épée de Khalid rencontra celle de Ricci, la lame de son adversaire ne plongea pas. Un sourire triomphant fendit son visage.

Durant les jours qui avaient suivi l'émeute, l'atmosphère s'était durcie parmi les gardes des Medici. La surveillance des portes et des fenêtres du Palazzo avait été renforcée. Même chose pour les patrouilles en ville : quelle que soit l'heure, au moins deux tandems en bleu Medici faisaient leur ronde. Il était étonnant que l'uniforme de Khalid ne porte pas de marques de brûlure, vu les regards que lui lançaient les gardes de la ville.

En plus de cette sécurité accrue, les gardes devaient maintenant s'entraîner deux fois par semaine au maniement de l'épée. Auparavant, cet exercice était optionnel. À peine un tiers d'entre eux s'en étaient préoccupés. Maintenant, la cour située derrière le Palazzo était pleine d'hommes grincheux et en sueur, qui brandissaient leur épée les uns contre les autres, tous les mardis et tous les jeudis après-midi.

« Tu te débrouilles bien », dit Khalid à Ricci. Le jeune homme, visiblement ravi, se prépara à l'attaque suivante.

Qui ne vint pas. Un valet de pied chuchotait à l'oreille du sergent Bianci. Le visage du sergent, toujours rubicond, devint plus rouge encore. Il adressa au serviteur un hochement de tête nerveux, puis se tourna vers ses hommes. « Continuez. Entraînement libre. » Sans un mot de plus, il s'éloigna des écuries, se hâtant vers la porte principale.

En son absence, les gardes continuèrent à travailler deux par deux ou trouvèrent un mur contre lequel s'adosser. Khalid fit le tour de Ricci pour régler son jeu de jambes. « C'est mieux. Réessaye, à présent. » Ils se mirent en joue… et une main lourde s'abattit sur l'épaule de Khalid.

Sans surprise, Khalid découvrit le visage de Vieri. Il avait entrevu le signe que le valet de pied avait esquissé en direction des gardes une fois que le sergent avait détalé. Mais bien qu'attendu, le sourire de Vieri n'était pas pour autant le bienvenu.

« Arrête de perdre ton temps avec des gamins, Ben-Halil », dit Vieri. Il y avait quelques autres gardes derrière lui, qui ricanèrent sur commande. « Et si tu te battais avec ton égal ? »

Si tu le vois, tu me le montreras, eut envie de répliquer Khalid. C'était ce que Giacomo aurait pu répondre. Khalid n'osa pas la formuler. « Je ne crois pas que le sergent Bianci approuverait.

— Tu le vois ici ? Pas moi. » De son épée, Vieri traça un beau huit dans l'air. « Allez, Ben-Halil. Prouve-nous de quoi tu es capable, petit génie. On *meurt* d'envie de le savoir. »

Ce n'était pas une bonne idée. Khalid le voyait sur les traits de Vieri aussi clairement qu'il voyait le soleil dans le ciel. Mais il avait déjà accumulé assez de sarcasmes de la part de cet homme pour lui durer une vie entière, et donc…

« Comme tu voudras », soupira Khalid. Il se mit en garde, les pieds écartés, l'arme dressée.

La rumeur du combat se répandit rapidement dans les écuries. Quand Vieri leva son épée pour attaquer, on leur avait dégagé un large espace. Khalid n'eut pas de mal à esquiver, sans se soucier du panache de poussière qui jaillit quand la lame percuta la terre battue.

« Tu es rapide quand tu bouges, dit Vieri, tournant en rond. C'est quelque chose qu'on t'a appris à Ferrare ? »

Khalid ne répondit pas. Il était trop occupé à observer la posture de son adversaire et sa façon de tenir l'épée. Si Vieri se jetait à nouveau sur lui, il pourrait sans peine viser son poignet avec le plat de son arme. Khalid pourrait l'obliger à lâcher prise, et toute cette farce serait terminée…

Vieri procéda différemment. Sa lame brilla, une fois, puis deux, plus vite que Khalid s'y attendait. En réponse, il baissa la sienne, rencontrant les assauts de Vieri en succession rapide. Une fois de plus, Vieri se dégagea, avec un sourire affûté.

« J'ai failli t'avoir, se gaussa-t-il. Tu as l'air un peu fatigué. Tu t'es couché tard ? » Khalid fit une feinte. Vieri bondit en arrière, riant. « Ça doit être difficile de se présenter au rapport tous les matins quand on a d'autres obligations. Comme cet ami qui est venu te voir. »

Khalid faillit trébucher. *Marino*. « Compagnon intéressant, Ben-Halil, commenta Vieri, le regard vif. Très intéressant. »

En réponse, Khalid lui assena toute une volée de coups, son épée dansant en mouvements rapides vers les bras et les jambes de Vieri. Le garde ne les repoussait pas, il s'y soustrayait à toute allure, se dérobant presque au combat. « Aurais-je touché un point sensible ?

— Tu m'as surtout l'air incapable de toucher quoi que ce soit », marmonna Khalid.

C'était une erreur. Quelques gardes l'entendirent. Leurs éclats de rire s'épanouirent et se répandirent dans tout leur cercle. La rougeur de Vieri vira au violacé. Il chargea, et son épée heurta bruyamment celle de Khalid, se cognant à la garde. « Tu penses que je ne sais pas que tu mijotes quelque chose ? éructa Vieri à travers leurs lames croisées. Tu as pu embobiner le sergent, mais c'est un idiot. » Les lames vibrèrent quand Vieri baissa une main. « Je vois clair dans ton jeu. »

Il ne fallut à Khalid qu'un instant pour comprendre que Vieri tendait la main vers son poignard. Mais c'était assez pour que ce dernier l'attrape et le porte au ventre de Khalid. Il sentit le tissu de son pourpoint se déchirer. Il appuya une main à son côté et fut soulagé de constater qu'il n'y avait pas de sang.

La foule lançait encouragements et mises en garde. Khalid fut brièvement désorienté par le souvenir d'un entrepôt sur les quais de Gênes. Mais cette confusion cessa quand l'épée de Vieri revint à l'attaque, et Khalid esquiva ses coups.

Tout allait bien. Khalid avait déjà affronté des hommes munis de deux armes, plus de fois qu'il ne pouvait en compter. Vieri n'était pas différent. En fait, c'était peut-être même plus facile, puisqu'il n'était pas ivre et donc imprévisible, qu'il n'était pas acculé, et qu'il n'avait pas de dette…

Mais Khalid oubliait que Vieri avait des amis.

C'est un croche-pied qui lui fut fatal. Dans le cercle bleu Medici, quelqu'un avait tendu le pied. Khalid fut précipité au sol, les poumons vidés de leur air, la lame s'envolant de ses doigts. Un instant après, Vieri fondait sur lui. Khalid lui mit un coup de pied dans le ventre, mais en vain, et la lame s'apprêtait à frapper…

« Gardes ! »

Le cri du capitaine Romano immobilisa toute la cour des écuries. Il s'avança parmi les gardes tel un dieu vengeur, l'œil enflammé. Ricci trottinait à quelques pas derrière lui, la sueur perlant sur son front. Il avait dû sprinter pour aller chercher le capitaine.

« Une bagarre ? Pendant le service ? Mais enfin, qu'est-ce qui vous prend ? »

Vieri se releva, rangeant son poignard dans son étui. « Capitaine…

— Vous êtes tous excusés, ordonna Romano. Vieri, Ben-Halil, suivez-moi. »

Il les conduisit derrière les cuisines, vers un petit logis de gardes. Khalid obéit sans protester, l'esprit en proie à un véritable tumulte.

Vieri avait vu Marino, il avait vu *Khalid* parler avec Marino. Avait-il entendu quelque chose ? Savait-il même qui était le signore Traverio ? Pouvait-il obtenir le renvoi de Khalid de la garde des Medici ? Pouvait-il obtenir son arrestation ? Que savait-il ?

Ces questions continuèrent à tourbillonner dans la tête de Khalid alors que le capitaine Romano faisait entrer Vieri et adressait un regard tempétueux à Khalid. « Attendez ici ». La porte se ferma derrière lui. Un instant après, le cri furieux du capitaine, « Vous êtes le *déshonneur* de la garde des Medici ! », filtra dans la lumière poussiéreuse du soleil. Khalid se concentra sur la remise en ordre de son uniforme.

C'est seulement quand il eut fini de redresser sa ceinture qu'il s'aperçut qu'il n'était pas seul.

Quelqu'un l'observait depuis la porte de la cuisine. Une femme. Elle portait une robe de soie grise par-dessus une chemise d'un blanc éclatant, et ses cheveux châtain étaient pris dans une résille noire. Elle ouvrait vers lui de grands yeux marron.

Khalid comprit avec un sursaut qu'il la reconnaissait. C'était la femme de la fenêtre. Giacomo avait risqué très gros pour la voir. Et à la seconde où il croisa son regard, elle retroussa ses jupes et, au grand désarroi de Khalid, se mit à courir *vers lui.*

En la regardant s'approcher sans rien pouvoir faire pour s'y opposer, Khalid pensa que, peut-être, il aurait dû laisser Vieri le poignarder.

24

ROSA

Quand Rosa arriva dans les jardins des Medici, elle avait repris le contrôle de son agacement, mais sans pouvoir entièrement le bannir. Elle sentait encore l'encens au bois de santal qui s'accrochait à ses vêtements, elle sentait encore sur elle le regard blessé de Dominic Fontana lorsqu'elle déboucha devant la pelouse minutieusement tondue.

Sur les plans, le jardin n'avait pas été représenté aussi précisément que l'intérieur, de sorte que les statues de marbre blanc qui bordaient les allées de gravier furent une surprise esthétique. Elle s'en imprégna au passage, souhaitant que leurs poses détendues l'apaisent. Lorsqu'elle atteignit la table située à l'autre extrémité, elle avait presque retrouvé son équilibre. *Presque.*

Michelangelo avait été installé à la droite du cardinal de' Medici . Mais l'attention de Rosa ne fit qu'effleurer les deux hommes avant d'être inexorablement attirée vers le troisième convive, qui contemplait le jardin comme s'il lui appartenait, trahissant son identité avant même qu'elle ait pu bien voir son visage.

Ses traits étaient frappants, dans le sens qu'ils étaient davantage mémorables que beaux. Ses grands yeux noirs, enfoncés dans leurs orbites, la toisèrent lorsqu'elle approcha. Il avait une bouche généreuse, qui fendait largement son visage sous un nez robuste.

Le pape Léon X sourit, bienveillant et serein. Rosa fit une profonde révérence, tandis que les éclairs de rage se remettaient à tonner dans sa poitrine.

Vous aurez l'impression de faire un voyage dans le temps. N'était-ce pas ce qu'elle avait dit à Michelangelo dans la voiture ? Parce que ce ne sont pas seulement les lieux que l'on connaît, mais les souvenirs qu'ils contiennent. Il en va de même pour les gens.

« Mon enfant ? »

Rosa se redressa en hâte, lissant ses jupes à deux mains, avec l'espoir que la rougeur de colère qui colorait ses joues passerait pour de la gêne. « Pardonnez-moi, Votre Sainteté, murmura-t-elle, les yeux rivés au sol. Je suis un peu intimidée.

— C'est tout à fait normal », répondit le pape. Sa voix lisse et chaude lui glissa sur le corps comme du miel. Elle frémit.

« Ma nièce, Votre Sainteté, dit Michelangelo comme s'il avait voulu s'évaporer dans les airs. Rosa de' Lombardi.

— Vous êtes exactement aussi charmante que l'affirmait mon cousin », dit le pape en tendant une main à Rosa. Les joues creusées par des fossettes, elle se pencha pour poser un rapide baiser sur l'anneau d'or qui encerclait un doigt épais. « Peut-être même davantage.

— Votre Sainteté est trop bonne.

— Impossible, répliqua le pape. Asseyez-vous, maintenant. Le vin refroidit ! »

Rosa montra beaucoup d'empressement pour les rejoindre. Malgré les protestations du pape, tout indiquait que les trois hommes avaient déjà commencé leur repas ; les petites assiettes placées devant eux étaient pleines de croûtes et de miettes des pâtisseries et des tourtes disposées au centre de la table. Rosa se laissa servir, le vin chaud coulant dans sa coupe comme une rivière sombre, les gâteaux délicats et les viandes savoureuses s'empilant les uns sur les autres, formant une montagne de décadence.

« Merci encore pour votre patience, signorina », dit le cardinal de' Medici . Contrairement à son cousin ou à Michelangelo, il n'avait rien dans son assiette. Il sirotait par petites gorgées un verre de jus de fruits, mais, à voir son expression, on aurait pu croire qu'il s'agissait plutôt de vinaigre. « J'espère que vous ne vous êtes pas trop ennuyée pendant que nous vous avons fait attendre ?

— Pas du tout ! gazouilla Rosa. Le Palazzo est si fascinant. Je ne pense pas qu'on puisse s'y ennuyer ne serait-ce qu'un instant !

— *Charmante* », répéta le pape avec un coup de coude à Michelangelo. L'artiste baissa les yeux vers la table.

« Je suis entrée dans une chapelle *à vous couper le souffle*, reprit-elle. J'avoue ne jamais rien avoir vu de pareil ! Cette fresque… c'est *incroyable* ! »

Le pape gloussa. « Ce doit être de famille. Votre oncle était *obsédé* par cette fresque lorsqu'il était apprenti ici », dit-il en agitant distraitement une main derrière lui. Un serviteur accourut pour lui remplir sa coupe vide. « Il allait l'examiner à chaque occasion. Quand il ne travaillait pas, on pouvait être sûr de le trouver à genoux dans la chapelle comme un pénitent. Mais au lieu de prier Dieu, il priait Maître Gozzoli et ses peintures !

— C'est un peu exagéré, Votre Sainteté, commenta calmement le cardinal, mais le pape se contenta de rouler des yeux.

— Tu t'en souviens aussi bien que moi, Giulio. *Diana, Paola, Carlo*… Il avait donné un nom à tous les personnages de la fresque. »

Rosa ne pouvait imaginer que le sculpteur bourru avait été adolescent, et encore moins un adolescent baptisant les personnages peints par un autre. « Même aux animaux ? » demanda-t-elle.

Les lèvres de Michelangelo remuèrent et, pendant un instant, Rosa crut qu'il allait peut-être même sourire. « Oui. »

Elle le questionnerait plus tard à ce sujet. « Je suppose que c'est assez adéquat, dit-elle, le front barré d'un pli sérieux. *Connais bien chacune de tes brebis*. N'est-ce pas ce que recommande la Bible ? »

Le pape eut un rire ravi. « Exactement ! s'exclama-t-il. Voilà une remarque pertinente, mon enfant. Mais que faisiez-vous donc à la campagne !

— Même si ce verset emploie le mot "brebis" de façon métaphorique, précisa le cardinal. Il s'agit plutôt des... ouailles. Des paroissiens. De ceux qui sont sous votre protection.

— Eh bien, ces "brebis" *métaphoriques* ont bien haussé la voix pour se faire connaître, non ? » Toute trace d'humour avait disparu de la voix du pape, toutes les gouttes en étant remplacées par du vitriol pur.

Michelangelo s'agita sur son siège, réduisant avec soin un gâteau en un monticule de miettes. Même l'air était devenu silencieux après la remarque du pape.

Ce n'était qu'une question de secondes, Rosa le savait, avant que quelqu'un n'aborde un autre sujet et que la conversation redémarre, guindée et réduite au strict minimum. Chacun ferait comme si de rien n'était, et le repas risquait fort de dégénérer. Auquel cas, il était à craindre que Rosa et Michelangelo ne quittent le Palazzo bredouilles, simplement à cause de la mauvaise humeur d'un seul homme.

« Pardonnez-moi, Votre Sainteté, tenta-t-elle. Feriez-vous allusion à... l'agitation de cette dernière semaine ? »

Une succession d'émotions se manifesta sur le visage du pape, chacune se substituant très vite à la précédente. La fureur, la honte, la peur... Rosa attendit de voir laquelle allait l'emporter.

Finalement, le front sévère, le pape Léon fixa sur elle des yeux encore brûlant de rage. « Je n'aurais pas dû évoquer ce point devant une demoiselle. Mais oui, c'est à cela que je faisais allusion. »

Rosa frémit. « C'était si effrayant. Je n'ai jamais rien vu de semblable.

— Et vous ne verrez plus jamais rien de tel, lui assura le pape. Nous prenons des mesures pour décourager activement ce genre d'incident. »

Diverses alarmes résonnèrent dans la tête de Rosa. « Décourager ?

— Votre Sainteté…, l'avertit le cardinal, mais le pape balaya d'un geste l'intervention de son cousin.

— Ne sois pas si scrupuleux, Giulio. Cette pauvre enfant a eu la frayeur de sa vie. La rassurer un peu, c'est bien le moins que je puisse faire. » Il se retourna vers Rosa. « Vous dites "Connais bien chacune de tes brebis". Je crains, moi, que nos brebis aient été empoisonnées. Mais tout poison a son antidote. » Son sourire était réconfortant. « La sécurité de Florence – et des bonnes et aimables personnes comme vous – compte avant tout pour la famille Medici. Nous utiliserons la force pour la préserver, si nécessaire.

— Comment ?

— Eh bien, mon enfant, nous l'avons déjà fait. Avez-vous entendu parler de la ville nommée Prato ? »

Rosa avait la bouche sèche, malgré le vin. L'odeur de l'encens qui collait à ses vêtements s'était transformée en fumée âcre. Quelque part dans un coin de son cerveau, elle entendait des cris, le *tchac* d'un arc libérant sa flèche, le courant du fleuve…

Je serai juste derrière toi.

« Non, Votre Sainteté.

— Vous étiez trop jeune, j'imagine. Ce n'est pas loin, à seulement une heure de route. Un bel endroit. Hélas, il y a quelques années, cette ville devint un nid de trahison et de dissensions. Il nous incomba, à mon cousin et à l'Église, d'écraser la rébellion afin de préserver la paix. C'est ce que nous faisons à présent : nous nous préparons à préserver la paix à Florence. »

Les mains de Rosa tremblaient. Le pape Léon ne l'avait pas remarqué, mais Michelangelo l'épiait comme un aigle. Elle rangea ses mains dans son giron. « Tout comme vous l'avez fait à Prato.

— Si nécessaire. » La voix du cardinal était glaciale.

« Il est dans notre intérêt à tous que Florence reste stable, dit le pape. Beaucoup des familles nobles et commerçantes de la région ont déjà exprimé leur soutien. Ici, en ville, vous n'avez rien à craindre. »

Seules des années de pratique permirent à Rosa de garder le sourire. Sous la surface, son esprit fut pris de vertige alors que les pièces du puzzle s'assemblaient.

Le registre de Romano. Il contenait les archives de la garde de la ville, chaque ligne méticuleusement inscrite détaillait les protections de Florence sous toutes les coutures. Et si une personne, ou une famille, pouvait explorer ces coutures, alors elle saurait comment déchirer entièrement le tissu. À cela s'ajoutait l'argent des indulgences soutiré aux poches des riches, s'entassant dans la salle du coffre sous la chapelle des Mages, et qui affluait par les portes du Palazzo…

Dix mille florins. Ça avait été un concept informe, quelque chose qu'elle poursuivait comme un rêve vicieux. Rosa comprenait maintenant qu'il y avait là de quoi payer une armée. Une armée qui aplatirait Florence. Et une fois la garde de la ville éliminée, qui pourrait s'opposer à cette force ?

La fumée pesait plus lourd encore dans ses poumons. Elle ne pouvait plus respirer.

« Je suis soulagée de l'apprendre », réussit-elle à articuler. Rosa avait la peau froide. « Je détesterais qu'il arrive le moindre mal à une ville aussi splendide. J'ai l'impression d'y découvrir chaque jour quelque chose de nouveau ! »

Le soleil et les flatteries de Rosa s'étaient combinés pour dissiper la mauvaise humeur du pape Léon. « Vous êtes trop bonne, mon enfant. Michelangelo, vous devez la retenir ici. Il ne faut pas l'autoriser à regagner… cette campagne perdue dont elle s'est échappée.

— Vous avez raison, Votre Sainteté », acquiesça Michelangelo. Rosa se demanda si, à l'abri des recoins de son cerveau, il était en train de nommer les animaux peints.

« En fait, dit le pape, nous veillerons à ce que vous n'ayez plus jamais envie de rentrer chez vous. Après tout, quelle demoiselle ne serait pas grisée par un prestigieux banquet ? »

Et voilà. La raison pour laquelle elle avait mis les pieds dans ce Palazzo. La raison pour laquelle elle avait accepté de s'asseoir à la même table que les hommes qui avaient…

« Un banquet ? s'étonna-t-elle.

— Vous ne lui en avez pas parlé ? » demanda le pape à Michelangelo. Des lames étaient dissimulées dans sa voix. « On croirait que vous faites comme si cette obligation n'existait pas.

— L'occasion ne s'est pas présentée », grinça Michelangelo. C'était la réponse d'un idiot ou d'un artiste.

« Je ne voudrais pas vous déranger, intervint Rosa, avant que Michelangelo ait pu offenser les Medici.

— La présence d'une jolie femme à une fête ne dérange jamais », dit le pape, se penchant pour lui tapoter la main.

Rosa s'aperçut qu'elle serrait son couteau dans son poing.

« Je ne saurais concevoir un plus grand honneur, Votre Sainteté, se réjouit-elle. Ce sera, j'en suis sûre, une soirée que nul ne pourra jamais oublier. »

25

KHALID

Khalid n'avait jamais été du genre à fuir un affrontement. Pourtant, il aurait adoré fuir celui-ci. Rien n'arrêterait cette femme. Il recula contre le corps de garde et garda les yeux fixés vers le lointain. Elle avançait toujours, volontaire, ignorant toutes les conventions qui imposaient une certaine distance.

« Signora », dit-il, lorsque ses épaules ne purent s'enfoncer davantage dans le mur.

Elle battait à peine des paupières. C'était un autre problème, car ses yeux l'aspiraient comme un courant. Le reste de sa personne était d'une beauté qu'il pouvait objectivement apprécier. Mais ses grands yeux marron et ses épais cils noirs creusaient dans la mémoire de Khalid comme une souris rongeant du plâtre. Ils déclenchaient un feu d'artifice familier, remontant au-delà de la nuit à la Casa Petrucci. L'avait-il déjà rencontrée ? À Gênes ? À Tunis ?

Il l'aurait évitée s'il n'avait pas été enchaîné à cet endroit par l'ordre du capitaine Romano. De l'intérieur du logis lui parvenait encore la diatribe du capitaine. Il ne voulait pas aggraver sa situation en se volatilisant. Et même s'il avait été libre de ses mouvements, il aurait été d'une grossièreté impardonnable de fuir une personne d'un statut si supérieur au sien.

« S'il vous plaît. »

Elle parlait à voix basse, son intonation était celle d'une dame de qualité. Cela *aussi* avait quelque chose de familier...

Il capitula. « Que puis-je faire pour vous, signora ? »

Elle leva vers lui ses yeux marron clair agités. Elle scrutait son visage. Il aurait préféré qu'elle s'en abstienne.

« Vous étiez sous ma fenêtre. »

Il ne put contrôler sa respiration saccadée. Il ne s'était pas rendu compte qu'elle l'avait très bien vu dans cette ruelle. Mais après tout, combien de Tunisiens portaient l'uniforme de la garde des Medici ?

Il ne pouvait céder aussi facilement. « Vous devez me confondre avec un autre.

— Vous étiez là », insista-t-elle. C'en était plus qu'assez. Khalid s'écarta d'un pas vif, laissant passer un peu d'air entre le mur et son dos, mettant de la distance entre elle et lui.

« Je ne vous connais pas, signora », dit-il. Curieusement, à cause de la familiarité qu'il ressentait face à cette femme, il avait envie de vérifier ses poches.

« Il y avait aussi un autre homme, poursuivit-elle, plus vite, sans jamais détacher ses yeux des siens. Devant la maison Petrucci. Il portait un habit bleu et noir, il devait avoir 19 ans environ. Il avait les cheveux roux, mais c'était une teinture. » Elle baissa la voix. « Vous l'avez emmené avec vous. »

Khalid réprima un juron. Giacomo avait promis – avait *juré* – que son aventure dans la ruelle n'aurait aucun impact sur le reste de leur projet. Khalid, cet imbécile, avait choisi de le croire. À présent, les conséquences de cette décision le frappaient au visage.

Non seulement elle avait vu Giacomo, mais elle l'avait également *reconnu*. Et maintenant, elle reconnaissait aussi Khalid.

« Vous le connaissez, murmura-t-elle. Savez-vous où il est ?

— Vous devez me confondre avec un autre », répéta-t-il. Mais la femme ne parut pas l'entendre. Sous le regard horrifié de Khalid, elle plongea la main dans son corsage pour y chercher quelque chose. « Signora !

— Tenez », dit-elle sans tenir compte de ses dénégations. Elle plaça un morceau de papier dans la main inerte de Khalid. « Prenez, je vous en prie. »

Elle le suppliait des yeux, et la sensation de familiarité semblait plus forte que jamais. Cette vertigineuse impression de déjà-vu ne pouvait cependant s'expliquer par un regard fugitif à travers une fenêtre. Il avait la conviction impossible d'avoir déjà rencontré cette expression dans ces mêmes yeux... peu de temps auparavant...

« Donnez-le-lui. Il faut qu'il sache. Je ne pensais pas... Je ne savais pas s'il...

— Signora..., tenta Khalid une dernière fois, mais il s'interrompit quand elle secoua la tête.

— J'ai seulement besoin de savoir si Giacomo est sain et sauf. Et s'il est heureux. Et si...

— Giulietta ? »

La femme recula et tourna brusquement la tête. L'appel venait d'au-delà des cuisines. Elle disparut en un instant, à pas pressés, contournant le logis des gardes alors que deux hommes sortaient du Palazzo.

« Te voilà, dit l'un d'eux, d'âge moyen et chauve sous son bonnet à plume.

— Caro, répondit Giulietta en lui prenant le bras. Comment était Sa Sainteté ?

— Intolérable », grommela l'homme en l'entraînant plus loin. *Petrucci*. Ce ne pouvait être que lui. « Apparemment, il a des choses plus importantes à faire cet après-midi.

— Du genre partager un repas avec des *artistes* », ajouta son compagnon.

La réaction du Giulietta fut inaudible, ses mots de compassion se perdant à mesure que son mari la reconduisait vers le

Palazzo. Khalid soupira, son cœur battant la chamade sous ses côtes, comme il ne l'avait encore jamais fait, pas même lorsque Vieri l'avait agressé avec un couteau.

Khalid n'eut pourtant pas le temps d'élucider ce qui venait de se produire. La porte du logis des gardes s'ouvrit toute grande et Vieri en sortit. Il s'arrêta devant Khalid, la bouche prête à cracher son venin…

« Ben-Halil ! »

Le cri du capitaine Romano contraignit la mâchoire de Vieri à se refermer. Il pivota sur ses talons et s'éloigna.

La réprimande prononcée par le capitaine fut sévère mais mesurée, sans rapport avec le savon qu'il avait passé à Vieri. « Le garde Vieri est suspendu jusqu'au banquet de la semaine prochaine, apprit-il à Khalid. S'il vous ennuie à nouveau, vous m'en informerez.

— Nous nous entraînions simplement à la lutte, Vieri et moi, capitaine », dit Khalid, les yeux sur l'épaule de son supérieur. Vieri allait sûrement lui reprocher cette punition, ce qui lui causerait de nouveaux soucis à l'avenir.

« Je ne vous ai pas demandé votre avis, Ben-Halil, lança Romano. Vieri est en pénitence et votre ego *survivra* au fait de me signaler ses futures infractions. » Là-dessus, Khalid fut congédié.

Le reste de l'après-midi se déroula dans un flou fiévreux. La lettre brûlait dans sa ceinture, c'était une présence constante dans son esprit. Pendant le reste des exercices, pendant sa patrouille, il ne put penser à autre chose.

S'il la remettait à Giacomo, l'inviterait-il à d'autres mésaventures ? Giacomo avait donné sa parole, mais que valait-elle ? Et s'il s'était effondré de façon si spectaculaire à la vue de Giulietta Petrucci, que ferait-il en lisant ce message ?

Il devrait détruire cette lettre. Il devrait la jeter au feu, à la première occasion. La situation devait rester simple, il fallait éliminer les risques, exactement comme le voudrait le signore Traverio. Sa décision était prise.

Alors pourquoi cette perspective lui retournait-elle l'estomac ?

Le soir venu, une migraine palpitait derrière ses yeux. Furieux, Khalid regagna le corps de garde pour la fin de son service. De' Carlo était là, puisque Vieri le remplaçait désormais pour surveiller la Casa Romano. « Tu pars ? demanda-t-il.

— Je rentre chez moi, grogna Khalid.

— Tâche de dormir, conseilla de' Carlo, très paternel pour un garçon d'à peine 16 ans. Oh, avant que j'oublie... » Il alla chercher un paquet sur une étagère cachée dans le logis et le confia à Khalid. « Quelqu'un a déposé ça pour toi. »

C'était un cylindre de tissu brun grossier, noué par deux brins de chanvre. Khalid sentit la peau de sa nuque se hérisser. « Qui ? »

De' Carlo haussa les épaules. « Le messager n'a pas donné de nom. »

Khalid défit la ficelle et déroula le tissu. À l'instant où le paquet s'ouvrit, une odeur caractéristique de vieux poisson emplit le logis des gardes. De' Carlo jura, se couvrant le nez.

Une dernière épaisseur de toile à enlever, et un objet mince et pointu tomba du paquet. Khalid le ramassa avant qu'il n'atteigne le sol, et le tint à la lumière de la lampe.

Petit et transparent, presque impossible à identifier. Mais après avoir travaillé trois ans pour la Vive de Gênes, Khalid savait en reconnaître les écailles.

C'était un message du signore Traverio. Il signifiait *Je te surveille. J'attends.*

Tu n'as pas le droit de merder.

26

GIACOMO

« Non, non, non, dit Sarra, les joues rosies par la lueur du feu. Tu ne me comprends pas. C'était une pièce unique, avec tous ces… C'était quoi, Rosa ?

— Des rubis.

— Voilà, des *rubis*, il y en avait partout. Un crucifix en or ciselé, couvert de rubis. "Laid comme le péché et d'une valeur insensée", l'avait décrit Lena. » Sarra secoua la tête. « Elle avait tout prévu. Elle guettait la maison depuis des jours. Tout était parfait. Et puis le soir du casse, elle est entrée par la fenêtre et elle a surpris mon père qui fourrait déjà la croix dans son sac. »

L'après-midi précédant le banquet, toute l'équipe s'était réunie au moulin, avec une bonne flambée dans la cheminée pour combattre le froid de cette fin d'automne. Après quelques minutes à s'affairer devant le feu, Giacomo avait concocté une marmite de vin chaud, qu'il distribuait dans les coupes et les gobelets qu'on lui tendait.

Il y avait déjà eu plusieurs tournées. Agata avait réclamé la chaise la plus proche de la cheminée, au nom de son grand âge et de ses os fragiles, comme d'habitude. Michelangelo se tenait quelques pas plus loin, un œil sur la porte. S'il n'était toujours pas à l'aise parmi eux maintenant, Giacomo supposait qu'il ne le serait jamais, et il évita donc de commenter la nervosité de l'artiste.

Sarra était allongée sur l'un des bancs de la cuisine, sa coupe vide pendant de ses doigts. Rosa était blottie face à elle, ses jupes repliées entre ses jambes. Elle avait à peine touché à son vin, le regard impénétrable, tandis que Sarra racontait ses souvenirs.

Et Khalid…

Il s'était posté près de la porte, les bras croisés, le visage impassible. C'était une facette de l'homme que Giacomo n'avait pas vue ici, à Florence, mais qui n'avait rien d'anormal. Ce Khalid-là était celui qui rôdait dans l'ombre de Traverio, à Gênes, et Giacomo n'était pas *du tout* ravi de le retrouver.

Il ne s'en serait pas inquiété autant si Khalid jouait ce rôle de gros bras pour la soirée seulement. Mais une grosse journée les attendait, et tout le monde ne réagissait pas au stress de la même façon. Certains se rongeaient les ongles. D'autres, comme Sarra, buvaient trop et devenaient intarissables. D'autres encore, supposait Giacomo, se changeaient en menaces taciturnes.

Quand même. Pendant toute la *semaine*, Giacomo n'avait pu tirer de Khalid autre chose que des grognements monosyllabiques, et à dire vrai, Rosa ne valait guère mieux. Tous deux étaient revenus du Palazzo Medici comme si on leur avait confisqué leur univers, comme si on leur avait cassé leur jouet. Depuis, Rosa avait élaboré les ultimes détails du plan avec une colère ardente qui perçait à travers un sourire toujours plus tendu, et même Giacomo n'avait pas été assez bête pour lui en demander la raison.

Quant à Khalid… il semblait incapable de parler à Giacomo ou même de le regarder dans les yeux. Chaque seconde supplémentaire rendait Giacomo un peu plus fou. Il n'avait pas mesuré à quel point sa propre tranquillité dépendait du plaisir qu'il prenait à agacer Khalid, et maintenant qu'il en était privé…

Giacomo avala son vin.

« Ils se sont dévisagés pendant *au moins* une minute. Lena ne soupçonnait pas que mon père allait braquer cette maison, et il n'avait pas la moindre idée qu'elle voulait en faire autant. Vous savez qu'elle a réussi *toute seule* une Culbute espagnole pour s'introduire dans la place ?

— Impossible, dit Giacomo.

— Impossible pour tout le monde, sauf pour Lena Cellini. »

Rosa posa sa coupe sur la table avec un petit *clic*. « Sarra.

— Ce fut le début d'un magnifique partenariat, Rosa, tu ne veux pas écouter cette histoire ? la taquina Sarra. C'est ton histoire à toi aussi. »

Rosa se tut. Elle serrait ses jupes entre ses poings, si fort qu'elle en avait les articulations blanches.

« Eh bien, je pense que ce moment mérite un toast, déclara Giacomo en levant sa coupe. C'est un immense honneur d'avoir travaillé auprès de vous, criminels amoraux – et d'Il Divino – ces dernières semaines, et j'aimerais simplement dire…

— Ça porte malheur de trinquer avant qu'une mission ne soit accomplie, l'interrompit Rosa.

— C'est… une superstition ? s'enquit Michelangelo.

— Une superstition de voleurs, répondit Agata dans un bâillement.

— Une superstition de Lena », précisa Sarra.

Dans le moulin, Sarra semblait la seule personne à ne pas avoir remarqué la morosité de sa partenaire. Giacomo s'éclaircit la gorge. « Eh bien, moi, la superstition ne m'a jamais empêché de passer un bon moment. » Il leva sa coupe à nouveau et inclina la tête vers Rosa. « À notre intrépide meneuse. À nous. Et à la richesse qui nous attend, au-delà de nos rêves les plus fous. »

Les autres trinquèrent avec un enthousiasme modéré dans le meilleur des cas, et Giacomo se rassit, résigné à la banalité de ce qui aurait dû être un instant de gloire.

« Je devrais retourner en ville », déclara Michelangelo. Ses yeux n'avaient pas cessé d'aller et de venir entre Rosa et Sarra depuis que cette dernière avait commencé son récit.

« Moi aussi, je dois partir, dit Khalid. Je suis de service au Palazzo. »

Rosa approuva. « Je vous verrai demain, tous les deux. » Michelangelo esquissa un sourire et franchit la porte sans un autre mot d'adieu.

Giacomo regarda Khalid draper sa cape sur ses épaules et songea : *Inacceptable*.

Si c'était réellement le dernier soir de leur association et que leurs chemins devaient se séparer une fois la mission accomplie – en misant sur le scénario le plus optimiste, qui incluait leur survie et tout le reste –, alors Giacomo *refusait* qu'on le *force* à dire adieu à cet homme de bois. Il *fallait* faire quelque chose. Et s'il devait risquer d'être éventré en paroles ou en actes par Khalid… eh bien soit.

Sans tenir compte des regards de Rosa et d'Agata, Giacomo se leva calmement, s'épousseta les genoux et se dirigea vers Khalid.

« C'était une occasion manquée, signore al-Sarraj, commenta-t-il. Nous aurions pu, nous aussi, raconter les débuts de notre admirable partenariat. Cela nous aurait valu un grand succès. » Il voulut donner un coup de coude à Khalid et tâcha de ne pas le prendre pour un affront personnel quand celui-ci se mit hors de sa portée. « Imaginez-vous : les quais de Gênes au lever du soleil. Un jeune escroc en pleine ascension repère une cible qui s'avance vers lui avec assurance, un homme d'une beauté renversante…

— Je n'ai pas le temps, dit Khalid.

— N'as-tu aucun respect pour la structure narrative ? À l'heure où notre histoire touche à sa fin, n'est-il pas judicieux d'en revisiter le commencement ? »

Khalid grogna et tira plus fort sur les cordons de sa cape.

Tout à coup, Giacomo ne put en supporter davantage. « Tu ne veux même pas me regarder ? Si j'ai fait quelque chose pour vous offenser, signore al-Sarraj, vous pourriez avoir la décence et la franchise d'éclairer ma lanterne.

— Tu sais ce que tu as fait.

— Est-ce à cause… » Giacomo baissa le ton, sachant que Rosa avait l'ouïe fine. « Est-ce à cause du soir de l'émeute ? Nous en avons parlé, je pensais que la question était réglée.

— Toi, tu en as parlé. Tu ne fais que parler. Tu parles tellement qu'on perd de vue ce qui est réel et ce que tu veux vraiment dire… » Khalid se tut, la colère brillant dans ses yeux noirs. « Tu veux revisiter l'histoire de notre rencontre ? Très bien. L'escroc et la cible confiante. Tu as tendu un piège et je suis tombé dedans. Je t'ai aidé et tu m'as fait les poches. C'est bon ? »

Giacomo s'empourpra. « Je ne t'ai *pas* fait les poches. J'en avais l'intention, mais je ne l'ai pas fait. »

Khalid le foudroya du regard. « Et pourquoi ?

— Le vice et la voix. » Il haussa les épaules, un peu gêné alors que son irritation diminuait. « J'avais tellement l'habitude que mes cibles essayent de jouer au plus malin. De profiter de moi. C'était un plaisir de les étourdir de paroles. Mais toi… tu étais si gentil. Je n'ai pas osé te vider les poches.

— Tu m'as quand même roulé.

— C'est la vie, signore al-Sarraj, dit Giacomo avec un sourire penaud. Mais si j'avais suivi ma résolution première et que je t'avais pris tout l'argent que tu avais sur toi, penses-tu sincèrement que Traverio t'aurait laissé en vie un jour de plus ? » Khalid fronçait encore les sourcils. Giacomo soupira. « Je ne t'ai pas fait les poches, répéta-t-il. Jamais je ne te les ferai.

— Parce que j'ai été gentil une fois avec toi ? »

Giacomo exhala un petit rire. « Non, non. C'est parce que… Je suppose que c'est parce que je sais que malgré toutes les fois où je t'y inciterai, jamais tu ne me frapperas. »

Khalid parut encore plus perplexe. « Quel rapport ?

— À toi de deviner. »

Khalid avait perdu l'usage de la parole. Sa mâchoire remua deux ou trois fois, sans émettre un son, et Giacomo eut pitié de lui. Il lui prit des mains les cordons de sa cape et les serra à sa place. « Réfléchis. Dans quelques heures, tu en auras fini de toute cette affaire. Honnêtement, c'est une honte, cette couleur fait des miracles pour…

— On peut se voir tout à l'heure ? »

Khalid dut éprouver une *grande* satisfaction à voir Giacomo s'étrangler sur ses propres paroles. « Se voir ? bredouilla-t-il. Euh…

— Il y a… des choses dont on doit discuter. »

Giacomo hocha la tête, tâchant d'enchaîner. « Discuter… tout à l'heure. Pas maintenant. »

Quelque part derrière eux, Agata lâcha un rire tonitruant, sans doute à cause de ce que Sarra venait de dire. Le regard de Khalid resta fixé sur le visage de Giacomo. « Il y a trop de gens pour le moment.

— Mon Dieu. » Giacomo devint écarlate. Ce devait être le vin, qui lui montait au cerveau aussi. Il n'avait pas prévu le tour que prenait cette conversation. « Eh bien, signore al-Sarraj, vous me surprenez. Quel sinistre présage ! Qu'ai-je bien pu faire pour mériter pareille menace ?

— Tout à l'heure, répondit seulement Khalid.

— Tu sais où me trouver », croassa Giacomo.

Khalid entrouvrit la porte. « Bonne nuit », dit-il, puis il sortit.

Tout à l'heure. Giacomo gémit.

L'attente serait une torture.

27

ROSA

À mesure que la soirée s'écoulait, le silence s'installa au moulin. Agata ronflait doucement au coin du feu. Giacomo avait disparu depuis longtemps dans la nuit fraîche, marmonnant quelque chose que Rosa ne put comprendre à propos de *tout à l'heure*. Il ne restait donc que Sarra et elle, les yeux perdus dans les profondeurs brûlantes de la cheminée.

« Pensais-tu, commença Sarra, que Khalid et Giacomo tiendraient aussi longtemps sans s'entretuer ?

— Oui. » Rosa sentait une vibration sourde sous sa peau depuis qu'elle s'était trouvée à table en face du pape, souriante alors qu'il avait décrit l'impensable. « C'est pour ça que je les ai embauchés.

— C'est sans doute une bonne chose, dit Sarra, aussi gaie qu'elle l'avait été toute la soirée. L'amitié fleurit dans le travail. » Rosa haussa un sourcil. « Enfin, *quelque chose* fleurit, du moins. » Sarra éclata de rire et Agata renifla sur sa paillasse. « Tu te souviens de cet apothicaire avec qui collaboraient papa et Lena ? Luigi quelque chose. Avec ce menton ? » *Vannini,* se souvint Rosa, sans prononcer ce nom. « Comment ils sont restés en planque pendant des jours dans ce silo à grain, et qu'il est tombé éperdument amoureux de la fille du fermier ? »

Il a failli tout faire rater en formulant sa demande en mariage pendant leur fuite, entendit Rosa de la voix rieuse de sa mère. Soudain, il lui parut absolument essentiel de se lever. « Je ne me souviens pas.

— Bien sûr que si, insista Sarra. On est tous allés au mariage. Je n'avais que 7 ans, mais on y était.

— Il est tard, dit Rosa. Pietro doit s'inquiéter pour toi.

— Ne t'inquiète pas pour lui. Allons, tu *dois* t'en souvenir. Pietro a pris deux gorgées de vin et s'est mis à danser sur la table. Tous ces plateaux de *castagnaccio*… après avoir englouti autant de gâteaux aux châtaignes, je n'ai plus pu regarder un marron pendant des mois. C'était le dernier grand mariage de notre famille.

— Nous. Ne. Sommes. Pas. Une. Famille. »

Sarra ferma brusquement la bouche, choquée par la réaction de Rosa.

N'importe quel autre soir, Rosa aurait fait un effort pour se ressaisir, pour se calmer. Mais le poids des six dernières semaines, des cinq dernières années, du *lendemain soir*, l'accablait tellement que tous les sentiments éprouvés depuis son retour à Florence s'étaient changés en un noyau de colère et de contrariété, qu'elle crachait comme autant de balles de fusil.

« Je n'ai pas de famille. Je ne cherche pas de famille. Je *cherche* dix mille florins d'or. Toi et moi, nous avons pu partager quelques moments de notre enfance. Nous avons entendu raconter les mêmes histoires, mangé les mêmes repas. Mais cela ne fait pas de nous une famille, et il faut que tu intègres ça dans ta tête. Les enjeux sont trop importants pour que nous perdions notre temps à jouer aux sœurs, alors que tout ce sur quoi j'ai travaillé pendant cinq ans est en jeu. Ce n'est pas pour ça que je t'ai embauchée.

— Embauchée. » Le visage de Sarra était un masque inexpressif. « Comme une servante.

— Non. Embauchée comme criminelle. Comme Sarra la Bricoleuse. C'est bien qui tu es, non ?

— C'est... Je...

— Tu es une inventrice talentueuse. Tu connais la ville. Tu as envie de travailler. C'est pour ça que je t'ai enrôlée. Tu croyais peut-être que c'était par nostalgie ? » Rosa ricana. « Tu refuses de parler à Pietro de ton activité mais...

— Je suis liée par une promesse...

— *Mais ça ne signifie pas que je le remplace dans ta vie.* » Rosa s'aperçut qu'elle avait mal aux doigts à force de serrer les poings. « Cette relation de sœurs n'existe que dans ta tête. *Pietro* est ton frère. Si tu veux l'absolution, c'est à lui que tu devras la demander. Mais tu as trop peur de sa réaction, alors tu t'abrites derrière une promesse faite à un mort, qui ne peut donc plus être ni fier de toi ni déçu par toi. »

Ces mots claquèrent dans l'air, et Sarra retomba sur son banc. Le silence qui s'ensuivit faisait l'effet d'un véritable poison. Rosa sentit la nausée monter dans le regard de Sarra qui la dévisageait, incrédule.

Elle aurait eu le droit de gifler Rosa, ou du moins de renoncer à leur projet. Rosa s'y préparait. Au lieu de quoi, Sarra se leva avec grâce, les yeux voilés par la colère et la déception.

« Très bien. » La maturité réservée de sa voix donna à Rosa, son aînée d'un an, l'impression d'être très jeune, très sotte et très dépassée par les événements. « Si nous ne sommes que de simples collègues, discutons de cette mission. Discutons-en dans *tous ses aspects*. Discutons de Lena. »

Rosa sentit son cœur se serrer. « Qu'a-t-elle à voir avec tout ça ? »

Sarra émit un rire amer. « Tu dois me juger bien bête, pour me poser cette question. Mais je ne suis pas idiote. Et je ne peux pas continuer à faire comme si elle n'existait pas. Je ne peux même pas prononcer *son nom* devant toi...

— Qui te l'a demandé ? » Les murs se refermaient sur Rosa, elle était prise en cage comme un animal traqué.

« Et ce registre, alors ? Si je ne peux pas parler de ta mère, je peux au moins t'interroger à propos de ça.

— Il n'y a rien à discuter.

— Oh que si. Et avant que tu me remettes à ma place, pourquoi embaucher un second qui n'a pas accès à une vue d'ensemble ? Tu nous as tous mis en danger pour obtenir un registre que tu ne veux même pas me montrer. Qu'est-ce que ça t'apporte, de garder ce secret ? » Rosa se débattait pour résister au regard bleu glacé de Sarra. « Tu as promis que c'était seulement une histoire d'argent. Tu as promis que ça n'avait rien de personnel. »

Rosa resta muette. Parce qu'il lui était impossible de répondre honnêtement, parce qu'elle aurait dû avouer qu'elle mentait à Sarra depuis l'instant où elle était revenue dans sa vie.

Mais le silence ne valait pas beaucoup mieux que la vérité, elle aurait dû le savoir, car Sarra semblait lire directement dans son cœur. « Papa et Lena ne se sont jamais menti.

— Pourquoi, parce qu'ils étaient *une famille* ?

— Parce qu'ils étaient *associés* ! » Le cri de Sarra jaillit tout à coup de son corps. Elle reprit ensuite le contrôle de ses émotions. « Je comprends. Je ne suis pas mon père. Tu n'es pas Lena. Mais si tu la rayes de ce monde, tu t'en rayes toi aussi. Elle fait partie de toi, ce qui signifie qu'elle fait partie de cette équipe, et tu ne pourras rien y changer.

— Elle n'est pas ici, Sarra.

— Inutile de me le rappeler, répliqua Sarra, frôlant Rosa.

— Où crois-tu aller comme ça ? » la défia Rosa, plus pour avoir le dernier mot que pour réellement obtenir une réponse.

Sarra n'eut aucune hésitation. « Chez moi. Tu diriges cette affaire comme tu l'entends. Je ne te demanderai pas de m'en donner plus. De toute façon, tu en serais incapable.

— Très bien ! » cria Rosa, mais Sarra était déjà sortie. La porte claqua derrière elle. Agata remua à peine.

Rosa était hors d'elle. Exaspérée. Embarrassée. Pour qui se prenait donc Sarra, à la sermonner ainsi ? Ce n'était pas Rosa qui mentait depuis deux ans. Ce n'était pas Rosa qui menait une *double vie*.

Donner un coup de pied dans le mur lui fit du bien, mais elle craignit aussitôt de s'être cassé un orteil. Puis elle se sentit encore plus mal lorsqu'elle comprit qu'elle piquait une crise, et elle se rappela combien elle s'était trouvée puérile et stupide face à la colère froide de Sarra. Après quoi elle s'en voulut encore plus et évita de justesse de donner un nouveau coup de pied dans le mur.

Elle n'est pas ici.

Inutile de me le rappeler.

La respiration de Rosa se bloqua dans sa gorge. Lorsqu'elle exhala, un mot se forma.

« Maman. »

Depuis des années, elle s'interdisait de penser à ce mot, et c'était la première fois qu'elle s'autorisait à le prononcer. Il percuta sa bouche, dégringola vers son cœur, rebondissant en chemin contre toutes les parties tendres et meurtries de son corps.

Elle ne pouvait pas rester là. Elle avait besoin de lumière. De gens. D'un spectacle familier, rassurant…

Elle alla au Mercato Vecchio.

Il ne lui fallut pas longtemps pour trouver ce qu'elle cherchait. Le stand était l'un des points de repère de Florence au même titre que les murs de la ville. Il avait résisté aux moines fous, aux banquiers titanesques et aux soubresauts de la République. Il semblait être le même que dans l'enfance de Rosa, laqué de rayures bleues et vertes. Les mots LAMPREDOTTAIO CARLOTTA étaient le phare qui l'attirait.

« Et comment va ce soir la meilleure cuisinière de Florence, signora ? » avait demandé sa mère sous cette enseigne, plus de fois que Rosa ne pouvait les compter. Rosa avait vu la signora Carlotta – à peine plus haute que le comptoir, avec des cheveux blancs en bataille qui ne le cédaient en rien à ceux d'Agata – sourire, rire et offrir à Lena un sandwich de tripes supplémentaire, que Lena avait toujours insisté pour payer.

« J'ai beau être une voleuse, avait-elle expliqué à Rosa tout en tenant leurs *lampredotti* fumants, on ne vole pas les génies. À moins d'avoir un receleur. »

Rosa atteignit le comptoir alors que le client précédent se retournait, nourriture en main…

Alors que *Dominic Fontana* se retournait, nourriture en main.

« Vous », s'exclama-t-il, puis « Pourquoi » et enfin « Combien de fois la même personne peut-elle me surprendre avant que je ne soupçonne une plaisanterie de la part du Seigneur ? »

Rosa eut envie de sourire malgré elle. Elle secoua la tête. « Pas de plaisanteries ce soir, je vous en donne ma parole.

— Mais, euh… » Il prit son petit pain dans l'autre main. « Qu'est-ce que vous faites ici ?

— La signora Carlotta est la meilleure cuisinière de Florence », répondit Rosa, avec une pâle imitation du sourire de sa mère.

Derrière le comptoir, la vieille femme renifla. « La flatterie ne vous mènera nulle part, signorina.

— J'ai toujours pensé que c'était la meilleure au monde », glissa Dominic.

La signora Carlotta rougit. « Taisez-vous donc, jeune sot. »

Rosa prit la place de Dominic. « Deux *lampredotti*, s'il vous plaît. Si le jeune sot a terminé. »

Dominic s'attarda pendant que la signora Carlotta fendait deux pains pour y déposer des tripes cuites. « Je suis… content de vous avoir vue », dit-il enfin.

Son combat avec Sarra avait épuisé chez Rosa toute aptitude au langage diplomatique. « Pourquoi ?

— Je vous ai dit… des méchancetés, confessa-t-il en picorant la croûte de son *lampredotto*. Dans la chapelle des Mages. Vous m'avez interrogé sur ma famille, et j'ai mal réagi. Je n'aurais pas dû. »

La signora Carlotta poussa les *lampredotti* sur le comptoir. Rosa posa une lire et prit les deux pains farcis. Ils semblaient lourds entre ses mains.

Comment va ce soir la meilleure cuisinière de Florence ?

Elle devait se rendre à un endroit précis.

« Merci, dit-elle à Dominic. Et moi je n'aurais pas dû être indiscrète.

— Pour me faire pardonner, je peux vous offrir quelque chose à manger ? » Il jeta un coup d'œil aux *lampredotti*. « Ou plutôt à boire ? »

Il avait un regard si sérieux. La sauce du pain qu'il tenait ruisselait sur ses longs doigts, mais il n'avait pas l'air de s'en rendre compte. Rosa vit disparaître la coulée autour de son poignet, puis elle contempla ses cils en le voyant battre des paupières et se tourna vers les deux gardes des Medici qui patrouillaient dans la Piazza, marchant au pas de l'oie.

« Je dois aller voir quelqu'un, répondit-elle. Mais je n'aurais rien contre un peu de compagnie. »

28

KHALID

« Tu es bien silencieux », commenta le sergent Bianci. Confronté au regard oblique de Khalid, il secoua la tête. « Plus silencieux qu'à l'ordinaire.

— Je pense à la journée de demain », répondit Khalid, ce qui n'était pas un mensonge.

Je ne t'ai pas fait les poches. Jamais je ne te les ferai.

En entendant les protestations de Giacomo, Khalid avait senti sa culpabilité grimper en flèche. Bien sûr. Il *savait* que Giacomo n'avait pas dérobé l'argent du signore Traverio le soir où ils s'étaient rencontrés. Mais sur le moment, il lui avait semblé juste de l'accuser de vol.

Il était troublé. Giacomo le troublait. Il avait dit toutes ces choses, énoncé toutes ces vérités, en partant du principe que Khalid comprendrait. *Parce que je sais que jamais tu ne me frapperas.* Qu'est-ce que cela signifiait ?

Il poserait la question à Giacomo plus tard. Le lendemain matin. Après sa patrouille.

« Par ici », dit le sergent Bianci. Ils se trouvaient dans un quartier plus ancien de Florence, plus près des remparts que du centre-ville. Ici, les bâtiments étaient couverts d'affiches anti-Medici, si épaisses qu'elles formaient une sorte de bruit de fond. Le sergent n'y prêtait aucune attention.

Il ne prêtait pas attention à grand-chose, en fait, maintenant que Khalid l'observait de plus près. Son regard bougeait sans cesse, inspectant les rues en tous sens. Ils croisèrent un trio de gardes de la ville, qui les fixèrent avec hostilité. Le sergent Bianci ne broncha pas.

« Tout va bien, sergent ? » risqua Khalid.

Les yeux du sergent passèrent sur lui, puis s'éloignèrent à nouveau. « Aussi bien qu'on peut l'espérer.

— Le capitaine Romano doit s'inquiéter pour le banquet.

— Hum. »

Ce sera peut-être une patrouille tranquille, pensait Khalid au moment où un grand bruit et des cris retentissaient un peu plus loin. Le vacarme tira Khalid de sa rêverie et ébranla aussi le sergent Bianci.

« Là-bas », dit Khalid en désignant un espace sombre entre deux bâtiments. Le sergent acquiesça et partit au trot, Khalid sur ses talons. L'un derrière l'autre, ils quittèrent la rue principale pour s'engager dans une étroite ruelle.

Il y faisait noir comme dans un four. Les murs et la couverture nuageuse masquaient le clair de lune. Khalid plissa les yeux, cherchant la source du bruit. « Nous sommes les gardes des Medici, proclama-t-il. Quelqu'un est blessé ? »

Pour toute réponse, il entendit des pas raclant la pierre. « Sergent, vous devriez peut-être allumer votre lanterne », suggéra Khalid.

Bianci ne réagit pas. Pourtant, Khalid sentit une présence dans leur dos. Quelqu'un se tenait entre eux et la rue.

Lentement, il se retourna.

« Salut, Yazid », dit Vieri.

Puis quelque chose de dur et de lourd s'abattit sur l'arrière du crâne de Khalid, et le monde s'éteignit comme une chandelle.

29

SARRA

Tu refuses de parler à Pietro de ton activité mais…

… cela ne fait pas de nous une famille…

Qu'est-ce que Rosa Cellini pouvait bien en savoir ? Sarra avait passé des semaines à digérer ses ordres. Elle avait fait le travail pour lequel elle avait été embauchée, tout ça pour quoi ? La promesse d'une fortune illusoire et le plaisir d'être accusée de sensiblerie.

Et avait-elle tort ? murmura une voix traîtresse dans la tête de Sarra. *Tu ne peux pas nier, tu espérais qu'elle t'accueillerait comme une sœur. Ne te mens pas à toi-même.*

Les talons de Sarra s'enfoncèrent entre les pavés lorsqu'elle tourna résolument dans sa rue. Elle serait bientôt chez elle. Cette pensée alluma une étincelle dans sa poitrine. Elle allait voir son frère. Quelqu'un qui désirait sa compagnie. Il lui parlerait des commandes qu'il avait reçues, ils cuisineraient un repas, elle se réchaufferait.

Et elle mentirait.

Une légère démangeaison lui parcourut la nuque. Sarra l'ignora, pensant qu'il devait s'agir d'une conséquence de la culpabilité qui la rongeait. Elle pouvait apercevoir la silhouette de l'imprimerie, se profilant sous la lumière d'un lampadaire…

Quand elle ressentit une nouvelle démangeaison, cette fois assez forte pour lui donner la chair de poule, Sarra, qui survivait depuis deux ans à bien des situations délicates, ne put l'ignorer. Ce n'était pas simplement la honte qui la tourmentait, c'était deux yeux qui l'épiaient, elle en était certaine.

Elle était observée.

Sous prétexte de rajuster sa chaussure, Sarra s'arrêta. Par-dessous ses sourcils, elle balaya la rue d'un coup d'œil. En apparence, il n'y avait rien d'anormal, du moins au premier abord. Trois hommes titubaient, s'appuyant les uns sur les autres avec cette camaraderie que manifestent partout les ivrognes. Une jeune femme faisait les cent pas devant une porte ouverte, berçant un nouveau-né qui pleurait.

Et dans l'ombre de la boulangerie, un homme était avachi contre le mur, les bras croisés sur la poitrine.

Il était si immobile que Sarra se demanda s'il dormait debout. Mais le picotement persistait dans sa nuque. Il la guettait. Forcément. Elle aurait aimé voir son visage pour s'en assurer, mais l'obscurité et le bord de son chapeau dissimulaient ses traits. Elle ne pouvait distinguer que les tatouages brouillés qui remontaient sur le dos de ses mains et disparaissaient dans les manches de son pourpoint.

Ils s'observèrent un moment, en un face-à-face dans l'obscurité. Puis l'homme baissa imperceptiblement le menton, comme pour la saluer. Il serra sa cape autour de lui et partit, s'évanouissant dans la nuit.

Sarra frissonna à nouveau. *Dormir,* se dit-elle. *Tu as besoin de dormir. Tu t'imagines des choses.*

La porte de l'imprimerie s'ouvrit presque sans aucun bruit, et Sarra pensait au lit moelleux qui l'attendait…

La pièce était pleine de visages. Tous se levèrent vers elle. Des mains saisirent la garde de leur poignard. Si elle n'avait pas été aussi surprise, elle aurait pu hurler.

« Ferme la porte, au nom du ciel… »

C'était la voix de Pietro, chuchotant dans le silence pesant. Il se tenait derrière la presse. Elle ne put que rester la bouche ouverte comme un poisson. « Ferme la *porte*, Sarra ! » répéta son frère.

Elle avait perdu toute dextérité. Elle tâtonna pour trouver le loquet, tout en se creusant la cervelle pour comprendre dans quoi elle venait de mettre les pieds.

Il n'y avait encore jamais eu autant de monde dans l'imprimerie depuis que Pietro l'avait inaugurée, trois ans auparavant. Elle compta six visages, celui de Pietro inclus, des hommes pour la plupart. Le plus âgé approchait de la soixantaine ; le plus jeune n'avait pas plus de 8 ans. Et tous l'observaient, leurs visages exprimant des sentiments allant de la colère à la terreur.

« Tu ne m'avais pas prévenue que tu aurais de la compagnie », dit Sarra en tournant le dos à la pièce.

Le visage Pietro était de marbre. « Je ne pensais pas que tu rentrerais.

— Hum. » Un groupe d'hommes formaient une sorte de phalange protectrice autour de la presse. Sarra s'avança, sachant pertinemment qu'ils se déplaçaient avec elle, afin de lui barrer le passage. Elle sentait au fond d'elle-même que, si elle jetait un coup d'œil à ce qui se trouvait sur le lit de la presse, elle n'apprécierait guère ce qu'elle verrait. Elle avait également conscience de savoir avec certitude de quoi il s'agirait. Et de toutes les personnes qui tentaient de lui faire obstacle, la moins grande – une *fillette* – ne serait pas bien redoutable. « Vous travaillez tard », remarqua-t-elle. Posant une main délicate sur la tête de la petite fille, elle se pencha pour regarder la presse.

Une page venait d'être imprimée. Une affiche. Sarra tendit la main et ses doigts effleurèrent le papier.

« Sarra », gronda simplement Pietro avant qu'elle ne la retourne.

De gigantesques majuscules lui crièrent au visage.

VIVA LA REPUBBLICA FIORENTINA

Vive la République.

Le sang de Sarra se glaça dans ses veines. Elle leva les yeux vers son frère. « Pietro, demanda-t-elle, qu'as-tu fait ? »

30

KHALID

Khalid courait.

Sa tunique claquait autour de ses chevilles et ses sandales dérapaient sur les pavés lorsqu'il prit un virage trop rapide, agitant les jambes et les bras pour retrouver l'équilibre. Le vent lui fouettait les joues, et il se préparait à être frappé au visage par le froid humide de Gênes…

Mais cette brise était chaude. Elle portait le parfum de l'océan, léger et pur, si différent de l'odeur étouffante de poisson qui régnait sur les quais de Gênes. C'est alors que Khalid remarqua les murs blanchis à la chaux qui l'entouraient, les portes d'un bleu éclatant. Le vent ne ressemblait pas à celui de Gênes parce qu'il n'était pas à Gênes.

Il était à Tunis. Il était chez lui. *Et à cet instant…*

« Tu es en retard. »

Il trébucha sur le seuil de la boutique de tissu de son père, articulant déjà des excuses. « Je sais, je sais… »

Baba se tenait devant l'entrée, contemplant une pile de lourds tapis avec une détermination soucieuse. « Yusuf et Fatma sont à l'arrière avec Zeineb, dit-il. Elle a fait des histoires toute la nuit. » Maintenant qu'il était plus près, Khalid distinguait les cernes noirs sous les yeux de son père.

Un fumet de cannelle et de poulet flottait depuis le fond de la boutique, et Khalid haussa un sourcil. « Et Fatma cuisine encore ? »

Baba eut un ricanement affectueux. « Essaye donc de l'en dissuader.

— Je vais m'assurer qu'elle ne s'endorme pas au-dessus du feu », répliqua Khalid, et il se laissa guider par son odorat jusque dans la cour. C'était un large espace ouvert, dont les dalles bleues étaient réchauffées par le soleil. Un four était construit dans l'un des murs, rempli de charbons ardents. Un autre mur supportait un auvent pâle, sous lequel des oreillers et des matelas avaient été entassés…

Et bien entendu, Fatma dormait profondément, avec Yusuf à son côté et le bébé entre eux. Ce qui signifiait que la seule personne veillant sur le tagine qui bouillonnait dans le four était un jeune homme aux intéressants yeux bruns, qui sourit en voyant Khalid arriver.

« C'était une morte vivante, dit-il en désignant de la tête Fatma. Et ton frère ne valait guère mieux. Je les ai fait partir avant qu'ils ne mettent le feu à la boutique.

— Tu es certain de pouvoir t'occuper de ça ? demanda Khalid en jetant un coup d'œil dans la marmite.

— Bien sûr que oui. » L'homme eut un sourire malicieux et familier. « Fais-moi confiance. »

Pour une raison inconnue, ces mots tombèrent au creux de l'estomac de Khalid. « Giacomo… », dit-il comme une supplique.

Giacomo se contenta d'éclater de rire en lui prenant la main. « Debout, Yazid. »

Khalid le regarda, intrigué. « Ce n'est pas mon… »

Quelque chose heurta le visage de Khalid, assez fort pour perturber tout son univers. Il roula sur le côté, sa tempe percutant un objet dur et en bois. Son cœur battait à tout rompre. Il avait envie de vomir. Il avait des palpitations dans le bras. Tout son corps était une tempête de douleur.

« Il est réveillé. »

Khalid n'était pas sûr que ce soit vrai. Il entendait encore l'océan.

« Qu'il se lève. »

Khalid fut obligé de se mettre à genoux, puis debout. Au prix d'un effort non négligeable, il parvint à ouvrir les yeux.

Il faisait quasiment nuit noire. La seule lumière venait d'un mince croissant de lune et d'une poignée d'étoiles floues qui dansaient paresseusement au-dessus de lui. Il ravala sa nausée.

Il était loin de tout océan, qu'il soit tunisien, génois ou autre. Non, il était à l'arrière d'une charrette, sur les rives marécageuses de l'Arno. Plissant les yeux à travers les ondes de douleur, Khalid put discerner une épaisse ligne d'arbres qui s'incurvait à quelques mètres du fleuve, créant une baie tranquille, isolée. À cette vue, des souvenirs lui revinrent à l'esprit, mais chaque fois qu'il tentait de rassembler ses pensées, elles se dispersaient dans un millier de directions confuses.

Il n'y avait aucun signe de vie. À part l'arbalète qui lui creusait le dos.

« C'est un vilain bleu. » Il n'eut pas besoin de voir le visage de l'homme pour reconnaître son ton satisfait. La main de Vieri était lourde et brutale sur l'épaule de Khalid. « Tu as emmerdé quelqu'un ?

— Arrête tes conneries ». Quand le sergent Bianci apparut, Khalid sentit la déception lui nouer la poitrine. Le sergent n'avait plus rien de sa camaraderie habituelle ; il avait à présent les yeux noirs et moroses, et laissait pendre son arbalète au bout d'un bras. « Fais-le descendre, ordonna-t-il.

— Que faites-vous ? » Khalid eut l'impression que sa bouche était pleine de coton.

« Quelle question ! croassa Vieri, en poussant Khalid pour qu'il s'avance vers le rivage. Toi le conspirateur, tu as le culot de nous demander ce que *nous*, nous faisons. »

Lorsqu'il tomba à terre, le bras droit de Khalid envoya une onde de douleur à travers le reste de son corps. Il se rattrapa de justesse à la charrette alors que le monde se dérobait sous lui.

« Sergent, dit-il en obligeant ses lèvres et sa langue à coopérer. Qu'est-ce que ça signifie ? » Bianci refusait de croiser son regard. Khalid réessaya. « Vous n'avez pas l'autorité… »

Vieri ricana. « L'autorité, c'est nous. Qui d'autre ? Les gardes de la ville ? Ils ne seront bientôt plus là. » Il sauta de la charrette pour dominer Khalid de toute sa hauteur. « Un ami à toi m'a rendu visite. Il m'a *tout* raconté sur toi. »

L'une des mains de Khalid était engourdie. L'autre n'était qu'une masse confuse de tourments. Les cordes étaient trop serrées autour de ses poignets. « Quoi ?

— Eh ouais, s'exclama gaiement Vieri. Apparemment, tu nous as raconté un tas de mensonges ! On a été bien étonnés de l'apprendre. Bianci surtout, puisque, vois-tu, c'est lui qui s'était donné du mal pour te faire engager dans la garde. Je pense que ça l'a blessé.

— Je ne vous ai jamais menti, mentit Khalid. Je vous jure…

— Ah oui ? Donc le nom de "Traverio" ne te rappelle rien ? Et Gênes ? Tu es déjà allé à Gênes ? »

C'est la mention du nom du signore Traverio qui réveilla ses souvenirs. Khalid regarda à nouveau autour de lui. L'Arno était presque noir sous le clair de lune. Un peu plus loin, une grande barque avait été remorquée sur la berge. Une bâche était drapée par-dessus.

Il Rifugio. C'était le nom de cette crique. Un débarcadère de contrebandiers, que les associés du signore Traverio avaient plusieurs fois nommé dans leurs rapports. Mais cette information n'était désormais plus d'aucune utilité.

« Je prends ça pour un non, dit Vieri. On va essayer un dernier nom. Au cas où il te rappellerait quelque chose. » Il vint se placer exactement face à lui. « Khalid al-Sarraj.

— Arrête tes conneries, grogna Bianci. Finissons-en.

— Très bien, très bien », grommela Vieri. Attrapant à pleine main le col de Khalid, Vieri le poussa vers le fleuve, à travers la rive marécageuse. Khalid, qui ne tenait pas très bien sur ses jambes, ne put résister.

Vieri et Bianci avaient découvert sa véritable identité. Au lieu de le dénoncer au capitaine Romano, et de peut-être compromettre leur propre gagne-pain, ils avaient décidé de régler eux-mêmes ces complications. « Tiens, dit Bianci en désignant un rocher plat au milieu d'une touffe de roseaux. Mets-le là.

— Tu as entendu le sergent », renchérit Vieri. Son sourire avait trop de dents. « À genoux. »

Khalid n'obéit pas. « Cet "ami". C'était celui dont tu m'as déjà parlé ? »

Bianci devenait de plus en plus blême. « À *genoux*, ordonna-t-il entre ses dents.

— Si je dois mourir, j'aimerais savoir qui je dois remercier pour ça. »

Vieri roula des yeux. « Un petit gars. Sec. Tatoué. Ça répond à ta question ? »

Cela faisait plus que répondre à la question, et Khalid en eut tout le sang glacé. Il sentit à peine la pointe de l'arbalète de Vieri le piquer. « Ne m'oblige pas à te le redemander. »

Khalid capitula, l'esprit encore en proie au choc. Si Marino avait parlé de lui à Vieri et Bianci, que leur avait-il révélé d'autre ? Que *savait-il* d'autre ? Qui d'autre était en danger ? Le signore Traverio savait-il ce qui était en train de se passer ?

« Mes associés vous le feront payer », menaça Khalid en levant les yeux vers les deux gardes.

Vieri ricana, mais Bianci parut troublé. « Terrifiant, fit le premier. Mais c'est de toi qu'on s'occupe. Dès demain, le Palazzo Medici sera une forteresse. Contrôle aux portes, sentinelles, fouilles... Personne n'y entrera, pas même tes amis. Si jamais ils survivent à cette nuit, de toute façon.

— *Si...*

— Assez », aboya Bianci. Vieri lui adressa un salut sarcastique et recula. Soudain, malgré l'insubordination de l'un et le malaise de l'autre, ils formaient un front uni. Même leurs visages se fondirent en un seul, fixant Khalid avec une cruauté impassible.

« Khalid al-Sarraj, proclama Bianci. Tu as été jugé coupable de trahison envers la famille Medici. Tu es donc relevé de tes fonctions et condamné à mort. Dieu ait pitié de toi.

— Ou pas », compléta Vieri. Et comme un seul homme, les deux gardes mirent leur arbalète en joue.

Un bruit de torrent résonna dans les oreilles de Khalid. Pendant un instant, il crut que c'était la musique, si chère à son cœur, des vagues de l'océan. Le sol tanguait sous lui, en rythme avec la houle.

Puis vint la panique. L'adrénaline lui enroba la langue d'une amertume cuivrée, et il comprit que ce n'était pas du tout l'océan qu'il entendait. C'était le martèlement de son propre cœur, un tambour battant très vite pour l'avertir qu'il était sur le point de mourir. Il était sur le point de mourir, et par sa propre faute.

Ses pensées frissonnaient et criaient, se pourchassant à travers son crâne. *Tu as échoué. Tu as essayé de sauver ta famille, au lieu de quoi tu l'as condamnée. Tu mourras ici, à des centaines de kilomètres de ton pays. Personne ne viendra jamais te chercher, et encore moins te venger. Tu as entrepris seul ce voyage stupide, et tu le termineras seul…*

Pourquoi ne te ferais-je jamais les poches ?

Giacomo…

À toi de deviner.

Non. Il n'était pas à la dérive. Il y avait sous lui des rochers solides, qui lui déchiraient les genoux. Et surtout, il y avait des gens qui l'attendaient, dans un moulin situé un peu plus loin sur les bords de l'Arno, et de l'autre côté de l'océan, dans une maison de Tunis, blanchie à la chaux. Il n'avait encore trahi personne. Il n'était pas seul. Et il n'était peut-être pas un imbécile.

Confiance, avait dit Giacomo. *Fais-moi confiance.*

Il n'aurait qu'à survivre assez longtemps pour se le prouver.

Les arbalètes lâchèrent leurs carreaux, mais Khalid bougeait déjà. Il roula vers la gauche, maintenant son poids sur son épaule valide, avant de se redresser. L'une des flèches avait manqué sa cible – Khalid ignorait si c'était celle de Vieri ou de Bianci –, mais l'autre érafla le bas de ses côtes, traçant une ligne de feu sur sa peau. Khalid vacilla un instant, les dents serrées, alors que la douleur menaçait de le rendre inconscient. Mais la brume devrait attendre.

Vieri et Bianci étaient bouche bée, incapables de réagir. Khalid en profita pour se jeter sur Vieri, lui faisant tomber l'arbalète des mains. Aussitôt après, il enfonça son épaule dans le ventre de Bianci, le projetant au sol. Le sergent, ramolli par des années de beuveries et de coucheries, s'effondra. Khalid s'élança pour lui prendre sa dague et, sans perdre de temps, s'en servit pour trancher ses liens…

C'est alors qu'un bélier heurta son flanc.

Khalid mit un genou en terre. Quelqu'un avait aspiré tout l'air du monde. Il ne pouvait plus respirer, il avait le bras en feu et quelque chose craquait dans sa poitrine…

Vieri se planta face à lui, rangeant une matraque dans sa ceinture. « C'est fini », dit-il. Il releva son arbalète et visa Khalid. « Maintenant, tu vas disparaître, et personne ne… Qu'est-ce que tu fais ? »

Khalid se remettait debout. Son bras pendait sur le côté, inutile. Il n'y avait nulle part où s'enfuir, pas avec cette arbalète devant lui et le fleuve derrière lui.

S'étonnant lui-même, Khalid sourit.

« Va en enfer », dit Vieri avant de tirer.

Khalid al-Sarraj bascula à la renverse dans l'Arno et disparut.

31

ROSA

Le chemin était toujours long jusqu'au nord de la ville, mais il semblait particulièrement long ce soir-là, avec Dominic sur ses talons. Le grouillement de la foule rendait sonore le silence entre eux – insupportablement bruyant, assourdissant.

Dominic fut le premier à le rompre, s'éclaircissant la gorge. « J'ai peur de parler. »

Rosa lui jeta un coup d'œil oblique. « Moi aussi.

— Je ne veux pas me disputer.

— Si nous nous disputons, vous n'aurez qu'à me demander à nouveau pardon.

— Je ne veux pas demander pardon.

— Alors ne nous disputons pas. »

Dominic marmonna quelque chose qui ressemblait à « Ça commence bien. » Rosa choisit de ne pas l'entendre.

« Donc. Votre mère est artiste. Vous aimez les *lampredotti*. Vous venez de…

— Chiusi, répondit Dominic.

— Vous êtes loin de chez vous. Votre ville natale vous manque ? »

Il eut un sourire attendrissant. Rosa mit un peu trop de zèle à nettoyer ses mains du reste de graisse du *lampredotto*. « Tout le temps.

— Pourquoi n'y retournez-vous pas ?

— C'est ce que je prévoyais de faire, une fois mon apprentissage terminé. Mais maintenant… je ne sais plus. Qu'irais-je faire à Chiusi ? C'est un village tellement minuscule. Il faudrait que… que je trouve un marchand de fromage prêt à prendre des risques avec un apprenti de mon âge. Je passerais le restant de mes jours à vendre du pecorino sur la place du marché.

— Vous ne peindriez plus ?

— Personne n'a besoin de fresques à Chiusi. Surtout venant d'un artiste médiocre.

— J'ai vu votre travail. Vous n'êtes pas médiocre.

— Ah, mais ce n'est pas *mon* travail. Je peux copier tous les autres peintres comme pour la fresque de la chapelle des Mages. Je peux la reproduire si bien que vous ne feriez jamais la différence entre leurs traits de pinceau et les miens. Mais quand il s'agit de *créer* quelque chose… » Il haussa les épaules avec effort. « Pas étonnant que Maître Michelangelo désespère de moi.

— Il désespère de tout le monde.

— Peut-être. » Il secoua la tête, comme pour chasser ce sujet de conversation et l'abandonner derrière eux dans la rue. « Et vous ? D'où venez-vous ? »

Elle n'aurait pas dû être prise au dépourvu par cette question. Elle pouvait mentir, elle *devait* mentir, elle lui mentait depuis qu'elle l'avait rencontré. Mais à cause de sa destination et de ce qui planait à l'horizon, il lui fut impossible de trouver le nom d'une ville, de n'importe quelle ville à travers le monde.

Elle était restée trop longtemps muette. Dominic lui donna un coup de coude. « Allons. À part le fait que Maître Michelangelo est votre oncle, je ne sais rien de vous.

— Le *lampredotto*, réussit à dire Rosa.

— Le *lampredotto* ne compte pas.

— Assisterez-vous au banquet du pape, demain ? »

Dominic haussa les sourcils. « Ça, c'est un sujet neutre, selon vous ?

— Dominic, nous pourrions nous disputer à propos de la couleur du ciel. »

Il sourit. « Pour être franc, c'est le genre de question que vous ne devriez jamais aborder avec un artiste. »

Quelqu'un rit, et Rosa fut surprise de comprendre que c'était elle. Le son montait du fond de sa gorge pour pétiller jusqu'à ses lèvres. Le sourire de Dominic s'élargit et il baissa les yeux, content de lui.

« J'y serai, dit-il. Le pape a été satisfait de mon travail dans la chapelle, et je bénéficie donc d'une invitation. Je suppose que… cela vous inspire une réflexion ? »

Cela lui inspirait un million de choses, en fait. Mais lorsqu'elle ouvrit la bouche, la seule chose qui en sortit fut : « Nous sommes arrivés. »

L'église de Santo Stefano in Pane n'était pas un bâtiment impressionnant, du moins de l'extérieur. Elle était vautrée parmi ses voisins, vestige d'une autre ère, dans une ville faite de vestiges d'autres ères. Il était difficile de voir le toit qui penchait, les colonnes qui s'effritaient, les mosaïques qui se descellaient, sans les comparer à la blancheur éclatante du Duomo, dominant fièrement à seulement quelques kilomètres d'ici. Rosa avait appris de… Rosa avait appris que l'église était construite sur les fondations d'une ruine romaine remontant à l'Antiquité. C'était bien l'impression qu'elle donnait, marquée par les siècles à la manière des choses très anciennes.

Elle avait les mains moites. Rosa avait repoussé ce moment depuis qu'elle avait remis les pieds à Florence. *Trop longtemps, trop longtemps, désolée, désolée…*

Elle poussa la porte de l'église, sans perdre un regard pour vérifier si Dominic la suivait.

Malgré le chaos des rues, le temps s'était arrêté dans cet édifice. Les bancs, l'autel, les fenêtres… Les années les avaient épargnés, préservant tout tel que dans la mémoire de Rosa. Il y avait la fresque du saint qui louchait, il y avait cet endroit où le pavage était abîmé, sans que ce soit du tout sa faute à elle, il y avait le banc où elle était restée prostrée, les mains jointes, trop épouvantée par les histoires des fantômes de centurions romains pour oser lever les yeux…

Quand elle y venait jadis, l'église était pleine de fidèles adressant des prières chuchotées à la croix dorée suspendue au-dessus d'eux. À présent, la soirée était si avancée que l'endroit était silencieux.

La porte se ferma derrière Dominic, qui prit le temps d'observer la nef vide. « Je pensais que vous deviez voir quelqu'un ? »

Rosa redressa les épaules. « Par ici. »

Leurs pas résonnèrent entre les murs de pierre froide alors qu'elle le guidait dans une aile de l'église. Un petit autel se trouvait sur la gauche, exactement comme dans son souvenir. Il était aussi sobre que le reste du bâtiment, mais – à moins que ce ne soit seulement dans l'imagination de Rosa – il possédait une certaine gravité. Une peinture était accrochée au mur, entourée de chandelles crachotantes et de fleurs fanées. Dans le cadre doré écaillé, un homme les regardait. Il était jeune, les yeux sérieux, ses cheveux bouclés suffisamment hirsutes pour lui dessiner une seconde auréole.

Rosa se glissa sur un banc et leva son visage vers lui.

« Ma mère m'amenait toujours ici, chaque fois que nous venions à Florence. » Ses mots remplissaient les coins de l'église déserte, où le silence créait un écho. « À cause de lui. saint Étienne. C'est probablement… Il pourrait être l'un des saints de votre maître.

— Le patron des artistes ? » Dominic s'affala à côté d'elle sur le banc.

— Des maçons.

— Si Michelangelo vous entendait le traiter de maçon…

— D'après ma mère, tant que nous avions une église portant son nom à proximité, nous n'étions jamais loin de chez nous.

Dans toutes les villes que nous traversions, où que nous étions, nous trouvions toujours l'autel de saint Étienne le plus proche et nous y allumions un cierge. » Se penchant en avant, Rosa prit l'une des bougies. « Saint Étienne est aussi le saint patron d'une ville nommée Prato. » Elle porta la flamme contre la mèche noircie d'une autre chandelle et regarda grandir la lueur dorée. « Vous m'avez demandé d'où je venais. Eh bien… voilà d'où je viens. »

Elle sentit Dominic s'immobiliser à côté d'elle. « J'ai entendu parler de Prato. »

Le sourire de Rosa était froid. « C'est normal. Même à Chiusi. »

La cathédrale Santo Stefano à Prato avait été tellement semblable à cette petite église, et pourtant si différente. Quand Rosa était enfant, elle imaginait que Dieu en personne avait fait surgir cet édifice, puisqu'il était certainement impossible qu'un homme puisse construire des plafonds aussi hauts ou peindre des fresques aussi magnifiques…

Un jour, elle avait commis l'erreur de dire cela à sa mère. Lena ne s'était pas mise en colère – Lena Cellini n'était jamais en colère contre sa fille. Mais elle avait eu un air inhabituellement sérieux lorsqu'elle avait pris Rosa par les épaules.

« Écoute-moi, avait-elle dit. Il n'y a rien d'assez "impossible" en ce monde pour que Dieu doive s'en charger. Il y a simplement des choses que les gens très intelligents n'ont pas encore faites. »

Rosa avait été ébranlée en entendant ce blasphème sortir de la bouche de sa mère. Mais elle n'avait jamais pu renoncer à l'idée qu'un endroit aussi beau que la cathédrale doive avoir quelque chose de magique. Même lorsqu'elle voyageait en compagnie de sa mère, apprenant comment fonctionnait ce monde tordu, elle s'était accrochée à cette conviction. Souvent, elle s'introduisait dans ce bâtiment après avoir achevé une mission avec Lena – non pas pour prier, mais pour profiter de cette atmosphère, pour se sentir en sécurité, entourée de quelque chose... d'incorruptible.

C'était pourquoi elle s'était cachée là quand l'armée avait marché sur la ville.

« C'était il y a cinq ans, commença Rosa, retournant entre ses mains son deuxième *lampredotto*. Durant les derniers jours de la République. Prato était... c'était... »

Calme. Tranquille. Trop petite, parfois, pour une Rosa âgée de 12 ans. *Sa maison*.

Dominic n'insista pas, mais elle sentit sa chaleur lorsqu'il se rapprocha d'elle. « Prato a été envahie, acheva-t-elle. Par les Catalans. Ils ont pris la ville en moins d'une journée. »

Il y avait eu des avertissements, bien sûr. Rosa se rappelait le vieil homme qui murmurait dans la rue. Les vitrines avaient été brisées. Des mères avaient gardé leurs enfants à l'intérieur. Mais très peu étaient *partis*. Pourquoi l'auraient-ils fait ? Ils avaient le pouvoir de l'armée florentine pour les protéger. Les larges ailes de la République abriteraient Prato, ainsi qu'elles le promettaient depuis près de deux décennies.

Mais les forces florentines qui leur avaient été envoyées n'étaient qu'un squelette d'armée. De quoi dissiper la culpabilité de la République, qui gardait ses soldats à portée de main pour assurer sa propre protection. Et quand cette réalité devint claire, l'armée des Catalans était à leur porte.

Rosa s'était cachée dans la cathédrale.

« Il n'y a pas eu de bataille, dit-elle, sans savoir si elle s'adressait à Dominic ou au regard peint de saint Étienne. Quoi qu'on ait pu vous raconter. Les soldats florentins – le peu qu'il y en avait – sont morts vite. Tout comme le reste des habitants. »

Pendant quelques heures, la cathédrale avait semblé offrir l'asile que Rosa avait pensé y trouver. Le bruit des combats et des meurtres filtrait à travers les fenêtres, l'odeur du sang s'y insinuait, l'ombre des soldats défilait dans la rue. Mais aucun des hommes n'avait eu l'envie de profaner ce sanctuaire. Rosa s'était blottie avec des dizaines de femmes et d'enfants, s'efforçant de faire taire un nourrisson et évitant résolument de penser que Lena aurait déjà dû être venue la chercher.

La paix n'avait pas duré. Elle n'aurait jamais pu durer. Rosa avait été à peine surprise quand les portes de la cathédrale avaient été enfoncées, laissant entrer un flot de soldats. Avec un calme détaché, elle les avait regardés lui prendre des mains le petit enfant qui lui avait été confié, arracher des murs les tapisseries et les bobèches dorées, incendier les fresques qui lui avaient toujours parlé de Dieu. Sous les hauts plafonds – une merveille – avaient résonné les pleurs et les cris…

Encore maintenant, assise dans la petite église d'une grande ville, Rosa avait dans le nez l'odeur de la fumée. « Ils ont pillé la ville. Ils ont brûlé, violé, assassiné. Cinq mille morts en une journée. »

Dominic avait la voix rauque. « Mais vous avez survécu. »

Elle ne l'avait pas voulu. Mais elle avait passé assez de temps dissimulée dans la cathédrale de saint Étienne pour en connaître les issues secrètes, et alors que son esprit était sous le choc, son corps avait réfléchi à sa place. En l'espace d'un clin d'œil, Rosa s'était retrouvée dans une ruelle voisine de la Piazza del Duomo, luttant pour respirer à travers la fumée tourbillonnante.

Les hurlements avaient été réduits au silence depuis longtemps, et un calme étrange s'était installé. Les seules voix venaient de quelques rues plus loin. Rosa comprit quelques mots, grâce au peu de catalan qu'elle connaissait, mais les rires tapageurs la renseignèrent mieux que ne l'aurait fait une traduction exhaustive. Le cœur battant, elle avait reculé dans la ruelle, s'adossant au mur, sentant les bosses de la pierre s'enfoncer dans sa colonne vertébrale…

« *Rosa !* »

Seules ses années d'entraînement aux côtés de sa mère avaient évité à Rosa de sortir de son corps au moment où elle entendit murmurer son nom. En levant les yeux, elle avait vu deux yeux noirs familiers – aux contours rougis, par la fumée ou par les larmes – qui l'observaient du haut du toit.

« Maman ? » avait-elle croassé.

Le sourire de soulagement de Rosa Cellini aurait pu illuminer le monde. « Viens, ma fille. Il est temps de nous mettre en route. »

Quand Rosa et Lena s'étaient frayé un chemin sur les toits de Prato, il leur avait été étonnamment facile d'éviter de se faire remarquer par l'armée catalane. Lena se déplaçait au-dessus du chaos comme si elle faisait sa promenade du soir, comme si mère et fille prenaient l'air, en cette nuit d'été. Chaque fois que Rosa avait glissé, sa mère avait été là pour l'empêcher de tomber. Chaque fois que Rosa avait hésité, elle lui avait offert un sourire d'encouragement. Avec le soutien de Lena, il avait été presque possible d'ignorer le carnage qui se déroulait en contrebas.

Elles n'avaient cessé de marcher qu'une fois arrivées aux portes de la ville. Lena s'était mise à plat ventre sur le dernier toit, pour inspecter les impressionnantes murailles d'un air désinvolte. Rosa s'était allongée à côté d'elle, tâchant d'imiter le calme de Lena, alors même que son cœur lui martelait les côtes.

« On y est presque, avait chuchoté sa mère. Tu entends ça ? »

Rosa avait fermé les yeux pour écouter. Il avait fallu un moment pour faire abstraction du bruit du pillage, mais quand elle y était parvenue… « Le fleuve ! »

Lena avait souri. « Tu es prête à nager ? »

La descente du toit avait plutôt ressemblé à une chute contrôlée, mais Rosa avait réussi à ne rien se casser. Elle s'était bientôt trouvée à côté de sa mère au pied du mur, puis l'avait regardée se hisser habilement jusqu'au sommet crénelé. Lena s'était accroupie, le temps de reprendre son équilibre, avant de lui tendre la main…

Rosa n'oublierait jamais la pâleur soudaine de son visage.

Six soldats étaient apparus au bout de la rue. Ils ne marchaient plus à l'unisson – ils étaient comme *agrandis* par la soif de sang ou par le vin – mais ils avaient aussitôt repéré Lena en haut du mur. L'un d'eux avait crié quelque chose que Rosa n'avait pu comprendre...

Et tout à coup les soldats s'étaient rués vers elles. Rosa était restée pétrifiée, incapable ne serait-ce que de respirer...

« Grimpe, grimpe, grimpe », avait-elle entendu sa mère ordonner, et sa mémoire musculaire l'avait poussée à lever machinalement les mains. Ses poignets avaient été saisis par la poigne énergique de Lena, et elle avait été hissée en l'air, soulevée, puis étendue sur le sommet du mur à côté de sa mère.

Les cris des soldats s'étaient amplifiés, venus de toutes les directions. D'autres renforts étaient en route. Rosa n'avait pu détacher son regard des hommes qui se pressaient en bas, dans la rue. Elle n'avait pu s'empêcher de remarquer le scintillement écœurant de leurs arbalètes... et la silhouette qui se pavanait derrière l'armée, d'un pas de sénateur, éclairée à contre-jour par le coucher du soleil.

« Il faut que tu partes, Rosa », lui avait dit Lena. Ses mots étaient étouffés. Ils ne parvenaient pas à se frayer un chemin dans les oreilles de Rosa. « Pars. Maintenant.

— Mais... et toi ? avait bégayé Rosa, contemplant toujours la silhouette qui s'avançait.

— Je serai juste derrière toi », avait répondu Lena. Elle avait le visage sérieux, plus sérieux que lorsqu'elles étaient sur les toits, plus sérieux encore que lorsqu'elle avait prononcé son sermon sur l'ingéniosité humaine. « Mais il faut que tu partes. »

Rosa regrettait maintenant de ne pas avoir regardé sa mère avant de tomber, poussée à la renverse dans les eaux du Bisenzio. Elle avait préféré observer la rue et la silhouette étonnante qui venait d'entrer dans un cercle de lumière. Elle n'avait pu que l'apercevoir, mais la lueur des torches avait suffi à illuminer le rouge vif de ses habits – la robe d'un cardinal – et un visage qu'auraient reconnu tous ceux qui avaient grandi dans l'ombre de la république florentine.

C'est cette image qui s'était gravée sous ses paupières alors qu'elle percutait la rivière.

Le Bisenzio était violent, gonflé par les pluies de l'été, mais Rosa était une nageuse vigoureuse. Lorsqu'elle avait refait surface, elle avait constaté qu'elle était seule – pas de Lena en vue. Trop effrayée pour la héler, elle avait surtout tâché de respirer, dans le crépuscule qui s'épaississait.

Lena était encore accroupie en haut du mur. Mais alors que le courant entraînait Rosa, elle vit quelque chose qui la glaça.

Deux carreaux d'arbalète étaient plantés dans la poitrine de sa mère. Elle les tenait dans ses mains, sous le choc ou à cause de la douleur et, sous les yeux de Rosa, une troisième flèche avait surgi de l'obscurité pour se ficher entre les deux premières.

Le sanglot muet qui avait déchiré la gorge de Rosa était à peine humain. Elle s'était débattue contre la rivière, tentant de revenir à la nage vers la ville, vers sa mère, vers le naufrage de tout ce qui avait formé son enfance...

Mais la tête de Lena s'était tournée. Même dans le noir, *fait impossible,* ses yeux avaient trouvé ceux de Rosa. Elle avait esquissé son sourire familier. Elle avait secoué la tête, une seule fois. Et elle s'était écroulée, retombant dans la sauvagerie de Prato soumise au carnage, invisible pour Rosa.

La force de ce souvenir l'aspirait presque autant que le courant de la rivière. Il lui fallut un long moment pour s'y soustraire, chassant ces images terribles, jusqu'à ce qu'elle soit à nouveau assise sur un banc de la minuscule église, refoulant ses larmes et tenant un *lampredotto* gras à côté de Dominic Fontana.

Elle s'essuya les joues avec colère. « Je n'aurais pas dû m'en sortir, dit-elle brusquement à Dominic. Ma mère n'a pas survécu. » Le tremblement de sa main l'agaçait alors qu'elle essayait de déposer le pain farci devant saint Étienne. « Elle aussi, elle aimait la recette de la signora Carlotta.

— Je... Je suis désolé, Rosa. »

Finalement, Rosa accepta de se placer face à lui. Ce récit l'avait affligé. Dans sa longue liste de priorités, Rosa tenait soudain avant tout à ce qu'il *comprenne.*

« Cinq mille vies innocentes, répéta-t-elle. Savez-vous pourquoi ?

— Peut-il y avoir une raison à un tel massacre ?

— Oui. Les soldats qui ont envahi, tué et pillé étaient des Catalans. Mais ils étaient là *parce que la famille Medici les avait recrutés*. Je l'ai vu, Dominic. Giovanni de' Medici. Votre pape. Quand il n'était encore que cardinal, il a conduit les soldats à Prato. Et si vous lui demandez, il vous répondra que ce carnage avait pour but de “préserver la paix”. » Rosa éclata de rire. « Quelle blague. Le seul désordre existant à Prato, c'est celui qu'ils ont créé. Mais vous savez ce que Florence a fait après la destruction de Prato ?

— Ils ont mis fin à la République, dit Dominic d'une voix faible.

— Prato a servi d'exemple. Et le message a été très clairement reçu. Florence a accueilli à bras ouverts le retour de la famille Medici. Finie la liberté, il n'y avait plus que la cupidité. » Son sang était en feu dans ses veines. « Pour la famille Medici et leur avarice, Prato a brûlé. »

Le regard de Dominic était plein de douceur et de tristesse. Ses lèvres, entrouvertes pour présenter des excuses silencieuses, exprimaient les mêmes sentiments. Les mots semblaient lui manquer pour ce qu'il aurait voulu dire.

« Je… », commença-t-il, mais la porte de l'église claqua bruyamment. Rosa se tordit en arrière sur le banc, prête à dévisager l'intrus…

Alberto Spinelli, le pire cerveau criminel au monde, s'avançait dans l'aile. Il lui fit signe, la bouteille verte serrée dans son poing répandant du vin sur les dalles.

« C'est toi », souffla-t-il.

Une pierre sombra au fond de l'estomac de Rosa. *Merde*.

32

SARRA

Sarra entendit à peine le *clic* de la porte se refermant derrière le dernier des… amis, invités ou complices de son frère. Elle était trop abasourdie par le sifflement apeuré de ses oreilles. Elle ne pouvait détourner les yeux du papier, des formules telles que *la corruption des Medici* et *Retour à la liberté !* qui aggravaient encore sa panique.

Pietro l'observait toujours, impassible. C'en était trop. La vue de cette presse, symbole de la vie qu'ils avaient construite ensemble, c'en était trop. « Je monte », articula-t-elle entre ses dents. Elle recula jusqu'au fond de la boutique et gravit l'escalier menant à leurs chambres.

Elle serrait encore la page entre ses mains, et lorsqu'elle atteignit leur cuisine, elle la plaqua sur la table. Pietro entra après elle, et ils furent alors seuls, face à face comme deux inconnus dans le foyer qu'ils avaient créé ensemble. Le silence s'étirait entre eux. Mais plus qu'auparavant, ce silence était lourd. Il avait un poids.

Un poids peut-être suffisant pour les briser.

« Je ne comprends pas, dit-elle lentement, à quoi tu pouvais bien penser, au nom du ciel. »

Les lèvres de Pietro formaient un trait obstiné sous sa barbe. « Tout ce qui est écrit là-dessus est vrai. » Il ne la regardait pas. Il ne regardait certainement pas la table de la cuisine, où l'encre était encore humide sur l'affiche froissée. VIVA LA REPUBBLICA FIORENTINA. Ça aurait aussi bien pu être un message de suicide.

Elle avait l'impression que le haut de sa tête allait éclater. « Peu importe que ce soit *vrai*, Pietro, tu seras accusé de *trahison*. Que prévoyais-tu ? Toi et cette poignée de rien-du-tout, certains sont même des enfants ! Et tu te sers d'eux pour prendre la ville d'assaut ?

— Je ne voulais pas que Gio et Cat soient impliqués. Mais une fois qu'ils ont appris que nous…

— Deux *gamins* ont découvert ta société séditieuse. Et tu crois vraiment que les autorités n'arriveront pas à remonter jusqu'à toi ? Combien de presses d'imprimerie y a-t-il dans cette ville ? Je parie qu'on peut les compter sur les doigts des deux mains.

— Il faut bien que quelqu'un s'oppose à la famille Medici.

— Et tu le fais avec des *tracts*. » Quelques autres pièces du puzzle s'emboîtèrent et Sarra vacilla. « Seigneur, l'émeute. Elle a éclaté quand un gamin a été surpris en train de coller *tes affiches*. C'est *toi* qui l'as déclenchée…

— J'étais censé les laisser tuer Gio ?

— Est-ce que tu avais besoin de mettre le feu à la ville pour le sauver ? »

Il eut la décence de prendre un air penaud. « Nous avons peut-être été dépassés par les événements. Mais les gens sont *en colère*. Tu sais ce qui se prépare dans le nord ? Certains veulent s'affranchir entièrement de l'Église…

— Il y en a toujours qui veulent s'affranchir de l'Église…

— Pas comme ça. Le pape Medici nous tient en laisse avec ses indulgences, et il nous conduit droit en enfer pour servir son propre pouvoir et sa propre richesse…

— Tu n'es plus à ton université ! cria Sarra. Tu ne peux pas alimenter la sédition, simplement parce que les débats théologiques te manquent ! » Il ne la regardait toujours pas. « Pietro. *Écoute-moi.* »

Il finit par lever ses yeux brûlant de frustration et de douleur. « Non. Je n'écoute plus. J'ai envie de *parler*. Où étais-tu ce soir ? »

Les épaules de sa sœur se tendirent. « Je *travaillais*… »

Pietro aboya un rire amer. « Pour les de' Baldi, c'est ça…

— Pendant que tu t'attachais dans le dos une cible pour le peloton d'exécution des Medici.

— N'oublions pas la tienne, de cible, répliqua Pietro. À moins que tu ne me prennes pour un imbécile.

— Bien sûr que je ne te prends pas…

— Tu me traites comme un imbécile. Rosa Cellini est en ville, tu sors à toute heure du jour et de la nuit, vêtue de vieux habits à moi, et tu as des secrets ? Sérieusement, Sarra ? Ou bien dois-je t'appeler la Bricoleuse ? J'ai parfois du mal à me souvenir. »

Sarra resta muette. Parce qu'il avait raison, au fond. Tous ses prétextes lamentables… Il était insultant de croire qu'elle ait pu le berner un seul instant.

Leur père avait toujours répondu franchement aux questions de Pietro. Peut-être en partie parce que la famille Nepi n'était pas douée pour le mensonge.

« J'ai peur pour toi », voilà ce qu'elle réussit finalement à dire. Des larmes lui piquaient les yeux, mais elle les refoula. « J'ai… J'ai simplement peur pour toi.

— Oui, eh bien, moi aussi, j'ai peur pour toi. »

Il se dirigea vers le buffet et prit deux coupes. Un instant après, croyant qu'elle allait se décomposer entièrement, Sarra prit une bouteille de vin et les remplit.

Ils burent.

« Depuis combien de temps es-tu au courant ? » demanda Sarra.

Il rencontra son regard par-dessus sa coupe de vin. « J'ai toujours su.

— Mais comment ?

— Comment aurais-je pu l'ignorer ? Tu annonces que tu vas rejoindre papa et les Cellini depuis que tu es capable d'aligner deux mots. Et puis… quand papa est mort et que nos dettes ont commencé à s'accumuler… il ne m'a pas fallu longtemps pour entendre parler de Sarra la Bricoleuse. Je n'ai pas eu de mal à faire le lien.

— Pourquoi n'as-tu rien dit ? »

Dans cette lumière, il ressemblait tellement à leur père. « Et te faire fuir ? Papa n'était plus de ce monde, la signora Cellini non plus. Et Rosa… nous ne savions pas où elle était. Je ne voulais pas perdre ma sœur en plus. Je ne voulais pas que nous nous perdions l'un l'autre. » La lueur de la chandelle se reflétait dans ses yeux, rendus brillants par les larmes retenues. « Et toi, pourquoi n'as-tu rien dit ?

— Je l'avais promis à papa, murmura-t-elle. Il ne voulait pas que tu sois entraîné dans… tout ça. Dans ce que tu détestais tant. » Elle se tamponna les joues avec sa manche. « Je suis désolée. Vraiment désolée. Je ne voulais pas briser ma promesse.

— Tu ne l'as pas brisée, dit Pietro. D'ailleurs, jamais je ne t'aurais demandé de le faire.

— Oui, mais… tu n'as jamais aimé l'idée que papa soit un escroc. Tu rêvais d'une vie paisible. Tu as quitté l'université et toute cette agitation politique. Tu n'aimes pas le chaos.

— Ah non ? » Il frappa l'affiche, et Sarra parvint à rire entre ses larmes. « J'étais heureux de ma vie d'imprimeur. Mais il me manquait l'excitation de l'université. Je pensais que j'arriverais à m'en passer, mais ça me démangeait trop, et… »

Sarra hocha la tête. « Tu adores ça. »

Son frère esquissa un faible sourire. « Ma sœur me manquait. »

De toute leur conversation, pourquoi ces mots furent-ils ceux qui frappèrent le plus Sarra ? Son visage se décomposa. Elle posa son vin sur la table avant que ses mains tremblantes ne le renversent, un sanglot secouant ses épaules. « Ça m'a... Ça m'a manqué, d'être ta sœur.

— Allons... » Pietro faillit faire tomber sa chaise lorsqu'il accourut à son côté, l'enveloppant d'un bras. Elle tourna son visage vers l'épaule de son frère et s'autorisa à pleurer, le laissant lui tapoter la tête, lui accorder son absolution.

« Je ne veux plus n'être qu'une demi-personne, lui déclara-t-elle lorsqu'elle fut capable de prononcer quelques mots sans s'étouffer.

— Moi non plus, dit Pietro. Famille et chaos. Sans ces deux ingrédients, les Nepi ne sont que des fantômes. »

Ils restèrent assis un long moment. Derrière eux, le feu crépitait, des vagues de chaleur emplissant la pièce. Sarra inspira profondément et sentit sa poitrine se relâcher pour la première fois depuis ce qui devait être des années.

« Et Rosa ? finit par demander Pietro. Est-elle un fantôme, elle aussi ? »

Penser à Rosa était douloureux, mais moins qu'une heure auparavant. « Je crois qu'elle en deviendra un si elle n'est pas assez prudente, répondit Sarra.

— Est-elle... en danger ? »

L'es-tu ? était la question sous-entendue. Sarra décida de répondre tout haut, pour changer. « Je m'en sortirai. En un seul morceau, même. Et elle aussi. » Un bâillement à se décrocher la mâchoire l'empêcha de poursuivre, et Pietro ricana à la vue de ses amygdales.

« Tu ferais mieux d'aller te coucher, conseilla-t-il. Je m'occupe du feu. Quelque chose me dit qu'une longue journée t'attend, demain.

— Hmm. » Elle vida sa coupe de vin et se dirigea vers la chambre, dénouant déjà ses nattes. Son cuir chevelu en éprouva une libération dont le besoin était resté inconscient jusque-là, une absence de tension qu'elle ressentit jusque dans l'orbite de ses yeux.

« Sarra ! »

Pietro fit irruption devant elle, le visage réduit à un masque d'horreur grisâtre. « Mais qu'est-ce qui… » dit-elle avant de se mettre à tousser. Il y avait une brume dans l'air, de plus en plus trouble. « La cheminée est bloquée ?

— Il n'y a rien dans l'âtre. C'est en bas. La boutique… c'est la boutique… »

En un clin d'œil, Sarra traversa la cuisine. Elle entendit à peine son frère crier « Non, Sarra… » avant d'ouvrir grand la porte et…

Comment était-ce possible ? Pendant qu'ils se disputaient dans la cuisine, le rez-de-chaussée de la maison était devenu une porte de l'enfer. Les flammes rugissaient, dévoraient tout, ne laissant dans leur sillage que des vestiges calcinés. À travers l'incendie, Sarra distinguait les contours de la presse, squelette dressé au milieu de la fournaise. Comme l'objet était robuste, il ne s'était pas encore écroulé en cendres, mais sous les yeux de Sarra, l'un des montants qui soutenaient la platine s'effondra, projetant sur le sol une pluie de lettres métalliques chauffées à blanc.

La chaleur était inimaginable, montant l'escalier en un mur solide qui souffla en arrière les cheveux de Sarra. Elle se plia en deux, une toux meurtrière menaçant de retourner ses poumons comme une paire de gants, les yeux ruisselant dans la fumée.

« Tiens… » Pietro lui tendit quelque chose d'humide ; un chiffon imbibé d'eau. Elle l'appuya sur son nez et sa bouche, puis descendit les marches, tentant de trouver le moyen – n'importe quel *moyen* – de sauver à tout prix le gagne-pain de son frère.

Sous un déluge d'étincelles et de craquements assourdissants, une poutre se détacha du plafond et tomba dans l'escalier, quelques marches plus bas. Sarra trébucha dans ses jupes et hurla en s'écroulant à la renverse. Pietro la rattrapa dans ses bras et la hissa jusqu'à l'étage.

La chaussure de la jeune femme venait de quitter la dernière marche lorsque toute la structure s'affaissa. Sarra et Pietro se précipitèrent au fond de leur cuisine, fuyant les flammes qui montaient encore plus haut, léchant les murs, le chambranle et le plafond.

D'un coup de pied, Sarra claqua la porte et se mit à quatre pattes. « Fenêtre », gémit-elle, tirant sur la manche de Pietro pour qu'il se lève. « Fenêtre. »

Il acquiesça, les yeux injectés de sang au-dessus du chiffon qu'il avait placé sur sa propre bouche. Ensemble, ils foncèrent vers la petite fenêtre qui donnait sur l'Oltrarno. Les flammes avaient attiré un attroupement qui croissait à chaque seconde, passants et voisins craignant pour leurs propres habitations. L'esquisse d'une brigade de pompiers improvisée, allant de la boutique jusqu'à l'Arno, commençait à se former, mais devant l'ampleur de l'incendie, il était évident qu'il faudrait des heures avant que le feu ne s'éteigne. Les badauds qui s'attardaient encore tentaient d'endiguer la propagation de l'incendie.

Au milieu de toute cette agitation, trois hommes, le chapeau rabattu sur le nez, observaient le spectacle depuis l'ombre d'une porte, à une vingtaine de mètres de là.

Si Sarra n'avait pas toujours vécu parmi les criminels et les escrocs, elle ne leur aurait jamais accordé un deuxième regard. Mais ils étaient trop calmes, trop immobiles parmi l'hystérie générale. Et ils contemplaient le feu comme s'ils... le possédaient.

L'un d'eux était recouvert de tatouages tourbillonnants.

La porte de la cuisine s'écroula dans un bruit affreux, et il y eut soudain beaucoup moins de plancher qu'un instant auparavant. La chaleur des flammes grillait les cheveux de Sarra. Il n'y avait plus de temps à perdre. « Par ici », cria-t-elle d'une voix rauque, gagnant l'autre fenêtre qui s'ouvrait sur une étroite ruelle sordide. D'habitute, ils la maintenaient condamnée, cherchant désespérément à bloquer les odeurs nauséabondes qui s'y infiltraient durant les chauds mois d'été.

Dès qu'elle lui eut donné le signal, Pietro commença à arracher les planches. Il y eut bientôt un espace suffisant pour que même lui puisse s'y glisser. Il forma un étrier avec ses mains et Sarra se hissa par-dessus le rebord. Elle y resta suspendue un instant avant de se laisser tomber sur les pavés. Pietro suivit peu après, dans un atterrissage bien moins gracieux, puis elle l'aida à se remettre debout.

« Disparais, dit-elle. Trouve un endroit sûr où passer la nuit. Je te rejoindrai demain matin.

— Sarra, qu'est-ce… »

Elle lui pressa le bras. « Je te rejoindrai. *Pars.* »

Pietro acquiesça sans un mot, et elle se retrouva seule. Sentant son cœur battre quelque part dans sa gorge, Sarra la Bricoleuse partit au pas de course dans la ruelle, loin de l'imprimerie.

Derrière elle, la vie tranquille de Sarra Nepi se consumait.

33

ROSA

Alberto se faufilait vers Rosa comme un mauvais rêve flou. « C'est toi », répéta-t-il, assez fort pour que ses mots résonnent entre les murs de l'église.

Dominic s'interposa. « Baissez la voix. Ignorez-vous où vous êtes ? »

Mais Alberto était soit trop ivre pour l'entendre, soit trop ivre pour s'en soucier. « Tu es l'amie de Sarra. »

Rosa plissa le front avec élégance. « Vous devez me confondre avec une autre, signore.

— Rosa. Tu t'appelles Rosa. Je te cherche depuis *des semaines*. »

Dominic jeta un coup d'œil à Rosa, perplexe. « Qui est-ce ? »

Alberto s'approchait trop. Elle se leva, défroissant ses jupes. « Je n'en ai aucune idée.

— Tu t'appelles Rosa », insista Alberto. Il empestait réellement. « C'est toi. Je te suis depuis le Mercato Vecchio. »

Si c'était le cas, alors les sens de Rosa avaient vraiment été émoussés ce soir-là. À cause de l'anticipation, de la mémoire, de Dominic, ou des trois à la fois. Elle posa délicatement la main sur la manche de Dominic. « Je pense qu'il est ivre, murmura-t-elle. Laissons-le cuver son vin. »

Alberto ne lui barra pas le passage, mais il ne cessa pas de parler. « Je viens de passer un mois dans les prisons de la ville. À cause du boulot que *tu* as fait échouer. Cette nuit-là, toute mon équipe a été arrêtée, mais toi, tu t'es sauvée. Tu *savais.* »

Entre les sourcils de Dominic se creusa un pli de confusion que Rosa n'aimait guère. « Que savait-elle ? » demanda-t-il.

Alberto agita les doigts. « Elle savait comment ça allait finir. Elle, c'est saint Nicolas. Elle sait comment ça va finir. Eh ! » Rosa était déjà presque à la porte, prête à s'échapper. *Boucle-la, boucle-la.* Mais Alberto n'en finissait pas, braillant de plus en plus fort. « Tu as une dette envers moi ! Tu m'as foutu dans le pétrin et... je ne sais pas comment, mais... tu as *une dette* envers moi ! Tu m'entends ? »

Elle ne l'écoutait plus. Elle avait refermé la porte et s'élançait à grands pas à travers la piazza, remettant au plus tard possible le moment de regarder Dominic en face.

Elle avait réussi à couvrir une bonne distance avant qu'il ne parle. « Rosa. »

Elle ne ralentit pas. Si elle continuait à avancer, elle pourrait peut-être aller plus vite que l'inévitable. Elle se contenta donc de lui adresser un sourire éclatant – celui que sa mère lui avait offert juste avant de la pousser dans le Bisenzio. Celui que, depuis, Rosa arborait chaque jour. « Je n'envie pas cet homme quand les moines le trouveront évanoui sous le crucifix, demain matin.

— Rosa.

— Je pense qu'il y a une taverne sur la piazza suivante, si vous avez encore faim... » Il l'observait comme s'il ignorait qui elle était, mais elle marchait toujours, louvoyant de son mieux. « Allons, Dominic. Vous n'avez tout de même pas pris cet ivrogne au sérieux ?

— Il vous connaissait.

— Je parie qu'il croit connaître un tas de gens.

— Il vous a appelée saint Nicolas.

— C'est ce que j'essaye de vous expliquer : il n'avait pas toute sa tête.

— Saint Nicolas est le saint patron des voleurs. »

Rosa chercha en elle le noyau de force glacée, brûlante et colérique qui vivait entre ses poumons. Elle inspira et, en exhalant, le laissa imprégner tout son corps, l'éclairer, chasser un peu de la confusion qui encombrait son esprit. « Et des marchands aussi. Où voulez-vous en venir ?

— Donc vous êtes marchande ? »

Elle voyait chacun des détails de son visage avec une netteté glaciale ; les fissures de son masque inexpressif, le doute et la blessure qui le survolaient. « Non, je ne suis pas marchande.

— Vous êtes une voleuse », conclut Dominic. Rosa se contenta de le regarder. Il secoua la tête, son calme se brisant entièrement. « Je savais que vous aviez quelque chose de… Je savais que vous étiez…

— Vous ne saviez rien.

— Je reconnais les imitations quand j'en vois. C'est mon métier. Et vous avez *toujours* été une imitation. Êtes-vous seulement la nièce de Maître Michelangelo ?

— Non.

— Le sait-il ? Vous… l'escroquez, lui aussi ? » Il s'éloigna, se passant la main dans les cheveux. « Non. Non, c'est la famille Medici, n'est-ce pas ? Bien sûr. Vous appelez-vous seulement Rosa ? »

Elle sursauta en comprenant que sa force glacée vacillait. À chaque battement de son cœur, elle se retirait un peu plus, tout au fond de son être. Les lieux qu'elle désertait brûlaient douloureusement, comme des doigts qui se réchauffent après être restés trop longtemps dans l'air froid de l'hiver.

C'était la faute de Dominic. Il l'avait persuadée de baisser la garde, et maintenant elle se tenait sur cette piazza comme une *sotte*, aspirant à un calme qui était hors de sa portée.

« Pourquoi croiriez-vous mes réponses, si je suis ce que vous dites ? demanda-t-elle en tâchant de ne pas trembler lorsqu'elle entendit la sauvagerie de sa propre voix.

— Répondez-moi quand même.

— Je m'appelle réellement Rosa. Rosa Cellini. »

Dominic éclata de rire. « Vous avez raison, je ne vous crois pas.

— Je suis née à Prato. Tout ce que je vous ai raconté ce soir est vrai. Tout ce que la famille Medici a fait…

— Eux ne m'ont pas menti. »

Le dégel l'avait rendue vulnérable et cruelle. Elle *souffrait*. Elle voulait le faire souffrir à son tour. « Ils vous mentent tous les jours. Ils vous invitent à leurs banquets, vous promettent la gloire et la fortune. Le prestige. Le mécénat. Mais vous l'avez dit vous-même. Vous êtes un copieur médiocre. Jusqu'où pensez-vous que leur protection puisse vous mener, sans le talent nécessaire ? » Elle se rapprocha de lui. « Savez-vous ce que voit le pape lorsqu'il vous regarde ? La même chose que moi. Un lien avec votre maître. Une cible facile. Une proie. »

Dominic tressaillit. « Pourquoi faites-vous ça ?

— Ils ont assassiné cinq mille hommes, femmes et enfants. Ils ont assassiné ma mère. Ils feront la même chose à tout le monde à Florence, si cela leur permet de conserver leur pouvoir. Ils réunissent déjà de quoi s'acheter une autre armée. Je n'ai rien à dire pour ma défense, signore Fontana. C'est vous qui ne cessez de leur courir après. »

Trahison, colère, frustration, doute… tout cela s'étalait sur le visage de Dominic, à la lumière des torches. Ses propres sentiments se firent un miroir douloureux, et Rosa mobilisa ce qu'il lui restait de sa force glacée afin de garder ses distances.

S'il avait fait un pas de plus, elle aurait été vaincue. Mais Dominic s'inclina simplement. Quand il se redressa, le masque impassible était réapparu. « Au revoir, signorina. »

Les ultimes fragments de glace en elle fondirent et s'évaporèrent à chaque pas de Dominic Fontana. Lorsqu'il eut disparu, elle était cuite, tendre et vulnérable. Et tout était de sa faute, à elle.

Elle prit la fuite.

Il te détourne de l'essentiel, pensa-t-elle. *Il te détourne de* l'essentiel *et tu as couru droit vers lui. Comment as-tu pu imaginer que vous aviez quelque chose en commun ?*

Il pourrait te dénoncer, chuchota une autre voix insidieuse dans sa tête. *Il en sait trop.*

Voilà pourquoi elle s'était choisi un cercle restreint de collaborateurs. Voilà pourquoi sa vie s'était résumée à son travail. Voilà pourquoi elle n'avait pas de place pour une famille. Tout ce qui s'étendait au-delà était synonyme de désastre : soit son projet s'écroulerait, soit elle. Dominic ne pourrait pas… *ne voudrait pas* comprendre.

Ce n'est qu'en entendant le bruit du fleuve que Rosa remarqua qu'elle avait franchi les remparts de la ville. Ses pieds foulaient une luxuriante herbe verte. Scrutant la nuit d'un œil hagard, elle distingua la silhouette du moulin au bout de la rive. Une chandelle était allumée à la fenêtre. Quelqu'un veillait encore.

Il y eut un clapotis dans l'Arno. Rosa s'immobilisa.

Ce n'était pas le bruit du courant. C'était trop gros pour être un poisson ou un oiseau. Autrement dit, la cause devait être un animal ou…

Elle se retourna.

Un corps était étendu dans la partie la moins profonde du cours d'eau. Même dans le noir, Rosa repéra les taches sombres sur les habits. Des habits qu'elle *connaissait.*

« Khalid ? » murmura-t-elle.

Un œil injecté de sang s'ouvrit. Un bras remua.

Dans le fleuve, Khalid toussa. « On a un problème. »

34

GIACOMO

« Tout à l'heure », avait dit Khalid. Giacomo avait jugé cruelle cette promesse qui différait un moment délicieusement inévitable, qui l'obligeait – il n'avait jamais été patient – à faire les cent pas dans le moulin, écoutant ronfler Agata et souffrant le martyre à la pensée de ce qui se produirait *tout à l'heure*.

Si Giacomo avait su ce qu'impliquait *tout à l'heure*, il n'aurait pas été aussi pressé.

Les cris de Rosa l'avaient attiré près du fleuve, où il était resté sans voix à la vue de Khalid, de ses bleus, de ses plaies, de ses os cassés. Il avait suivi en silence les ordres de Rosa et, ensemble, ils avaient réussi à le mettre debout, le soutenant et le traînant à moitié sur la rive, jusqu'au moulin. Giacomo avait étendu Khalid sur la table de la cuisine, tandis qu'Agata – réveillée par les grognements de Khalid et les jurons de Rosa – s'était affairée à faire bouillir de l'eau, broyer des plantes et autres tâches dignes d'une sorcière.

Giacomo avait attendu les bras ballants pendant que Rosa interrogeait Khalid sur ce qui s'était passé, puis Agata au sujet de ses blessures. Il était resté impuissant pendant qu'elle se jetait un châle sur les épaules et courait chercher Michelangelo, débusquer Sarra, sauver les lambeaux de leur projet et les recoudre ensemble. Ce fut seulement quand Agata avait commencé à aboyer des ordres – allumer le feu, trouver des bandages, appuyer sur les épaules de Khalid pendant qu'elle lui posait une attelle au bras – qu'il avait pu bouger, ces objectifs transperçant le choc qui le paralysait.

Rosa avait raison, pensait-il. *Je n'aurais vraiment pas dû porter ce toast.*

Enfin, l'activité fébrile retomba, laissant derrière elle les ruisseaux de sueur sur le front de Khalid et les muscles tremblants des bras de Giacomo. Agata tapota le bandage noué sur le flanc de Khalid, lui apprenant sèchement qu'il ne mourrait pas ce soir, puis elle tourna vers Giacomo son regard sévère.

« Maintiens-le conscient, exigea-t-elle à voix basse. S'il s'endort, il pourrait ne jamais se réveiller. »

Avec cette directive terrifiante, elle repartit vers son établi.

Giacomo, remarquant tout à coup que les épaules de Khalid étaient très chaudes et nues sous ses mains, recula pour mettre un peu d'espace entre eux… et se trouva aussitôt comme pris dans un étau. La main valide de Khalid lui avait saisi les poignets, les serrant assez fort pour que l'on entende les os craquer.

« Ah ! fit Giacomo. Eh bien. Ce bras-là m'a tout l'air d'être en pleine forme.

— Giacomo, dit Khalid, les paupières lestées de douleur.

— Chut, répondit Giacomo, car cela semblait la seule chose à faire. Ne parle pas.

— Mon bras est cassé, pas ma langue, riposta Khalid avec un éclair d'irritation qui réchauffa Giacomo. Et tu as dit qu'on pourrait parler tout à l'heure.

— Khalid… »

Les yeux de Khalid se refermèrent, sa respiration s'apaisa, et la panique s'empara de Giacomo. « D'accord, d'accord !

s'exclama-t-il. On va parler ! On va parler de tout ce que tu voudras ! » Khalid rouvrit les yeux et les leva vers Giacomo avec une pointe de joie malgré la souffrance. Giacomo s'effondra sur lui. « Espèce de sadique.

— Oui », confirma Khalid. Puis : « Tu ne m'as jamais fait les poches. »

Giacomo rit. Il avait l'impression de perdre la tête. « Cela vous préoccupe-t-il encore, signore al-Sarraj ?

— Tu me mets au défi de te frapper, même si tu t'écroules à la moindre menace…

— Je ne m'*écroule* pas.

— Parce que tu sais que je ne te frapperai pas. » Le regard de Khalid était brumeux mais intense. « Je n'ai pas compris tout de suite. Maintenant, si.

— Tu as compris ? »

Khalid acquiesça avec une satisfaction confuse. « Tu me fais confiance. »

Les joues de Giacomo s'enflammèrent. « C'est tout ?

— Non. » Khalid pencha la tête en arrière. « Regarde dans mon sac. »

Giacomo aurait voulu se soustraire à cette requête par une plaisanterie, mais quelque chose dans l'œil noir de Khalid l'en dissuada. Il s'agissait d'une chose importante pour Khalid, et il se déroba donc à son emprise pour aller fouiller dans la sacoche. Elle ne contenait presque rien, à part des vêtements de rechange, quelques pièces de monnaie, une lanière de cuir et…

« La lettre », précisa Khalid. Giacomo l'examina à la lumière du feu. « Elle est pour toi. »

Les paupières de Khalid faiblissaient à nouveau, et cette fois, Giacomo ne crut pas qu'il faisait semblant. Il revint au chevet du blessé en prenant soin de le secouer un peu lorsqu'il se hissa à son tour sur la table à côté de Khalid. « Tu m'écris des lettres, à présent ?

— Elle n'est pas de moi, murmura Khalid, mais d'une femme. D'une dame.

— Une admiratrice ? » Giacomo rompit le sceau. « Cela n'a rien d'inattendu, mais je n'ai pas eu de grands succès depuis mon arrivée à Florence et… »

C'est alors qu'il en vint à assimiler les mots écrits sur le papier. La langue de Giacomo s'arrêta si vite qu'il faillit s'étouffer, toutes les pensées fuyant son esprit.

— Pas une admiratrice », corrigea Khalid.

Je t'ai pleuré, disait la lettre.

Je me suis détestée, disait la lettre.

Où étais-tu ? As-tu été heureux ? disait la lettre.

Ce fut comme recevoir un coup de poing dans le ventre. Giacomo eut l'impression d'être trois mètres sous l'eau. Il se sentait *dément*. « Non, avoua-t-il enfin. Cette lettre est… de ma mère. » Il leva les yeux vers le visage tuméfié de Khalid. « *Comment* as-tu obtenu ceci ? Comment… Où… Est-ce qu'elle… » Khalid lui reprit le poignet, et *cette* situation devint rapidement intenable. Giacomo avait besoin que le monde s'arrête un instant, le temps de se ressaisir. « Désolé, je suis un peu sous le choc, reprit-il. Ma famille est… une chose dont je n'ai pas l'habitude de parler.

— Rien ne t'y oblige », dit Khalid. Comment *diable* parvenait-il à décourager Giacomo chaque fois qu'il ouvrait la bouche ? Giacomo gagnait sa vie à embobiner les gens par ses discours, mais Khalid, avec ses phrases succinctes comme autant de nids-de-poule imprévisibles, lui donnait la sensation d'avoir été renversé d'un seul coup sur la route. « Mais si tu en as envie, ça ne me dérange pas d'écouter.

— Je sais, je sais. Mais si je ne reste pas éveillé, Agata risque de transformer mon crâne en gobelet. Tu es étendu là, blessé et héroïque, et qui suis-je pour résister à un jeune homme musclé ? » Mais quelque chose dans l'air, ou dans les yeux de Khalid, exigeait un peu plus de franchise. « Je n'ai pas… J'ai parfois du mal à me rappeler qui je suis, quand je suis si souvent tant de personnes différentes. Mais ça... » Il agita la lettre. « C'est un plan. Comme ceux que Rosa a volés. C'est... *rha.* » La frustration bouillonnait dans sa poitrine. Pourquoi était-il si difficile de prononcer ces mots ?

« Ta mère est sortie du Palazzo pour me voir, dit Khalid. Elle voulait te parler. Tu l'as cherchée aussi, dans la ruelle. Souhaites-tu lui parler ? »

Giacomo grimaça. « Voilà quatre ans que je ne l'ai pas revue.

— Ça ne répond pas à ma question. Pourquoi ne l'as-tu pas revue ? »

Face à n'importe qui d'autre, Giacomo aurait répliqué par un mensonge éhonté. Mais c'était Khalid. *Khalid,* qui avait été son adversaire sur tous les quais et dans toutes les ruelles de Gênes. *Khalid,* qui avait vécu dans un monde violent et traître, sans jamais le devenir lui-même. Il avait raison : Giacomo avait confiance en lui. Khalid était peut-être son ami.

Il espérait seulement que Khalid serait encore son ami après avoir appris la vérité.

« Très bien, dit-il enfin. Je suppose que je commencerai par le plus évident. Tu sais ce qu'on raconte sur moi, n'est-ce pas ? On prétend que je suis fou. Et malgré toute votre réserve, signore al-Sarraj, j'imagine que vous en avez pensé autant. Ce n'est pas grave, je ne t'en tiens pas rigueur. Parce que... tu aurais raison, en fait. Je suis fou. Ou je l'étais. Ou on me l'a fait croire.

» La dernière fois que j'ai vu ma mère, je m'appelais Giacomo Petrucci. Et j'étais en train de disparaître. »

Ça n'avait pas été son choix, d'où quatre-vingt-dix-neuf pour cent du choc qu'il avait alors éprouvé. Giacomo Petrucci n'était pas un jeune homme habitué à ce qu'on lui refuse grand-chose. Au cours de ses quinze années d'existence, tout lui avait été servi, sinon sur un plateau d'argent, du moins enveloppé dans un foulard de soie ou couvert d'or. C'était l'avantage d'être le second fils d'une riche famille : il héritait d'une fortune sans qu'aucune responsabilité ne lui incombe. Giacomo en avait profité sans se poser de questions.

Il aurait dû s'en poser davantage. Mais il était jeune et stupide et, après quelques caresses derrière les écuries, il était tombé amoureux.

« Je trouvais ça magique. J'étais obsédé par le théâtre, vois-tu. Non, ne roule pas tes gros yeux. J'adorais les costumes, les lumières, la façon dont chacun pouvait être qui il voulait sur la scène. Mais j'adorais aussi les histoires. J'adorais les histoires *d'amour*. Et c'était magique, de comprendre que les gens ressentaient peut-être vraiment ce que racontaient les pièces de théâtre. » Il avait un sourire de guingois. « Tout ça est assez grisant, quand on a 15 ans. Ça m'a fait tourner la tête.

— Qu'est-il arrivé ? demanda Khalid.

— Nous avons été… découverts, dit Giacomo. Je n'avais jamais eu à prendre la moindre précaution. Mais pour ça, j'aurais dû être prudent et je ne l'avais pas été. Alors j'ai été traîné devant mon père et le curé, et j'ai compris à quel point j'avais été stupide, pour tant de choses. Mon père ne savait pas comment réagir. Son fils, s'adonnant à un tel péché… mais le père Bernardo a eu une idée. »

Ils appelaient ça un hôpital, mais il s'agissait plutôt d'une prison, un labyrinthe de salles humides avec des barreaux aux fenêtres et des chaînes aux murs. L'endroit parfait pour enfermer les malades mentaux, les gêneurs en général ou les pécheurs, jusqu'à ce qu'ils soient oubliés. Giacomo Petrucci avait vu avec effroi son père consentir à la suggestion du curé et, moyennant une forte somme, avait envoyé son second fils dans cette institution. Ses protestations lui avaient valu une paire de menottes. Ses larmes lui avaient attiré un œil au beurre noir.

« Je n'ai pas été autorisé à dire adieu à ma famille. Personne n'était censé savoir où j'étais parti. Mais il n'y avait pas moyen de cacher quoi que ce soit à ma mère. Elle… »

Elle m'a trouvé alors que j'avais été chargé dans une voiture, les chaînes aux poignets, des bleus partout.

« Elle m'a demandé où j'allais. Ce que je faisais. » Giacomo ricana. « Mon père ne lui avait peut-être pas expliqué... les détails, mais elle en savait assez. Elle savait qu'il valait mieux ne pas poser ces questions, mais elle l'a fait malgré tout. Et moi... »

Apparemment j'ai besoin d'une éducation supplémentaire, tu te rends compte ? Me voilà donc en route pour l'université, comme un vulgaire juriste. *Mais je serai de retour pour la Novena. Promis.*

Il sentait encore au fond de sa gorge le goût cuivré du désespoir. « J'avais envie de la supplier de mettre fin à... tout cela. De me sauver. Mais ce n'était pas ce qu'elle voulait entendre. Elle voulait que je la rassure. Alors j'ai joué un rôle. J'ai menti. *L'université.* » Il cracha ce mot. « Quelques mois plus tard, c'est à "l'université" que je suis prétendument mort. »

Prétendument. Giacomo Petrucci n'avait pas survécu à cet endroit. Certaines nuits, il se réveillait encore, trempé de sueur, convaincu d'être en train de dépérir dans l'une de ces cellules sans lumière et jamais lavées. Ces jours-là, il évitait son propre reflet, craignant de se voir émacié et hébété, la marque au fer rouge purulente sur son épaule, les lèvres en sang...

« Mais tu n'es pas mort, intervint Khalid. Tu t'en es sorti.

— J'ai eu de la chance. Les gardes étaient... négligents. Je me suis évadé. »

Parce qu'il *faisait semblant*, depuis qu'il avait menti à sa mère. Semblant d'être quelqu'un d'autre. D'être n'importe où ailleurs. Et cela avait mis en colère les prêtres et les gardes, puis tout avait empiré. Ce qui l'avait projeté encore plus loin dans ses rêves, ce qui avait...

Peu importe. C'était affreux. Et la situation avait semblé sans issue. Jusqu'au jour où Giacomo avait vu l'oiseau.

Une lusciniole à moustaches s'était posée sur la haute et étroite fenêtre de sa cellule, et son chant avait fait descendre Giacomo de son nuage d'orage pour atterrir dans son propre corps, lourd et brisé.

Il avait pleuré, toute la journée et toute la nuit. Puis il avait élaboré un plan.

« On ne naît pas escroc, on le devient, dit Giacomo à Khalid. Je le suis devenu dans cette prison. » À force d'attendre, d'épier, de jouer le rôle du fou inoffensif pendant des mois, il avait fini par dresser les gardes les uns contre les autres, il avait détourné l'attention des curés, avait volé les clés et, une nuit, pour la première fois depuis un an, il était sorti en boitillant, sentant l'air frais sur sa peau brûlée, meurtrie, mordue par les insectes.

« Tu voulais savoir si j'avais envie de parler à ma mère, et pour être tout à fait honnête, je l'ignore. Nos ultimes adieux ont été un mensonge. Elle voulait que je lui mente. Depuis, je me suis souvent posé la question… peut-être ne m'a-t-elle jamais aimé. » Il tira sur le bord de sa manche, distraitement. « Mon père m'abattrait à vue si un jour je revenais… chez lui. Donc je n'ai pas eu l'occasion d'interroger ma mère. Pas avant d'apprendre qu'ils étaient peut-être à Florence. »

Khalid inclina la tête. « La fille que tu aimais. Elle a été chassée aussi ? »

Le cœur de Giacomo battait à tout rompre, mais il refusa de détourner les yeux. « Il… Il était apprenti relieur. Un orphelin, sans famille à déshonorer. Il a perdu son emploi et a été définitivement banni de Grosseto. »

Le silence qui suivit dura une vie entière. Seul le battement des cils de Khalid indiquait à Giacomo qu'il n'était pas inconscient. « L'as-tu revu ? » finit-il par demander.

Giacomo n'avait pas prévu cette question. Nouveau nid-de-poule imprévisible. « Non, articula-t-il. Mais je ne l'ai pas cherché. Il était gentil, charmant, je l'adorais. Et j'ai détruit sa vie. Je ne veux pas lui infliger ça deux fois. Il ne le mérite pas.

— Il aimerait peut-être savoir que tu es en vie. Il a dû pleurer ta disparition.

— J'en doute, ironisa Giacomo. Mes attentions envers lui étaient enthousiastes, mais manquaient un peu de finesse, si tu vois ce que je veux dire. Je ne crois pas qu'il ait eu beaucoup à regretter, donc il est bien mieux... *Aïe,* Khalid ! »

Khalid s'était mis à serrer si fort le poignet de Giacomo que c'en était presque insupportable. « Non.

— "Non" ? Qu'est-ce que tu... »

La porte du moulin s'ouvrit alors, laissant entrer une bouffée d'air nocturne glacé en même temps que Rosa, Michelangelo et une Sarra Nepi inexplicablement roussie.

Elle siffla à la vue de Khalid. « Tu as sans doute passé une soirée bien pire que la mienne.

— Ça va ? demanda Rosa, son regard perçant inspectant les bandages disparates de Khalid. Tout le monde est là ? »

Khalid n'avait toujours pas lâché le bras de Giacomo. Il desserra son emprise, juste une fois, d'un geste léger et rassurant. « Tout va bien. Nous sommes là. »

35

ROSA

Prato avait été détruite. Rosa avait poursuivi son chemin. Elle avait 12 ans, et pour la première fois, elle était seule, elle avait peur. Une fois sortie des eaux du Bisenzio, son instinct l'avait poussée à chercher Matteo Nepi, à chercher Sarra, pour s'abriter auprès des survivants de sa famille.

Pourtant, une étincelle avait enflammé son cœur glacé. Cette flamme s'était enracinée dans ses entrailles et répandue dans sa poitrine, devenant plus forte chaque fois qu'elle se rappelait les cris autour de la cathédrale, la fumée dans l'air, la silhouette de sa mère.

La fureur. Une colère froide, qui l'avait obligée à avancer. La Rosa Cellini sortie des ruines de Prato était une créature de givre, habitée de plans, d'escroqueries et de vengeance. Il n'y avait pas de place pour les histoires enfantines ou la compassion familiale ; ces choses-là étaient chaudes, et le jour où Rosa se laisserait dégeler, elle perdrait aussi sa motivation. Elle n'envisageait donc son passé qu'à travers un épais panneau de glace, et ne s'était pas autorisée à trouver refuge chez les Nepi, où l'on aurait veillé sur elle et pleuré avec elle. Elle n'était pas une enfant qui pleure. Elle était l'une des statues de marbre froid sculptées par Michelangelo.

Ou peut-être avait-elle simplement été stupide. Parce qu'à présent, en contemplant son équipe – ses amis – Rosa se demandait si sa glace n'avait pas été trop intense, au point d'en brûler les autres.

Ils étaient en piteux état. La robe de Sarra était maculée de cendres, ses manches perforées par des braises égarées. Elle avala une outre d'eau, la deuxième depuis qu'elle avait franchi le seuil du moulin. Khalid était appuyé à Giacomo sur la longue table de la cuisine, des perles de sueur parcourant son front. L'élégante chemise et les chausses du second étaient souillées du sang du premier. Agata portait des traces semblables des soins médicaux qu'elle avait prodigués. Elle sirotait une tisane fumante, ses yeux perçants surveillant son patient pour détecter la moindre détresse nouvelle.

Seul Michelangelo restait indemne après les événements de cette soirée. Il était encore éveillé lorsque Rosa était allée le chercher, il dessinait et faisait les cent pas, incapable de dormir. Son visage était cependant impénétrable, affichant une inexpressivité travaillée qui ne pouvait qu'être le fruit d'un choc.

« Comment va ton bras ? demanda Rosa à Khalid.

— Plutôt bien, mentit-il.

— Agata ?

— C'est une fracture, dit la vieille femme en haussant les épaules. Mais la cassure est nette. Les côtes sont fêlées, mais elles guériront s'il se ménage un peu. Il a eu beaucoup de chance.

— Ça ne se voit pas, marmonna Giacomo.

— Tu peux bouger le bras ? » demanda Sarra. Sa voix était un croassement enroué par la fumée.

— Je peux essayer…, répondit Khalid, mais Agata l'en empêcha.

— Il n'en fera rien. Il doit rester immobile pendant *au moins* trois semaines… »

Recroquevillé contre le mur, Michelangelo changea de posture. « Le banquet a lieu demain.

— Sans Khalid, dit Giacomo d'une voix lourde, nous n'avons plus personne à l'intérieur. »

Rosa se laissa tomber sur une chaise. « Et ce n'est qu'une partie du problème.

— Ils renforcent la sécurité au Palazzo, les informa Khalid. Mesures de dernière minute.

— Il y a déjà un garde en faction au bout de la rue, confirma Rosa. Un point de contrôle. Je l'ai vu en passant. Toutes les voitures et charrettes seront fouillées avant que quiconque ne puisse approcher du Palazzo Medici, et il y aura une nouvelle fouille à la sortie.

— Ils seront à l'affût du moindre élément suspect. Et les gardes auront le droit de réagir comme bon leur semble.

— C'est-à-dire qu'ils seront libres de nous tuer, précisa Giacomo.

— Et même *encouragés* à le faire, apparemment, dit Sarra.

— Formidable.

— Davantage de mesures de sécurité, cela signifie qu'ils auront besoin de plus d'hommes, continua la Bricoleuse, mais sans enthousiasme. Avec toutes ces embauches, nous pourrions glisser quelqu'un d'autre à l'intérieur… »

Agata secoua la tête. « Si je ne peux pas introduire mes outils, alors nous devrons avoir plusieurs gardes à notre solde…

— Nous pouvons… imaginer quelque chose…, persista Sarra.

— Nous *n'avons pas le temps*, grommela Michelangelo.

— Et si nous bâclons, dit Giacomo, nous finirons avec une épée en travers du corps… »

Rosa écoutait de loin, les voix tournoyant autour d'elle, comme autant d'expressions d'une panique réprimée. Tous étaient contrariés et, après les dangers de la soirée, tous avaient peur. Rosa aussi. La situation se resserrait autour d'elle, l'emmurait, l'étouffait. Elle cherchait en elle l'étincelle de rage qui la motivait depuis cinq ans. Si elle pouvait l'atteindre, elle pourrait peut-être combattre cette hébétude, cette paralysie…

Mais l'étincelle s'était éteinte. Et il ne restait plus à sa place que…

« Silence. »

Rosa avait parlé tout bas, mais sa voix avait porté jusque dans le moindre recoin du moulin. Elle l'écouta s'amplifier, écartant les bavardages apeurés jusqu'à ce qu'il ne subsiste qu'un silence retentissant, assez d'espace pour que ses pensées se déplacent librement.

Et elles se déplaçaient en effet. Elles trottaient, couraient, sprintaient. Une idée en déclenchait une autre, puis la suivante, en une cascade qui se répandit jusqu'au Palazzo Medici.

Ses amis l'observaient ; Rosa le sentait, même sans lever les yeux. « Il y a plusieurs semaines, dit-elle, je me tenais devant vous et je vous ai promis qu'en nous attaquant aux hommes les plus puissants de Florence, vous obtiendriez en contrepartie une richesse dépassant vos rêves les plus fous. » Lentement, elle redressa la tête. « Je mentais. »

Le visage de Sarra, solennel sous la suie, n'avait pas changé, et lorsque le regard de Rosa croisa le sien, elle s'aperçut qu'elle ne pouvait détourner les yeux.

« L'argent n'est pas la récompense, avoua-t-elle à Sarra, et à tout le monde. Ou du moins… ce n'est pas toute la récompense. Ce n'est pas pour l'argent que nous faisons cela. Ce n'est pas pour l'argent… que je fais cela. »

Sarra acquiesça, baissant le menton imperceptiblement. Ainsi acquittée, Rosa se tourna vers Michelangelo, encore collé au mur, comme s'il en espérait une protection. « Maître Michelangelo, votre *David*, à quoi pense-t-il ? »

L'artiste battit des paupières. « C'est une statue. *Il* ne pense à rien.

— Vous y avez mis votre sang et votre sueur. C'est ce que vous m'avez dit. Et cela suffit à donner vie à n'importe quoi. Alors à quoi pense-t-il ? »

Les épaules de Michelangelo se voûtèrent. « Je suppose que… il a peur de ce qu'il s'apprête à faire. Il craint de ne pas être à la hauteur. De ne pas être assez fort.

— C'est tout ?

— Il est effrayé. Et… déterminé.

— C'est pourquoi il agit quand même.

— Oui. Mais ce n'est qu'une histoire…

— Vous avez raison, Maître Michelangelo, dit Rosa. Mais il est bon de se rappeler les histoires. Nous ne sommes pas de nobles bergers comme David. Nous sommes des voleurs. Mais cela ne signifie pas que nous ne pouvons pas ressembler à David et faire quelque chose de juste. Lancer cette pierre aux Medici est une action juste, parce que l'alternative consisterait à les laisser réduire cette ville en poussière, comme ils l'ont déjà fait.

— Beau discours, rétorqua Khalid. Mais le banquet commence dans dix-huit heures. Et notre plan est en miettes.

— Rien n'est impossible. Il existe simplement des choses que les gens les plus intelligents n'ont pas encore tentées. »

Ces mots transpercèrent Rosa, et elle contempla, stupéfaite, les yeux perçants d'Agata de Rosso. « C'est ce que ta mère répétait toujours », expliqua Agata. Rosa hocha la tête. « Tu es jeune, poursuivit Agata. Pour moi, il y a cinq ans, c'était hier. C'est hier que les Medici ont anéanti la République, et c'est hier qu'ils ont assassiné Prato. » Rosa vit la vieille femme tendre une main. « C'est hier que j'ai appris ce qui était arrivé à ta mère. » De ses doigts chauds et secs, Agata frôla la joue de Rosa. « Pour moi non plus, ça n'a jamais été qu'une affaire d'argent, Rosa. »

Une autre pelletée de sable tomba sur les braises mourantes de la fureur de Rosa. « Rien n'est impossible », répéta-t-elle. L'émotion lui irritait la gorge. « Je le crois encore. Lena… Ma mère n'a pas pu s'opposer à la cupidité des Medici, mais… nous le pouvons. Nous sommes des gens très intelligents, je pense. Nous pouvons le faire.

— *Comment ?* » demanda Giacomo d'une voix creuse.

Rosa prit une inspiration tremblante. « Avez-vous déjà joué au bonneteau ? »

PARTIE III

36

DOMINIC

Dominic boudait.

Il le reconnaissait, si peu flatteur que cela soit pour lui. Car sinon, il aurait dû admettre qu'il léchait ses plaies comme un chien blessé. Et son orgueil n'avait-il pas assez souffert ce soir-là, sans y ajouter un nouveau coup ? C'était certainement son avis. Il était donc avachi sur un banc, devant la fresque des Rois mages, dans la pénombre dorée des chandelles, et il boudait.

Un copieur médiocre.

Il ressassait ces mots, les noyant dans le venin de Rosa. Il les ressassait inlassablement, avec masochisme, en attendant qu'ils viennent mordre la surface meurtrie de ses sentiments.

Mais la douleur n'arrivait pas. Du moins, pas de cette insulte. Ce qui avait poussé Dominic à se réfugier dans la chapelle en pleine nuit, ce n'était pas le mépris affiché à l'égard de ses talents. Cette flèche s'était depuis longtemps émoussée, sous l'effet des remarques des autres et de son propre regard critique.

Le problème résultait de tout le reste. De cette soirée, où il avait croisé Rosa – si c'était réellement son nom – au Mercato

Vecchio. Il avait saisi l'émotion dans sa voix alors qu'elle murmurait parmi les ténèbres de l'église. Il avait vu l'étincelle de ses yeux, d'abord suppliante, puis blessée, juste avant qu'il ne lui tourne le dos.

Il n'aurait pas dû se tourmenter ainsi. Après tout, n'était-ce pas *elle* qui lui avait menti, à *lui* ?

La question était là : en tant qu'imitateur, Dominic savait distinguer le vrai du faux. Il avait repéré les contours du masque de Rosa dès l'instant où elle lui avait été présentée. Mais ce soir, devant la peinture représentant saint Étienne, le masque s'était dissipé. Tout ce qu'elle lui avait confié sur Prato, sur sa mère, sur les Medici…

Qu'était-il censé faire si elle lui avait raconté la vérité ?

« Si vous cherchez conseil, dit une voix, vous regardez dans la mauvaise direction. L'autel est derrière vous. »

Le pape se tenait à la porte, enveloppé dans une robe de chambre. À cette vue, Dominic se sentit honteux et coupable. Il se leva aussitôt.

« Votre Sainteté, balbutia-t-il, pardonnez-moi…

— Tout va bien », répondit le pape, écartant d'un geste les excuses de Dominic. Il s'avança entre les bancs, ses pantoufles glissant sur les dalles. « Cette nuit, j'ai moi-même besoin d'un répit. Le sommeil m'échappe toujours quand j'en ai le plus besoin. Vous auriez dû me voir la veille de mon couronnement. J'étais une *épave*. » Il haussa un sourcil vers Dominic. « Mais je m'étonne que mes gardes vous aient laissé entrer aussi tard.

— Ce n'est pas leur faute, expliqua Dominic. J'ai prétendu avoir oublié une partie de mon matériel après avoir démonté l'échafaudage. Ils ne méritent pas des ennuis à cause de…

— Quelle noblesse d'âme, mon enfant. » Sa Sainteté rit, s'asseyant sur un banc en face de Dominic. « Peu importe. Du moment que les invités ne se promènent pas demain à travers le Palazzo, tout va bien. Je ferai en sorte que Romano et ses hommes pensent à… *parquer* les foules.

— Parquer..., répéta Dominic.

— À la lumière de l'*agitation* récente, précisa le pape avec une intonation dédaigneuse, il me paraît préférable que le peuple reste dans les jardins, ne croyez-vous pas ?

— Oui, bien sûr. » Dominic se demanda si Rosa était au courant, puis il se reprocha cette inquiétude. Qu'importait que le projet d'une voleuse soit compromis ? Quelle différence pour lui ?

Sa Sainteté ne parut pas s'apercevoir du conflit interne du jeune peintre. Il examinait la fresque avec un intérêt approbateur. « C'est remarquable », murmura-t-il.

Dominic baissa la tête. « Merci, Votre Sainteté.

— Les visages en particulier : ils n'ont pas été aussi vivants depuis des années. Votre maître est fier de vous, signore Fontana. Même s'il ne l'exprime peut-être pas. »

Dominic n'avait jamais suscité la fierté de Michelangelo Buonarroti, il en avait bien conscience. Mais il ne pouvait démentir le pape. « Merci, Votre Sainteté », répéta-t-il.

Peut-être avait-il mal déguisé sa pensée, car le pape se contenta de glousser. « Ah, laissons Michelangelo où il est. Il a toujours été *impossible* à satisfaire, même quand nous étions enfants. Ce que vous avez fait ici est merveilleux. J'irais même jusqu'à qualifier votre travail d'extraordinaire. »

Ils vous mentent tous les jours.

Plus que tout, Dominic aurait voulu croire ce que disait Sa Sainteté. Mais il avait passé sa vie entière en compagnie de grands artistes. Il savait reconnaître un travail extraordinaire, et sa contribution à l'original de Maître Gozzoli n'entrait pas dans cette catégorie.

« Je ne suis qu'un peintre, Votre Sainteté », déclara-t-il, la tête baissée.

Ce n'était manifestement pas ce que le pape souhaitait entendre. « Votre modestie vous honore, répondit-il un peu plus froidement. Mais elle ne doit pas minimiser ce que vous avez accompli. Vous êtes capable de grandes choses. Tout comme Michelangelo le fut avant vous.

Jusqu'où pensez-vous que leur protection puisse vous mener, sans le talent nécessaire ? « Je n'ai rien d'un Michelangelo, Votre Sainteté. »

Il vit le pape se retenir de lever les yeux au ciel. « Ce n'est pas ce que je vois, contra-t-il, comme puisant dans d'infinies réserves de patience. Votre travail prouve le contraire. Et vous l'avez accompli seul ! Imaginez de quoi vous seriez capable si vous collaboriez avec votre maître ! »

C'était presque exactement ce qu'avait affirmé Rosa, alors que son regard magnétique rayonnait de souffrance et de colère. *Un lien avec votre maître,* avait-elle dit. *Une proie.*

En somme, il avait… perdu pied. Ces derniers mois, à force de déambuler dans le palais de cette famille riche et puissante, son esprit s'était embrumé. Il avait senti sur lui l'œil des Medici et s'était mis à penser : *peut-être.*

D'un coup d'œil oblique, il remarqua les pantoufles du pape. Jamais Dominic ne pourrait espérer porter une paire de chaussures aussi belle. « Ce serait un rêve, Votre Sainteté.

— Ce ne serait que justice rendue à votre talent. Et dans notre famille, il y a toujours de la place pour le talent. Là… » Le pape désigna la fresque. « Connaissez-vous le secret de cette œuvre ? »

Dominic avait passé d'innombrables heures à la contempler, centimètre par centimètre, et cependant : « Je crains que non.

— Au premier abord, il s'agit simplement d'une représentation de la procession des Rois mages. Mais il y a un sens plus profond. Chacun des membres de ce cortège est un ami de la famille Medici. Mon père, Lorenzo. » Il pointa du doigt un cavalier vêtu d'or. « Et là, c'est le vieux duc de Milan. Les Sforza sont cachés là-bas quelque part. Au milieu de la foule. Et ainsi de suite. » Sa Sainteté fixa sur Dominic toute la force de son attention, le clouant sur place. « Vous avez consacré plusieurs semaines à restaurer le souvenir des hommes les plus puissants de Toscane. Ceux qui ont été les artisans de sa prospérité. Ceux qui l'ont sculptée, pour formuler la chose en termes qui vous sont familiers. Sans eux, Florence aurait depuis longtemps succombé à l'anarchie. »

Cinq mille hommes, femmes et enfants, songea Dominic. *Ils en feront autant avec Florence.*

Le pape sourit. « Peut-être n'aviez-vous pas tort de chercher conseil dans cette fresque, finalement. Qui sait ? Le prochain jeune artiste qui la restaurera ajoutera peut-être votre visage parmi les autres. Les Medici sont toujours désireux de protéger le talent, après tout. »

Dominic crut un instant que ses oreilles lui jouaient des tours. « Pardonnez ma hardiesse, Votre Sainteté, mais êtes-vous en train de me proposer…

— La protection de ma famille. Je pense que vous formez avec votre maître un duo particulièrement bien assorti.

— Grâce à mon talent. » La langue de Dominic semblait lourde dans sa bouche.

Le pape prit une mine sévère. « Je n'ai pas l'habitude des compliments excessifs, signore Fontana.

— Bien sûr, bien sûr ! C'est très généreux, Votre Sainteté.

— Oui, nous en reparlerons demain. Vous ferez de grandes choses avec les Medici. Vous et votre maître. »

Si Dominic s'inclinait assez bas, il n'aurait pas à se soucier de l'expression de son visage, et c'est ce qu'il fit, se pliant pratiquement en deux, jusqu'à ce que le froufrou de la robe de chambre brodée du pape se soit atténué et que la porte de la chapelle se soit refermée. Dominic resta seul avec la fresque – et les hordes d'alliés des Medici qui y étaient dépeints.

Il aurait pu informer le pape de ce que tramait Rosa, pensa-t-il en sursautant. Pourquoi cette idée ne lui avait-elle pas traversé l'esprit ?

Cinq mille hommes, femmes et enfants. Sauf erreur de sa part, il semblait bien que Rosa se préparait à venger ce massacre.

Mais cela valait-il la peine de perdre la certitude de la protection des Medici en échange du *peut-être* d'une voleuse ? Qui pouvait assurer que Rosa tiendrait parole ? Et qui pouvait seulement garantir qu'elle réussirait ? Le pape avait annoncé qu'il faudrait *parquer* les foules : et si c'était un obstacle que Rosa n'avait pas prévu ?

Il savait à qui il devait s'adresser. Ce n'était pas à eux qu'il voulait parler. Par chance, il était si tard que toute conversation devrait attendre le matin. Et entretemps…

Ses doigts le démangeaient.

Se sentant rasséréné, Dominic se leva et poussa la porte de la chapelle. S'il commençait maintenant, l'encre serait sèche dans quelques heures.

Lui aussi avait un *peut-être* à conquérir.

37

KHALID

Son instinct ramena Khalid à la *Vite Contorta*. Rien ne garantissait que Traverio serait encore terré dans la taverne. Mais si son intuition au sujet des incendiaires de l'imprimerie Nepi était correcte, alors les hommes de Traverio auraient besoin de souffler un peu.

L'établissement était plein à craquer quand Khalid y entra. Il ne savait pas combien de ces ivrognes travaillaient pour Traverio, mais il put au moins repérer Marino, qui commandait une nouvelle tournée au comptoir. Il ne lui fallut qu'un instant de plus pour discerner Traverio dans le même recoin, la chope à la main. Khalid se retint de s'abandonner au soulagement. Agata l'avait admirablement remis sur pied, mais il n'était pas certain de pouvoir arpenter tout Florence sans s'écrouler. Et il ne voulait pas donner à Vieri la satisfaction de l'avoir tué.

Plaquant son bras engoncé dans une attelle contre son corps, Khalid s'avança au milieu de la foule.

« Signore Traverio ! » héla-t-il assez fort pour se faire entendre par-dessus le brouhaha. Traverio lui adressa un large sourire.

Derrière lui, Marino l'aperçut par-dessus sa chope. Son visage se vida instantanément de tout son sang. Autre soupçon confirmé : Khalid l'aurait parié, Traverio ignorait que Marino avait été en contact avec les gardes des Medici.

« Mon garçon ! s'exclama Traverio, l'accueillant à bras ouverts. Ça fait plaisir de te voir ! » Il examina Khalid de haut en bas. « Tu m'as l'air très mal en point.

— Je viens pour affaires.

— Ah, toujours sérieux ! Viens me rejoindre dans mon coin. Viens, viens. »

S'efforçant de masquer la douleur dont il sentait encore les élancements, Khalid s'assit sur le banc inoccupé. Dans cette taverne, il devait à tout prix éviter de paraître faible, même s'il n'avait plus qu'un bras à sa disposition.

« Tu es à deux doigts de t'écrouler », dit Traverio. Marino apparut, une chope à la main. Traverio la prit mais ne but pas. « Parle-moi plutôt de cette affaire, tant que tu es encore en état.

— Vous êtes déjà au courant.

— Ah oui, fit Traverio, une lueur sournoise dans ses yeux de glace. Tu peux appeler cela une déclaration d'intention. Au cas où tu aurais oublié les conséquences si tu ne tiens pas tes engagements. » Il articula un *tss* entre ses dents. « Qui aurait cru qu'une imprimerie brûlerait aussi facilement ? Tout ce bois, tout ce papier… Ne me dis pas que c'est ça qui t'est arrivé ? Tu n'étais quand même pas dans les parages quand la boutique a pris feu ?

— Pas du tout, confirma Khalid sans regarder Marino.

— Bon, tant mieux. Réduit en cendres, tu ne servirais plus à grand-chose. Mais il fallait que la signorina Sarra apprenne sa leçon : pas de travaux clandestins sur mon territoire. »

Khalid sentit la douleur lui transpercer le flanc et il ne prit pas la peine de réprimer un tressaillement. « L'or, dit-il quand il souffrit moins. Je peux vous le procurer. Demain. »

Les sourcils de Traverio se haussèrent. « *Demain*, répéta-t-il. Je ne pensais pas qu'un petit incendie suffirait à te remettre les idées en place. »

Songeant aux marques de brûlure et aux traces de suie sur les habits de Sarra, Khalid secoua la tête. « Ce n'est pas seulement ça. C'est *un ensemble.* » Il désigna ses bandages, son visage, ses vêtements déchirés, tout. « J'ai atteint ma limite, signore Traverio. Ces gens-là en demandent trop, et quand ça part à vau-l'eau, c'est moi qui en suis victime. »

Du coin de l'œil, il vit Marino se raidir.

« Tu vas trahir leur confiance ? » demanda Traverio.

Sarra lui souriant par-dessus la table à Gênes. Agata lui tapotant la joue. Le regard égal de Rosa invitant ses pensées. Giacomo souriant, sa main dans celle de Khalid, son rire…

Toutes les possibilités dont il avait rêvé en quittant Tunis, tous les espoirs qu'il avait vus se briser à Gênes… Il les avait trouvés ici, à Florence. Mais…

« Un voleur qui a confiance n'est pas un voleur, dit Khalid. C'est un imbécile. Et ce que je prévois de leur prendre n'a jamais été à eux. Je vous apporterai l'argent. Dans une caisse, rien que pour vous. À l'arrière d'une charrette. Je fournirai même les chevaux. Vous n'aurez qu'à vous rendre où je vous dirai, quand je vous le dirai, et l'argent sera à vous. »

Un instant interminable s'étira entre eux tandis que les yeux de Traverio inspectaient tout le visage de Khalid. Il ignorait ce qu'ils cherchaient, mais il n'y avait aucune malhonnêteté en lui. Immobile, il subit l'examen, attendant le verdict.

Il s'écoula dix secondes, ou peut-être dix ans. « Si c'est le cas, finit par répondre Traverio, alors la dette de ton père est en sécurité. » Son sourire fut un éclair, aveuglant, stupéfiant. « Ravi que tu reviennes parmi nous, Khalid. »

Khalid acquiesça. « Croyez-moi bien, signore, je ne voudrais travailler pour personne d'autre. »

38

GIACOMO

« Où est Khalid ? »

Le moulin – ce que Giacomo en voyait depuis son nid de couvertures – était vide de ses habitants, à l'exception d'Agata, qui emballait des fioles et des paquets dans sa trousse à outils avec un soin minutieux. Elle lui lança un regard indifférent. « Je pensais que tu allais dormir jusqu'au Jugement dernier. »

Cela ne répondait pas à la question de Giacomo. Il quitta sa paillasse, enfila ses chaussures. « Où est-il ?

— Je suis trop vieille pour ça, marmonna Agata, mais en voyant son visage implorant, elle lâcha un soupir. Dehors. Ne sois pas bête. »

Giacomo était déjà à mi-chemin de la porte. « Je ne vous promets rien, ma reine. »

Comme l'avait promis Agata, Khalid était dehors, et en le découvrant appuyé au muret qui bordait le fleuve, Giacomo sentit son cœur s'accélérer. Il portait son pourpoint vert, déboutonné par-dessus une chemise de lin propre, et si Giacomo n'avait pas été à l'affût de la raideur douloureuse de ses épaules, il n'aurait jamais deviné que cet homme était passé à quelques millimètres de la mort, la veille au soir.

Il ne s'était pas attendu à voir le visage de Khalid se fermer lorsqu'il s'approcha. « Tu es réveillé. »

En Giacomo, la hâte paniquée fut remplacée par une appréhension qu'il n'était pas sûr d'avoir jamais ressentie auparavant. Il balança une jambe par-dessus le muret, tout en gardant ses distances. « On a trop à faire aujourd'hui pour que je paresse. Comment te sens-tu ?

— Hmm. » Ce n'était pas très clair, mais Giacomo préféra laisser glisser.

« Comment te sens-tu par rapport à *aujourd'hui* ? » demanda-t-il, question différente malgré sa formulation presque semblable.

Khalid souffla bruyamment. « Terrifié, avoua-t-il, et Giacomo ne put s'empêcher de rire.

— Je ne m'habituerai jamais à votre franchise, signore al-Sarraj. N'importe quel autre homme nierait avec assurance. Vous êtes un être à part. Mon pauvre cœur ne sait comment réagir.

— Khalid, le coupa le Tunisien.

— Pardon ? » Giacomo battit des paupières. Agata lui avait ordonné de ne pas être bête, et il lui désobéissait.

« Tu m'as appelé Khalid, hier soir. As-tu besoin de quelque chose ?

— Euh, parvint à répondre Giacomo.

— Tu me cherchais. À l'instant. »

Il savait ce qu'il faisait. Il le savait forcément. « Je… Oui », dit Giacomo. Il devait bien avoir une raison, en plus de la simple panique.

« Était-ce… peut-être parce que je vais devoir changer d'apparence ? » demanda Khalid. Cette manière de lui souffler son texte avait quelque chose d'insultant. « Pour la livraison ? Et qu'il me faudra donc l'aide d'un expert ? »

Giacomo le foudroya du regard. « Tu es insupportable, déclara-t-il. Attends-moi ici. »

Il n'avait pas à aller loin pour prendre sa mallette de déguisement, mais le trajet parut beaucoup plus long à cause du regard significatif et exaspéré d'Agata. Quand il revint, Khalid était assis sur le muret, son bras cassé posé dans son giron. Giacomo vit sa grimace de douleur, avant qu'il ne la fasse disparaître en apercevant le comédien.

Maîtrisant son inquiétude, Giacomo s'avança et posa la mallette à ses pieds.

« Nous n'aurons pas le temps pour quoi que ce soit d'élaboré », dit-il en fouillant dans les profondeurs de son sac. Morceaux de tissu, perruques de toutes les couleurs, boîtes de colle… tout apparaissait et disparaissait entre ses doigts en une succession rapide. « Mais ça va. Ça devrait aller. *Ça ira*. À quatre-vingt-dix pour cent, il s'agit de transformer ta silhouette. » Il s'accroupit, se mordillant la lèvre. « Il y a peut-être quelqu'un d'autre qui peut s'en charger.

— Giacomo.

— Tu as raison, tu as raison ! À quatre-vingt-dix pour cent ! » Animé d'une énergie frénétique, il puisa dans son sac deux poignées d'écharpes de laine et examina Khalid. « Quant aux dix pour cent restants… j'ai exactement ce qu'il faut. Mais le plus important… c'est que… tu ne… bouges pas… »

En bon escroc, Giacomo avait dans sa mallette une série de pots de maquillage, qu'il pouvait mélanger pour créer l'illusion d'ecchymoses, de cicatrices, d'entailles, ou même d'une peau intacte, indemne. C'était ce dernier effet qu'il voulait créer, en l'occurrence, il dévissa donc quelques couvercles pour se mettre à l'ouvrage.

Il sentait sur lui les yeux de Khalid, ce regard intense, tel qu'il était toujours et l'avait toujours été. « À quoi pensez-vous, signore ? demanda-t-il.

— Moi, je me soucierais de toi. »

Giacomo le dévisagea. « Hier soir, reprit Khalid. Tu as dit que… ton amant ne se soucierait pas de savoir ce que tu étais devenu. Mais moi, je m'en soucierais. »

Le pinceau à maquillage se figea entre les doigts de Giacomo. « Ne... ne sois pas cruel, Khalid.

— Je ne suis pas cruel. Je parle d'expérience. » Les épaules de Khalid se voûtèrent en un soupir. « La lettre de ta mère... je m'étais dit que je la brûlerais. Je craignais qu'après l'avoir lue, tu fasses... une bêtise.

— J'ai promis que non.

— Tu ne t'es pas vu ce soir-là, devant la Casa Petrucci. Je t'ai à peine reconnu. Tu n'étais... *plus là*. Je ne veux plus jamais te voir comme ça. Pas si j'ai mon mot à dire.

— Alors pourquoi ne l'as-tu pas brûlée ?

— La confiance », se contenta de répondre Khalid. *Un nid-de-poule.*

« Eh bien, *Khalid.* » Giacomo laissa échapper une respiration courte. « Ferme les yeux, s'il te plaît. » Khalid s'exécuta, et Giacomo ne fut plus soumis à ce regard d'une intensité obscène. Avec des gestes délicats, il entreprit de masquer les traces de la mésaventure de Khalid, les bleus disparaissant sous le maquillage.

« Hmm, grogna Khalid, songeur. Et toi, comment te sens-tu par rapport à aujourd'hui ? »

La voix de Khalid, son intonation, imitait si parfaitement celle de Giacomo quelques instants auparavant qu'il rit malgré lui. Il se soumit de bonne grâce à des retouches. « Si *toi* tu es terrifié, il n'y a absolument aucun espoir pour nous simples mortels. Je me *chie* dessus, Seigneur Dieu. L'uniforme, je peux l'endosser. Jouer le rôle d'un garde ? Il me suffit de bloquer les deux tiers de mon cerveau et d'opérer avec le reste. *Marche. Garde-à-vous. Fais la gueule.* Facile. Mais le dernier truc...

— Quel est le dernier truc ?

— Le truc qui t'a jeté dans le fleuve hier soir. »

Khalid mit un instant à comprendre. « La bagarre.

— La bagarre, confirma Giacomo. J'ai consacré à peu près tous les moments de mes dix-neuf années d'existence à devenir un expert mondial dans l'art de détourner les pugilistes potentiels de leurs objectifs violents… ou, à défaut, dans celui de veiller à être très loin de leurs poings quand ils commencent à distribuer les coups. Cela a toujours été mon maître-mot. C'est ainsi que je reste aux commandes. Mais comme tu l'as vu l'autre soir…

— L'évitement ne fonctionne pas toujours.

— Non. » Si les mains de Giacomo tremblaient pendant qu'il lui tamponnait le visage, Khalid eut la bonté de ne pas y faire allusion. « Et quand je sens que les issues se ferment, c'est comme si je me trouvais dans ce prétendu hôpital. Impuissant. Avec le père Bernardo qui se tient juste derrière moi. C'est… » Il recula avec un soupir, puis baissa son pinceau. « Peu importe. C'est comme ça. Tu m'aideras, je t'aiderai, et… nous quitterons cette ville avec plusieurs milliers de florins dans nos poches. »

Un muscle tressauta sous la paupière de Khalid. « Tu as fini ?

— Oui. Oh, tu parlais de ton visage ? Oui. » Khalid rouvrit les yeux alors que Giacomo admirait son travail. « Tu es comme neuf. On n'imaginerait jamais que tu étais à l'article de la mort il y a douze heures. Mais le déguisement, ce n'est qu'un des ingrédients, tu sais ? Le reste… tu te souviens de ce que je t'ai expliqué ?

— Le vice et la voix. Je me rappelle. » Il y eut dans les yeux noirs de Khalid un éclair – de regret ou d'inquiétude – qui ne dura qu'une fraction de seconde. « Tu es meilleur professeur que tu ne crois. »

Une émotion remonta dans la gorge de Giacomo, comme pour l'étrangler. « Tu seras prudent, hein ? »

Khalid était tout près. « Je dois bientôt aller au Palazzo, dit-il. Mais nous avons assez de temps. »

Le cœur de Giacomo battait si fort que Khalid l'entendait forcément. « Ah oui ?

— Oui. Parce que c'est mon tour d'être le professeur. Et la leçon commence maintenant. »

39

SARRA

Il s'en était fallu de peu, mais l'incendie de l'imprimerie Nepi n'avait finalement pas contaminé le reste de l'Oltrarno. Dans la lumière trouble de l'aube, on voyait partout les traces des efforts accomplis par les voisins pour préserver leurs maisons et leurs commerces : seaux renversés et couvertures mouillées, flaques d'eau et une unique échelle démantibulée.

Seul le mur est de la boutique tenait encore debout. Le reste n'était plus que poutres calcinées et débris de plâtre. Le toit avait disparu, les tuiles émiettées jonchaient le sol. D'élégants panaches de fumée en montaient lentement, et Sarra contemplait ces nuages noirs qui dérivaient vers le ciel, se dispersant en rideaux de cendres qui recouvraient tout d'une couche de crasse grise.

Les pas lourds de Pietro étaient encore plus sonores parmi les vestiges carbonisés de leur maison. Il piétinait autour de la cheminée, maculé de suie de la tête aux pieds. « Bonne nouvelle, annonça-t-il. L'affreuse couverture tricotée par tante Sofia n'existe plus.

— Maigre consolation.

— C'est toi qui le dis. » Il hésita. « Je suppose que la presse est… »

Sarra baissa les yeux sur un amas de ce qu'on ne pouvait plus guère qualifier de morceaux de bois. Les montants de la presse étaient si massifs qu'on en discernait encore la *suggestion,* comme un squelette de ce qu'avait été la machine. Mais la platine était fendue à trois endroits, et la vis même n'était plus qu'une masse de métal noirci. Quelques caractères avaient survécu au pire des flammes, et gisaient épars au milieu des débris, trésor luisant pour ceux qui avaient le courage de les chercher. Mais dans l'ensemble…

« Elle a disparu. » Ce constat étouffait Sarra autant que les cendres.

Pietro accueillit l'information avec la même résignation stoïque que la plupart des choses, ses larges épaules secouées par un unique soupir. « Eh bien, c'est décevant.

— Il y a un vieux tonnelier près de San Frediano, ajouta sa sœur, un peu désespérée. Il cherche quelqu'un à qui louer son atelier, maintenant qu'il ne peut plus accepter autant de clients. Nous pourrions nous y installer. Cela nous donnerait un endroit où construire une nouvelle presse… »

Pietro lui glissa un bras autour des épaules pour l'étreindre, et elle comprit alors qu'elle n'y voyait plus très clair. Elle ferma les yeux et sentit quelque chose céder en elle.

« Je suis désolée, murmura-t-elle. Pour la presse. Pour papa. Pour tout. »

Il s'écarta pour qu'elle puisse regarder son visage. « Sarra. J'ai eu des escrocs pour sœur, pour père et pour marraine, dit-il avec une exaspération plus affectueuse que blessante. Même si papa redoutait de m'entraîner dans ce monde-là, tout s'est joué il y a des décennies. » La bouche de Pietro fut un peu déformée par une ancienne tristesse. « Tu sais à quel point la mort de la signora Cellini l'a effrayé. Il voulait nous garder en sécurité. S'il avait pu nous envelopper dans du coton et nous ranger sur une étagère, il l'aurait fait. Mais il savait que tu étais liée à cette vie, donc ta promesse était un pis-aller. » Il tira sur l'une de ses nattes. « En fin de compte, il voulait simplement que tu sois heureuse. Il comprendrait. »

Elle n'avait pas l'habitude de si longs discours de la part de Pietro. « Et toi ? Et l'imprimerie ? demanda-t-elle. Tu n'as pas le droit d'être heureux ? »

Pietro eut un sourire tordu. « Écoute. Quand tu en auras terminé...

— Ce soir.

— Ce soir, Dieu tout-puissant. Nous quitterons Florence. Nous irons où t'emmène ton métier. Mais nous partirons ensemble. »

Le sol s'était-il changé en sables mouvants ? Sarra eut l'impression de vaciller. « Mais la presse... et ton travail ici...

— Florence n'est pas la seule ville à contester le pape. Je peux écrire partout. » Son soupir traduisit une immense lassitude. « Je n'ai jamais été un très bon imprimeur, de toute façon. Que signifie cette grimace ? »

Elle sourit jusqu'aux oreilles. « Cela fait des années que je ne t'ai pas vu aussi résolu. »

Pietro leva les yeux au plafond. « Sale gosse. »

Le soleil commençait à grimper dans le ciel, et Sarra le sentait lui chauffer le dos. « Il faut que j'y aille », dit-elle, se préparant à l'entendre demander *où ?*

Mais il se borna à lui presser l'épaule et recula, enfonçant ses mains dans sa ceinture. « Prends-leur tout ce qu'ils ont », conseilla-t-il.

Sarra endossa son paquetage. « Tu peux compter sur moi. »

Cette fois, le trajet jusqu'au moulin fut différent. Elle ne fuyait plus – ni mensonges, ni culpabilité – mais elle savait où elle allait. L'avenir lui semblait soudain beaucoup plus radieux...

À condition de survivre aux prochaines vingt-quatre heures.

Une sorte de match de lutte opposait Giacomo et Khalid quand Sarra arriva. Giacomo faisait de son mieux pour maîtriser son adversaire qui, même privé de l'un de ses bras, était plus que de taille à résister à l'acteur dégingandé. Sarra les évita, sans poser de questions.

Rosa était seule dans le moulin lorsque Sarra en franchit le seuil et s'arrêta, les souvenirs de leur dispute encore frais dans sa mémoire. Elles n'avaient pas eu l'occasion d'en parler, entre les blessures de Khalid, l'incendie, le plan, et maintenant...

Rosa se tenait devant sa paillasse, les bras serrés le long du corps. Sarra regarda alors autour d'elle, cherchant à identifier ce qui la mettait dans cet état.

C'était une robe, étendue sur le couvre-lit de Rosa, lourde et luxueuse. Le velours bleu profond prenait, à la lumière du feu de l'âtre, des reflets rouge et or. L'argent des manches était complété par des broderies assorties le long des coutures, et par des rubans qui les rattachaient au corsage. C'était le genre d'habit dont n'importe quelle jeune femme aurait rêvé.

Rosa, elle, fronçait les sourcils.

« Qu'est-ce qu'elle t'a fait, cette robe ? » demanda Sarra en déposant son paquetage sur la table.

Rosa soupira, écartant une mèche de cheveux de son visage. « Tu penses que c'est trop ?

— Ce n'est certainement pas quelque chose que moi, je porterais. » Quand Rosa se mordilla la lèvre, Sarra comprit que l'heure n'était pas aux plaisanteries. « Elle est superbe.

— Je ne veux pas trop attirer l'attention sur moi.

— Et tu ne veux pas non plus n'attirer *aucune* attention ? » La lèvre fut mordue jusqu'au sang. Sarra roula des yeux, prit la masse de corde emmêlée qu'elle avait abandonnée sur le tabouret et entreprit de la rouler bien serré. « Je suis une bricoleuse, Rosa. Je ne suis pas une dame. Je ne peux pas t'instruire quant à la tenue qu'il convient de revêtir lors d'un banquet avec le pape.

— Mais si ça ne va pas du tout ? » Rosa semblait soumettre la question à l'ensemble de l'univers. « Et si notre plan tombe à l'eau à cause de *ma robe* ? »

Sarra commençait à deviner que l'inquiétude de Rosa était causée par bien davantage que leur plan. « Tu l'as fait fabriquer exprès, cette robe, pas vrai ?

— Oui.

— Alors elle sera parfaite. » Cette réponse retint l'attention de Rosa et son regard rejoignit celui de son amie. Sarra fut surprise d'y découvrir tant d'incertitudes et de tracas, mais peut-être n'aurait-elle pas dû s'en étonner. Malgré toutes les déclarations bravaches de la veille, la tâche qu'ils affrontaient était démesurée. « Tu as étudié le problème, tu en as pesé le pour et le contre. Et cela inclut la quantité de… trucs ? » Elle scruta les poignets de la robe. « Qu'est-ce que c'est que ça ?

— Des rosettes, répondit distraitement Rosa.

— Eh bien, si tu as décidé que cette robe devait en avoir, je parie que c'est réellement le cas. »

Nouveau hochement de tête de la part de son amie, un peu plus rapide. « Oui, dit Rosa. Tu as raison.

— Tu prévoyais de la mettre un jour ? »

Cette question suscita un soupir exaspéré, mais tira Rosa du dilemme dans lequel elle était tombée. Elle empoigna la robe et entama le processus ardu consistant à s'y insérer, se débattant avec des mètres de velours et une longueur volumineuse de chemise.

Sarra ne proposa pas son aide. Elle resta concentrée sur la corde bien roulée entre ses mains, qu'elle noua et rangea dans son sac. Elle prit ensuite son arbalète et en vérifia les sécurités, testant chaque cadran et chaque bouton avec le savoir-faire d'un artificier.

« Pietro nous envoie tous ses vœux, l'informa-t-elle.

— Ah ? fit prudemment Rosa depuis les profondeurs de la robe.

— Il a dit que nous devions prendre aux Medici jusqu'à leur dernier sou. » Le viseur bloquait un peu. « Il s'avère qu'il nous soutient entièrement. *Viva la Repubblica*.

— Oh *non*.

— Oh si. » Sarra sortit la burette à huile de son paquetage, déroba une pipette sur l'établi d'Agata, en évitant avec soin la rangée de ses spécialités qui luisaient au soleil. « Il est au courant, pour la Bricoleuse. C'est… bien. Je suis contente. »

Le visage de Rosa émergea de l'encolure de la robe, telle une tortue hirsute dans une carapace de velours bleu. « Tu lui as tout avoué ?

— Ça n'a pas été nécessaire. Mais d'un autre côté, j'avais besoin de lui en parler. Oui, je lui ai tout avoué.

— Je… C'est bien. Moi aussi, je suis contente. Et je… je te dois des excuses, enfin, je n'aurais pas dû… » Les mots de Rosa se bousculaient dans sa bouche. « Je t'ai dit des horreurs et… au diable, peux-tu m'aider ? »

Elle avait coincé un bras dans l'écart se trouvant entre le corsage et la manche, et était bloquée par sa chemise froissée. Sarra posa son arbalète et s'activa pour guider le coude de Rosa au bon endroit.

Rosa se laissa manipuler, et n'avait alors plus rien à voir avec la jeune femme dure et raide à laquelle Sarra avait affaire depuis quelques semaines. « Sarra… », commença-t-elle. Sarra ne l'encouragea pas. Si Rosa avait quelque chose à dire, elle devrait s'appuyer sur ses propres forces.

« C'était… un mensonge, continua enfin Rosa. Quand j'ai dit que tu n'étais pas de ma famille. J'ai menti. Je t'ai évitée pendant cinq ans *parce que* tu es ma famille. Après Prato et… » Elle eut le souffle coupé. « … et maman, je ne pensais plus qu'à la vengeance. Mais quand je pensais à revenir à toi, à ton père, à ton frère… ce désir faiblissait. Il cédait la place à… des choses plus vastes, des choses à venir. Des choses pour lesquelles je ne croyais pas avoir de place. Alors je me suis raconté que ma famille avait disparu et je ne suis pas rentrée chez moi. Lorsque tu m'as fait remarquer que je n'étais pas seule, j'ai piqué une crise. Mais ce n'est pas une excuse. Tu es Sarra la Bricoleuse. Tu es aussi… ma sœur, si tu veux bien. Je suis heureuse de connaître les deux. »

Sarra dénoua quelques lacets de la manche, étalant les rubans à plat sur l'épaule de Rosa. Le regard de son amie pesait sur le sommet de son crâne. « J'avais peur de la réaction de Pietro, avoua-t-elle à son tour, quand je lui parlerais de la Bricoleuse, voilà pourquoi je ne lui en parlais pas. Tu avais raison là-dessus. Mais lui cacher la vérité n'était pas très gentil.

— S'est-il mis en colère quand il a su ? »

Sarra renifla. « Oh, oui. Et moi aussi. Mais pas à cause de cette mission, de ses factures, ou d'autres choses de ce genre. » Elle tira sur la chemise de Rosa, faisant bouffer régulièrement le tissu entre les rubans. « C'est le secret qui était douloureux. Dans les deux sens. Il en souffrait et moi aussi.

— Et tu es contente de ne plus rien lui cacher. »

Sarra voyait l'esprit de Rosa en pleine cogitation, analysant ses propos à la recherche de quelque chose. Elle reprit sa respiration.

« Si nous nous fermons l'un à l'autre, alors nous n'existons plus. "Nous", notre famille. Il n'y aurait plus de *nous*. Tu comprends ? » Rosa ne répondit rien, mais l'émotion flottait dans ses yeux. « La colère se dissipe, poursuivit Sarra. Tout le mauvais se dissipe, mais seulement si on le laisse sortir. Ensuite, ce n'est plus pareil. »

En règle générale, Rosa n'était pas une personne en qui on pouvait lire aisément, mais ce matin-là semblait une exception. L'irritation et l'espoir, le chagrin et le bonheur, tous ces sentiments déferlaient par vagues sur son visage, laissant derrière eux une jeune femme qui paraissait à la fois avoir 5 ans et 35 ans, être à la fois innocente et endurcie par la vie. « Je voudrais tant qu'ils soient encore là, murmura-t-elle si bas que ses lèvres remuèrent à peine. L'un ou l'autre. Tous les deux. »

Donnant un dernier coup à la manche de Rosa, Sarra fit un pas en arrière. « Moi aussi », dit-elle. Puis, parce qu'elles ne pourraient pas affronter cette journée le cœur gros, elle sourit. « Mais je pense que mon père ne porterait pas cette robe aussi bien que toi. »

Les coins de la bouche de Rosa s'agitèrent, luttant contre un sourire qui finit par s'évanouir lorsqu'elle éclata de rire. La Rosa épuisée fut emportée bien loin, remplacée par la jeune femme de 17 ans dont l'intelligence allait étonner le monde. « J'ai quelque chose pour toi », annonça-t-elle lorsqu'elle eut repris son sang-froid. Discrètement, elle essuya toute trace de larmes sur ses joues. Sarra se concentra sur son équipement et permit à Rosa de nier son trouble.

« Pourquoi ? demanda-t-elle, non sans ingratitude.

— Je n'en ferai pas une habitude. » Rosa fouilla dans un vieux coffret, au pied de sa paillasse. Sa robe, dont elle n'avait pas encore lacé le corsage devant sa chemise, formait autour d'elle une mer de velours bleu. « J'ai simplement pensé que ça pourrait servir, aujourd'hui. »

Elle se retourna vers Sarra, ses mains chargées d'une pile de tissu vert foncé et gris. « J'ai demandé à la signora Tommasi de les confectionner pendant qu'elle fabriquait les robes de Rosa de' Lombardi. Pour tes mesures, j'ai dû improviser, mais... » Elle haussa les épaules. « Tu veux bien les prendre ? Je voudrais avoir fini de m'habiller avant que les garçons arrivent et se rincent l'œil. »

Le tissu se révéla être un pourpoint et des chausses de laine épaisse, et une chemise de lin fin à mettre par-dessous. Ces habits étaient solides et seyants, et la taille était la bonne.

« Merci », dit Sarra du fond du cœur.

Rosa grimaça. « Arrête de me remercier, ça me gêne.

— Ça ne se reproduira pas.

— Une dernière chose. » Détachant les yeux de son bel uniforme neuf, Sarra vit que Rosa tenait un registre, qu'elle lui tendit. « Puisque nous sommes associées... il est grand temps de régler cette question. Mais je te préviens : ce n'est pas uniquement pour l'argent. »

Sarra ouvrit le volume. Après en avoir parcouru la première page en diagonale, elle émit un petit sifflement. « Ça alors !

Je connais pas mal de gens qui aimeraient mettre la main là-dessus.

— Peux-tu faire en sorte qu'ils y aient accès ?

— Bien sûr. » Pourtant, quelque chose tiraillait un coin de l'esprit de Sarra, quelque chose qui devenait plus net à chaque seconde.

« Toi, tu as une idée », devina Rosa. Elle examinait son amie et l'expression distante de son visage, à la façon de Lena Cellini.

« J'ai… l'esquisse d'une idée. Pour que ce registre soit pleinement mis à profit. Il faut simplement que je demande à Pietro s'il est partant. »

40

ROSA

L'énergie redoutable qui bouillonnait en elle dissonait avec le souple balancement du carrosse. Elle lui tiraillait les membres et le cœur, et était si radicalement différente du feu glacé avec lequel elle vivait depuis si longtemps qu'elle ne savait pas vraiment quoi en faire. Cette énergie était présente. Immédiate. *Réelle.*

Rosa enfonça son front contre la paroi du véhicule, essayant d'enrayer la course effrénée de son esprit.

Compréhensible. Il était *compréhensible* qu'elle soit aussi agitée. Le plan qu'elle avait mis des années à élaborer avait été renversé en l'espace de quelques heures et, oui, peut-être aurait-elle dû tenir compte de ces soubresauts, mais Khalid n'était pas *mort*, et ils avaient encore assez de matériel pour aller de l'avant.

Il n'en était pas moins irritant de devoir se hâter alors qu'elle s'avançait jusque-là avec tant de précautions. Rosa Cellini avait consacré la majorité de ses dix-sept années de vie à soulager ses victimes de leur argent. Elle adorait ce métier – la manipulation et les tours de passe-passe lui étaient venus aussi naturellement que le fait de respirer. Mentir était pour elle une seconde nature ; elle ne s'attardait jamais sur les délits commis, ne les regrettait jamais. Chaque mensonge avait été au service d'un objectif plus élevé, dont elle s'approchait enfin.

Mais.

Savez-vous ce que voit le pape Léon lorsqu'il vous regarde ? La même chose que moi. Une cible facile.

Il lui était arrivé de tenir des propos bien plus déplaisants. Mais elle ne cessait de *s'entendre*. Sa voix résonnait sous son crâne, transformant ces mots en un refrain à lui fendre la tête.

Et Rosa sentait sombrer en elle l'impression de savoir pourquoi.

Quelque chose fleurit, avait dit Sarra, juste avant que la soirée n'entame sa descente vers l'enfer. Rosa combattait ce souvenir. Elle n'était pas Giacomo ; elle n'était pas du genre à s'amouracher de quelqu'un pendant le travail.

Cependant. En fin de compte, Rosa s'était entièrement livrée à Dominic Fontana. Elle avait avoué des choses dont elle n'avait jamais pu parler à des gens qu'elle connaissait depuis toujours. Et ensuite, il l'avait remerciée en la fuyant.

Une cible facile, voilà de quoi elle l'avait traité, blessée, sous le choc et tâchant de se convaincre. Mais, somme toute, elle avait le petit peintre grincheux de Chiusi dans la peau. Ce n'était pas une cible, mais tout autre chose.

Si tu le laisses s'échapper, avait dit Sarra, *alors il y aura un après*. Mais quel « après » pouvait-il y avoir avec Dominic Fontana ?

Elle fut dispensée de répondre à cette question, car la voiture s'arrêta. Rosa descendit sur les pavés devant l'atelier de Michelangelo. Un calme surnaturel régnait dans le bâtiment, surtout pour un milieu d'après-midi. Rassemblant ses jupes, elle ouvrit l'une des portes à double battant.

Les artistes et les apprentis qui encombraient l'espace en temps ordinaire avaient obtenu une journée de congé, ce qui permettait à Rosa d'avoir une vue dégagée sur le recoin de Michelangelo. Des ombres, découpées par le soleil de l'après-midi, dansaient sur les draps, et un faible bruit de voix masculines lui parvenait.

L'une d'entre elles était trop irritée pour être la voix de quelqu'un d'autre que Michelangelo. L'autre appartenait à Dominic.

Rosa devrait s'en aller. Elle ignorait comment Dominic réagirait en la voyant, et même s'il n'appelait pas la garde, il risquait de piquer une crise, ce qui ne serait pas moins problématique.

Elle s'approcha sans bruit.

« Quel faste absurde », grommelait Michelangelo. Par un interstice entre les draps, elle le voyait se bagarrer avec son justaucorps brodé, le dos raide, mal à l'aise.

La cloison de tissu s'enfla quand Dominic fit tournoyer une cape avant de la poser sur les épaules de l'artiste. « Bien sûr, Maître Michelangelo », dit-il, l'air aussi épuisé que Rosa s'estimait l'être.

Michelangelo jaugea son apprenti. « Ça ne t'a pas empêché de te mettre sur ton trente-et-un. » Il avait l'art de transformer une remarque anodine en insulte, et Rosa tressaillit pour Dominic. Son pourpoint et ses chausses étaient taillés dans un beau tissu bordeaux, et il s'était débarrassé de toute trace de peinture ou de poussière de marbre, ce qui était un net progrès par rapport à sa tenue quotidienne.

Pourtant, la seule réaction de Dominic au commentaire sarcastique de Michelangelo fut de baisser la tête. « Oui, Maître Michelangelo », acquiesça-t-il, docile.

Michelangelo arracha à son apprenti les fermoirs de son manteau. « Cesse d'obtempérer. Si je voulais me parler à moi-même, je crierais dans un canal. Que se passe-t-il sous ton crâne épais ? Tu es plus obtus que jamais, aujourd'hui. »

Le silence qui se prolongea entre les deux artistes fut long et plombé. « Rosa n'est pas votre nièce », finit par dire Dominic.

Les doigts de Michelangelo se figèrent. « Non. »

Dominic hocha une fois de plus la tête. « Elle est…

— C'est une femme redoutablement intelligente, voilà ce qu'elle est, gronda Michelangelo, reprenant vie soudain pour achever d'attacher sa cape. Et c'est possiblement le diable incarné. »

Rosa tâcha de ne pas s'en offenser, et eut d'autant moins de mal que son attention était totalement focalisée sur Dominic. Le jeune apprenti écoutait, ruminant de mystérieux calculs. « Mais vous lui faites confiance », constata-t-il.

Michelangelo haussa les épaules. « Pour tout son… Pour tout ça. Elle a le cœur au bon endroit. »

Elle s'attendait à une rebuffade de la part de Dominic – elle n'aurait pu le blâmer s'il avait tenté de ramener son maître dans le droit chemin. Mais il se contenta de regarder son aîné dans les yeux, avec une assurance que Rosa ne lui avait encore jamais vue.

« Les Medici m'ont proposé leur protection », déclara-t-il. L'estomac de Rosa se noua.

Michelangelo se tourna à nouveau vers le miroir, passant devant Dominic. « Lucratif.

— Oui.

— Sur certains points, rectifia le sculpteur, et au grand étonnement de Rosa, Dominic acquiesça.

— Pas sur d'autres. »

Michelangelo renifla. « C'est fichtrement certain.

— Dois-je accepter ?

— Tu me demandes mon avis, Fontana ?

— Oui. »

Dans le miroir, le regard de Michelangelo se déplaça – de quelques centimètres, juste assez pour croiser celui de Rosa. Elle le regarda s'emparer d'un chapeau sur le bord duquel se dressait une plume duveteuse, et le poser sur sa tête. Ses cheveux jaillissaient de sa nuque et s'épanouissaient en une auréole. « J'ai vendu mon âme il y a plusieurs décennies, avoua-t-il, si bas que Rosa l'entendit à peine. Mais ta vie t'appartient. Je ne peux pas te dire ce que tu dois en faire. C'est à toi de commettre tes propres erreurs. » Puis, un peu plus fort : « Donne-moi la brosse à chaussures. Ma voiture sera ici d'un instant à l'autre. »

Là-dessus, Rosa repartit à pas de loup vers la porte. Lorsqu'elle sortit dans le soleil froid de novembre, elle avait dans le nez l'odeur de la poussière de marbre, et dans la tête l'expression contemplative de Dominic Fontana. Elle tourna son visage vers la brise et inhala.

Quelque chose fleurit.

Peut-être n'est-ce pas une mauvaise chose, après tout, pensa-t-elle.

41

KHALID

Il était midi passé quand Khalid fit entrer sa charrette dans la Via de' Pucci, à une vingtaine de mètres des portes du Palazzo Medici. Les Florentins et les touristes s'entassaient dans toutes les rues, du Palazzo jusqu'à la Piazza del Duomo. Ils jouaient des coudes et se bousculaient pour apercevoir l'un des nobles visiteurs, ou même le pape en personne.

Si cette cohue ne défonçait pas la porte principale du Palazzo, c'était uniquement parce qu'un point de contrôle avait été établi au bout de la rue. Comme Vieri s'en était vanté, rien ni personne ne pouvait entrer dans le Palazzo Medici ou en sortir sans avoir subi une fouille approfondie. Khalid observa la scène, progressant peu à peu, pendant qu'un livreur se soumettait à l'examen de deux gardes en bleu Medici. Ils étudièrent sa charrette sous toutes les coutures, ouvrant les caisses pour inspecter des épaisseurs de linge de table, avant de finalement lui faire signe de passer.

Khalid fit avancer sa mule et retint sa respiration alors que les gardes tournaient leur attention vers lui. Il résista à l'envie de se gratter la joue là où Giacomo avait étalé la couche de pigment la plus épaisse, pour masquer le bleu violacé sous son œil. Cela lui semblait contre nature, gras et inconfortable – mais même Khalid avait dû admettre, après avoir aperçu son reflet dans une bassine d'eau, que Giacomo avait fait du bon travail.

Il garda néanmoins son menton enfoui dans sa gigantesque écharpe alors qu'il arrêtait sa mule, le visage masqué par le large bord de son chapeau. Les deux gardes en faction étaient des nouvelles recrues, et non des hommes avec lesquels il avait souvent été en interaction. Le plus petit des deux le héla en premier. « Livraison ? »

Le vice et la voix. « Oui, signore, répondit-il avec déférence. De Maître Bartolini. »

Le garde – il s'appelait Agosti, si les souvenirs de Khalid étaient corrects – le regarda froidement. « Bartolini ?

— C'est le vigneron », lança son collègue de l'autre côté de la charrette. Il regardait déjà sous le véhicule pour vérifier le dessous du chargement.

Les yeux d'Agosti brillèrent. « Ah oui », s'exclama-t-il, beaucoup plus intéressé qu'un instant auparavant. Il tendit une main. « Le reçu.

— Tout de suite, signore. » Khalid présenta le document que Rosa avait rédigé. Y figuraient une liste des tonneaux, la date de la commande, le jour de livraison et le nom du vigneron. Agosti fit mine d'en prendre connaissance. Il le tenait à l'envers.

L'arrière de la charrette s'enfonça. L'autre garde avait grimpé à bord. Il fouillait entre les barriques comme si c'était les siennes. Dans la rue, derrière lui, Khalid vit une silhouette mince en bleu Medici sortir de la foule et marcher vers eux à grands pas. Il conserva l'homme dans sa vision périphérique, mais l'essentiel de son attention obséquieuse était fixé sur Agosti et le reçu.

« Ça paraît en ordre, dit Agosti. La note de Bartolini a été réglée ?

— Oui, signore. »

Le garde qui était monté sur la charrette émit une toux significative. Agosti croisa son regard. Un sourire s'étala sur son visage.

Certains veulent se sentir malins, avait expliqué Giacomo. C'était une observation que Khalid n'aurait pas faite six mois auparavant. Peut-être aurait-il dû se sentir désemparé. Au lieu de quoi, il se rendit compte qu'il réprimait un sourire.

« Sauf que…, déclara Agosti, le nez collé au reçu et feignant la consternation. J'ai l'impression… Ça ne peut être vrai…

— Signore ?

— Il n'y a pas le compte. » Agosti brandit le papier. « Bartolini a oublié un tonneau. »

La silhouette en bleu était presque à leur niveau, ses grandes enjambées lui ayant permis de franchir le point de contrôle avec un élan plein d'autorité. Lui ne fut ni arrêté ni fouillé par Agosti et son collègue. Son uniforme le désignait comme un garde des Medici, au même titre qu'eux.

« Nous avons compté très attentivement, signore », insista Khalid.

Son banc grinça quand le garde présent à bord s'appuya sur son épaule. « Tu n'as pas l'air de suivre. Ton maître. A oublié. Un tonneau. »

Le garde qui approchait adressa un salut désinvolte en direction d'Agosti, qui répondit distraitement, car il était concentré sur Khalid.

Certains veulent se sentir puissants.

Khalid hocha la tête, intimidé. « Bien sûr. Vous avez absolument raison, signore. Tenez. » Il descendit et fila à l'arrière, où les tonneaux étaient attachés aux ridelles de la charrette. De sa main valide, il libéra une barrique et en tapota le couvercle. « Je me suis trompé. »

Il se recula pour laisser les gardes s'approprier le tonneau et le rouler dans leur logis. Puis, avec un sourire satisfait, Agosti restitua le reçu à Khalid et lui fit signe d'avancer.

Le nouveau garde des Medici se tenait devant les portes du palais. Ses yeux rencontrèrent ceux de Khalid pendant une fraction de seconde, mais nul n'aurait pu se méprendre, même à cette distance, sur l'éclair d'approbation joyeuse qui traversa le visage de Giacomo. Puis il disparut à l'intérieur du Palazzo.

Des charbons ardents rougeoyaient au fond de l'estomac de Khalid. Il sentit à peine la douleur dans son bras lorsqu'il se hissa à nouveau sur le siège du conducteur. Puis, faisant claquer les rênes, il incita sa mule à avancer – vers un soleil flamboyant, qui brillait comme l'or des Medici.

42

SARRA

Il avait été assez difficile, en se faufilant à travers la cohue près des remparts de la ville, de livrer le registre de Rosa à ses destinataires. Atteindre la cathédrale de Santa Maria del Fiore, située à une centaine de mètres du Palazzo Medici, avait été presque impossible, vu la densité de la foule. Le seul point positif, dans cette foule qui se pressait à l'extérieur, était qu'il y avait très peu de gens *à l'intérieur*. Quand Sarra eut enfin réussi à s'introduire dans le frais sanctuaire de pierre, elle eut la sensation qu'un véritable poids avait été retiré de ses épaules. Elle inspira profondément, inhalant l'encens et le silence chargé de prières, exhalant le bruit et la confusion des badauds en liesse sur la Piazza.

Ce n'était pas la première fois que Sarra pénétrait dans le fameux Duomo de Florence, mais il lui fallut un moment pour trouver ses marques. Les fresques vertigineuses qui décoraient la voûte du dôme étaient, comme toujours, un prodige d'art et de conception, et les plafonds immenses firent naître sur ses lèvres un sourire émerveillé. Quelques prêtres s'affairaient dans la nef, indifférents aux festivités qui se déroulaient derrière les portes. Les bancs étaient occupés par une poignée de fidèles qui, tête baissée, envoyaient leurs prières vers les cieux.

Peut-être avaient-ils découvert une vérité essentielle.

Il y avait, à l'entrée du bâtiment, une vasque remplie d'eau bénite. Se sentant un peu bête, Sarra y trempa ses doigts avant d'esquisser un signe de croix.

Elle ne ferma pas les yeux pour prier. Ça aurait été une fausse déférence, des excuses creuses. Puisqu'elle s'avançait dans cette journée les yeux ouverts, alors autant prier les yeux ouverts également.

Je ne demanderai pas d'aide. Elle darda ces mots vers le crucifix placé dans le chœur, et vers l'homme torturé et béni qui y était fixé. *Je ne demanderai même pas à préserver ma propre sécurité*.

L'eau gouttait de ses doigts. Qu'était-elle en train de *faire* ? Elle priait Dieu pour être autorisée à duper son porte-parole sur Terre... si Dieu écoutait vraiment, elle devrait peut-être plutôt s'abstenir d'attirer son attention.

Mais quand même.

Nous sommes des gens bien, Seigneur. Elle plaça derrière cette pensée tout le poids de sa conviction. *Cet homme – cette* cible – *n'est pas un homme bon. Tout ce que je vous demande, c'est de ne pas vous en mêler. Après, nous nous débrouillerons.*

Un peu provocateur, mais le message était clair. Elle adressa un signe de tête au crucifix, s'essuya les doigts sur ses chausses, et se dirigea vers l'escalier, sur le côté de la nef.

Lors de visites antérieures, Sarra n'avait jamais emprunté cet escalier, et pour cause. Le passage était si étroit que son paquetage frottait les deux murs, et les marches se succédaient *sans fin*, toujours plus haut, tournoyant sur les bords du Duomo. De temps à autre, une meurtrière permettait aux acclamations de la Piazza de se glisser dans la cage d'escalier, retentissant dans les oreilles de Sarra comme une sonnerie de cloches. Elle n'eut pas un regard vers la foule ; bientôt, elle aurait amplement l'occasion de la contempler. Ce qu'elle observait, c'était les fresques, qu'elle voyait de beaucoup plus près, les figures peintes la narguant de leurs yeux sereins et de leurs traits réguliers.

Elle fixa un chérubin. Le chérubin répondit par un sourire bienveillant. Sarra reprit son ascension.

Les jambes en feu, elle parvint au sommet, mais elle n'avait pas le temps de reprendre son souffle, et encore moins de se reposer. Haletante, elle s'arrêta devant la dernière fenêtre, qui donnait sur le côté ouest du Duomo, où la foule répandue dans les rues était un peu moins dense. Tous les regards étaient tournés vers le Palazzo Medici, de sorte que personne ne s'intéressait à la façade impassible du Duomo.

Cela signifiait aussi que personne ne vit Sarra Nepi se pencher à la petite fenêtre son arbalète à la main, viser avec soin la coupole qui se trouvait au-dessus d'elle, et tirer.

La flèche déchira l'air, entraînant un câble mince – l'une de ses inventions. La pointe était conçue pour s'accrocher à une surface de pierre plutôt qu'à percer la chair, mais elle n'avait pas pu, ces dernières semaines, la mettre à l'épreuve autant qu'elle l'aurait souhaité…

Le bout du câble, encore attaché à l'arbalète, trembla et s'affaissa. La flèche s'était plantée dans la coupole. Avec précaution, Sarra tira dessus pour en tester la résistance, d'un geste doux d'abord, plus énergique ensuite.

Le câble tenait.

Pour le moment, pensa Sarra, avant de s'autoriser un sourire narquois. Elle fourra son arbalète dans son paquetage. Puis, saisissant la corde à deux mains, elle se balança à l'extérieur. Ses pieds se posèrent sur le rebord, ultime issue vers la terre ferme.

Et elle se mit à grimper.

43

GIACOMO

Nous avons compté très attentivement, signore.

Giacomo réprima un sourire alors qu'il traversait les couloirs du rez-de-chaussée du Palazzo Medici, maintenant avec soin ses distances avec tous les autres gardes qui croisaient son chemin. Il avait peut-être sous-estimé Khalid, mais il estimait ne pas être *entièrement* coupable, dans la mesure où cet homme considérait le gagne-pain de Giacomo comme *répugnant* jusqu'à… hier ? Alors comment Giacomo aurait-il pu prévoir que Khalid révélerait un tel talent d'acteur dès lors qu'il se serait autorisé à le déployer ?

Il a survécu six semaines dans la garde des Medici, songea-t-il. *Puis il a été jeté dans le fleuve*. Ces deux faits s'annulaient l'un l'autre. Giacomo devrait peut-être cesser de s'émerveiller devant Khalid al-Sarraj, sinon il finirait lui-même par être jeté dans le fleuve.

Entre deux séances d'entraînement accélérées, Khalid lui avait décrit un itinéraire à travers le Palazzo, qui lui permettrait d'éviter les yeux indiscrets. Giacomo l'avait écouté d'une oreille, alors qu'il tâchait pour la millionième fois d'échapper à la force de Khalid : ses muscles protestaient contre l'exercice *affreux* auquel il les soumettait, mais Giacomo était un professionnel, et un *professionnel* devait mémoriser les trajets, les schémas et les issues possibles. À présent, bien que maladroitement chaussés de bottes d'emprunt, ses pieds le portaient avec assurance vers l'escalier des serviteurs dont Khalid lui avait parlé, et il se mit bientôt à le gravir.

Ils avaient fait de leur mieux avec la masse de tissu détrempé qu'était devenu l'uniforme de Khalid, mais ils n'avaient pas eu le temps de le retailler entièrement. Quelques heures de séchage devant la cheminée et quelques reprises rapides pour remédier aux déchirures causées par les coups de poing et par l'Arno avaient eu pour résultat une tenue acceptable, à condition que personne ne remarque combien de fois les manches avaient été retroussées ou combien de trous supplémentaires il avait fallu percer dans la ceinture pour attacher les chausses. Si tout se déroulait comme prévu, cela ne poserait aucun problème. *Si* tout se passait bien.

Beaucoup de choses dépendaient de ce « si ». Giacomo était en nage.

Une fois arrivé au dernier niveau, il sortit de l'escalier. Alors que le rez-de-chaussée grouillait de serviteurs, de valets de pied et de gardes qui se marchaient sur les pieds dans l'exécution de leurs tâches respectives, le deuxième étage était réservé à la famille. Seuls les gardes les plus gradés ou munis d'une dispense spéciale pouvaient y pénétrer. De sorte qu'il devrait être très silencieux, très rapide et très chanceux.

Première à droite…

Giacomo foula le tapis d'un pas assuré, les yeux fixés à mi-distance. Des mouvements furtifs éveilleraient la curiosité. Il tourna à droite au bout du couloir sans d'abord passer la tête à l'angle, comme le ferait un garde en patrouille, et il retint son soupir de soulagement en découvrant que cet autre corridor était désert.

Sixième à gauche…

C'était un couloir ensoleillé, percé de fenêtres de part et d'autre. Celles de droite donnaient sur la cour, admirable chef-d'œuvre architectural qui était en train de se transformer en admirable chef-d'œuvre *doré* sous la supervision de plusieurs domestiques à la mine sévère. Les fenêtres de gauche offraient une vue un peu moins pittoresque, encadrant des aperçus de la rue, de la cathédrale voisine et de la foule des badauds.

Une porte invisible s'ouvrit quelque part, et quelqu'un s'avança à pas pressés. Giacomo distingua des éclats de voix masculines avant que la porte ne se referme. Un instant après, une adolescente en livrée de servante arriva en trottinant, le visage blême et inerte, les yeux rivés au sol. Giacomo redressa les épaules, mais la jeune fille ne lui accorda pas même un regard lorsqu'elle le croisa, serrant entre ses mains une aiguière d'argent vide. L'instant d'après, elle avait disparu dans l'escalier des serviteurs, et Giacomo fut à nouveau seul.

Eh bien. C'était une cause d'excitation superflue. Giacomo se croyait parfaitement capable d'utiliser ses talents pour convaincre la fille si elle n'avait pas voulu le laisser passer, mais cela ne signifiait pas qu'il avait le *temps* de le faire, ni surtout le temps de le faire *bien*.

Fouillant dans son pourpoint, il en tira l'écharpe écarlate qu'il y avait rangée auparavant, puis Giacomo perdit encore quelques secondes à comprendre comment ouvrir la fenêtre en vitrail. Les charnières rouillées *hurlèrent* lorsqu'il poussa la vitre vers l'extérieur, mais comme personne ne vint le réprimander ou le tuer, Giacomo continua et suspendit l'écharpe au rebord. Elle se mit à claquer au vent, et il imagina toute l'opération anéantie si l'écharpe s'envolait, il en rattrapa donc l'extrémité et la coinça dans l'espace situé entre la fenêtre et le rebord, tirant de toutes ses forces…

« Que signifie cela ? »

Giacomo se retourna.

Le cardinal Giulio de' Medici remplissait le couloir de manière impressionnante pour un homme aussi svelte, compensant l'étroitesse de ses épaules par le venin de son regard. Giacomo fut toisé du sommet du crâne jusqu'au bout des orteils, cloué sur place par ce poison brûlant.

Pas moyen de fuir. Le cardinal n'avait qu'à pousser un cri, et Giacomo serait hérissé de carreaux d'arbalète et lardé de lames d'acier avant d'avoir pu atteindre le portail. Il n'avait qu'à s'incliner, absorber la férocité ardente de ce regard, et *prier* alors que, suspendue au-dessus de Florence, Sarra tentait l'impossible.

Avec de la chance – avec *un peu* de chance –, cela suffirait.

44

SARRA

Les acclamations de la foule, encore audibles, étaient bien atténuées, là-haut. Au lieu du silence habituel des murs de la cathédrale, c'était comme si quelqu'un avait pris toutes ces voix pour les éparpiller comme des billes sur une dalle de granit, les dispersant à travers les centaines de mètres qui séparaient Sarra du sol.

Le fait d'avoir l'espace nécessaire pour ce genre de réflexion tandis qu'elle montait lentement mais sûrement sur le côté du Duomo était soit le pire, soit le meilleur de toute cette entreprise. Le bon côté était que cela l'empêchait de jeter un œil vers le bas. Du mauvais côté cependant, cela lui faisait penser au sol si lointain – ce qui n'était guère productif.

Le *clac clac* de ses bottines s'insérant entre les tuiles de la toiture semblait très sonore, même comparé au bruit du vent. Elle décida de se concentrer plutôt là-dessus, ainsi que sur la brûlure de ses épaules et de ses biceps tandis qu'elle se hissait peu à peu vers la coupole.

Clac clac. Peut-être aurait-elle dû prier pour sa propre sécurité, après tout, mais... il était trop tard à présent.

Clac clac. Son père s'était-il jamais attaqué à une tâche aussi absurde ? Voilà peut-être pourquoi il n'avait jamais cédé quand elle le suppliait de lui raconter des histoires. Si Sarra avait su qu'il passait son temps à des hauteurs invraisemblables, elle n'aurait jamais pu s'endormir le soir.

Clac clac. Pietro avait peut-être raison de s'inquiéter autant.

Clac cla…

Son pied rencontra une pierre friable, puis le vide. Elle eut le temps de jurer. « Merde ! »

Puis ce fut la *chute*, la dégringolade contre le dôme, en une pluie de maçonnerie en décomposition. La gravité lui arracha le câble des mains, et soudain, rien ne la retenait plus que l'air, et les cris de la foule semblaient bien plus proches et bien plus assourdissants qu'un instant auparavant.

Elle chercha désespérément à se raccrocher aux tuiles, tentant de retrouver la corde, n'importe quel point d'appui. Mais le toit était lisse et Sarra tomba comme une pierre, le câble emporté par le vent dansant hors de portée…

Puis il *revint dans sa main.*

Alors qu'elle ne pouvait saisir que le vide, tout à coup le même vent qui lui avait pris la corde la ramena entre les mains de Sarra. Elle s'y agrippa, sentant la douleur fulgurante dans ses épaules lorsque son corps s'immobilisa soudain, avant de se mettre à se balancer.

Tout s'était passé si vite. Elle avait dû perdre un mètre et demi. La coupole était encore proche, à supposer que Sarra puisse convaincre ses muscles paralysés d'obéir à son cerveau et de la porter jusque-là.

Notre Père qui êtes aux cieux, pensa-t-elle, à la limite de l'hystérie. Donnant de grands coups de bottes, elle parvint à encastrer à nouveau ses orteils entre les tuiles. *Clac clac.*

Elle avait frôlé la mort, mais l'incident était maintenant derrière elle – en dessous d'elle ? Mieux valait éviter cette formule – et Sarra n'eut plus qu'à gravir les derniers mètres jusqu'à la coupole inachevée. Elle se hissa sur la petite plateforme et s'autorisa une minute pour s'allonger sur le ventre, embrassant les pierres et oubliant le vent qui détachait de ses nattes quelques-uns de ses cheveux.

« La prochaine fois, marmonna-t-elle, c'est moi qui mettrai la jolie robe, et je laisserai l'escalade à Rosa. »

C'est avec une grande réticence qu'elle s'agenouilla et tira une fois de plus l'arbalète de son sac, essentiellement parce qu'elle en était au point où elle ne pouvait plus ignorer les pavés. Florence s'étendait en contrebas, colorée et brumeuse, et elle voyait d'ici bien au-delà des remparts, jusqu'aux vertes collines qui ondoyaient au loin.

C'était un paysage superbe. Sarra en fut contrariée.

Le poids de l'arbalète était rassurant entre ses mains lorsqu'elle chargea un nouveau carreau. C'était encore une flèche qu'elle avait créée pour l'occasion, et à laquelle un câble était également fixé. La pointe semblait bourdonner dans l'encoche, rêvant de s'envoler, alors que Sarra prenait le tournevis dans sa trousse et regardait dans le viseur.

En faisant la mise au point sur le Palazzo Medici, Sarra eut une brève sensation de déjà-vu. Quelques semaines auparavant, elle était assise sur un autre toit et contemplait le Palazzo à travers ce même viseur.

Deuxième étage… deuxième étage… Les engrenages cliquetaient et vibraient tandis qu'elle examinait l'alignement de fenêtres, son tournevis modifiant le réglage pour que l'image reste nette. *Oui…*

Accroché au rebord de la dernière fenêtre, un minuscule morceau de tissu rouge. Sarra distingua un léger mouvement à l'arrière, dans la pièce, mais ce devait simplement être Giacomo qui faisait les cent pas pour patienter.

Il valait mieux ne pas le faire attendre.

Sarra referma sa trousse à outils, cala l'arbalète contre son épaule, souffla lentement…

Et laissa son doigt trouver la détente.

45

GIACOMO

Même plié en deux par une révérence, Giacomo sentait le regard glacial du cardinal de' Medici lui transpercer le crâne.

Merde, se dit-il, avant d'enchaîner avec un autre *merde,* puis un troisième *merde.*

« Expliquez-vous, garde », exigea le cardinal. Las de contempler les chaussures du prélat, Giacomo se redressa et fixa ses yeux sur un point du mur, juste derrière l'épaule du cardinal.

Le point du mur où le carreau d'arbalète de Sarra se planterait *très bientôt.* À moins, bien sûr, qu'elle ne manque sa cible et transperce directement le cardinal.

Merde.

« Je vous ai donné un ordre, garde, s'emporta le cardinal. Cet étage est réservé à la famille et aux domestiques affectés à leur personne. Je ne crois pas que vous apparteniez à cette catégorie.

— Non, Votre Éminence, balbutia Giacomo. Je sais cela, Votre Éminence.

— Alors *pourquoi* êtes-vous *ici* ? »

Quelque chose brilla dans le coin de l'œil de Giacomo – un éclat métallique près de la coupole du Duomo. Le temps dont il disposait s'épuisait rapidement.

« Instructions du capitaine Romano, Votre Éminence, expliqua-t-il à la maçonnerie située derrière le cardinal. Dans le cadre des mesures de sécurité renforcée. »

Le regard froid du cardinal de' Medici se fit plus intense. « Je n'avais pas connaissance qu'elles s'étendaient au-delà du rez-de-chaussée.

— Si, Votre Éminence.

— Cela était-il… Cela est-il *nécessaire* ? »

À moins que Giacomo soit soudain devenu un parfait incapable dans l'exercice de son métier, c'était bien un soupçon de *peur* qu'il vit animer le visage impénétrable du cardinal. « Sans doute pas, Votre Éminence, répondit-il d'une voix mécanique et neutre, comme s'il régurgitait les ordres reçus. Mais certaines informations confidentielles ont… motivé le capitaine Romano à augmenter le nombre de protections entourant la famille Medici. Euh… ce qui veut dire vous, Votre Éminence.

— Quelles informations ? »

Giacomo s'agita, en partie pour donner le change, en partie afin de pouvoir jeter un œil par la fenêtre. Toujours aucun signe de mouvement au sommet du Duomo, mais cela pouvait être interprété de diverses manières : *Sarra est sur le point d'embrocher un cardinal* ou *Sarra s'est écrasée comme une crêpe sur les pavés*. « Le capitaine Romano m'a ordonné de garder le silence à ce sujet, Votre Éminence.

— C'est à *moi* que ces informations sont destinées, garde. Je paie pour les obtenir. Vous aussi, je vous paie. *Que se passe-t-il ?*

— Bien sûr. Bien sûr. Ah. » Giacomo se rapprocha du cardinal autant qu'il l'osait. « Voyez-vous, Votre Éminence, certains des invités au banquet suscitent… des préoccupations. Ce n'est qu'une rumeur ! s'empressa-t-il d'ajouter. Voilà pourquoi le capitaine Romano ne voulait pas vous inquiéter. Mais… À la lumière des récents... troubles en ville, on soupçonne les... perturbateurs d'avoir été... eh bien. Financés.

— Financés, répéta de très loin le cardinal de' Medici . Et le capitaine Romano pense que leur commanditaire... pourrait être au Palazzo ce soir ?

— Ce n'est qu'une intuition ! s'exclama Giacomo. Mais... oui. Il y a un risque. » Il inclina la tête. « Tout va bien, Votre Éminence ? »

En fait, le cardinal était devenu grisâtre et, lorsqu'il parla, sa voix ressemblait à un râle. « Je... », dit-il, mais ce fut apparemment tout ce qu'il put articuler, car il recula sans un mot de plus vers la porte d'où était sortie la jeune servante.

À peine la robe écarlate avait-elle disparu qu'un objet fila sous le nez de Giacomo avec un *pfuit !* et percuta le mur. Le carreau d'arbalète s'était fiché dans le plâtre, à l'endroit précis où se trouvait auparavant la tête du cardinal. Un mince câble pendait du bout de la flèche et se prolongeait vers le ciel, à l'extérieur de la sixième fenêtre.

Sarra n'est donc pas devenue une crêpe, songea Giacomo.

Très vite, il coupa la corde et l'attacha à un anneau dans le mur. Le signal consistait à tirer quatre fois dessus, après quoi Giacomo n'avait plus qu'à éviter la crise cardiaque et à canaliser l'énergie qu'il pouvait lui rester pour guetter de son mieux tout signe indiquant que le cardinal ou n'importe quel autre de ces maudits Medici avait décidé d'utiliser ce couloir. Ensuite...

Quelque chose bourdonnait.

Giacomo pencha la tête, tendit l'oreille. Était-ce une abeille ? Une abeille avait-elle survécu aux premiers gels de l'hiver pour s'introduire dans le Palazzo ? Giacomo allait-il devoir affronter une *abeille* en plus de tout le reste ?

Mais non, Dieu merci : le bourdonnement venait du câble, qui vibrait juste assez pour produire ce bruit, qui vibrait parce que quelque chose glissait dessus, fonçant droit vers la fenêtre du Palazzo.

Giacomo vit l'objet en question s'approcher, le simple point noir prenant peu à peu la forme familière du sac en cuir brun d'Agata de Rosso. Il traversa la fenêtre à une vitesse terrifiante, et Giacomo parvint de justesse à l'intercepter avant qu'il ne s'écrase contre le mur opposé. L'impact lui piqua les paumes, et il s'accorda un bref moment d'effroi à la pensée des substances contenues dans ce sac, mais comme il n'y eut pas d'explosion, il décrocha prestement le tout et tira une dernière fois sur la corde. Un instant après, le câble s'envola par la fenêtre, rembobiné par les mains invisibles de Sarra. Après avoir arraché du mur le carreau d'arbalète incriminant, Giacomo serra le sac contre sa poitrine et se dirigea vers l'escalier. Sa tâche suivante ne tolérait aucun retard.

Il trouva ce qu'il cherchait dans l'ombre des cuisines, caché sous un tas de vieux meubles et de tonneaux cassés. Au bout de quelques instants passés à déplacer ces débris, il découvrit une trappe dans le sol.

Ce n'était en apparence rien de plus que la porte d'une cave, mais Giacomo, qui avait consulté les plans du Palazzo Medici, qui les avait *étudiés*, savait qu'il n'en était rien. Il ouvrit la trappe et y descendit.

La première chose qu'il remarqua fut combien l'air y était humide et y sentait le renfermé. Il alluma une torche pour réchauffer un peu l'atmosphère… et faillit la lâcher de stupeur.

Les murs n'étaient pas les parois de terre ou de pierre grossière auxquelles on pouvait s'attendre dans une cave. Quelqu'un y avait appliqué une couche de plâtre, puis y avait dessiné des personnages, des objets, des lieux, des engins mécaniques dont Giacomo était bien incapable de comprendre la fonction. Chaque esquisse était tracée d'une main assurée qui lui avait conféré une vie étonnante, et si Giacomo se retint de suivre du bout du doigt l'image d'un moineau en plein vol, c'était uniquement parce que ses deux mains étaient occupées.

Ce ne pouvait, incontestablement, qu'être l'œuvre de Maître Leonardo da Vinci. Lorsqu'il l'eut compris, Giacomo put à nouveau se concentrer sur la tâche en cours. À contrecœur, il détourna son regard du mur au profit d'une planche fendue, placée au fond de la cave. Elle se détacha lorsqu'il tira brusquement dessus, et Giacomo contempla soudain une masse d'engrenages, de roues, de leviers et… de pointes de fer.

Il était sous le couloir menant à la chapelle des Mages, au milieu des pièges promettant souffrance et mutilation à tous les audacieux qui voudraient accéder à la salle du coffre des Medici. Et Giacomo était totalement inapte à en déjouer les stratagèmes.

Par bonheur, cela n'avait pas grande importance. Il ouvrit le sac d'Agata.

« Tu dois m'écouter très attentivement », lui avait dit Agata, les rides de son visage lissées en un bloc de granit sombre. Le contenu de sa trousse était étalé sur la table de la cuisine, les poudres, les potions, les herbes alignées avec soin. Giacomo avait été fasciné par le flacon de liquide bleu, qui *bouillonnait*. « Mon petit chou. Giacomo ! »

Giacomo s'était obligé à la regarder dans les yeux. « Mon attention est toute à vous, ma reine.

— Arrête tes bêtises, avait-elle dit en lui pinçant sévèrement le dos de la main. C'est important. Tes belles paroles ne peuvent rien contre tout ce qu'il y a sur cette table. La seule façon de procéder, c'est que tu retiennes tout ce que je vais t'expliquer. Sinon, vous finirez dans un cercueil, soit toi, soit Rosa. Tu comprends ? »

Giacomo avait éclaté de rire, mais sa bouche était tout à coup devenue très sèche. « Bien sûr, bien sûr. C'est si compliqué que ça ? »

Agata n'avait pas bronché, et Giacomo avait compris jusque dans sa chair pourquoi elle avait la réputation d'être une sorcière redoutable. « Est-ce que. Tu. Comprends. »

Il avait hoché la tête. Et la leçon avait démarré.

Il entendait à présent les mots dans son esprit, alors qu'il fouillait dans le sac, ses doigts effleurant avec précaution les éprouvettes et les paquets enveloppés dans du tissu, cherchant, cherchant…

Aqua fortis, avait-elle appelé cette substance. Puis elle l'avait rebaptisée *esprit de nitre*. Et ensuite elle lui avait dit de faire attention à ses doigts s'il ne voulait pas qu'ils pourrissent. C'est pourquoi, quand il trouva la fiole tout au fond du sac, emmitouflée dans un tas de vieux chiffons, ses mains tremblèrent lorsqu'il la saisit, la déballa et la brandit – *pas trop près*, lui siffla Agata à l'oreille – à la lumière de la torche.

Le récipient ne payait pas de mine. Ç'aurait pu être un flacon rempli d'eau. Mais Giacomo était mieux placé que quiconque pour savoir qu'il ne faut déduire aucune certitude des apparences.

« Si cette *aqua fortis* est si puissante, avait-il demandé à Agata, pourquoi ne pas simplement en arroser les pièges et en finir ?

— Est-ce que je mets une fausse barbe pour t'apprendre à faire ton métier ? » avait-elle riposté. Ses mains n'étaient plus qu'un mouvement flou à mesure qu'elle ramassait différentes choses sur la table. « Signore da Vinci les a conçus en *fer*. Autant plaquer une armure par-dessus. » Elle soumit certains objets à son inspection. « Cela exige un peu plus… d'innovation. »

Giacomo prélevait à présent tout ce qu'elle avait déposé dans le sac – une chandelle, un bout de fil de fer, et un bocal d'eau – en se demandant si elle l'avait enrôlé dans quelque rituel de sorcière.

« L'esprit de nitre est délicat, avait précisé Agata. Il ne s'entend pas avec les autres composants. Seul, il est très bien, mais si on y ajoute le mauvais ingrédient, tout devient… instable. »

Cette femme avait un don pour l'euphémisme, car Giacomo avait fini par comprendre qu'il avait été envoyé ici, dans cette cave qui n'était guère mieux qu'un garde-manger amélioré, dans le but de déclencher ce qui n'était ni plus ni moins qu'une bombe. Et comme cela n'était pas encore assez *ridicule*, il ne pouvait pas simplement verser de l'eau dans l'*aqua fortis* et regarder le travail de da Vinci se désintégrer – non, non, non, *apparemment* bla bla bla brouillard chimique bla bla bla *asphyxie* signifiait qu'il devrait déclencher une détonation à retardement pour éviter de *mourir* sur place.

« Ce qui est *tout à fait* sensé, marmonna-t-il en penchant le bocal d'eau pour l'accrocher avec le fil de fer. Parce que si Giacomo san Giacomo est réputé pour une chose, c'est bien pour son talent en ingénierie mécanique. »

Vint ensuite la chandelle, placée sous le fil de fer. Puis, d'un geste extrêmement délicat, Giacomo souleva l'*aqua fortis* et la positionna juste sur la trajectoire descendante du bocal d'eau. Ou du moins, là où il *espérait* que le bocal tomberait.

Il transpirait à grosses gouttes lorsqu'il se rassit sur ses talons, l'air renfermé de la cave lui collant aux tempes et au col. Malgré sa terreur et son anxiété naissantes, il eut le temps de jeter un coup d'œil aux esquisses de Maître da Vinci, qui s'animaient à la lueur de sa torche.

« Je regrette infiniment », leur dit-il. Elles ne répondirent pas.

Puis, en frappant son silex, Giacomo alluma la chandelle… et s'enfuit en courant.

46

ROSA

Si le Palazzo Medici avait impressionné Rosa lors de sa première visite, la seconde la laissa abasourdie. Ce qui était déjà splendide et opulent avait été encore embelli pour stupéfier les invités qui entraient, les yeux écarquillés d'admiration.

La sécurité renforcée mettait seulement en relief la richesse de l'édifice. La voiture transportant Rosa et Michelangelo avait été fouillée deux fois avant d'atteindre le portail. D'abord à une vingtaine de mètres du Palazzo, puis à nouveau devant les portes. À l'intérieur, les gardes défilaient dans la cour à intervalles réguliers, et Rosa put apercevoir d'autres uniformes encore derrière les fenêtres des étages. Autant qu'elle puisse en juger, les seules difficultés étaient venues du couple de marchands qui les suivaient dans leur charrette, mécontents de se voir infliger l'indignité des points de contrôle. Alors qu'ils traversaient la cour, l'épouse exprimait encore son déplaisir à son mari qui tentait en vain de la faire taire.

Dans une procession étincelante, ils débouchèrent dans les jardins et, pendant un moment, Rosa eut l'idée saugrenue qu'elle avait été transportée dans quelque pays féérique ; quelqu'un s'était donné beaucoup de mal pour allumer de petites chandelles parmi les buissons et les statues. Elles clignotaient et vacillaient dans l'ombre, baignant le jardin d'une lueur éthérée. Là où il n'y avait pas de chandelles, il y avait des guirlandes de perles de verre, de fleurs et de rubans multicolores où jouait la lumière et qui la reflétaient en nuances bleues, vertes, rouges et jaunes. Même Michelangelo, cet éternel blasé par le monde entier, fut surpris par la métamorphose du jardin.

« Ah, mais voici Il Divino en personne ! » Le quatuor à cordes placé dans le coin ne pouvait couvrir la voix sonore qui les accueillit lorsqu'ils s'avancèrent dans l'allée de gravier blanc. Le pape rayonnait. Il avait été installé sur une chaise à haut dossier, au centre d'une longue table de banquet, le cardinal de' Medici à sa droite. Des tables plus petites avaient été dressées tout autour, couvertes de nappes bleu Medici, contrastant avec celle du pape, qui était blanche.

« Votre Sainteté, grommela Michelangelo.

— Votre Sainteté, lui fit écho Rosa, avec une révérence. Je suis sans voix. C'est extraordinaire.

— Oui, c'est joli, n'est-ce pas ? » Agitant la main, le pape désigna les alentours. « Et attendez d'avoir goûté les plats. Les cuisiniers se sont surpassés, à ce qu'il paraît. Venez, venez. Les retardataires devront affronter les conséquences de leur retard si nous commençons sans eux. »

À son côté, le cardinal de' Medici baissa la tête en un léger salut. « Je vous en prie », dit-il en leur montrant les sièges placés de part et d'autre du pape.

Michelangelo murmura quelque chose tandis qu'ils suivaient un valet de pied jusqu'à la table. « Pardon ? lui demanda Rosa.

— *Ostentation*. Tout cela n'est qu'*ostentation*. »

Cela allait de soi. Les Medici tenaient à faire bonne impression aux riches familles réunies ce soir-là, et quoi de plus impressionnant que le plus illustre artiste du pays obéissant à leur moindre caprice ?

« Maintenant, vous savez ce que ressentent vos statues », chuchota Rosa, surprenant son regard furieux alors qu'ils se glissaient sur leurs sièges.

Depuis la table maîtresse, Rosa voyait tout le jardin, ainsi que les autres tables, où resplendissaient des invités assez richement parés pour acheter tout le Mercato Vecchio.

Tous se turent à l'instant où le pape leva les mains, les lumières féériques du jardin faisant scintiller ses bagues. « Merci, commença-t-il. Je ne saurais traduire par des mots tout ce que votre présence signifie pour nous. Il est agréable à Dieu de savoir qu'il existe en Toscane des gens aussi pieux, dont certains ont fait un long voyage pour être ici. C'est dans cet esprit que j'ai préparé ce repas, comme preuve de ma gratitude. Si vous voulez bien vous joindre à moi ? » Il joignit les mains. *« In nomine patris, et filii, et spiritus sancti… »*

La formule récitée se répandit dans la nuit, et l'aristocratie toscane l'écouta tête baissée. Mais l'un des convives ne priait pas.

Assis à l'une des tables les plus proches, Dominic Fontana avait le regard rivé sur Rosa.

Que voyait-il ? Rosa la voleuse sans cœur ? Rosa la fille endeuillée ? Autre chose encore ? Michelangelo avait assuré à Dominic que les intentions de Rosa étaient bonnes. Pouvait-il croire son maître ?

Ses lèvres s'entrouvrirent. Oserait-il dire quelque chose *ici* ? Devant tous ces gens ? Allait-il… ?

Il parla, mais sa voix rejoignit celle d'une centaine d'individus, formant ensemble un grondement de tonnerre pour prononcer le mot « Amen » si fort qu'il rebondit sur les statues de marbre. Rosa, préoccupée, n'avait pas entendu la fin de la prière du pape, et des serviteurs accouraient maintenant sous les arcades derrière la table principale, apportant mets après mets. Elle évita le regard confus de Michelangelo et reprit le rôle de Rosa de' Lombardi, dont le cœur n'avait jamais été troublé par aucun apprenti, et à qui jamais pareil repas n'avait été servi au cours de ses années sur cette terre.

« Oh mon Dieu », s'exclama-t-elle lorsqu'un faisan rôti fut déposé devant le pape, bientôt flanqué d'une soupière contenant un riche bouillon parfumé par des herbes aromatiques, et d'une corbeille garnie d'un pain blanc et moelleux. Un jeune serviteur se glissa près d'elle pour remplir son verre à vin avec une carafe débordante.

« Servez-vous, servez-vous donc ! les encouragea le pape, qui avait déjà un monticule de nourriture dans son assiette. C'est un festin, alors festoyez donc ! »

La soirée se déroula dans une sorte de brouillard, les domestiques allant et venant pour veiller à ce que chaque table ploie sous les lourds plateaux. Michelangelo enterra ses nerfs dans son assiette, mangeant avec une voracité qui contredisait son corps noueux. Rosa ne put l'imiter. Tout ce spectacle – cette *ostentation,* comme l'appelait le sculpteur – lui avait aigri l'estomac. Elle picora à peine, se contentant de quelques bouchées lorsqu'elle se sentait épiée.

Elle ne s'autorisait un regard vers Dominic qu'à chaque nouveau service. Dominic, lui, n'avait pas cette retenue. Chaque fois qu'elle levait les yeux de son assiette, elle le surprenait à la dévisager, sans qu'il ait mangé quoi que ce soit.

« Eh bien, mon frère ! » Le pape minaudait, penché vers Michelangelo, son gobelet de vin entre les doigts. « Je ne vous avais jamais vraiment imaginé en Cupidon. »

Michelangelo se pétrifia, une tranche de rôti pendant de son couteau. « Quoi ? »

À l'aide de son gobelet, le pape désigna Rosa, puis, vaguement, Dominic. « Ne me dites pas que ces *regards* vous ont échappé. »

Rosa n'eut pas à faire semblant de rougir. « Je crains que Votre Sainteté ne soit dans l'erreur…

— J'ai beau être un homme de Dieu, je ne suis pas *aveugle,* mon enfant, l'interrompit le pape avec un gloussement indulgent.

Et ce pauvre Fontana a l'air positivement *éploré*. Je dois ici vous conseiller : quel que soit le tour qu'il a pu vous jouer, vous devez trouver en vous de quoi lui pardonner.

— Il est en bonne voie de devenir un artiste très riche. » Tout en parlant, le cardinal de' Medici sciait lentement un morceau de faisan argenté.

Rosa sentit son estomac se tordre encore un peu plus. « Est-ce bien vrai ?

— Je pense qu'il est le prochain joyau parmi tous ceux que possède la famille Medici », dit le pape, assez fort pour être entendu de tous ceux qui écoutaient.

Les yeux de Dominic perçaient le côté de la tête de Rosa.

« Comme c'est intéressant. »

Le couteau du cardinal s'était immobilisé dans sa main. La tête tournée vers les jardins, il plissait ses yeux froids. « Votre Sainteté », murmura-t-il.

Rosa tenta de suivre la direction de son regard, qui semblait posé sur un groupe de marchands, qui n'avaient rien de remarquable. Cependant, ce que le cardinal avait vu le poussa à serrer le poing autour de son couteau.

Elle n'avait pas de temps à perdre. Avec une toux délicate, Rosa se tamponna les coins des lèvres. « Me permettez-vous de m'absenter un instant, Votre Sainteté ? »

Le pape rit. « Oui, allez-y ! Je sais comment vous êtes, vous autres jeunes amants ! »

En se levant, Rosa baisa la joue de Michelangelo. « Veillez à ce qu'il ne quitte pas la table, chuchota-t-elle, avec un coup d'œil significatif vers le cardinal furieux. Quoi qu'il arrive ». Puis, avec une nouvelle révérence, elle partit en hâte vers la cour.

Les Medici pouvaient cancaner autant qu'ils le voudraient. Cela n'empêcherait pas Rosa de leur mettre le feu.

47

GIACOMO

La cuisine était en pleine effervescence quand Giacomo la traversa. Il était à mi-chemin du lieu de rendez-vous lorsque tout partit de travers.

« Garde ! »

Si Giacomo marchait vite et avec assez d'assurance, la réalité se transformerait peut-être, de manière à ce que l'homme qui criait cesse de crier après *lui*. Giacomo pourrait atteindre la chapelle des Mages, Rosa y serait et, ensemble, ils pourraient dépouiller avec habileté et sans encombre ces crapules de Medici, après quoi tout irait bien.

« Garde ! Halte ! »

Une fois de plus, la frontière entre faire la sourde oreille et faire capoter tout le projet en étant arrêté pour insubordination était mince. Giacomo s'arrêta donc et laissa protester la fille de cuisine qui dut l'éviter alors qu'elle marchait derrière lui.

C'est un autre garde qui l'avait repéré, et en voyant s'approcher l'uniforme bleu, Giacomo sentit son estomac se nouer pendant une fraction seconde : l'homme *savait*, ou bien le cardinal avait donné l'alarme, ou il y avait *autre chose encore*.

« Tous les gardes sont convoqués dans les jardins, immédiatement », dit le garde, dont le regard semblait un peu pris de démence au-dessus de sa barbe impressionnante.

Quelque chose n'allait pas. Quelque chose que Rosa n'avait pas prévu allait changer leur plan, et si les gardes étaient convoqués, cette distorsion allait se produire sous le nez des Medici. C'était la première moitié de la conclusion catastrophique à laquelle parvint l'esprit de Giacomo. L'autre moitié était l'heure qui tournait dans la chapelle des Mages. Il était déjà en retard pour le rendez-vous, et s'il perdait encore du temps...

« Les jardins ! glapit le garde barbu. *Maintenant*. »

Ce n'était pas le genre d'ordre que Giacomo pouvait contester, du moins pas sans gâcher des minutes dont ni lui ni l'autre ne disposaient, et il suivit donc le garde.

C'est peut-être une bonne chose, raisonna-t-il. *Si je suis sur les lieux... quoi qu'il arrive, je pourrai influencer les événements... ou du moins gagner un peu de temps, comme ça Rosa pourra encore entrer par effraction dans la salle du coffre...*

Il y avait là-dedans une pointe d'hystérie. Une bonne dose d'hystérie. Ses pensées étaient *noyées* dans l'hystérie, et il eut le plus grand mal à se maîtriser lorsque le garde barbu ouvrit la porte du jardin et s'avança sur la pelouse.

Giacomo fut d'abord frappé par le calme. Lors d'un banquet où le vin coulait à flots, on pouvait s'attendre à des conversations animées et même à quelques cris. Mais les voix qui filtraient entre les buis taillés et les statues étaient étouffées et *puaient* la tension. Giacomo sentit un frisson parcourir sa colonne vertébrale alors qu'il marchait sur les talons du barbu.

« ... *indécent* », marmonnait quelqu'un, d'une voix trop sonore et trop pâteuse pour être celle d'un invité calme et sobre. Entre deux buis, Giacomo distingua un mouvement : un marchand habillé de pied en cap en jaune moutarde, qui agitait son gobelet de vin comme la baguette d'un magicien. « C'est *indécent* », répéta le marchand, encore plus fort, s'écartant alors que sa femme voulait lui confisquer sa boisson.

« Parle moins fort », siffla-t-elle.

Le marchand refusait de s'apaiser, et son gobelet décrivit un nouveau huit. « Ça n'est pas des manières pour un homme de Dieu. »

Le garde barbu prit un brusque virage après une statue, et tout à coup Giacomo eut une vue dégagée sur l'ensemble du jardin. Son instinct le poussa d'abord à chercher la longue table bien garnie où étaient assis le pape, le cardinal et Il Divino. Entre les décorations et les plats, le tableau aurait dû être des plus réjouissants.

Mais le cardinal de' Medici fronçait les sourcils. Le pape Léon faisait la moue. Même Il Divino semblait affecté, les épaules voûtées aux oreilles pendant qu'il poussait un morceau dans son assiette.

La chaise à côté de lui était vide.

Le garde barbu partit droit vers le capitaine Romano, au garde-à-vous derrière les cousins Medici. Le visage revêche du capitaine était plus aigri que jamais, et il rivait son regard plein d'acide sur les tables du banquet.

« … ne leur suffisait pas de posséder notre ville, déclarait le marchand. Il faut aussi qu'ils s'approprient l'Église ! »

La voix du pape était tendue comme une corde de clavecin lorsqu'il grogna : « Capitaine Romano.

— Ce n'est qu'un ivrogne », murmura Michelangelo.

Cette remarque aurait peut-être été efficace si le marchand n'avait pas, à cet instant précis, renoncé à tout contrôle de son volume sonore pour hurler : « Nous nous portions mieux du temps de la République !

— Je m'en charge, Votre Sainteté », dit Romano, mais les Medici ne l'entendirent pas. Tous deux dévisageaient le marchand belliqueux et ne semblaient plus écouter que les roulements de tambour de leur rage insensée.

« Une rumeur prétend que le commanditaire des insurgés de cette ville est parmi nous ce soir », annonça entre ses dents le cardinal de' Medici.

Giacomo garda les yeux droits devant lui.

« Il oserait venir ici ? s'écria le pape, dont la fureur pivota vers Romano. Vous le laisseriez entrer chez nous ?

— Je m'en charge », répéta le capitaine, s'inclinant tout en reculant de quelques pas. Sa main s'abattit sur l'épaule du garde barbu. « *Discrètement*, murmura-t-il. Il ne s'agit pas de causer d'esclandre. »

Giacomo, pour sa part, estimait que le scandale avait déjà eu lieu, puisque tout le monde dans le jardin restait bouche bée, regardant tantôt le marchand ivre, tantôt la table maîtresse, et que les Medici eux-mêmes semblaient sur le point d'ordonner une exécution de masse.

Mais les gardes n'eurent pas le temps d'agir avant qu'un autre invité ne se lève d'un bond. « Mords-toi la langue avant que mes hommes ne te l'arrachent ! »

L'estomac de Giacomo était sens dessus dessous. Bien sûr. *Bien sûr*, son père devait prendre la défense de la famille la plus puissante de Florence. *Bien sûr*, il ne pouvait manquer l'occasion de lécher les bottes des Medici. Ses pensées se brouillèrent, de cette même brume qui s'était emparée de lui dans la maison de jeux, et qui l'avait poussé à sortir en plein soulèvement. Giacomo ne pouvait que contempler le patriarche Petrucci et tous les visages l'entourant, car si le signore Petrucci était présent, il y avait de très grandes chances pour que…

Le brouillard s'épaississait, et quand le capitaine Romano dit « *Occupez-vous de lui* », il fallut à Giacomo un moment pour comprendre que cet ordre lui était adressé.

Giacomo pouvait s'enfuir. L'atmosphère de fête virait à l'émeute, et il pouvait se fondre dans le chaos sous prétexte de suivre l'ordre du capitaine, puis disparaître. C'était risqué, et son absence serait *incontestablement* remarquée, mais au moins il n'aurait à se battre contre personne. Ou, pire encore, personne n'aurait à se battre contre *lui*.

Le problème était que le siège de Rosa était inoccupé, de sorte qu'une *partie* de ce plan absurde était encore en cours. Il y avait donc encore une possibilité pour qu'ils s'en tirent. Et Giacomo ne voulait *pas* être celui qui compromettrait cette chance-là.

Il se dirigea vers le marchand, et la foule s'écarta sur son passage. C'était parce qu'il faisait de son mieux pour incarner une version très *spécifique* de Khalid : celle que Khalid avait interprétée la semaine dernière, celle qui déplaisait à Giacomo. *Muscles. Front plissé.* Il redevint le poing serré de Traverio.

Plisser le front, Giacomo en était capable. Un sur trois, ce n'était pas si mal.

« Tu parles contre le *pape*, disait Petrucci – disait *son père*. Tu seras damné pour cela !

— Le *pape* utilise notre ville pour garnir les poches de sa famille ! » répliqua le marchand, et Giacomo ressentit un élan de sympathie pour cet homme, qui avait si mal choisi son moment. Il n'avait pas *tort*.

« Il n'a pas tort ». Giacomo se retrouva brièvement dans une réalité paniquée, où il avait exprimé ses pensées tout haut, mais celui qui avait prononcé ces mots était un jeune homme en pourpoint vert et brun, coupé haut selon le style distinctif des Florentins.

Petrucci resta stupéfait, et Giacomo savoura ce spectacle à travers la brume qui lui envahissait le cerveau. « Vous *osez* !

— Les Medici ne sont pas mes supérieurs ! brailla le marchand, après quoi Giacomo arriva à son côté, en veillant soigneusement à tourner le dos au patriarche Petrucci écarlate.

— Signore, dit-il, il vaudrait peut-être mieux continuer ailleurs cette discussion.

— J'ai vu les affiches, poursuivit le jeune dandy. Le pape Medici retient nos âmes en otage contre *de l'argent*.

— Vous contestez la volonté de Dieu ? rugit Petrucci, les yeux braqués vers la table où le pape était assis, immobile, comme une statue.

— Les Medici ne sont pas Dieu, ce sont des *banquiers* », éructa le marchand.

Sentant qu'il n'avait plus le choix, Giacomo posa une main sur le bras du marchand. « Je me permets d'insister... »

Il avait espéré que son geste serait apaisant, mais le marchand fit une embardée et se retrouva face à lui, ses yeux hagards parcourant son uniforme. « *Toi,* insister ? » Son haleine était suffisamment forte pour faire tituber Giacomo. « *Toi ?* Un laquais ? Un fantoche ?

— Une marionnette ! renchérit le dandy, ravi. Et qui tire tes ficelles ? »

Le garde barbu surgit derrière lui. « Hors d'ici, cria-t-il.

— Vous n'êtes tous que des marionnettes ! » déclara le dandy en rattachant sa cape et en agitant le doigt vers tous les convives réunis dans les jardins. Il semblait être du genre à ne plus lâcher une métaphore une fois qu'il l'avait trouvée, pour le meilleur et pour le pire. « Vous tous !

— *Maintenant* », tonna le barbu, et le dandy s'enfuit entre les tables, le nez en l'air. Les invités tournaient la tête sur son passage, les uns à deux doigts de l'acclamer, les autres visiblement désireux de disparaître dans le sol.

« Vous aussi, signore, dit Giacomo au marchand qui regardait le dandy s'éloigner en direction des portes du Palazzo. Il est temps pour vous de...

— Attention ! »

Cet avertissement eut l'air de provoquer une décharge dans le cerveau de Giacomo, car il recula, agitant ses membres en tous sens, se mettant juste hors de portée avant que le coup de poing de l'ivrogne ne fende l'air tout près de son oreille, et alors...

Cette voix. Cette *voix*.

Giacomo se retourna et… oui. C’était sa mère, à moitié levée, à côté du siège vide de Petrucci.

Elle le regarda. Il la regarda.

Ni l’un ni l’autre ne regarda le marchand, jusqu’au moment où son second coup de poing entra en collision avec l’œil de Giacomo.

48

ROSA

Elle était encore dans les temps, mais de justesse. Sur la pointe des pieds, Rosa se glissa dans les ombres profondes de la cour. Pas de patrouille en vue, mais cela ne saurait tarder. Elle continua néanmoins à marcher d'un pas régulier, refusant de céder aux battements de son cœur qui l'incitaient à accélérer, à piquer un sprint...

C'était la seule raison pour laquelle elle put éviter de foncer dans le valet de pied qui quittait l'escalier situé dans l'angle pour lui barrer la route.

Les souliers de Rosa dérapèrent sur les dalles. « Signore ! s'exclama-t-elle. Veuillez m'excuser... »

Si le valet ne lui cria pas de *regarder où elle mettait les pieds*, c'était uniquement parce que cela aurait été *extrêmement* incorrect et lui aurait sans doute valu une rouée de coups. « Les invités doivent rester dans les jardins, préféra-t-il lui apprendre. Les visites du palais ne sont pas possibles à cette heure-ci. »

Giacomo doit déjà être à la chapelle. « Oh, mon Dieu, bredouilla Rosa. Je revenais du vestiaire. J'ai dû me tromper de chemin. »

Cette réplique était censée susciter l'embarras, mais le valet était soit le plus effronté que Rosa ait jamais rencontré, soit tellement habitué aux incidents les plus improbables qu'il répondit sans hésiter : « Les jardins sont derrière vous, signorina. Je suis sûr que les autres invités déplorent votre absence. »

Ce qui ne laissait à Rosa que trois possibilités. Elle pouvait retourner au banquet et éviter d'éveiller davantage les soupçons. Elle devrait alors affronter les compliments des deux Medici, jusqu'à ce qu'elle trouve un nouveau prétexte pour quitter la table, ce qui serait difficile à faire sans susciter de haussements de sourcils ou des craintes quant à l'état de sa digestion, et leur fenêtre d'opportunité serait alors fermée.

Elle pouvait prétendre qu'elle avait à faire à l'intérieur du Palazzo, ce qui mettrait le valet en alerte et attirerait l'attention des gardes.

Elle pouvait tenter de le maîtriser par la force, idée risible qu'elle rejeta immédiatement. De toute sa vie, le plus gros animal qu'elle ait réussi à *maîtriser* était le raton-laveur derrière leur maison de Prato, et même alors, la bête avait bien failli avoir le dessus.

Les trois options se bousculèrent dans sa tête en l'espace d'une fraction de seconde, alors qu'elle les envisageait et les rejetait tour à tour. *Non, non* et *non…*

« Vous voilà ! »

Dominic s'avançait comme si les lieux lui appartenaient, son pourpoint et ses chausses bordeaux devenus noirs dans la pénombre. « Je vous avais dit de m'attendre, gronda-t-il. Luca, merci de l'avoir retrouvée. »

L'attitude du valet s'était radoucie lorsque Dominic était apparu, et il le salua. « Ordres du capitaine, signore Fontana. Aucun invité n'est autorisé à pénétrer dans le Palazzo sans autorisation de la famille. » Il grimaça pour se faire pardonner. « Cela vaut aussi pour vous, je le crains.

— Bien sûr, bien sûr, dit Dominic. Quand tu parles d'autorisation, ceci ferait-il l'affaire ? »

Il avait en main un papier épais, dont le bas était alourdi par un cachet de cire. Luca le valet saisit le document, et la surprise apparut dans ses yeux alors qu'il déchiffrait le message qui y était inscrit.

Dominic prit la main de Rosa, lui pressant le bout des doigts en guise de mise en garde avant qu'elle ne puisse la retirer. « Comme tu vois, Sa Sainteté m'a accordé une dispense spéciale pour que je puisse montrer à la signora de' Lombardi mon travail dans la chapelle. » Le clin d'œil qu'il adressa à Luca rendait clair que le travail en question n'était pas sa peinture.

« J'ai tellement hâte de le voir, confirma Rosa. Mais mon oncle Michelangelo m'a prévenue que ce ne serait peut-être pas aussi impressionnant que le prétend le signore Fontana. »

Luca déglutit, roulant le papier pour le rendre à Dominic. « Bien sûr. Tout ce que vous voudrez. » Il était déjà en train de s'esquiver.

Dominic lui donna une tape sur l'épaule alors qu'il partait. « Tu es un bon ami, Luca. Ne les laisse pas te tuer à l'ouvrage ! » Le domestique émit un ricanement qui signifiait *il n'y a pas grand risque*, puis il disparut vers l'arcade menant au jardin, laissant Dominic et Rosa seuls dans la cour.

Ce qui s'étirait entre eux n'était pas vraiment du silence, car les rires et les bavardages du banquet leur parvenaient, mais c'était tout aussi pesant. Dominic fixait sur elle un regard intense et concentré, tout comme il l'avait fait la veille, devant l'église Santo Stefano. Rosa se rendit compte qu'elle avait du mal à respirer, et que c'était sans doute à cause de lui. Elle dégagea brutalement sa main et, après un instant de considération, lui arracha des mains le papier qu'elle déroula.

Le cœur lui manqua. Elle avait consacré pas loin de cinq années à étudier tous les documents disponibles sur la famille Medici, et ce qu'elle avait sous les yeux était indubitablement la signature du pape Léon X, soulignée par le lourd sceau officiel du bureau papal. Par autorisation de Sa Sainteté, décrétait le papier, le peintre Dominic Fontana était libre d'accompagner Rosa de' Lombardi partout où elle voudrait aller à l'intérieur du Palazzo.

« Vous n'avez pas... Vous en avez *parlé* au pape ?

— Si je lui en ai parlé ? Non, Rosa... j'ai simplement griffonné ça hier soir. »

Elle le dévisagea. « Hier soir. Vous avez simplement "griffonné ça". »

Il haussa les épaules, l'air un peu désemparé. « J'ai entendu parler des nouvelles restrictions et... j'ai pensé qu'il y avait une chance que ça puisse vous aider. Au cas où. »

Au cas où. Il avait *griffonné* l'un des plus beaux faux en écriture qu'elle ait jamais vus, *au cas où*. « Je... »

Il redressa les épaules, en quête d'un peu de dignité. « Vous pourriez me remercier.

— J'aurais pu me débrouiller. » S'était-il rapproché d'elle ? Elle recula, marchant sur l'ourlet de sa robe dans son empressement à mettre un peu d'espace entre eux. « Il faut que je... », commença-t-elle, mais il était impossible de terminer cette phrase, pas ainsi à découvert. Au lieu de cela, elle pivota sur ses talons et partit vers la chapelle des Mages.

Les portes se fermèrent derrière eux, poussées par les mains prudentes de Dominic. La chapelle était sombre et déserte, Giacomo n'était pas là. Rosa s'affaira pour débusquer une chandelle.

« Retournez au banquet, dit-elle tout bas à Dominic. Retournez-y. »

Il ne bougea pas. « Je vais refuser leur protection », annonça-t-il. Rosa ne s'autorisa aucune réaction, mais prit le chandelier et traversa la pièce. « Rosa, vous m'avez entendu ? Je vais refuser l'offre des Medici. »

Rosa se raidit face à lui. L'allée centrale les séparait de toute sa longueur. « Formidable. Bien joué.

— C'est tout ?

— Je ne sais pas ce que vous voudriez que je dise. Vous pouvez refuser l'offre du diable, ou de qui vous voudrez, mais moi, je suis toujours… une voleuse, c'était bien ça ?

— Et aussi une arnaqueuse. » Il gardait les yeux braqués sur elle. Une telle intensité, une telle concentration artistique, comment avait-elle jamais pu imaginer qu'il était dupe ? Dominic Fontana avait vu clair en elle à la seconde où ils s'étaient rencontrés, il avait démasqué l'imposture dès qu'elle lui avait souri dans l'atelier de Michelangelo.

« C'est vrai, comment ai-je pu l'oublier ? Alors que faites-vous encore ici ? Vous ne me connaissez pas. »

Il battit des paupières. « Je sais que vous aimez me taquiner. Je sais que vous aimez vous sentir intelligente. Je sais que vous adoriez votre famille. Je sais que vous essayez de donner une leçon aux Medici. Et… » Il baissa le menton, capitulant sur un point. « Je sais que la famille Medici est dangereuse. J'en sais assez. »

Quelque chose sursauta dans le ventre de Rosa. « Que voulez-vous, Dominic ? »

Il esquissa un sourire, du coin des lèvres. « Je ne sais pas ce que vous complotez, mais je veux vous aider. »

49

GIACOMO

« Ave Maria, gratia plena, Dominus tecum. »

Le froid l'avait pénétré si profondément qu'il s'était substitué à ses os. Il était fait de froid, il était un homme gelé, un squelette de glace.

« Benedicta tu in mulieribus, et benedictus fructus ventris tui, Iesus. »

Ses doigts étaient si pâles à leur extrémité qu'ils étaient bleus. Il les promena le long des perles usées du chapelet, se rappelant leur toucher plutôt qu'il ne le sentait. Il ne sentait plus rien.

« Sancta Maria, Mater Dei. »

Oui, il était un homme gelé, toute sensation était morte en lui.

« Ora pro nobis peccatoribus, nunc et in hora mortis nostrae. »

À part la ligne dentelée qui le brûlait de la mâchoire jusqu'à la clavicule.

« Amen.

— *Recommence.* »

Le père Bernardo était toujours sur son tabouret. La cravache pendait sur le côté, promesse déjà tenue quatre fois depuis qu'ils s'étaient mis au travail, trois heures auparavant.

La perle en bois s'échappa de ses doigts. « Ave Maria, gratia plena… »

Parti de nulle part, le coup le projeta sur le sol de pierre. Il resta étendu, ses poumons vidés de tout leur air, une douleur profonde s'installant entre ses côtes, par-dessous la souffrance plus aiguë. Ses doigts gourds tâtonnèrent vers son flanc, cherchant à… quoi ? Maintenir ensemble les morceaux ? Giacomo Petrucci avait été mis en pièces plusieurs mois auparavant.

« Tu crois que Dieu ne se rend pas compte que ton esprit est ailleurs ? » Le père Bernardo entra dans le champ de vision de Giacomo. « Tu es un pécheur. Tes prières n'ont déjà que trop peu de poids. Tu dois te laisser guider. » Il serrait la cravache dans son poing. « Je te guiderai. Vers le ciel. »

Giacomo n'eut pas besoin de lever la tête pour savoir que le prêtre brandissait la cravache. Il se roula en boule, protégeant son visage. Cela provoquerait la colère du père Bernardo, mais tout provoquait sa colère.

Fermant les yeux, il attendit le coup.

« Je ne veux plus jamais te voir comme ça. »

À l'intérieur de la coquille défensive que formaient ses bras, Giacomo battit des paupières. Ces mots n'avaient pas été prononcés par le père Bernardo. Et il ne les avait certainement pas prononcés lui-même.

« Pas si j'ai mon mot à dire. »

Ce n'était pas réel. Ce n'était pas réel. *Cet enfer gelé… il était derrière lui. Il en était sorti, il s'en était sorti, il s'en était* tiré, *et à présent…*

À présent il se trouvait dans les jardins du Palazzo Medici, entre un marchand ivre qui titubait, et le pape qui faisait la moue.

Et son visage. *Seigneur*. Il avait *mal* au visage.

« Tu as eu ton compte ? » La voix du marchand évoquait encore le père Bernardo. Ce cauchemar vivait encore dans un coin du cerveau de Giacomo, mais il ne s'y noyait plus.

« C'est votre dernière chance, signore, dit Giacomo, déterrant son assurance sous plusieurs couches de panique. Si vous ne partez pas, vous serez arrêté et jugé pour trahison. »

Qu'avaient donc mis les Medici dans leur vin, pour que le marchand réagisse de la sorte en se jetant sur Giacomo ? Quelle potion de bravoure mal placée ? Il se demanda si Agata avait ce genre de remède dans ses réserves, et s'il pourrait lui en dérober un peu pour son propre usage, car l'homme l'avait saisi entre ses grosses pattes et Giacomo s'apprêtait à être enseveli sous le raz-de-marée de ses souvenirs paniqués…

Le coup ne vint pas. Les doigts de l'homme formaient un étau autour des bras de Giacomo, mais la vague de nausée ne monta pas, et Giacomo ne sentit pas le fantôme de la cravache sur sa peau, ni le grésillement du fer rouge sur son épaule. C'était… inattendu. *Exaltant*. Giacomo *éclata de rire*, unique bouffée d'hilarité que seul le marchand entendit.

« Tu te moques de moi ? »

Quelque part derrière lui, des gardes criaient ; le capitaine Romano et le barbu ordonnaient aux invités de reculer, ils encerclaient le marchand et se préparaient à le jeter dehors. Mais Giacomo avait maintenant Khalid dans l'oreille, dans la tête et dans les yeux, l'air doux sous le soleil de l'aube, la voix calme, posée et solide, comme ses mains.

« Si c'est la sensation d'impuissance qui te pose problème, avait-il dit à Giacomo ce matin-là, alors ne laisse personne te dire que tu n'es pas aux commandes. Personne, même pas toi. »

Le regard de Giacomo avait été attiré, inévitablement, vers la main valide de Khalid, qu'il serrait en un poing. À cette vue, il avait eu un nœud à l'estomac. « Je ne peux pas…, avait-il dit avant de se taire, puis de reprendre. Je ne suis pas doué pour frapper. Je me souviens trop bien ce qu'on éprouve quand on encaisse les coups.

— Je ne veux pas que tu *frappes*, avait répondu Khalid. Je veux que tu apprennes ce que tu devras faire la prochaine fois que tu seras coincé face à *des gens* qui veulent *te* frapper. »

Il en avait parlé comme d'une chose inéluctable, et Giacomo avait trouvé cela impoli, mais il n'avait pas pu exprimer son irritation à cause du mouvement ironique des sourcils de Khalid. « Eh bien ? avait-il lancé, plissant le front lui aussi. Ne fais pas durer le suspens.

— La première partie est facile. » Khalid avait tapoté du poing l'épaule de Giacomo. « Tu t'assures qu'ils te sous-estiment. »

Giacomo avait acquiescé. « Je peux faire ça. »

Ils n'avaient pas eu beaucoup de temps pour s'entraîner – certainement pas assez pour que les mouvements deviennent une seconde nature chez Giacomo, comme ils l'étaient chez Khalid. Mais ce n'était qu'un seul geste, et Khalid le lui avait fait répéter pendant une heure avant qu'ils se séparent. Et Giacomo avait toujours bonne mémoire dès lors qu'il s'agissait de Khalid al-Sarraj...

« Glisse ton bras sous le sien, avait conseillé Khalid, et c'est ce que Giacomo fit donc, insérant son bras gauche sous l'aisselle du marchand vacillant pour remonter la main dans le dos de l'homme. Attrape-lui l'épaule et recule ton pied. » Giacomo s'exécuta, là aussi, fourrant ses doigts dans le pourpoint de son adversaire et se déplaçant sur le côté pour planter son pied droit dans l'herbe. « Ensuite, tu le laisses retomber. » Instruction et action étaient étroitement liées. Aussi, dès que les mots de Khalid lui revinrent en mémoire, il tira le marchand en avant, le contournant pour le mettre à genoux, lui tordant le bras dans le dos.

« Et ensuite, qu'est-ce que je fais de lui ? » avait demandé Giacomo, la première fois qu'il avait pratiqué les mouvements. Il tenait replié en l'air le bras valide de Khalid et redoutait de lui faire mal.

Khalid lui avait souri par-dessus son épaule. « Il est impuissant. » *Tu ne l'es pas*. « Tu peux faire tout ce que tu veux. »

« *Salaud*, grogna le marchand, qui n'était pas aussi charmant que Khalid, et Giacomo découvrit qu'il voulait lui plaquer le bras dans le dos jusqu'à ce qu'il se taise.

— Voilà qui est mieux », dit-il. Il haletait, ce qui était gênant, car la victoire venait plus de l'ébriété du marchand que des compétences de Giacomo.

Cependant, cela lui valut tout de même l'approbation du capitaine Romano. « Excellent travail », le félicita-t-il en s'avançant avec le garde barbu.

Giacomo se redressa du mieux qu'il le pouvait, le genou appuyé sur le dos du marchand. « Merci, capitaine.

— Emmenez-le, ordonna le capitaine, et un instant après le marchand fut remis debout.

— Je peux le livrer aux gardes de la ville, proposa Giacomo, qui n'en avait nullement l'intention et qui prévoyait en fait de courir rejoindre Rosa, où qu'elle puisse bien se trouver.

— Inutile », répondit le capitaine Giacomo tandis que le garde barbu entraînait le marchand. Il repartait déjà vers la table maîtresse. « Vous êtes avec moi. »

Encore. *Encore*. Vraiment, il n'était pas étonnant que Khalid ait pu si vite s'élever dans la hiérarchie des gardes, puisque l'approbation était *apparemment* accordée à *n'importe qui*, même lorsque le bénéficiaire avait *d'autres obligations très importantes*. Réprimant un cri, Giacomo trottina pour rattraper les grandes enjambées du capitaine.

Les invités avaient été rassurés – au moins assez pour tous se rasseoir –, mais l'atmosphère restait tendue. Petrucci, bien sûr, avait repris sa place, l'air très content de lui. Et maman – *maman* – occupait le siège voisin, le regard fixé sur la table.

Elle l'avait reconnu… pour la deuxième fois, même sous un déguisement, et c'était peut-être le signe que Giacomo se fatiguait. Se demandait-elle ce qu'il faisait là ? Lui en voulait-elle de ne pas avoir répondu à sa lettre ? *Que pensait-elle ?*

Si l'humeur était morose dans les jardins, elle était franchement *toxique* près de la table principale. Le pape contemplait encore l'endroit où Giacomo avait maîtrisé le marchand, invités et serviteurs faisaient en sorte de ne pas se trouver dans sa ligne de mire. Les lèvres du cardinal étaient tellement pincées qu'elles avaient presque disparu, et son visage était terni par la rage. Il Divino avait renoncé à faire semblant de manger et contemplait le ciel.

« Dis-leur de s'en aller, murmura le pape à son cousin. Tous, qu'ils s'en aillent.

— C'est véritablement intolérable », répondit le cardinal en foudroyant les jardins du même regard meurtrier.

Si le pape mettait fin au banquet, leur projet tombait à l'eau. Toute cette soirée était en train de dégénérer, ils étaient perdus, ils se noyaient.

« Si vous écourtez le banquet, fit observer Michelangelo, cela ne sera-t-il pas perçu comme un aveu de faiblesse ? »

Comme un seul homme, les cousins Medici tournèrent la tête vers l'artiste. Il haussa les épaules. « Pardonnez-moi d'être aussi présomptueux, mais il me semble que cela reviendrait à montrer que la populace a le contrôle sur vous. Dans votre propre maison. »

Cette remarque fut ponctuée par une gorgée de vin désinvolte. Giacomo ravala un sourire. Qui aurait soupçonné que six semaines en compagnie de voleurs pouvaient avoir une influence aussi merveilleusement corruptrice ?

Le cardinal de' Medici fronça les sourcils. « Il n'a pas tort, Votre Sainteté. »

Giacomo était sûr que le pape serait en désaccord. Mais après quelques secondes tendues, il se renfonça sur sa chaise. « Très bien », dit-il. Un homme moins haut placé aurait croisé les bras.

« Excellente décision, Votre Sainteté, dit Michelangelo.

— Il aurait été dommage d'annuler le feu d'artifice, concéda le cardinal.

— Tout à fait. Il paraît que ce sera un spectacle extraordinaire. »

50

DOMINIC

Quelque chose ne va pas.

Rosa n'avait pas cessé d'aller et venir depuis que les portes de la chapelle s'étaient refermées derrière eux, ses mains crispées dans le velours bleu de ses jupes alors qu'elle arpentait une fois de plus la petite pièce. Elle ne l'avait pas dit à haute voix, mais le message se lisait sur toutes les lignes de son corps, dans chaque pas de ses souliers qui résonnaient sur la mosaïque du sol.

Dominic l'observait depuis son refuge, adossé aux figures peintes de la fresque, comme si ces dernières pouvaient lui donner de la force. Il n'avait pas osé bouger depuis qu'ils avaient conclu cette trêve, mais il sentait vivement que plus ils s'attardaient ici, plus la nuit devenait courte.

Il s'arma de courage. « Rosa ? »

Rosa interrompit un instant sa déambulation et lui jeta un coup d'œil, pour la première fois depuis ce qui semblait une éternité. Elle avait les yeux écarquillés, et dans leurs profondeurs sombres, Dominic vit la décision se mettre en place. « Giacomo est en retard. Nous devrons nous passer de lui. » Et sans une parole de plus, elle se pencha pour relever ses jupes.

L'impulsion qu'elle lui avait communiquée par ses premiers mots abandonna aussitôt Dominic, et il se colla au mur, regardant tout sauf Rosa et la blancheur éclatante de sa chemise. « Que… » *Faisait-il donc si chaud ?* « Pourquoi êtes-vous… Qu'est-ce que vous faites ? »

Elle eut la *témérité* de *rouler des yeux* ! « Rendez-vous utile, dit-elle en montrant du doigt les portes de la chapelle. Faites le guet. »

Devenu écarlate, Dominic s'avança, en prenant bien soin de ne pas trop s'approcher des sous-vêtements qu'elle exhibait. Alors même qu'il détournait prudemment le regard, il aperçut Rosa retenant le bas de sa chemise entre ses dents et tirer sur le tissu. Des coutures éclatèrent et, un instant après, de petits objets métalliques tombèrent sur les dalles.

« Dominic ? Je suis décente », chantonna-t-elle, et Dominic la regarda par-dessus son épaule. Elle avait ramassé quelques morceaux de fer et, malgré la pénombre de la chapelle, Dominic remarqua qu'ils étaient minces et de formes étranges…

« Des passe-partout ? » demanda-t-il.

Rosa les fit tourner dans ses doigts. « Que les gardes des Medici fouillent les voitures de leurs invités, au cas où l'on y aurait caché quelque chose de suspect, c'est une chose. Mais aucune famille ne survivrait au scandale si des *mercenaires* recevaient l'ordre de palper les sous-vêtements d'une *dame*.

— Une dame, où ça ? » plaisanta Dominic. Surprise, Rosa eut un sourire ravi, bien différent de celui qu'elle lui avait toujours offert jusque-là, parfaitement artificiel. La température de la chapelle augmenta de quelques degrés. Il desserra le col de son pourpoint.

Pour sa part, Rosa ne parut pas le remarquer. Elle se dirigea vers la porte creusée dans le mur du fond, celle qui avait toujours été fermée à clé pendant tout le temps où Dominic avait travaillé en ces lieux. *Clic* fit le long crochet quand elle l'introduisit dans la serrure, suivi par un autre *clic* quand la tige de métal le rejoignit. Rosa avait la langue entre les dents, cherchant à tâtons jusqu'à ce que...

Le troisième et dernier *clic* fut beaucoup plus sonore, et après une torsion de la poignée, la porte s'ouvrit sur ses gonds bien huilés.

« Comment avez-vous fait ça ? » demanda Dominic, intimidé.

Rosa recula avec un hochement de tête satisfait. « Ma mère ne m'a pas appris la peinture, à moi. Venez. »

Un passage étroit et sombre s'étendait derrière la porte fraîchement ouverte, de larges dalles disparaissant dans le néant. Quelques pas plus loin, Dominic discerna une torche éteinte, et il s'avança, prêt à s'en saisir pour les éclairer...

Rosa le retint, d'une poigne de fer. « Non.

— Pourquoi ?

— Nous ne savons pas encore si c'est sans danger. »

Dominic recula lentement. « Comment le saurons-nous ?

— Giacomo nous dira s'il a désamorcé le piège.

— Mais Giacomo n'est pas là. »

Rosa acquiesça, lentement, terriblement. Elle prit une profonde inspiration. « Êtes-vous du genre à prier ? »

Dominic jeta un œil en direction de la fresque à laquelle il avait consacré des mois, dans la chapelle de l'homme qu'il s'apprêtait à dévaliser. « Maintenant ? répondit-il, un peu excité. Oui. »

Rosa fit un pas en avant.

Sous elle, les dalles bougèrent. Dominic serra les dents, se préparant à... une détonation ? Des hurlements ? Un éclair venant les foudroyer ?

Il ne se passa rien. La dalle tint bon.

« *Bon Dieu* », lâcha Rosa, hoquetant. La sueur perlait sur son front, mais le sourire qu'elle adressa à Dominic était plein d'assurance. « Vous venez ? »

Levant les yeux au ciel, il la suivit.

Même s'ils savaient que Giacomo, où qu'il soit à présent, avait réussi sa mission, la tension n'en était guère atténuée. Tous les deux ou trois pas, une dalle émettait un grincement menaçant, et la panique de Dominic grimpait de sept crans à chaque fraction de seconde. Pour y remédier, il récupéra la torche et l'alluma. Le couloir était bien moins intimidant, maintenant qu'ils voyaient où poser leurs pieds.

« Vous n'êtes pas une proie », dit soudain Rosa, de but en blanc.

Dominic ne sut d'abord comment réagir. « Ah ? répliqua-t-il enfin. Dois-je voir là... des excuses ?

— Non. » Ils avaient pris un virage, et un corridor plus large s'offrait maintenant à eux, long et droit, les murs se resserrant dans l'ombre. Dominic ne pouvait en avoir la certitude, mais il avait l'impression que le sol penchait légèrement vers le bas. Il suivit Rosa de près lorsqu'elle s'avança dans le noir, tenant sa torche haut devant lui comme l'épée d'un justicier.

« Moi, je vous ai demandé pardon pour ce que j'avais dit », reprit-il.

Le sourcil de Rosa se haussa. « Non, c'est faux. »

Il ne lui avait pas demandé pardon ? « J'ai dit que je voulais vous aider, que je vous comprenais et que...

— Hmm. »

Très bien. Mais... « Pour ma défense, vous m'aviez bel et bien menti.

— Oui. » Elle lui sourit timidement. Pourquoi faisait-il chaud dans ces oubliettes aussi ? « J'en suis désolée.

— Oh. Merci, bredouilla-t-il. Et moi, je suis désolé de vous avoir traitée de tous ces noms.

— Ils étaient mérités. Ils le sont encore. » Elle soupira bruyamment dans l'obscurité. « Il faut que je vous pose une question. Dominic, cette autorisation du pape ?

— Eh bien ?

— *Comment* avez-vous fait ? Le sceau, la signature, ils ressemblaient exactement aux vrais. »

Comment ? Il avait eu des mois pour vagabonder dans le Palazzo Medici, et il avait pu absorber énormément d'informations sur la famille pendant ce temps. Utiliser tout ce savoir accumulé – les dimensions du sceau papal, la couleur de la cire, les caractéristiques de son écriture –, c'était exactement comme copier un personnage de Botticelli pour l'une de ses toiles. Comme reproduire une couleur de la fresque. C'était *facile*.

« Rien de spécial, répondit Dominic, parce qu'il n'avait pas le temps d'entrer dans les détails. Vous aviez appelé ça comment, déjà ? Un assemblage de fragments empruntés ici et là ? »

La salle du coffre surgit des ténèbres, aussi brusquement que s'il s'était agi d'un être vivant, empêchant Rosa d'insister pour davantage de détails. Alors qu'ils s'étaient jusque-là trouvés face au vide, ce vide s'était tout à coup doté de charnières.

« Vous voyez ça ? » demanda Rosa en désignant la double serrure de la porte. Son autre main plongea dans la poche de sa ceinture, pour en tirer un trousseau de clés. « Là… »

Elle faillit les lâcher lorsqu'un cri fendit l'air. C'était un cri à vous glacer le sang et à vous briser les tympans, alors même qu'il était étouffé par mille tonnes de pierre. C'était un hurlement surnaturel, d'une force anormale, assez assourdissant pour retentir dans toutes les caves du palais. C'était le râle d'un phénix à l'agonie…

… qui se termina par un *pop* lointain.

« C'était un fusil ? s'inquiéta Dominic, le cœur palpitant. Mais qu'est-ce que *c'était*, bon sang ?

— Le feu d'artifice, rétorqua Rosa par-dessus une nouvelle détonation. Nous allons manquer de temps… »

Sous ses ordres, Dominic glissa l'une des clés dans la serrure située d'un côté de la porte, pendant qu'elle en faisait autant de l'autre. « À trois, on tourne ensemble », lui dit-elle, et leurs clés tournèrent à l'unisson, encouragées par une volée d'explosions multicolores. Puis, avec un petit coup sec, la porte s'ouvrit vers l'intérieur, et…

Ils pénétrèrent dans la salle du coffre des Rois mages.

Au premier abord, l'aspect du lieu était on ne peut plus décevant. Dominic pensait être accueilli par une opulence, une splendeur écrasante – de riches tapisseries, peut-être, ou des amas de joyaux. En réalité, des tas de toiles roulées et des caisses massives encombraient le sol, donnant à la pièce une allure d'entrepôt et non de caverne au trésor.

Mais Rosa n'avait d'yeux que pour ce qui occupait le centre de la salle : une énorme dalle de pierre qu'il semblait illusoire d'espérer déplacer.

Dominic l'interrogea, bouche bée : « *Ça ?* » Sans daigner lui répondre, Rosa s'avança pour mieux examiner les contours de la pierre, tâtant les endroits où elle rejoignait le sol. « Vous plaisantez, ajouta-t-il. Il faudrait un miracle pour soulever cette chose. »

Elle se tourna vers lui, une rougeur triomphale colorant ses joues. « Par chance, dit-elle, je ne sors jamais sans un miracle sur moi. »

51

KHALID

« Quand nous aurons terminé ce soir, murmura Sarra, je pense que nous aurons empoisonné tous les gardes de Florence. »

Ils se trouvaient dans le corps de garde où, quelques heures auparavant, Khalid avait été forcé d'abandonner un tonneau de vin. Cette barrique se dressait maintenant dans un coin, ouverte, et des gouttes sporadiques de vin tombaient du robinet dans un seau placé dessous. L'odeur emplissait le petit espace.

Les gardes étaient là aussi. Mais contrairement au tonneau, ils ne tenaient pas debout.

« Ça ne leur fera aucun mal, avait expliqué Agata ce matin-là, en remettant à Khalid un flacon de liquide incolore. Enfin, ça ne leur fera rien de plus qu'une méchante gueule de bois.

— Qu'est-ce que c'est ? avait demandé Giacomo en se penchant pour examiner la mixture de plus près.

— Ça ne te regarde pas, avait répliqué Agata, toujours aussi sèche. Mais ne t'en approche pas trop. Tu le mélanges avec du vin, et une goutte suffit à te mettre hors d'état pendant une bonne heure.

— Et un gobelet entier ? » s'était enquis Khalid. Il avait passé un mois et demi en compagnie de gardes. Il ne les avait jamais vus se contenter d'une goutte de vin.

Agata leur avait alors offert son sourire édenté. « S'ils se réveillent avant le lever du soleil, ils auront de la chance. »

La vieille sorcière n'avait pas menti. Une fois la livraison accomplie, Khalid avait surveillé le point de contrôle à plusieurs rues de distance. Lorsque l'afflux d'invités avait cessé et que le banquet avait démarré pour de bon, il y avait eu toute une série de coups sonores frappés pour ouvrir le tonneau. Puis quinze minutes de rires avinés. Puis le silence. À présent, plus un seul des gardes ne remuait, et même le plus fluet d'entre eux ne broncha pas quand Sarra et Khalid le dépouillèrent de son uniforme. Sarra s'en empara, troquant son propre pourpoint et ses chausses contre le bleu Medici. Pendant ce temps, Khalid avait tiré de son sac une couverture de cheval et, d'une main, l'avait étalée sur les hommes inconscients. Entre les ombres de la nuit, le clair de lune et les feux d'artifice hypnotisants qui éclataient au-dessus d'eux, il aurait fallu un passant à l'œil bien vif pour remarquer quoi que ce soit d'anormal.

Lorsqu'il eut fini, Sarra était en train de dissimuler ses nattes sous son bonnet. « C'est bon ? » demanda-t-elle. Il hocha la tête. Elle était assez grande pour faire illusion, du moins de loin. « C'est bon, répéta-t-elle, se penchant vers l'extérieur pour inspecter le portail. La voie est libre. Je ne vois pas de patrouille.

— Aucune ? » Khalid plissa le front. Il avait préféré éviter l'uniforme des gardes, de peur que cela ne le rende plus reconnaissable dans le Palazzo. Il portait la chemise brune grossière et les chausses amples d'un valet d'écurie, sous un long justaucorps reprisé. Il ressemblait à un sac de toile informe, mais Giacomo lui avait ordonné de transformer sa silhouette, donc…

« Au point où on en est, on ne peut plus reculer. » Sarra lui donna une tape dans le dos. « Bonne chance. »

Pendant un instant, Khalid se crut revenu à la taverne de Flora, sur les quais de Gênes. *Je veux te proposer une issue*, lui avait dit Sarra, très assurée dans ses vêtements d'emprunt. Elle lui avait montré la route de Florence, qu'il avait prise, sans savoir exactement ce qui l'attendait au bout.

Qui aurait cru qu'une imprimerie brûlerait aussi facilement ?

« Je suis désolé », murmura Khalid. Puis, avant qu'elle ne puisse réagir, il sortit du corps de garde et se dirigea vers le Palazzo.

Ce fut un parcours invraisemblable. Tous les autres sons étaient réduits à néant par les crépitements assourdissants du feu d'artifice, qui résonnaient entre les murs du bâtiment. Pourtant, Khalid ne voyait aucune trace des gardes des Medici. Lorsqu'il contourna enfin l'arrière du palais, il avait les poils de la nuque hérissés. Il rampa jusqu'à la fenêtre la plus à droite, à moitié sûr qu'il y découvrirait le capitaine Romano, tout un escadron de gardes, ou le pape en personne.

Mais il n'y avait aucun mouvement derrière la vitre. Et la fenêtre, lorsqu'il en poussa le montant, s'ouvrit sans un bruit. Ensuite, tout se compliquait. Il n'était pas simple de se hisser par-dessus le rebord avec un bras contre les côtes. Quand ses pieds atterrirent sur le superbe plancher verni, la sueur perlait sur son front.

Il se trouvait dans un petit bureau, très éloigné du banquet. La pièce était richement meublée mais impersonnelle. D'après ce que Khalid avait compris, elle était rarement utilisée, sauf par les invités de la famille Medici qui avaient besoin d'un endroit où travailler. *Et*, dit une voix qui ressemblait un peu à celle de Giacomo, *par les voleurs et les criminels qui s'apprêtent à faire un massacre.*

Khalid fit un pas vers la porte et dut s'appuyer au mur quand le monde entier vacilla. Son bras n'était qu'une douleur brûlante, et chaque mouvement en avivait les flammes. Il s'obligea à franchir ce mur de souffrance et reprit son équilibre.

Sarra avait raison. Au point où ils en étaient, ils ne pouvaient plus reculer, puisque la moindre hésitation pouvait compromettre toute l'opération.

Confiance, pensa-t-il. *Aie confiance en eux. Aie confiance en ton équipe.*

Et, après avoir essuyé son front sur sa manche, il partit vers la cave à vin.

52

ROSA

« Je commence à voir un schéma récurrent », dit Dominic. Il tenait à bout de bras, pincé entre ses doigts, le tissu qui n'était encore que le bas de la chemise de Rosa quelques instants plus tôt.

« On travaille avec ce qu'on a, rétorqua Rosa, s'acharnant à deux mains sur la résille qui ornait ses cheveux peu auparavant. Vous allez faire cette tête toute la nuit ? »

L'apprenti s'empourpra et tira d'un coup sec. Accompagnée d'une série de petits bruits, la chemise se déchira, non pas comme un tissu qui se déchire au hasard, en zigzags, mais suivant une belle ligne droite. Dominic tenait maintenant un grand carré nettement découpé, d'une toile solide qui n'avait rien à voir avec le lin ou la mousseline qu'on utilisait d'habitude pour les vêtements. Il le posa sur la dalle de pierre avec un soin excessif, l'observant comme s'il pouvait à tout instant se transformer en vipère et l'attaquer.

« Est-ce qu'il s'agit de votre travail de couture, sur lequel vous travailliez à l'atelier de Michelangelo ? » demanda-t-il en tirant encore sur la chemise. Rosa écouta avec soulagement le tissu se déchirer ; cette toile résistante n'avait pas été très agréable à porter à même sa peau.

« Peut-être. » L'un des bijoux qui ornaient ses cheveux, un joli morceau de métal doré enfoncé dans ses boucles, se libéra et elle le jeta sur la dalle, à côté des carrés de toile. Rosa s'attaqua aussitôt à un second, qui ornait l'autre côté de sa tête.

« Ça aussi, c'est une preuve que votre mère ne vous a pas appris la peinture ? lui lança Dominic, ses doigts réduisaient le reste de la chemise en lambeaux avec rapidité.

— Vous voulez bien m'en passer un ? » demanda-t-elle. La deuxième parure glissa de ses cheveux, traversant sa résille pour tomber lourdement dans sa paume.

Contrairement à la serrure Henlein ultramoderne et aux pièges mécaniques de l'escalier, la dalle de la salle du coffre était redoutable du fait même de sa simplicité radicale. Sarra, Agata et Rosa avaient consacré plusieurs nuits à ruminer ce problème.

Substances corrosives. Explosifs. Lubrifiants. Pendant des *jours* entiers, elles avaient esquissé des inventions et des idées, tracé des schémas et ébauché des projets inachevés, se servant de tout ce qui traînait sur la table de la cuisine.

« Elle est tout bonnement trop grande, avait conclu Agata, affalée devant son établi. Nous ne pourrons pas la déplacer.

— *Hmm* », avait fait Rosa, qui épiait alors Sarra. Le regard de la Bricoleuse s'était perdu dans le vague, plongé dans les profondeurs de la flamme de la lanterne.

« Non, avait lentement affirmé Sarra. Pas si on la déplace bien. »

Simplement. C'était devenu leur mot d'ordre. Le bloc de pierre était simple. Son installation initiale avait dû être simple. Le déplacer serait donc… simple également.

Les poignées de fer incrustées sur les côtés de la dalle étaient utilitaires, assez nombreuses pour qu'une escouade de gardes puisse soulever la pierre.

Rosa n'avait pas une escouade de gardes. Ce qu'elle avait, en revanche, c'était de quoi fabriquer une poulie rudimentaire mais efficace.

Les bandes de tissu réunies formèrent une longue corde résistante. Les deux bijoux qui ornaient auparavant ses cheveux ressemblaient à du fil d'or, et étaient assez lourds pour lui donner mal au crâne. Le premier fut fixé au bout de la corde qui, lancée par-dessus une poutre, s'y accrocha en un nœud solide. Le second fut installé sur la poutre, quelques mètres plus loin. Rosa inséra ensuite la corde dans l'une des poignées de la dalle et la fit passer dans la deuxième parure et retomber de l'autre côté.

Elle confia le morceau de corde qui pendait à Dominic. « Quand je dirai "tirez", vous tirerez. »

Il contempla la corde, la poutre, la dalle, puis ses yeux se posèrent sur elle. Elle s'attendait à son scepticisme, elle était prête à lui affirmer qu'elle savait ce qu'elle faisait, ou à lui fournir des explications.

« Où dois-je me mettre ? » demanda-t-il.

Elle battit des paupières. « Plus près de la porte. »

Il fit quelques pas dans cette direction. « Vous êtes prête ?

— Et vous ? »

Dominic sourit. Puis ses bras se raidirent, se durcirent, se *blindèrent* alors qu'il tirait, rejetant la corde par-dessus son épaule tel un docker. Elle se tendit comme une ligne de force allant de Dominic à la poutre, puis à la dalle, et remontant à nouveau. Pendant un instant, il ne se passa rien. La pierre resta en place, tout aussi impossible à déplacer qu'elle promettait de l'être au premier coup d'œil.

Puis il y eut un raclement.

La pierre bougeait, s'élevant peu à peu dans l'air, hissée par l'ingéniosité de Sarra et l'effort de Dominic. Une faille apparut en dessous. De quelques millimètres, puis centimètres, puis davantage…

Un grognement vint du plafond, un cri organique de bois, mais Rosa était bien trop focalisée sur l'entrebâillement de la dalle pour entendre davantage qu'un vulgaire bruit de fond. « Ça suffit », dit-elle, et Dominic s'arrêta, le front ruisselant de sueur. Saisissant la corde qui pendait entre ses poings, Rosa la noua en hâte à la poignée de la porte. « Bien. » Dominic laissa retomber ses mains, secoua ses doigts et, après un dernier craquement, la corde se stabilisa.

L'écart entre la dalle et le sol était d'une bonne cinquantaine de centimètres, assez grand pour qu'on puisse s'y glisser. C'est alors ce que fit Rosa, retenant sa respiration pendant qu'elle s'insérait sous le rebord de pierre, avant de se laisser choir dans l'abîme. Mieux valait oublier tout espoir de descente contrôlée : les parois étaient trop lisses, ses pieds dérapaient sur la moisissure. Elle atterrit à quatre pattes, et tressaillit quand son mollet percuta quelque chose de dur et de noueux.

Une fois accroupie, Rosa examina les lieux. Dans cette fosse, l'air était humide et étouffant, encombré de crasse, de pourriture, et du poids de cent années sans soleil. La lumière de la salle n'éclairait qu'une infime partie du sol...

Une partie du sol qui *brillait*.

« Rosa ? » Dominic paraissait hors d'haleine. Un instant après, son visage apparut dans l'ouverture, inquiet, en sueur. « Tout va bien ? »

Rosa détacha les liens du sac de toile qui avait amorti sa chute et regarda dedans.

Elle avait sous les yeux des blocs d'or, jaunes comme du beurre. Les péchés d'une ville entière. D'un *pays* entier. Et au fond d'elle-même, sous son sternum, l'étincelle de feu glacé se ralluma dans un rugissement.

« Sainte Marie, mère de Dieu », lâcha Dominic. Au-dessus de lui, la poutre émit un nouveau craquement.

Il fallait agir. « Tenez », dit Rosa en soulevant l'or jusqu'à lui. Il s'en empara maladroitement et le jeta derrière lui, revenant juste à temps pour attraper le sac qu'elle lui lança ensuite.

Allons, ma fille. Dans l'oreille de Rosa, la voix de Lena Cellini, qui avait jusque-là toujours été si chaleureuse, était froide. Sur l'ordre de sa mère, elle accéléra, hissant les sacs presque trop vite pour que Dominic les reçoive. C'était facile, à présent, malgré le poids de chaque fardeau, et elle sentait sa force décuplée par le feu glacial qui faisait rage dans ses poumons. Elle sentait une odeur de fumée. Sous ses paupières, Prato brûlait.

Un nouveau sac percuta la poitrine de Dominic, qui tomba à la renverse. « Rosa, moins vite », cria-t-il, mais elle n'avait pas le souffle nécessaire pour lui répondre. Elle attrapait déjà une autre masse d'or, dans un ravissement sauvage qui la comblait à chaque sou dérobé aux Medici. *Pars,* murmura sa mère, des flèches plantées dans sa poitrine. *Je serai juste derrière toi.*

Tchac. Le sac se posa à côté de Dominic tandis qu'au-dessus, la poutre poussait un nouveau cri. Il leva vers le plafond des yeux inquiets. « C'est tout ?

— Presque, haleta Rosa. Plus que quelques-uns. »

Il y eut encore un craquement, et la dalle de pierre s'affaissa, l'ouverture devenant à peine visible. « Rosa ! » la héla Dominic.

Elle lui tendit un sac. « Tenez. »

Dominic préféra lui prendre la main. « Oubliez l'or, accrochez-vous à moi.

— C'est pour *l'or* que nous sommes ici !

— *Moi,* je ne suis pas ici pour ça !

— Dominic ! Prenez ce sac ! » La dalle baissa encore, s'enfonçant un peu plus.

« Vous allez être écrasée ! »

Avec un soupir contrarié, Rosa hissa l'or vers la fente. Mais le sac était trop lourd, il fut bloqué par le rebord et retomba, s'ouvrant et répandant les florins dans la fosse.

Le temps ralentit. Rosa regarda les pièces d'or rouler à terre, le cri de Dominic résonnant au-dessus d'elle.

Comment peux-tu prétendre t'être vengée tant que tu n'as pas vidé les Medici jusqu'au trognon ? persiflait la voix de sa mère. *Comment peux-tu prétendre m'avoir vengée,* moi *?*

Pourtant, ce n'était pas vraiment Lena qui parlait. C'était cet éclat gelé de chagrin et de colère. Mais pourquoi n'aurait-elle pas dû l'écouter ? Il l'avait conduite jusqu'ici, après tout.

Au-dessus d'elle, dans l'ouverture, le visage de Dominic n'était qu'un masque de terreur. Et tout à coup, une autre voix chuchota dans les pensées de Rosa.

Si nous nous fermons l'un à l'autre… alors nous n'existons plus.

Oui, le chagrin et la colère l'avaient menée jusqu'ici. Mais la Prato que Rosa avait connue était morte. Maman aussi. Et elle n'avait pas besoin de les rejoindre.

Rosa empoigna les mains de Dominic.

Puis elle monta, trouva où s'accrocher sur les remparts de la ville – non, non, c'était les parois de la fosse – aidant Dominic alors que la poutre grognait, se fissurait, *éclatait…*

Ils s'étalèrent sur le sol à l'instant précis où l'un des bijoux de Rosa se détacha et fit retomber en place la dalle de pierre. Le vacarme ainsi causé inonda la petite pièce, et Dominic et Rosa gardèrent les mains sur leurs oreilles jusqu'à ce que l'écho s'amenuise et se taise.

Elle était tombée sur le ventre, les jambes emmêlées dans ses jupes. Elle dégagea ses pieds et, en se retournant, constata que Dominic était étendu sur le dos, des pièces d'or répandues autour de sa tête comme une auréole. Il ouvrit de grands yeux vers elle.

« Aïe », fit-il.

Les gloussements jaillirent de nulle part, montant du ventre de Rosa. Elle laissa tomber son front sur ses mains, ses épaules secouées par le rire, l'énergie s'échappant comme de la vapeur. Un instant après, Dominic la rejoignit dans son hilarité, tout aussi bruyant et insensé.

Ils essuyaient encore leurs larmes quand la porte de la salle du coffre s'ouvrit. Le rire coincé dans la gorge, Dominic s'étrangla, et tâcha de se redresser alors que les pièces se déplaçaient sous son corps. Rosa s'agenouilla un instant après, réprimant ses gloussements et s'obligeant à lever les yeux vers Khalid et les tonneaux de vin qui occupaient la porte.

Khalid fronça les sourcils. « J'ai raté quelque chose ? »

53

KHALID

La cour des écuries grouillait de vie, pleine de carrosses et d'attelages. Les cochers avaient tout juste assez de place pour que les chevaux ne paniquent pas. Malgré tout, on pouvait à peine se glisser entre les véhicules sans frôler les panneaux de bois magnifiquement laqués.

Khalid fit de son mieux, mais sa progression était encore compliquée par la voiture à bras qu'il traînait derrière lui, et des deux tonneaux qui y étaient attachés. Il avançait de biais, craignant de faire sursauter les chevaux ou de se cogner à une charrette.

Parvenu à sa destination, il jeta un coup d'œil à la deuxième cour qui s'étendait au-delà. Un petit feu avait été allumé dans une vieille barrique. Cochers et valets d'écurie s'étaient rassemblés autour du brasier, faisant circuler des bouteilles et jouant aux cartes, réunis dans une ivrognerie conviviale. Aucun ne prêtait attention à leurs bêtes, mais Khalid serait forcément repéré s'il apparaissait parmi eux.

Il n'y avait toujours pas de garde en vue. Personne ne surveillait même le splendide attelage doré du pape. Cela aurait pu être rassurant, sauf que…

« Où est Giacomo ? » avait-il demandé à Rosa dans la chapelle des Mages. Ils avaient bien vite chargé les sacs d'or des Medici dans les tonneaux.

Rosa avait secoué la tête. « Nous ne l'avons pas vu. Rien.

— Je vais le chercher », avait déclaré Khalid, marchant déjà vers la porte. Je reviens tout de suite… »

Mais elle l'avait saisi par la manche et l'avait arrêté en tirant doucement. « Khalid, avait-elle murmuré sans aucune méchanceté. Nous savons tous les deux qu'il y a trop de choses en jeu à ce moment précis. » Elle avait à nouveau tiré sur sa manche, pour le réconforter plutôt que pour le retenir. « Tu as confiance en lui, n'est-ce pas ? Il saura se débrouiller, compte sur lui. »

Il avait fini par hocher la tête et était sorti de la chapelle pour conduire sa voiture à bras vers les écuries. Il reverrait Giacomo quand tout serait fini. Pour l'heure, Khalid avait une mission à accomplir.

Il y eut un cri venant du brasier, suivi par un chœur de grognements et de rires. Les cochers se levaient. Certains adressèrent des gestes grossiers à un valet des Medici qui s'éloignait. D'autres burent une dernière rasade avant de ranger leurs bouteilles. Puis, comme un essaim qui se disperse, ils partirent d'un pas incertain vers leurs attelages respectifs.

Khalid recula, l'esprit agité. Il était trop tôt pour que le banquet soit terminé, mais il n'avait pas à se préoccuper de cela. Il devait se mettre à l'abri, et vite. S'il était surpris à découvert, tout serait perdu.

Le véhicule garé le plus loin était un grand carrosse, coincé des deux côtés. Khalid pourrait s'y cacher… à condition d'y arriver à temps.

Il le fallait.

Avec un mouvement qui fit hurler son bras blessé, Khalid manœuvra l'attelage… et fila.

54

DOMINIC

Dominic contempla l'unique tonneau restant lorsque les portes de la chapelle des Mages se furent refermées derrière Khalid. « Celui-là, j'aurais pu m'en charger.

— Ce n'est pas Khalid qui emporte cet argent. Il doit servir à autre chose.

— Je ne… » Dominic s'imposa le silence. Rosa semblait prendre un plaisir particulier à le maintenir dans l'ignorance, et il ne voulait pas l'en priver. Pas si c'était la seule alternative à la rage qui avait failli la faire périr dans la salle du coffre. Il voyait encore les éclairs de cette colère froide sur ses traits, même s'ils étaient maintenant radoucis. Il ferait de son mieux pour ne pas la rallumer. « Très bien. Alors, c'est *nous* qui allons faire sortir ce tonneau-là ?

— Exactement. »

Il attendit qu'elle précise sa pensée, mais comme aucune autre explication ne vint, il leva les yeux au ciel. Si elle refusait de lui indiquer comment l'aider, il trouverait seul. De ses doigts rapides, il se mit à tirer sur les attaches de son pourpoint.

Il s'amusa beaucoup en la voyant s'étouffer. « Que *faites*-vous donc ?

— Je vous en prie, signorina. Comme si je n'avais pas désormais une connaissance intime de vos sous-vêtements...

— Arrêtez, arrêtez, arrêtez... » Elle voulut lui prendre les mains.

« De l'autre côté de cette porte, tout le monde pense que nous avons disparu dans la chapelle pour une raison très spécifique. “Pas si impressionnant”, aviez-vous dit ? Ne croyez pas que je l'aie oublié. » Il ne lutta pas lorsqu'elle noua ses doigts aux siens pour le stopper. « Ne devrions-nous pas faire en sorte qu'ils croient avoir raison ?

— C'est... une idée très astucieuse.

— Une idée digne d'un arnaqueur ?

— Digne d'un faussaire. Mais vous devez m'écouter. » Elle lui pressa la main. « Je ne sais pas ce que j'aurais fait si vous n'aviez pas été là ce soir. Pourtant, si vous retournez au banquet maintenant... vous pourrez conserver votre gagne-pain. Votre vie. » Elle fixa ses yeux noirs sur les siens. « Dominic, murmura-t-elle, pour vous, il n'est pas trop tard. Pour revenir en arrière.

— Que je revienne à ma vie d'avant ? » Elle acquiesça. « À ma vie de médiocre apprenti ? À cette vie-là ? »

On ne pouvait tirer de Rosa un véritable sourire que par surprise, mais il commençait à savoir s'y prendre. Avant qu'elle ait pu maîtriser ses traits, les coins de sa bouche se relevèrent. « Eh bien...

— Je refuse la proposition des Medici. J'ai fait mon choix. Et sans vouloir vous offenser, Rosa, je vous ai vue dans la salle du coffre. Si ça devient dangereux, *encore plus* dangereux, vous pourriez avoir besoin de quelqu'un pour vous tirer d'affaire. » L'une de ses épaules se haussa, puis retomba. « Vous n'avez pas à faire cela toute seule. »

Son regard devint plus concentré à mesure qu'elle étudiait son visage. Elle devait avoir trouvé ce qu'elle y cherchait. « Parfait, dit-elle en lui lâchant enfin les mains. Si vous voulez gâcher votre vie, je ne peux pas vous en empêcher. Mais accordez-moi une faveur : arrêtez de vous déshabiller.

— Si vous insistez. Quel est le plan ? »

Rosa ouvrit d'un seul geste la double porte de la chapelle.

À l'extérieur, un garde des Medici se mit aussitôt au garde-à-vous. La mâchoire tombante, il examina Rosa et Dominic, le tonneau, la porte du couloir ouverte, puis à nouveau Rosa et Dominic.

« Merde » fut le seul mot que Dominic eut le temps de prononcer avant que le garde ne pousse un cri qui retentit à travers la cour, se répercutant par les fenêtres, les colonnes et le sol dallé.

« Au voleur ! rugit-il. Au voleur ! »

~ 55 ~

ROSA

Rosa heurta la pelouse assez violemment pour la faire trembler sur ses genoux, tout en tâchant de se redresser tandis que les gardes la retenaient. Dominic suivit avec un tressaillement, et le tonneau tomba un instant plus tard, cliquetant sur l'herbe à côté d'eux.

Le pape les observait. Il était tout aussi pâle et immobile que l'une de ses chères statues. Ses deux mains serraient les accoudoirs de son magnifique fauteuil sculpté. Il avait à peine bougé depuis que Rosa et Dominic avaient été amenés en sa présence, poussés entre les tables à la pointe d'une épée, et maintenant que Rosa avait eu tout le temps d'examiner son rictus apoplectique, elle en conclut qu'il aurait été un modèle digne de Michelangelo.

Il Divino observait d'ailleurs la scène avec l'expression accablée d'un homme en proie à un sérieux embarras gastrique ou à une congestion cérébrale, ou peut-être aux deux à la fois.

« Ils ont été découverts dans la chapelle des Mages, Votre Sainteté, expliqua le capitaine Romano, avant de baisser la voix afin de n'être entendu que par les personnes les plus proches.

La porte de la salle du coffre était ouverte. Le coffre… semble être vide.

— Vide », répéta Sa Sainteté. À son côté, le cardinal de' Medici était en ébullition. « Le tonneau ? » Romano resta muet. « Ouvrez-le. »

Le capitaine regarda autour de lui avec appréhension, manifestant un tel sang-froid, que Rosa fut très impressionnée. « Votre Sainteté, murmura-t-il. Puis-je me permettre de suggérer que cela soit fait… loin des yeux indiscrets ? »

Rosa ne put s'empêcher de se dire qu'*indiscrets* était un délicat euphémisme. Car si le nombre d'invités présents avait un peu diminué depuis que Rosa avait quitté le banquet, il restait encore pas mal de sièges occupés aux différentes tables, sièges qui couraient peu de risques de devenir vacants, compte tenu du spectacle irrésistible qui s'offrait à présent.

Le pape parut en prendre conscience, lui aussi, et il y avait en lui encore assez de feu pour qu'il tourne son attention vers les jardins. « Peut-être », concéda-t-il. L'estomac de Rosa eut un soubresaut. Ce qui pourrait leur arriver dans l'intimité des geôles des Medici, à Dominic et à elle, serait sûrement mille fois pire que ce qu'ils auraient pu subir au milieu de cette foule.

« Nous ne ferons rien de tel. »

Debout, ses joues creuses devenues écarlates, le cardinal de' Medici avait les deux poings sur la table. Il fixait sur Romano, sur Rosa et Dominic, ainsi que sur le tonneau, un regard brûlant de rage. « Nous n'avons pas, nous, pénétré par effraction chez nos hôtes. Nous ne sommes pas les *voleurs*. De quoi les Medici devraient-ils avoir honte ? »

Cette dernière phrase était adressée à tous les curieux, à ces hommes et à ces femmes que la famille Medici avait conviés à festoyer.

« Votre Éminence…, commença Romano, mais le cardinal n'était pas d'humeur à écouter ses inférieurs.

— On m'a signalé la présence d'individus séditieux ici ce soir, proclama-t-il. On m'a fait savoir qu'ils cherchaient *un financement* pour leurs actes de trahison. Mais je ne croyais pas qu'ils pousseraient l'audace jusqu'à détrousser l'Église. »

Qui avait colporté de telles rumeurs parmi les Medici ? Mais l'interrogation de Rosa trouva rapidement sa réponse, lorsque son attention fut attirée par un mouvement derrière le pape. Un garde, qui flottait un peu dans son uniforme, s'agitait dans l'ombre d'un buis démesuré. *Giacomo*. Il n'était peut-être pas arrivé à temps dans la chapelle des Mages, mais il avait de toute évidence trouvé de quoi s'occuper dans les jardins.

Le cardinal ne parut pas avoir remarqué ce qui avait distrait un instant Rosa. Il voyait rouge. Partout où ses yeux se posaient, il ne voyait que rouge. « *Ouvrez ce tonneau* », ordonna-t-il, se penchant avec un regard venimeux.

Ce fut assez pour éteindre l'étincelle de bon sens qui persistait dans l'esprit du pape, et sur un signe de Sa Sainteté, le capitaine Romano renversa la barrique dans l'herbe.

Le couvercle se détacha, libérant une éblouissante rivière d'or.

Le silence se fit dans les jardins.

« Qu'avez-vous à dire pour votre défense ? » demanda le pape.

Rosa constata, non sans déplaisir, qu'il s'adressait à Dominic et non à elle. « Votre Sainteté, bégaya le peintre, c'est un malentendu. Nous étions… Nous étions dans la chapelle parce que… la signorina de' Lombardi voulait voir la fresque, et donc…

— J'aurais dû deviner que vous étiez guidé par le péché, cracha le pape. Un artiste médiocre, obsédé par cette peinture *lamentable*… vous ne pouviez être qu'un imposteur. Et il s'avère maintenant que vous étiez… que vous vouliez…

— Priver Florence de sa place aux cieux, compléta le cardinal.

— *Qu'avez-vous fait de mon or ?* grommela le pape, contournant la table.

— Votre Sainteté ! »

Le tumulte provenait de l'entrée des cuisines, où un attroupement de serviteurs et de gardes finit par se diviser pour laisser apparaître un trio de gardes…

Ainsi que Khalid al-Sarraj.

Il s'avança en boitillant, le bras contre son flanc, le visage gris de douleur. Un garde à la mine particulièrement satisfaite l'obligea à s'agenouiller à quelques pas de Rosa, qui vit son regard se troubler alors qu'il luttait pour ne pas s'évanouir. À côté du buis, derrière la table maîtresse, la silhouette de Giacomo se raidit et se redressa, de l'angoisse émanant de tous ses membres face à la détresse de Khalid.

« Rosa…, marmonna Dominic, mais elle serra sa main entre les siennes. *Silence.*

— Ben-Halil ? s'étonna Romano. Vieri ? Que signifie cela ?

— Nous l'avons découvert près des écuries, dit Vieri. Il se cachait avec ceci. » Les gardes renversèrent une voiture à bras, déchargeant quelques tonneaux en bois identiques à celui qui déversait son soleil liquide tout près de Rosa.

« Capitaine ». Le cardinal de' Medici fixait Romano d'un œil d'aigle, mais il ne fallait pas une intelligence supérieure pour lire la terreur sur le visage du capitaine. « Connaissez-vous cet homme ? »

Maintenant qu'il avait retrouvé ses marques, Khalid était calme et ne regardait rien en particulier. À en juger par ses traits sereins, on aurait pu croire qu'il faisait une simple promenade.

« C'est Yazid Ben-Halil, répondit Romano lentement, comme s'il répugnait à parler. Un membre de la garde des Medici.

— Si je puis me permettre, capitaine, intervint Vieri, l'homme que vous appelez Ben-Halil est en réalité un *criminel* nommé Khalid al-Sarraj… un tueur à gages employé par le gangster génois Giuseppe Traverio. »

Pendant une fraction de seconde, les yeux de Khalid rencontrèrent ceux de Rosa, juste assez longtemps pour qu'elle hausse un sourcil. Mais elle ne fut pas la seule à réagir aux révélations de Vieri. Intrigué, Romano demanda à son subordonné : « Comment savez-vous cela ?

— Votre Sainteté, interrompit Michelangelo, ma nièce n'est qu'une jeune fille naïve…

— Votre nièce vous a *berné*. C'est une voleuse. » Le pape revint à Rosa. « Répondez sans détour, ordonna-t-il. Pourquoi vous êtes-vous liguée avec ces deux hommes ? »

Deux hommes. Il ne soupçonnait donc pas le rôle joué par l'artiste le plus estimé de sa famille. Un léger poids fut retiré des épaules de Rosa alors même qu'elle se forçait à pleurer, répondant au pape à travers une brume de larmes. « Je suis désolée, Votre Sainteté, mais vous vous trompez…

— Je ne me trompe *jamais* », la coupa le pape en haussant le ton. Il s'approcha des prisonniers agenouillés. « Je m'attendais à quelque chose de ce genre. Les gens de cette ville sont si prévisibles. Ils se croient tout permis. Vous pensiez pouvoir vous introduire dans la plus grande demeure de Florence et simplement *me prendre mon or* ? »

Les murmures avaient repris parmi les invités et s'amplifièrent après cette déclaration. *Mon or*. C'était la deuxième fois que le pape utilisait cette formule. Il ne s'exprimait pas comme un homme de Dieu… mais comme un banquier.

« Eh bien, vous avez visé trop haut, continua Sa Sainteté, sourde à l'hostilité croissante. Vous savez maintenant qu'il est impossible de s'attaquer impunément à la famille Medici. » L'essentiel de son vitriol se répandait encore sur Dominic, dont la main allait finir par broyer celle de Rosa.

« Et *vous*. » Le pape pivota vers Rosa, blottie contre le peintre, toujours dans son rôle de timide campagnarde. « Après tout ce que votre oncle a fait pour vous, est-ce ainsi que vous l'en remerciez ?

— Comment as-tu *osé* ? » croassa Michelangelo, d'une voix enrouée par le chagrin et le sentiment de trahison. C'était un numéro d'acteur inoubliable, et si le moindre doute avait persisté dans l'esprit des Medici, il aurait assurément été dissipé par le désarroi qui s'affichait sur son visage.

La sécurité du sculpteur étant assurée, il était temps pour Rosa de modifier sa propre prestation. Ses larmes s'évaporèrent en un instant, et sa mine craintive s'enflamma comme une chandelle. Toute trace de terreur avait disparu. « Vous étiez bien trop *aveugle*, mon oncle, s'écria-t-elle, avec tant d'âpreté que Michelangelo recula. Vous auriez dû voir comment cette famille accumule les richesses. C'est un repaire de dragons cupides. Cet or qu'ils ont *extorqué* à Florence ne servira pas à *sauver des âmes*, mais à imposer leur autorité, *par tous les moyens*…

— Silence ! » rugit le pape. La pâleur de ses joues s'était depuis longtemps teintée d'un rouge apoplectique. Il tendit la main à Vieri. « Votre épée. »

Un grondement de malaise parcourut les convives restants. Mais cela ne suffit pas à freiner Sa Sainteté dans son élan. « Donnez-moi votre foutue épée, garde ! » L'ordre ébranla Vieri, qui obéit. « Vous vous êtes introduit dans ma maison », déclama le pape, avançant à pas lourds vers les tonneaux…

Vers *Khalid*.

Rosa se tendit. Elle avait voulu s'en prendre aux Medici, mais était-elle allée trop loin ? Elle voyait les yeux de Khalid se vider de leur tranquillité stoïque. Giacomo avait disparu, l'ombre du buis était déserte. Elle ignorait où il était parti, ou même s'il guettait toujours la scène.

Le pape n'en continuait pas moins à avancer. « Vous avez volé l'or du Seigneur Dieu Tout-Puissant. Vous vous êtes rendus coupables de la plus haute des trahisons. » Il tenait l'arme d'une main remarquablement sûre. « Et vous en serez châtiés. »

L'épée s'anima, s'élevant au-dessus de la tête de Khalid, et Rosa se préparait à commettre l'impensable, *se jeter sur le pape*, prête à tout pour sauver Khalid, mais il était trop tard, la lame s'abattit, s'effondrant d'un coup féroce sur…

Le *tonneau*.

Khalid s'écarta quand l'épée de Vieri se planta dans le couvercle de la barrique, fendillant en deux le bois robuste. Une fois encore, le pape brandit la lame et la baissa, frappant le tonneau comme un bûcheron fend du bois. « *Personne ne vole les Medici* », siffla-t-il.

La barrique s'effondra, éventrée sous l'assaut, le couvercle déchiqueté roulant à terre comme la tête d'un homme décapité. De la pointe de sa pantoufle brodée, le pape donna un coup de pied dans les douves de bois, l'épée pendant librement au bout de ses doigts.

Puis tout à coup, l'énergie l'abandonna. Il se figea sur place, comme mort. Rosa, appuyée contre Dominic afin d'apaiser son cœur battant, comprit pourquoi dès qu'elle put mieux le voir.

Rien ne scintillait au milieu des éclats de bois. Pas un seul florin d'or ne miroitait.

La barrique était entièrement vide.

~ 56 ~

SARRA

« Pourquoi diable prennent-ils tant de temps ? » Sarra ne prit pas la peine de répondre à la voix irritée qui sortait de la voiture. L'uniforme qu'elle avait revêtu lui allait assez bien, mais aucun déguisement ne pouvait rendre sa voix plus grave. Elle se contenta donc de rouler des yeux en chœur avec le cocher, en frappant deux fois la paroi du carrosse, signe universel qui se traduit par *la voie est libre*. Le cocher inclina son bonnet et, un instant après, le véhicule et ses occupants courroucés s'éloignèrent dans la rue.

Comme aucun autre attelage ne lui succédait – le flux des invités quittant le banquet s'était ralenti, au moins provisoirement –, Sarra s'autorisa un rapide soupir de soulagement avant de reprendre la *véritable* tâche en cours. Avec une grimace douloureuse, elle souleva le lourd sac déposé dans le corps de garde et le traîna jusqu'à la porte du point de contrôle.

La carriole de Khalid était là où elle l'avait laissée, garée dans l'allée menant au Palazzo, et la mule avait le nez dans sa musette bien garnie. La bête ne remua pas même une oreille lorsque Sarra hissa son fardeau à bord, faisant de son mieux pour amortir le *clic* prometteur du métal qui s'entrechoquait. Elle rangea le sac parmi les autres et attacha bien vite le tout au plateau de la charrette. Pour un œil critique, le chargement semblait assez innocent. *Ils pourraient être remplis de carottes,* pensa-t-elle, un peu exaltée. *Ou bien de navets.*

Le métal cliqueta encore lorsqu'elle descendit d'un bond. Elle fit de son mieux pour ne pas en tenir compte. *Garde ton sang-froid,* se dit-elle. *Nous y sommes presque. Nous sommes tout près du but, et ensuite, nous en aurons fini avec cette mission, avec Florence, avec toute la famille Medici…*

Mais s'ils étaient si près du but, Sarra n'aurait-elle pas dû voir un autre véhicule rouler vers le corps de garde ? Et s'ils étaient si près du but, n'aurait-elle pas dû voir des gardes patrouillant dans le Palazzo au cours de l'heure où elle était restée en faction ici ?

Serrant les dents pour combattre la peur, Sarra se dirigea vers le banc du cocher. La mule la regarda saisir les rênes, ses lèvres remuant pour émettre un grognement exaspéré.

Sarra battit des paupières. Il y avait ici quelque chose de différent, quelque chose d'anormal, qui lui échappait…

Quelqu'un avait retiré le sac.

« Merci d'avoir fait le plus dur. »

Sarra se retourna alors que deux silhouettes s'avançaient dans la lumière. Celle de gauche était petite et noueuse, couverte de tatouages, familière et pourtant impossible à resituer.

Celle de droite fut facile à identifier. « Traverio », murmura-t-elle, les mains moites.

Il lui adressa un petit salut ironique. « Signorina Bricoleuse.

— Que faites-vous ?

— Je prends ce qui m'est dû. »

Sarra étrécit les yeux. « Je ne vous dois rien.

— Ce n'est pas l'avis de Khalid. » Et tout à coup, une main se posa sur son dos. L'acolyte tatoué s'était approché par le côté tandis qu'elle observait Traverio.

Il avait encore moins de dents qu'Agata, et sentait un peu le feu de bois. Lorsqu'il sourit, elle se rappela où elle l'avait vu. Il était dans la rue, à côté de l'imprimerie. Il regardait la boutique. Il regardait Sarra. Juste avant que tout ne brûle.

« Vous ! », s'exclama-t-elle.

Il sourit encore plus. « Oups.

— Vous remercierez de notre part la fille Cellini », dit Traverio.

Puis Sarra ressentit une douleur aiguë sur sa tempe.

Ensuite… rien du tout.

57

GIACOMO

Le pape était ahuri. Le cardinal de' Medici également. En fait, quand Giacomo eut réussi à détacher les yeux de Khalid – qui, par chance, n'était pas en train de se vider de son sang sur les dalles –, il put s'attarder sur la mine stupéfaite de Michelangelo, de toute l'armée de gardes du palais et de chacun des participants au banquet. Même Fontana, le jeune peintre, n'en revenait pas, la mâchoire pendante. « Vide ? » s'écria-t-il, sans doute plus fort qu'il ne le prévoyait.

Giacomo se renfonça un peu plus dans l'ombre, derrière l'une des statues de marbre immaculé des Medici, et se saisit de la bourse suspendue à sa ceinture.

Sa Sainteté désigna l'autre tonneau, d'un doigt tremblant de rage. « Celui-là. Ouvrez-le. »

La fureur retenue poussa le capitaine Romano à l'action. Rengainant sa propre épée, il souleva le couvercle de la barrique et regarda à l'intérieur.

Il n'eut pas besoin de prononcer un mot. Son visage blême en disait assez.

Le pape se retourna vers Rosa et Dominic, le tonnerre grondant dans sa voix. « Où est l'or ? »

Rosa leva les deux mains, les paumes vers le ciel. Vides. « Disparu.

— Où. Est. L'or. » Le pape s'avançait vers eux d'un pas lourd, l'épée de Vieri encore à la main, le regard fixé sur Fontana. La situation s'était un peu emballée, et le pouls de Giacomo, qui n'avait pas ralenti depuis qu'il avait vu Khalid menacé par une lame deux secondes auparavant, accéléra à nouveau.

« Honnêtement, je n'en sais rien », dit l'apprenti.

Le coup était inattendu. Il fut assez brutal pour résonner entre les murs, et il projeta la tête de Dominic sur le côté, du sang coulant d'une mince entaille en haut de sa joue. Les bagues de Sa Sainteté n'avaient pas qu'une fonction décorative, apparemment, et le cri de Rosa parut tout aussi sincère que le hoquet de stupeur de Fontana.

Ce ne fut pourtant pas le seul effet de cette gifle. Un murmure indigné s'empara de la foule. À sa table, Petrucci observait la scène avec un intérêt évident, et Giacomo remarqua avec curiosité que Giulietta semblait avoir dégagé son bras de l'étreinte de son mari.

Mais rien de tout cela n'avait d'importance pour le pape. « *Où est mon or ?* » gronda-t-il sous le nez de Fontana. Pendant un instant, Giacomo eut la certitude que les deux coupables allaient être passés au fil de l'épée et qu'ils mourraient dans les superbes jardins des Medici, où aucune feuille ne dépassait.

Il en avait assez de toute cette affaire. En tant qu'acteur professionnel, Giacomo savait quand il était temps de baisser le rideau, et il sentait dans ses entrailles que l'heure de ce dénouement était venue. Il fouilla dans sa bourse, ses doigts se refermant sur un objet froid et lisse, prêt pour le salut final – si seulement il pouvait obtenir l'autorisation de Rosa…

« Votre Sainteté, intervint le capitaine Romano, incarnant comme toujours la voix de la raison, je vous assure que nous avons pris nos précautions contre ce type de situation. Nos gardes ont fouillé tous les véhicules qui entraient et sortaient du Palazzo. L'or ne peut pas être allé loin.

— En êtes-vous si certain ? » demanda Rosa. L'éclat sauvage de son regard s'enflammait face à la fureur des Medici. « À quand remonte la dernière fois où vous avez envoyé quelqu'un vérifier comment se portaient vos gardes ? »

Les yeux du cardinal s'étaient révulsés. « Les carrosses, exhala-t-il. Ils ont mis l'or dans les carrosses. C'est bien ça ? »

Rosa affronta son regard, impassible.

Le cardinal aurait visiblement aimé pouvoir lâcher un blasphème. « Capitaine ! aboya-t-il. Envoyez des hommes au point de contrôle ! » Tandis que Romano s'empressait d'obéir, Giacomo se glissa encore un plus dans l'ombre. Il avait été trop de fois interpellé au cours de la soirée pour que cela se reproduise.

« Je vous tuerai, signala le pape à Rosa, presque sur le ton de la conversation. Vous ne sortirez pas d'ici vivants. »

Rosa répliqua par un *tss*. « Ce sentiment n'est pas très chrétien, *Signore de' Medici*, répondit-elle avec la même désinvolture. Et je ne crois pas être la seule à penser cela. »

Pour la première fois, le pape, tiré du brouillard de sa colère, regarda autour de lui. Dans les jardins, il remarqua les nobles et les marchands assemblés, ainsi que les regards nerveux et les chuchotements désapprobateurs qui se tissaient entre eux. Profitant de cet instant de distraction, Rosa lança un coup d'œil sur le côté et, avec une précision parfaite, rencontra le regard de Giacomo, pourtant retiré dans sa cachette.

La colère du pape fut dédoublée en constatant la foi ébranlée de ses ouailles ; revenant vers le capitaine et le cardinal, il leur montra d'un geste les trois captifs à genoux.

« Je veux leurs têtes, glapit-il à l'adresse de Romano.

— Votre Sainteté », protesta celui-ci, jetant un coup d'œil plein d'une saine méfiance vers la foule.

Cependant, le cardinal de' Medici acquiesça d'un air sinistre. « Tu les auras. »

C'est alors que Rosa baissa le menton, en un hochement presque imperceptible. *C'est l'heure de baisser le rideau.* Et Giacomo san Giacomo ne s'était jamais contenté d'un dénouement sans coup de théâtre.

Son pas léger le conduisit vers la pelouse, à l'extérieur du cercle de lumière. Son bras tournoya, lançant un objet brillant qui décrivit un arc de cercle dans l'air. Giacomo vit Rosa se jeter sur Fontana, tous deux s'écroulant au sol. Il vit Khalid plonger dans l'herbe.

Les deux flacons jumeaux – une spécialité d'Agata – tintèrent en entrant en contact avec le flanc blanc et lisse de l'une des admirables statues de marbre. Giacomo leva les deux bras pour se protéger les oreilles, puis…

58

KHALID

Lorsqu'il ouvrit les yeux, Khalid était étendu sur le dos. L'herbe humide trempait sa chemise. Ses oreilles sifflaient. Il ouvrit la bouche pour demander ce qui se passait et s'étrangla. Ses poumons étaient remplis d'une fumée âcre.

Le visage soucieux de Giacomo apparut au-dessus de lui. Il secouait l'épaule de Khalid – son épaule *blessée*. Khalid grogna, et Giacomo recula bien vite, ses lèvres articulant des excuses. Il parlait à haute voix, mais le rugissement dans les oreilles de Khalid était tout simplement trop fort pour qu'il puisse entendre quoi que ce soit d'autre.

Khalid se redressa, avec un geste tremblant en direction de Giacomo. *Je vais bien.*

On ne pouvait pas en dire autant des jardins. Des gardes et des statues gisaient ici et là sur la pelouse, comme des marionnettes désormais inutiles. Autant qu'il puisse en juger, à travers la fumée et les débris, les gens commençaient à gémir et à bouger, à mesure qu'ils reprenaient connaissance. Personne ne *semblait* mort, mais Khalid n'était pas prêt à faire le tour pour vérifier le pouls de tout le monde.

À la table maîtresse, Michelangelo battait des paupières, aveuglé. Bien que secoué, il semblait avoir tenu le choc, et adressa à Khalid un petit signe de tête quand leurs yeux se rencontrèrent. Rosa et Fontana étaient déjà debout. Ils avaient une conversation à voix basse, à propos des signes de vie donnés par le corps du pape. Avec un dernier regard vers Sa Sainteté, Rosa se laissa entraîner vers les cuisines par l'apprenti.

« Khalid ? Khalid ? »

Le sifflement s'estompait. Khalid pouvait distinguer les contours de la voix de Giacomo. Il offrit à l'acteur un sourire hagard. « Tu vas bien ?

— Je vais toujours bien. Mais toi, comment te sens-tu ? »

Question ridicule, pensa Khalid, même s'il avait très mal au bras. Il empoigna la main de l'acteur et se laissa hisser sur ses pieds. « Il faut qu'on s'en aille. On n'a pas beaucoup de temps. »

C'est alors que Khalid aperçut Vieri allongé sur le sol, tout près de lui.

Le garde avait dû recevoir un morceau de statue sur le front. Un bleu gros comme une orange gonflait au-dessus de son œil. Il gémit alors que Khalid s'approchait. Quand l'ombre de Khalid tomba sur son visage, Vieri entrouvrit les yeux. Comprenant ce qu'il voyait, la peur envahit ses traits.

Son épée gisait à un mètre de sa main. Le pape avait dû la lâcher lors de l'explosion. Khalid la ramassa.

Il aurait été facile d'en frapper Vieri. De le tuer comme il avait lui-même tenté de tuer Khalid. D'agir comme Traverio le lui ordonnerait. En se retournant, il remarqua que Giacomo le regardait avec calme. Il ne broncherait pas s'il voyait Khalid commettre un meurtre. Il comprendrait.

Mais alors qu'il contemplait le visage jaune et craintif de Vieri, quelque chose arrêta la main de Khalid. Pas la pitié. Un sentiment à l'opposé de la pitié. La main de Khalid fut arrêtée par… une meilleure idée.

Il autorisa son sourire à devenir carnassier. *Le vice et la voix.*

« Marino te remercie », dit-il. Et ce fut tout.

Une brise soufflait sur son visage, taquine et joueuse, lorsqu'il sortit de la cour, suivant la direction qu'avaient prise Rosa et Fontana. C'était peut-être l'écho de la détonation ou la promesse du triomphe, mais Khalid aurait juré entendre le vent murmurer.

C'était le son de la maison.

59

GIACOMO

Au Palazzo, le chaos était vite retombé. Dans les jardins, territoire dévasté, jonché de corps hébétés et désorientés, les cousins Medici furent bientôt mis en sécurité tandis que le capitaine Romano criait des ordres furieux.

Giacomo avait supposé qu'au bout de cinq minutes, Vieri se sentirait en état d'approcher le capitaine. En moins de quatre, Vieri s'était présenté à son supérieur, la colère frémissant sous son apparence obséquieuse. « Ils sont partis pour Il Rifugio, déclara-t-il. C'est une crique employée par les contrebandiers, en dehors des remparts. J'ai entendu Ben-Halil en parler à la fille. »

Les sourcils de Romano se froncèrent davantage. « Vous l'avez *entendu* ? » avait-il demandé, avec une incrédulité compréhensible, car le tintement venait seulement de commencer à s'atténuer dans les oreilles de Giacomo, et Vieri s'était trouvé encore plus près de l'explosion.

Mais comme la rage des Medici brûlait derrière lui, Romano n'avait pas d'autre choix que de suivre cette piste. Les chevaux avaient été préparés, tous les gardes valides étaient en selle, la compagnie était sur le départ…

Et personne n'avait pu sortir de la cour des écuries.

La raison était si triviale qu'elle en était gênante. L'explosion avait fait fuir les chevaux et les cochers, de sorte que la plupart des attelages des invités barraient la route aux gardes.

« Déplacez-moi tout ça ! » ordonna Romano, et Giacomo s'empressa d'obéir, quittant sa monture pour courir vers le carrosse le plus proche. Avec l'aide de six autres hommes, il n'eut aucun mal à le pousser, si bien que les gardes purent déblayer le passage en quelques minutes.

Les roues venaient de s'immobiliser quand une voix malheureusement familière rugit depuis l'entrée du Palazzo. « Capitaine Romano ! »

Cette voix n'était pas inconnue de Romano non plus. Il ferma brièvement les yeux, résigné et vaincu, avant de diriger son cheval vers le signore Petrucci. Le père de Giacomo arrivait à toute allure dans la cour des écuries, indifférent à l'essaim de gardes armés.

« Écartez-vous, signore, lui dit le capitaine. Je n'ai pas le temps, ce soir.

— Vous n'avez pas le temps pour grand-chose, riposta Petrucci. Et les Medici non plus ! Trop obsédés par leurs ennemis pour consacrer un instant à ceux qui pourraient être leurs amis.

— Gardes, en route », ordonna Romano, ignorant Petrucci. Giacomo se recula de la voiture, ses mains effleurant le bois laqué…

Et elles y furent retenues, incapables de bouger.

Il leva les yeux. La fenêtre du carrosse, qu'il croyait vide et sombre, était maintenant occupée par Giulietta Petrucci.

Elle lui tenait les mains, si fort qu'elle en avait les articulations blanches. Il avait mal aux doigts, mais comment cela aurait-il pu compter, alors que sa mère était assez près de lui pour qu'il distingue les rides autour de ses doux yeux bruns, et l'argent dans ses cheveux châtain ?

Quelque part, le père de Giacomo continuait à vitupérer. « Trois fois je suis venu solliciter une audience dans ce palais, et trois fois j'ai été ignoré, méprisé, et maintenant *agressé*… »

Ce n'était qu'un bruit de fond. La seule chose qui comptait, c'était le visage de sa mère et le fait qu'elle l'avait reconnu, même affublé de cet uniforme mal taillé et malgré la pénombre.

« Giacomo », murmura-t-elle. Le son de sa voix l'enveloppait comme une étreinte.

Elle avait des larmes sur ses joues. Soudain Giacomo la vit comme il l'avait vue lors de cette dernière nuit. Des larmes avaient coulé sur ses joues, ce soir-là aussi, alors qu'elle se drapait dans son châle et demandait *Que fais-tu ?* même si, au fond de son cœur, elle *savait*…

Son cœur battait la chamade.

« *Maman* », supplia-t-il. *Ne m'oblige pas à mentir. Ne m'oblige pas à faire semblant. Pas à toi. Pas* pour *toi.*

Elle hocha la tête, un sourire effleurant le coin de ses lèvres. Relâchant sa terrible emprise sur sa main, elle se pencha pour lui effleurer la joue du bout des doigts.

« Sois malin », dit-elle. Pas *sois sage* ni *porte-toi bien,* ou même une récrimination apeurée. Une unique larme éclaboussa le montant de la fenêtre du carrosse, mais pas plus, et sans faire disparaître son sourire. Giacomo lui pressa la main en retour et recula, laissant ses doigts retomber.

Il n'y eut pas d'adieux. Petrucci marchait vers la voiture, abandonnant un capitaine Romano à la mâchoire serrée, et Giacomo s'éloigna avec un salut respectueux. Si son père avait été plus observateur, peut-être aurait-il remarqué que son cadet se tenait sous ses yeux, mais il n'avait jamais eu pour habitude de se soucier de Giacomo, et il n'allait pas commencer maintenant. Un instant après, Giacomo était en selle et trottait à l'arrière du contingent des Medici, se frayant un passage dans les rues de Florence.

Au prix d'un effort considérable, il parvint à mettre de l'ordre dans le tourbillon de ses pensées. Il ferait le tri plus tard – il le faudrait, car il savait qu'à la seconde où il fouillerait parmi ces émotions, il s'effondrerait nerveusement. Pour le moment, il avait grand besoin de se concentrer pour rester en selle et ne pas se laisser distancer par les autres gardes.

« Par ici ! » cria Vieri, en tête de la compagnie, désignant l'avenue qui menait à la porte est de la ville, et le tonnerre des sabots sur les pavés s'intensifia quand les gardes éperonnèrent leurs montures. Boutiquiers, marchands ambulants et fêtards dégagèrent le passage tout en leur criant des insultes et des injures, leurs biens piétinés sans pitié par la troupe.

La Torre della Zecca était comme toujours bordée de gardes de la ville en uniforme rouge, et Giacomo vit le capitaine Romano s'apprêter à une confrontation. Mais étrangement, on leur fit signe d'avancer avec un simple froncement de sourcils, les gardes restant en formation tandis que les chevaux défilaient sous la haute tour. Giacomo, qui fermait la marche, sentit néanmoins leurs regards lui percer le dos alors qu'il incitait sa monture à aller plus vite.

Le trajet jusqu'au Rifugio ne fut pas long, et Giacomo entendit leurs proies avant de les voir, un cri de détresse asphyxié par l'eau résonnant sur le fleuve. « Capitaine ! » héla-t-il. Romano hocha la tête, fit signe au reste de la troupe, et les gardes ralentirent pour prendre un virage, un long chemin de terre se déroulant devant eux.

De la gauche provenait le bruit des eaux impétueuses de l'Arno, ce qui était tout à fait normal, si près de la ville. Mais le fleuve était masqué par un bouquet d'arbres et de broussailles, dont la verdure s'étendait sur deux bonnes douzaines de mètres. Un voyageur ordinaire n'y aurait peut-être rien vu de plus qu'un bout de sentier ordinaire. Les habitants les moins recommandables de Florence, en revanche, auraient pu y voir un site idéal pour leurs activités criminelles.

Malheureusement pour eux, les arbres ne servaient pas à grand-chose quand, par exemple, votre barque coulait et se démantibulait à la fois, et que vous n'étiez vous-même pas très bon nageur. Du moins, c'était ce qu'étaient en train de découvrir les deux hommes qui se débattaient dans le courant.

« Halte ! ordonna Romano alors que le fleuve les entraînait au-delà du bouquet d'arbres. Allez les chercher ! »

Quelques gardes descendirent de cheval et pataugèrent dans l'Arno pour se saisir des deux individus et les traîner sur la berge, où ils restèrent étendus, échoués, hoquetant et totalement dépenaillés.

L'un des deux était décharné, ses muscles noueux en saillant sous sa peau tannée par le soleil. Comme il était occupé à vomir l'eau du fleuve, Giacomo préféra regarder l'autre, gaillard ventripotent et mieux habillé, qui tentait déjà de se relever.

Traverio. Giacomo l'aurait reconnu entre mille, comme en aurait également été capable quiconque étant passé par Gênes. Mais il aurait surtout reconnu celui qui avait posé ses mains autour du cou de Khalid, et avait serré si fort qu'il avait failli le tuer. Pendant toutes les années au cours desquelles la destinée de Giacomo avait croisé celle de Khalid, le rapprochant inexorablement de lui, il n'avait jamais réellement vu Traverio. Chercher à le rencontrer aurait été aller au-devant des ennuis. Maintenant qu'il en avait la possibilité, il décida qu'il n'aimait pas du tout le visage de cet homme.

« Debout, aboya Romano.

— Pas la peine de crier, capitaine, lui répondit Traverio, courtois malgré le désordre de sa tenue. Nous ne sommes que deux malheureux pêcheurs surpris par un courant mauvais.

— Je n'ai jamais vu de pêcheur aussi bien vêtu, marmonna Giacomo, assez fort pour que Romano l'entende, et il vit le capitaine faire la moue.

— Fouillez-les », ordonna-t-il, et les gardes s'empressèrent d'obéir. Traverio supporta cette indignité avec un sourire de politicien, tandis que d'autres employés des Medici mettaient pied à terre, soit pour aider, soit pour mieux voir la scène. Giacomo en fit autant. Il était à l'arrière du petit groupe, un mur d'hommes et de chevaux le séparant du fleuve, et s'il savait bien une chose à propos de l'humanité en général et des gardes en particulier, c'était qu'aucun d'eux ne détacherait son regard de l'étrange faux pêcheur et de son ami pris de nausée. Pas tant que ces deux-là leur offriraient un divertissement aussi infâme.

Quand le contrebandier décharné fut mis debout, le spectacle devint vraiment intéressant. Le clair de lune frappant son visage, Vieri perdit entièrement la raison et se transforma en une masse humaine de rage incontrôlée. Plus intéressant encore, le contrebandier, qui avait également repéré Vieri, subit une métamorphose du même ordre.

« *Salopard* », cria le contrebandier en même temps que Vieri hurlait « *Tas de merde* », après quoi Vieri sauta à bas de son cheval et se rua vers le contrebandier, bien résolu à l'étrangler de ses mains.

« Garde ! » le réprimanda Romano, mais il ne maîtrisait pas la situation, et elle lui échappait de plus en plus. Toute la compagnie fut témoin de la bagarre entre Vieri et le contrebandier. Les deux hommes basculèrent dans l'eau peu profonde sans cesser leur généreux échange de coups et de jurons. « Sale traître, fils de pute » était une formule dont tous deux se servaient à égale mesure, agrémentée d'un « Tu les as conduits ici » de la part du contrebandier, et d'un « Tu étais de mèche avec al-Sarraj depuis le début » de la part de Vieri.

Giacomo y vit un signal. Le capitaine hurlait, on mettait les menottes à Traverio, et quelques gardes faisaient de leur mieux pour séparer les deux combattants sans rien obtenir de plus que des coups de coude au visage. La pagaille était complète, parfaite, et c'était pour Giacomo le moment de se glisser dans l'herbe haute des champs, à l'autre extrémité de la route.

Derrière lui, des gardes ôtaient leurs bottes pour s'avancer dans l'eau, fouillant le rivage boueux en quête de l'or disparu.

Les cris et les bruits d'éclaboussures devinrent moins sonores, mais Giacomo guettait un son qu'il avait attendu toute la nuit.

« Mais qu'est-ce que c'est que *ça* ? Des caractères d'imprimerie ? » C'était le rugissement d'un capitaine de la garde des Medici absolument au bout du rouleau. « Où est l'or ? Mais où *diable* est l'argent ? »

60

LE *DAVID*

Pour la deuxième fois en deux mois, Cat suivait le carrosse. Elle trouvait qu'elle se débrouillait très bien. Elle le pistait depuis qu'il était sorti du Palazzo Medici, et personne ne faisait attention à elle. Elle avait sans doute progressé dans l'art de se rendre invisible. Après ce qui s'était passé, avec Gio et les affiches, ils avaient tous les deux fait de grands progrès. Et puis, cette fois, elle n'avait pas une boule de merde à la main, ce qui aidait.

La voiture roulait plus vite que le premier jour, sans sa bulle habituelle de gardes Medici pour la protéger. Non, personne, parce qu'ils avaient été virés. Du moins, c'est ce que Gio lui avait appris ce matin-là, lorsqu'ils avaient vu tous ces hommes quitter le Palazzo, la mine défaite et sans uniforme. Cat croyait volontiers Gio, car elle entendait les cris de l'intérieur du bâtiment. « C'est le pape », avait dit Gio, les yeux écarquillés, tandis que la voix émettait toute une série de gros mots.

Il ne restait plus qu'un seul garde, un homme aux yeux soulignés de cernes noirs, qui sentait très fort la fumée. *Le capitaine*

Romano. En ville, tout le monde le connaissait. Il suivait à cheval le beau carrosse, et Cat courait dans son sillage.

« Tous les sacs que nous avons tirés du fleuve étaient exactement pareils », répétait le capitaine. Il aurait sans doute préféré être ailleurs, ou simplement faire une sieste. « Remplis de lettres venues d'une presse d'imprimerie. Les voleurs ont dû échanger… »

Il y eut un *boum*, et un cliquetis à l'intérieur du carrosse, comme si quelqu'un avait jeté un tas de petites choses lourdes. « Tu as *laissé* les voleurs faire l'échange », croassa la voix qui avait crié auparavant. Le *pape*. Cat faillit trébucher sur un pavé branlant. « Ah non, Giulio, n'essaye pas de te dérober, tu es autant responsable de ce fiasco que cet imbécile de capitaine.

— Oui, Votre Sainteté, répondit dans la voiture une autre voix, moins agitée.

— Et pourquoi *diable* mettons-nous autant de temps ? » se plaignit le pape.

Le diable qui les retardait était la Piazza della Signoria. Une fois de plus, le carrosse distingué et ses passagers tout aussi distingués s'étaient révélés bien bêtes. En effet, la Piazza était noire de monde. Il n'y avait pas que les Florentins, mais aussi ceux qui étaient venus en ville pour le banquet, et aussi ceux qui étaient venus observer ceux qui étaient venus pour le banquet. Et la voiture était bloquée au milieu de tout cet attroupement.

« Nous avons ordonné de déblayer ces rues, dit la voix moins agitée.

— Oui, Votre Éminence », confirma le capitaine Romano. Il s'exprimait d'une voix lente et prudente, comme Cat lorsqu'elle avait peur d'agacer l'imprimeur. « Cependant, sans hommes pour faire appliquer cette injonction, cela s'avère… difficile.

— Je déteste cette maudite ville, grommela le pape.

— N'avez-vous pas obtenu l'aide de la garde de la ville ? demanda l'autre voix.

— J'ai tenté de les convaincre, répondit Romano, encore plus lentement. Mais ils sont… désagréablement réticents à coopérer. »

Le capitaine continua à apaiser les deux hommes, et Cat ralentit. La voiture était maintenant presque au centre de la place, entourée de monde de tous les côtés. Si bien qu'il était temps pour Cat de jouer son rôle.

Elle prit une profonde respiration.

« *Viva la Repubblica !* » Cat mit un moment à reconnaître sa propre voix. Elle sonnait presque… adulte. « *Viva la Repubblica !* » hurla-t-elle à nouveau, et cette fois elle ne fut pas la seule. La psalmodie monta, s'épanouit à travers la Piazza. Elle gonflait en intensité et en volume. « *Viva la Repubblica !* »

La foule ondoyait, se soulevait autour du carrosse. Pendant un moment, Cat le perdit de vue. Mais tout à coup, elle entendit un grand bruit. Quand la vague humaine retomba, elle vit que la voiture tanguait sur ses roues.

« Bon Dieu ! » cria un passager, ébranlé par la puissante secousse infligée à la portière opposée. *Boum. Boum.* Le véhicule penchait d'un côté puis de l'autre, coup après coup. À l'avant, le cocher fut délogé de son banc, puis englouti par la foule.

Le rideau s'ouvrit, et le visage pâle du pape foudroya du regard l'assistance. Sa tête basculait en même temps que le carrosse. Il semblait épouvanté. « Romano ! » hurla-t-il, mais le capitaine était désormais séparé de la voiture par des dizaines de Florentins surexcités. Et au milieu de cette masse, le pape aperçut Cat.

Peut-être se berçait-elle d'illusions, mais Cat crut apercevoir un éclair de compréhension dans les yeux du pape. Elle lui tira la langue.

« À moi ! rugit le capitaine Romano. Gardes ! À moi ! »

Il héla un petit groupe d'hommes en rouge, des gardes de la ville. Ils se tenaient en lisière de la cohue. Aux yeux de Cat, ils avaient l'air de se retenir de rire. Et ils n'avaient *absolument* pas l'air de vouloir se précipiter pour prêter main forte.

« Comment pouvez-vous ainsi fuir votre devoir ? les apostropha le capitaine. Comment pouvez-vous rester les bras croisés alors que le carrosse est menacé ?

— C'est une voiture des Medici, non ? questionna l'un des hommes. Ce n'est pas notre problème.

— Bien sûr que c'est votre *problème* ! Nous sommes sur une place publique.

— Oh, voilà qu'il se soucie de juridiction, commenta un deuxième garde.

— Où est le capitaine Santini ? demanda Romano. Il sera informé de…

— Il n'est plus notre capitaine, le coupa le premier. Depuis qu'il nous a vendus à *toi*. »

Son collègue brandit en l'air une sorte de livre. « Ça te rappelle quelque chose, Romano ? »

Le capitaine devint vert. « Comment vous êtes-vous procuré ça ?

— Pourquoi te le dirais-je, à *toi* ?

— Santini n'est pas près de revenir dans cette ville, dit l'autre garde. Pas s'il sait ce qui est bon pour lui. » Il regarda par-dessus l'épaule de Romano. « Ton maître est en train de s'en aller. Dépêche-toi de le rattraper avant qu'il ne décide de te virer. »

Non sans peine, le cocher avait réussi à remonter sur son banc malgré les protestataires. La voiture avançait enfin, se frayant un chemin au milieu de la foule qui s'apaisait. Avec une dernière grimace, le capitaine Romano fit partir son cheval au trot alors que les Medici traversaient le cercle de la foule pour déboucher sur la Via Porta Rossa.

Sur la Piazza della Signoria, l'attroupement se dispersa aussi vite qu'il s'était formé. Les slogans assourdissants se turent aussitôt que le véhicule du pape eut disparu.

Une petite carriole de légumes passa, rapide malgré l'encombrement. Le jeune conducteur repoussa son chapeau en arrière, juste assez pour que Cat puisse entrevoir un regard noir et pétillant.

Il lui fit un clin d'œil. Quelque chose vola en l'air, et vint tinter dans les mains de Cat. Elle examina le cadeau. C'était une bourse en velours violet, remplie du poids bien reconnaissable de florins d'or. Une croix était brodée dessus.

Quand Cat releva la tête, la carriole et l'homme avaient été avalés par la foule.

Cat empocha la bourse en sifflotant. Gio allait *mourir* de jalousie. Et ce soir, ils mangeraient des *ciambelle* à s'en rendre malades.

Ce serait un bel hiver.

61

KHALID

Ils avaient fui le Palazzo Medici sans encombre, ou du moins autant que c'était possible après une explosion dans la maison du pape. Khalid avait retrouvé Rosa et le jeune peintre dès qu'ils étaient sortis à l'air libre. « Emmène Dominic », avait-elle dit, et Khalid avait tout à coup été chargé de faire franchir les portes de la ville à ce malheureux, encore sous le choc, tandis que Rosa disparaissait dans la foule de son côté.

Ni l'un ni l'autre n'avait prononcé un mot avant d'atteindre le moulin, où la vue de Sarra étendue sur une paillasse, pâle et immobile, sous la garde redoutable d'Agata, avait constitué une surprise déplaisante. Dominic et Khalid avaient été sommés d'attendre la fin de la nuit ailleurs. Le peintre s'était réfugié contre un mur. Khalid avait emporté son tapis au bord du fleuve, s'était perdu dans la prière de l'aube, puis avait patienté, immobile et silencieux, jusqu'à ce que les premiers rayons du soleil viennent réchauffer son visage.

Il n'ouvrit pas les yeux lorsqu'il entendit les sabots des chevaux qui approchaient. Il ne les ouvrit pas davantage quand les oiseaux matinaux se mirent à gazouiller. Il ne les ouvrit pas non plus quand souffla une rafale de vent froid, mordant sa chair à travers ses habits et lui glaçant les doigts, ni lorsqu'une grande silhouette s'approcha au point de masquer la lumière.

« Tu souris. »

Khalid était à peu près certain de ne pas sourire. L'excitation de la nuit retombait rapidement, remplacée par un épuisement pénétrant sa moelle, surmonté de douleurs croissantes, à mesure que ses diverses blessures se rappelaient à son bon souvenir. Il avait mal au bras. Il avait mal aux côtes. Il avait mal aux joues.

Il n'avait rien fait à ses joues. Ses joues n'auraient pas dû être douloureuses.

Khalid comprit qu'il souriait bel et bien.

Il ouvrit les yeux.

Giacomo était adossé au muret qui longeait le fleuve. Il portait encore le vieil uniforme de Khalid. La lumière matinale parsemait ses cheveux de touches d'ambre et d'or. Il contemplait l'eau, tournant son profil vers Khalid, qui ne pouvait pas voir le bleu qui marquait sa tempe gauche.

« On a fait du bon travail », dit Khalid. Il se leva, s'avançant vers Giacomo.

« Ah ouais ? » Il y avait un soupçon de folie dans la voix de Giacomo. « Tu as préféré quel moment ? Celui où tu as failli mourir ? Où Sarra a failli mourir ? Celui où j'ai tout fait sauter ?

— Traverio ? »

Giacomo minauda. « Comme tu l'avais prévu. S'il a de la chance, il finira ses jours à pourrir dans une prison florentine. S'il n'en a pas, Sa Sainteté mettra la main sur lui. Quoi qu'il en soit, le règne terrible de la Vive de Gênes a pris fin. »

Khalid hocha la tête. « C'est ça. Mon moment préféré, c'est celui-là. »

La veille au soir, il avait montré à Rosa l'épine de poisson. Il ne cessait de repenser à cet instant où il avait frôlé la mort, ainsi qu'aux confessions chuchotées par Giacomo. Depuis, il s'était senti... inspiré. Honnête. Confiant, pour la première fois depuis de nombreuses années.

Rosa avait examiné l'épine pendant une minute entière, puis avait étudié le visage de Khalid avec le même degré de concentration. « J'aurais dû t'en parler plus tôt, avait-il dit, alors qu'elle le regardait toujours plus intensément.

— Je comprends pourquoi tu ne l'as pas fait. Il paraît parfois plus sûr d'affronter seul ces choses-là. Et comme ta famille était en jeu...

— Vos vies aussi. »

Elle avait un peu rougi à ces mots. « Enfin. Je suis flattée, en un sens. » De ses doigts délicats, elle avait replié le tissu et avait fait glisser le paquet sur la table, vers Khalid. « Comment interprètes-tu ça ?

— C'est une menace, avait-il répondu, un peu déconcerté par cette question franche.

— Quoi d'autre ? » avait-elle demandé. Lorsqu'il avait relevé les yeux, sans savoir comment réagir, elle lui avait adressé un sourire encourageant. « Ce n'est pas un piège. Je suis juste curieuse de savoir ce que tu en penses. Tu connais Traverio mieux qu'aucun d'entre nous. Tu connais aussi le fonctionnement quotidien du Palazzo mieux qu'aucun d'entre nous. Alors quel est le lien entre tous ces éléments ? »

Il avait pris le temps de réfléchir. « Je pense..., avait-il énoncé lentement, que Traverio est imprudent. Déposer un truc pareil devant les portes du Palazzo Medici en plein jour ? C'est un geste téméraire, mais c'est aussi idiot. » Il avait suivi du doigt la forme de l'épine à travers le mouchoir. « Je pense que plus il s'associe à notre projet, plus il se lie à nous. » Khalid avait regardé Rosa, l'approbation dans ses yeux noirs. « Ce qui signifie que nous pouvons tirer sur ces liens pour l'entraîner dans la direction qui nous plaît.

— Ça pourrait être dangereux, l'avait-elle mis en garde. Ce sera certainement difficile.

— De se débarrasser de Traverio pour de bon ? Rien n'est trop difficile. »

Quelques entrevues avec des lames tranchantes plus tard, Khalid n'aurait rien changé à ce qu'il avait dit. Surtout pas quand il sentait gravé en lui le regard de Giacomo, encore plus chaud que le soleil. « Tu l'as mené par le bout du nez, s'émerveilla celui-ci.

— Le vice et la voix, répliqua Khalid. J'ai simplement été formé par le meilleur des maîtres. »

Un silence confortable se prolongea entre eux. Des canards nageaient sur l'Arno. Le sourire de Khalid s'élargit en les observant flotter ensemble, puis séparément, puis à nouveau ensemble, emportés par le courant. Quelques mois auparavant, il aurait jalousé ces canards et leur liberté. À présent, il en savourait le spectacle.

« Et maintenant ? demanda-t-il à Giacomo.

— Je ne sais pas trop. Dieu sait que nous ne pouvons plus vivre à Florence après cette nuit. La route m'appelle et je ne puis que répondre à sa voix, et cætera, et cætera, donc, tu sais. J'irai partout, n'importe où.

— Ta famille te cherchera-t-elle ?

— Je ne crois pas, répondit Giacomo sur un ton incisif. Ils ne l'ont jamais fait. Et même si c'était le cas, je suis doué pour ne pas être celui que les gens croient.

— Oui », acquiesça Khalid. Les canards étaient presque arrivés au coude du fleuve et allaient disparaître. « Mais je suis content de te connaître quand tu es toi. »

À côté de lui, Giacomo vacilla comme s'il avait reçu un coup. « Signore al-Sarraj, vous ne pouvez pas simplement *déclarer* ce genre de chose, dit-il avec sa taquinerie familière. À cause de vous, mon cœur s'arrête de battre. Je vais tomber raide, et ce sera votre faute. Ne redoutez-vous pas que je me fasse des idées ? Vous n'approuveriez certainement pas que...

— Alors tu ne me connais pas aussi bien que tu le penses. »

Giacomo le dévisageait. Khalid le voyait du coin de l'œil. « Khalid.

— Giacomo. » Il tourna la tête pour rencontrer le regard éberlué de Giacomo.

Giacomo étudia son visage pendant un long moment, comme s'il cataloguait chacun de ses traits. Il laissa s'échapper un brusque éclat de rire. « Tu devrais sourire plus souvent. Ça te va bien. »

Tendant la main, Khalid passa les doigts sur le bleu de Giacomo. Il vit bien que l'autre jeune homme avait le souffle coupé. « Tu devrais te bagarrer plus souvent. Ça te va bien.

— Toi, tu es doué pour la flatterie, en fait, dit Giacomo.

— Et ça marche ?

— Pour l'amour du ciel », s'exclama Giacomo, et il se mit à embrasser Khalid, s'appuyant d'une main sur son torse. Khalid fit de son mieux pour participer activement, malgré sa blessure, entrelaçant les doigts de sa main valide avec ceux de Giacomo, puis traînant ses lèvres sur la joue de Giacomo jusqu'à sa tempe endolorie avant de revenir à sa bouche.

Ils étaient tous deux hors d'haleine quand ils se détachèrent, chacun ouvrant de grands yeux face à l'autre. Khalid se sentait rayonner – ses joues allaient souffrir pendant des jours et des jours, il en était sûr. Il en était ravi. Ravi de tout ce qui pourrait l'aider à se rappeler ce moment.

« Je rectifie mes propos, murmura Giacomo dans les centimètres qui les séparaient. Tu n'es pas autorisé à sourire, je m'y oppose. Ton sourire est dévastateur. Je vais tomber raide mort.

— Tu l'as déjà dit.

— Alors c'est *doublement vrai*, tu devrais savoir qu'il ne faut pas mettre ma parole en doute…

— Ne tombe pas raide mort.

— Bien. *Très bien.* » Giacomo poussa un soupir. Ses lèvres étaient un peu plus rouges que quelques minutes auparavant. Khalid s'en félicita. « Sommes-nous absolument *certains* de devoir partir tout de suite ? Les Medici nous accorderont sans doute un délai si je leur explique que je dois immédiatement réitérer ce que je viens de faire avec toi. Un autre serait bienvenu. Un autre est indispensable. » Il battit des paupières, un peu ébloui. « Khalid, j'exige un autre baiser.

— Je... », commença Khalid, avant de s'interrompre.

Parce qu'ils s'engageaient dans une voie ensemble. Il le voyait maintenant. Cette voie avait démarré dans une ruelle de Gênes éclairée par l'aube, et elle les conduisait dorénavant vers ce qui ressemblait un peu à un cul-de-sac.

Giacomo n'avait pas tenté de retrouver le garçon qu'il avait aimé à Grosseto. Par honte, par peur ou parce qu'il était blessé, il avait laissé le monde l'emporter loin de lui. Khalid ne voulait pas être comme ce garçon. Mais à moins que leur trajectoire ne change, ils seraient tous deux dans l'impasse.

« Viens à Tunis. »

Khalid avait parlé sur un coup de tête, mais il ne s'en voulut nullement. Giacomo avait les yeux exorbités. « Tu es sérieux ? » Il semblait ne plus tenir sur ses jambes.

« Oui.

— Tu... Tu me veux avec toi dans ta ville ?

— Je te veux avec moi. »

Giacomo mima l'évanouissement, mais il gardait l'œil vif. « Tu te souviens ce que je t'ai dit, à propos de mon cœur qui s'arrête de battre ?

— Tu ne veux pas m'accompagner ?

— Bien sûr que si. » Giacomo se saisit de la main de Khalid, qu'il tint entre les siennes. « Je veux simplement être sûr que tu sais ce que ça implique. Je ne suis pas un cadeau, il paraît. Certains prétendent que je suis fou.

— Moi aussi j'exige un autre baiser. »

Giacomo battit à nouveau des paupières. Il semblait avoir du mal à digérer ce que disait Khalid. « Comment arrives-tu à faire ça ? marmonna-t-il.

— À faire quoi ?

— À multiplier les nids-de-poule, c'est... »

Ce fut au tour de Khalid de l'embrasser : il se pencha pour coller ses lèvres à celles de Giacomo. Leur première étreinte avait été comme un barrage qui se rompt, un flot d'adrénaline, d'aveu et de désir. Celui-ci fut plus doux. Khalid se dit qu'il avait le goût d'une promesse.

« Oui », dit Giacomo quand ils se dégagèrent des bras l'un de l'autre. Il avait encore les yeux fermés.

Le cœur de Khalid fit un triple saut dans sa poitrine. « Oui ?

— Oui, oui, je viendrai. » Giacomo entrouvrit les yeux, scrutant Khalid avec une pointe d'agacement. « Maintenant que je te sais capable d'embrasser comme ça, je ne peux vraiment plus te laisser seul, pas vrai ? Le Maghreb… » Il inclina la tête. « Ça sonne bien. »

La route sur laquelle ils marchaient était infinie, et elle menait loin, très loin de Gênes. La Lanterna di Genova n'était qu'un cauchemar, le soleil brillait sur le visage de Khalid, et il reverrait bientôt son frère. Et la main de Giacomo était chaude dans la sienne.

Il sourit. À côté de lui, Giacomo émit un son indigné, ému.

« Ce sera bien. »

62

DOMINIC

Dominic ne dormait pas. Il ne dormirait peut-être plus jamais. Aux alentours de l'aube, il eut le sentiment de n'avoir jamais dormi une seule fois dans sa vie. Comment aurait-il pu, alors que son cœur semblait constamment s'agiter dans sa poitrine, alors que sa joue le brûlait chaque fois qu'il ouvrait la bouche ?

Michelangelo lui fourra une bouteille de vin dans la main. Dominic but. Ils regardèrent le soleil se lever sur l'Arno.

Il faisait encore nuit quand Maître Michelangelo était arrivé, ses boucles grisonnantes couvertes de poussière de plâtre. Il avait pris place à côté de Dominic, enveloppé dans son manteau, et avait fixé l'horizon. Dominic avait tenté de l'imiter, mais la panique qui enflait dans sa gorge rendait la chose un peu plus difficile à chaque respiration étranglée. Et s'il pouvait se fier à la bouteille de vin qui brinquebalait dans sa main, il n'était pas très doué pour le dissimuler.

« Le pape m'a giflé », dit-il tout à coup. Michelangelo ricana.

« Cela vaut presque une absolution. Tout dépend de la façon dont on l'entend. » Michelangelo détacha la bouteille des doigts de Dominic et but une rasade. « Je ne pensais pas te trouver ici. Il y a un juste milieu entre refuser la protection d'une famille et commettre une trahison, tu sais.

— Je ne m'en suis pas rendu compte sur le moment », répondit Dominic. Il tâchait d'imaginer une réalité où il aurait choisi une autre voie ce soir-là, où il aurait laissé Rosa se débrouiller seule, ou bien où il l'aurait dénoncée aux gardes des Medici. Dans les deux cas, cela lui mettait un goût amer dans la bouche. « Je ne m'en rends toujours pas compte.

— Hum », fit Michelangelo. C'était le même *hum* qui, depuis des années, poussait Dominic à se recroqueviller sur lui-même, et qui signifiait très clairement *tu ne seras jamais à la hauteur*. À présent, pourtant, Dominic attrapa simplement la bouteille et prit une gorgée de vin. Michelangelo et lui contemplèrent le fleuve.

C'est le plus âgé qui parla le premier, à la surprise de Dominic. « Sais-tu ce que tu vas faire, maintenant ? »

Une image surgit dans l'esprit de Dominic : le visage de Rosa alors qu'elle examinait le document papal qu'il avait créé. « Non, répondit-il sans savoir s'il mentait.

— Hum », dit à nouveau Michelangelo. Dominic n'éprouva pas le besoin de se recroqueviller. « Eh bien, le Seigneur a jugé bon de punir mon implication dans cette folie en me faisant recevoir la commande d'une fresque. Je pars pour Rome à midi. » Le silence s'étira entre eux. « Je pourrais avoir besoin d'un apprenti. »

Les douze dernières heures avaient été pleines à craquer d'incidents incroyables, si bien que cette annonce fut finalement la chose qui étonna le moins Dominic. Il dévisagea l'artiste, qui ne détacha pas ses yeux de l'horizon. « Maître Michelangelo… »

Des chevaux qui approchaient le dispensèrent de trouver une fin à cette phrase, et Dominic évita de justesse la porte du moulin lorsqu'elle s'ouvrit. Sarra sortit en titubant alors que deux carrioles à légumes prenaient le virage, toutes deux laborieusement tirées par des mules et guidées par un conducteur au large chapeau de paille.

« Doucement, ma fille… », gronda la signora de Rosso, qui poursuivait Sarra. Mais celle-ci s'avançait déjà, ses jambes vacillantes transformant sa course en une marche titubante. « Pietro ! » héla-t-elle. Dominic se mit debout, prêt à rattraper la jeune femme si elle tombait à plat ventre.

Ce n'était pas nécessaire car, un instant après, le plus grand des deux conducteurs descendit de son banc et saisit les épaules de Sarra pour la redresser alors qu'elle basculait en avant. Un visage barbu apparut sous le large bord du chapeau. « Ne me dis pas que tu t'es *inquiétée* pour moi.

— Tais-toi. » Sarra lui donna un coup de poing sur le bras. « Tu vas bien ?

— Je pourrais te poser la même question. » Il tapota la bosse qu'elle avait sous ses cheveux cuivrés, et elle se déroba. « Même si je sais que Sarra la Bricoleuse ne se laisse pas démonter aussi facilement. »

Un petit groupe s'était réuni autour des carrioles. La signora de Rosso était déjà en train de morigéner Sarra, et Michelangelo les rejoignait. Derrière Pietro, Dominic aperçut Khalid et Giacomo qui revenaient du rivage.

« Signore ? » Le conducteur de la deuxième carriole tendit une petite main à Dominic. Il la prit, recula pour permettre à la femme de descendre… puis s'arrêta quand un frisson familier parcourut ses doigts.

Rosa Cellini enleva son chapeau et lui fit un clin d'œil avant de sauter dans l'herbe. Elle ne lâcha pas sa main.

« Quelle belle matinée ! déclara Giacomo. Quelle journée délicieuse et sans égale cela promet d'être !

— Moins fort, s'il te plaît », dit Sarra en se frottant le crâne.

Dominic ne manqua pas le regard préoccupé de Rosa en direction de Sarra. La signora de Rosso non plus, semblait-il. « Elle ira bientôt mieux, affirma l'apothicaire. Il lui faut juste un ou deux jours de repos.

— Nous n'avions pas prévu que Traverio t'assommerait, dit Rosa, comme si elle présentait ses excuses.

— Il avait la charrette », répondit Sarra comme si elle les acceptait.

Giacomo émit un *tss.* « Après tout le mal que tu t'étais donné pour la charger. »

La panique du petit matin faillit faire son retour. « Quelqu'un... Quelqu'un a pris l'argent ? s'enquit Dominic.

— Il ne l'a pas "pris", le corrigea Sarra tout en tâtant sa bosse. C'est un mot bien trop gentil, "pris". Et de toute façon...

— Il paraît qu'il a été arrêté au bord du fleuve, continua Khalid. *Dans* le fleuve.

— Son bateau... », suggéra Dominic en examinant le visage de Rosa. Cette nouvelle aurait dû être accablante, mais il ne lisait sur son expression qu'une farouche satisfaction. « Il a coulé ?

— Directement au fond de l'Arno, précisa Giacomo. Apparemment, malgré tous les efforts du capitaine Romano, pas une seule pièce d'or n'a été retrouvée. Et quand il a demandé que l'on consacre davantage d'hommes aux recherches, il lui a été gentiment rappelé que la juridiction des Medici ne dépassait pas le Palazzo. » Il donna un coup de coude à Khalid. « Je te parie ce que tu veux que ça a été très mal pris.

— Tu paries combien ? répliqua Khalid en lui rendant son coup de coude. Tu me dois déjà dix pour cent de ta part.

— Si l'argent est perdu, il n'y a plus de butin ! » s'exclama Dominic. Peut-être la démence de ses compagnons était-elle contagieuse, mais il avait la sensation d'assister à une pièce de théâtre, dont les acteurs menaient l'intrigue à son dénouement. À les entendre, ça aurait dû être un moment de désespoir total, et pourtant une gaieté enjouée circulait parmi eux.

« Le signore Fontana craint que nous ayons échoué », dit gravement Sarra à Rosa. À côté d'elle, Pietro ricana tout bas.

« Allons, allons, signore. » Giacomo vint caresser les cheveux de Dominic pour le réconforter. « Il y aura d'autres fortunes colossales… d'autres occasions de risquer sa vie…

— Giacomo », le gronda Rosa, mais Dominic ne repoussa pas la main de Giacomo. Il était trop occupé à regarder le sourire naissant qui se répandait sur le visage de Rosa, aussi éclatant qu'un soleil levant.

« Votre déception est compréhensible », admit Rosa en revenant à l'arrière de sa carriole de légumes. Des sacs de jute remplis d'oignons et de carottes faisaient ployer le plateau sur ses essieux. *Trop lourds*. « Après des années de préparatifs, finir bredouille ? Je ne saurais imaginer de conclusion plus décevante à toute cette affaire. Le ciel soit loué, alors, que quand Traverio a assommé la pauvre Sarra pour lui dérober la charrette… ce soit *tout* ce qu'il a volé.

— Pas "tout", dit Pietro. Il a aussi pris ce qui restait de ma presse. »

Le regard de Dominic se tourna vers Sarra. « Donc quand son bateau a sombré dans le fleuve…

— Les gens laissent vraiment traîner leurs bateaux partout, commenta-t-elle.

— À découvert. Visibles de tous, ajouta Khalid.

— Exposés aux éléments et… aux rats. À la pourriture. Aux vrilles, aux perceuses et aux ciseaux. » Sarra haussa les épaules. « Parfois, on ne remarque pas les dégâts avant d'être sur l'eau.

— Qu'est devenu l'or ? » demanda Dominic.

Rosa appuya sa hanche à la carriole de légumes. « Il n'est jamais sorti du Palazzo.

— Vous êtes en train de me dire qu'il est encore à l'intérieur ? »

Elle eut un sourire malicieux. « À votre avis ? »

Il voyait maintenant les coutures, la manière dont son plan avait été assemblé. « Je pense qu'il est dans ces carrioles. Mais je ne sais comment il est arrivé là.

— Sarra ? » Rosa tendit la main, et Sarra y déposa un couteau de poche. « Tout le monde est prêt ? »

Michelangelo grommela : « Finissons-en.

— Il Divino l'exige. » Et d'un geste théâtral, Rosa baissa le couteau.

Ce n'était pas la première fois que Dominic voyait la richesse de Florence se répandre à terre. Il avait eu droit à ce spectacle deux fois au cours des douze dernières heures. Mais voir une cascade d'or se déverser d'un sac de toile sur la rive herbeuse de l'Arno, c'était autre chose. C'était une promesse ; pour tous les témoins, muets, réunis autour des humbles carrioles à légumes, mais aussi pour la ville visible au loin.

De quoi s'acheter une autre armée, avait dit Rosa. La rançon d'un pays.

Mais c'était terminé.

Giacomo fut le premier à recouvrer l'usage de la parole. « Ça alors.

— Mes aïeux, murmura Sarra.

— Nom de Dieu », jura la signora de Rosso.

Dominic ramassa un florin et le tint à la lumière. Il était impressionné que sa main tremble aussi peu. « Dois-je poser la question ?

— Vous n'êtes probablement pas au courant, mais il y a eu ce matin un grave incident sur la Piazza della Signoria, apprit Rosa à Dominic, soudain très sérieuse. Une foule de protestataires a attaqué la voiture du pape. Très bruyants. Très violents.

— Ces protestataires, intervint Pietro. Ils s'enflamment pour un rien.

— À ce que je comprends, ils ont entouré le carrosse de Sa Sainteté pendant plus de dix minutes, précisa Giacomo. Les Medici auraient pu réussir à repousser la foule, s'ils n'avaient pas licencié la majeure partie de leur garde dans une crise de colère…

— Et la garde de la ville aurait peut-être été plus désireuse d'aider, si on ne lui avait pas récemment confié un registre de nature très sensible, dit Sarra.

— Un registre contenant les preuves que la garde des Medici complotait pour usurper le pouvoir de la ville, renchérit Khalid.

— Une trahison terrible, oui, oui, dit Rosa. Bref, le retard sur la Piazza della Signoria aurait été irritant en temps normal, mais ce matin… il y avait un précieux chargement à bord. »

Le florin glissa des doigts de Dominic. « Non.

— Sortir *autant d'or* du Palazzo en un seul voyage ? Impossible avec une voiture ordinaire. En fait, il n'existe guère de véhicule qui aurait pu le transporter sans problème. Il faudrait… quel attelage, Sarra, rappelle-moi ?

— Le carrosse du pape en personne.

— C'est… C'est impossible. » Si Dominic avait eu un peu de bon sens, il sauterait sur l'un des chevaux et fuirait vers les collines.

« C'est ce que nous lui avons répondu, mais enfin. » Giacomo désigna la carriole à légumes.

« Ces émeutiers ont mis leurs mains partout sur la voiture du pape, expliqua Sarra. Qui sait ce qu'ils ont pu emporter ? Il aurait pu y avoir *n'importe quoi* sous le banc du cocher. Ce n'est qu'une hypothèse, bien sûr.

— Vous n'avez pas… »

Rosa ouvrit grand les yeux. « *Moi*, je n'ai rien fait. »

Khalid leva son bras valide. « Je l'ai fait.

— Donc tout ça… dans les jardins…

— Tout ça dans les jardins », acquiesça Rosa.

Dominic pivota sur ses talons, contemplant le ciel, les carrioles, le fleuve. Le rideau tombait. Les acteurs étaient sur scène pour le salut final, et tout se mettait enfin en place. « Ce n'était pas pour l'argent. »

Sarra haussa le menton. « Pas *seulement* pour l'argent.

— Tous les nobles et les banquiers de Florence y réfléchiront à deux fois avant de courtiser les Medici, désormais, dit Rosa. Après le spectacle qu'ils ont donné, le pape et son cousin ont perdu leurs riches partisans. Ils ont rompu les liens avec la garde de la ville. Ils nous ont livré le salaire de leur armée. Ils sont cuits.

— Comment… Comment pouviez-vous savoir qu'ils s'effondreraient ainsi ? » Dominic secoua la tête pour dissiper le brouillard.

« Bonneteau », répondit Sarra.

Rosa hocha la tête. « Tout escroc peut gagner quelques pièces en gagnant une partie. Si vous voulez gagner gros, il faut veiller à ce que la proie remporte les deux ou trois premières fois… mais continuer à faire monter la pression. Et puis quand vos victimes pensent tout contrôler, qu'elles se croient maîtres du monde, avec la perspective d'une victoire assurée, d'une victoire qui *compte* vraiment…

— Vous les laissez détruire leur propre réputation sous les yeux de l'élite de Florence. »

Rosa haussa les épaules. « Bon, je parlais en règle générale, mais… vous voyez l'idée. »

Bonneteau. Dominic avait pris bien des risques absurdes au cours de sa vie. Il s'était installé à Florence, était devenu l'apprenti d'un homme qui détestait son travail, s'était acoquiné avec une voleuse aux yeux noirs… et cette jeune femme avait risqué l'avenir d'une ville sur une *partie de cartes.* Il aurait dû être horrifié, abasourdi, peut-être même emporté par une colère vertueuse…

Il remarqua que tous les yeux étaient fixés sur lui uniquement quand Michelangelo lui donna un petit coup à l'arrière du crâne. « Eh bien ? » demanda l'artiste.

Et Dominic éclata de rire.

« Je ne peux pas croire…, dit-il, haletant, que vous avez *parié*… sur le pape lui-même… »

Rosa le regarda s'esclaffer, et son sourire se faisait plus doux à mesure que le rose lui montait aux joues. « Mais bien sûr. Après tout, personne ne regarde jamais le prêtre. »

63

ROSA

Les résidus des projets de Sarra et les vestiges des expériences d'Agata, les paillasses et les restes de leur nourriture... tout fut emballé et emporté en un clin d'œil. Ils avaient passé six semaines à faire du moulin leur maison. Il fallut moins de six minutes pour effacer toute trace de leur présence.

Michelangelo et Dominic furent les derniers à s'attarder, abrités près de la meule qui tournait toujours. Ils étaient absorbés dans un échange de phrases brèves et tendues, mais parlaient trop bas pour être entendus. Luttant contre la tentation de les écouter, Rosa s'éloigna au maximum, glissant son sac à son épaule et avançant dans le soleil.

Son équipe était en train de seller les chevaux. Adossée à une palissade écroulée, Agata regardait avec un sourire satisfait Pietro se donner du mal pour lui préparer l'une des mules. « J'adore les jeunes gens forts mais bien élevés, commenta-t-elle alors que Rosa s'approchait, gloussant tandis que les doigts de Pietro mettaient son harnais à l'animal.

— Bien élevés ? la reprit Sarra. On voit bien que vous n'avez jamais partagé un repas avec lui.

— Qui de nous deux renifle en mâchant ? demanda Pietro.

— C'est arrivé *une seule fois* », riposta Sarra, et la conversation tourna bientôt à la chamaillerie familiale, au grand amusement d'Agata. Par réflexe, Rosa chercha ce bloc de glace et de résolution qu'elle conservait en elle, pour se durcir contre l'émotion…

Et elle s'arrêta. *Ça suffit maintenant*. L'heure de la rage froide était passée. Ne serait-il pas agréable de sentir un peu le goût du printemps ?

« Il n'y a plus rien là-dedans ? demanda Sarra avec un signe de tête en direction du moulin.

— Pas tout à fait, répondit Rosa. L'artiste et son apprenti sont en pleine discussion.

— Je ne peux pas croire que tu aies entraîné Il Divino là-dedans ». Pietro secoua la tête. « Lui plus que quiconque.

— Nous avons une offre d'embauche très alléchante, dit Sarra. Même toi, tu nous as rejoints. Même le *signore Fontana*…

— Ne commence pas, gémit Rosa. Attends que j'aie pu faire une vraie nuit de sommeil.

— Il a l'air d'un bon jeune homme, observa Pietro en tirant sur le harnais. Compétent.

— Talentueux, aussi, ajouta Sarra avec sagesse. Nous approuvons.

— Il n'y a rien à approuver, leur déclara Rosa.

— Bien sûr, voyons. Au moins, vous n'êtes pas les pires de la bande. » D'un geste du pouce, Sarra indiqua les deux chevaux qui attendaient à quelques mètres de là. Khalid et Giacomo se tenaient dos à dos pour seller leurs montures. S'il y avait le moindre espace entre leurs omoplates, Rosa ne le voyait pas.

« Quelque chose fleurit ? » demanda-t-elle.

Sarra ricana. « Quelque chose a fleuri. »

Rosa s'éclaircit la gorge. « Est-ce que vous auriez un moment, signori ? gazouilla-t-elle, souriant quand Giacomo et Khalid levèrent la tête à l'unisson. Je ne vous insulterai pas par des remerciements. Vous partirez d'ici avec plus de remerciements que vous ne pouvez en porter. Mais ce fut un plaisir de travailler avec chacun d'entre vous. Si jamais vous voulez recommencer… venez me chercher.

— Oh, mais tout paraîtra dérisoire après cette affaire-ci, dit Giacomo. Nous avons été gâtés. À partir de maintenant, je ne m'attaquerai plus qu'à des rois, des sultans et des empereurs.

— Alors nous devrons bientôt commencer à réfléchir, fit remarquer Khalid, et Giacomo tourna vers lui des yeux éclatant de bonheur.

— Signore al-Sarraj, quelles *machinations* ! » s'exclama-t-il.

Sarra grogna. « Je n'en peux plus. » Elle pressa l'épaule de Rosa. « On a fait du bon travail.

— Digne de nos parents ?

— Tu plaisantes ? Nous venons de détrousser le *pape*. Ils seraient horrifiés.

— Hmm. C'était un peu tape-à-l'œil, j'avoue. »

Agata fut la première à se mettre en route, acceptant les rênes de la mule des mains de Pietro, lui tapotant la joue juste assez longtemps pour que Sarra roule des yeux. Contrairement au reste d'entre eux, elle ne quitterait pas Florence après ce braquage. Sa boutique était encore debout, leur rappela-t-elle – commentaire qui fit tressaillir Sarra, Rosa s'en aperçut –, et personne au Palazzo n'avait aucune raison de connaître son implication dans les événements de cette nuit.

« N'attends pas six ans avant de revenir me voir, ordonna-t-elle à Rosa, ou sinon tu auras affaire à moi.

— J'ai encore cette dette de bassette à rembourser, après tout », répondit Rosa, qui dut endurer sur son front un baiser sec et enfumé.

Khalid et Giacomo montaient déjà en selle. « Khalid a eu la bonté de m'inviter à Tunis ! annonça Giacomo. Je pense qu'un peu de soleil me fera le plus grand bien cet hiver. »

Khalid sourit, tout heureux. « Nous n'en avons pas encore terminé », fut tout ce qu'il dit.

Rosa rit. « Bon voyage, alors.

— Bon voyage », répondit Khalid. Il éperonna son cheval et démarra si vite que Giacomo fut obligé de lancer ses adieux à Rosa alors qu'il trottait pour le rattraper.

Rosa avait encore ses effets personnels à emballer. Elle s'y employa, laissant les disputes et les rires de Pietro et Sarra rendre moins triste le départ de tous ses amis.

Elle attachait les dernières courroies sur son cheval quand quelqu'un s'éclaircit la gorge derrière elle. Rosa se retourna et vit Michelangelo qui fronçait les sourcils, Dominic debout à côté de lui, non plus dans l'attitude polie et attentive de l'apprenti, mais bien planté sur ses jambes.

« Je suppose que c'est un au revoir, dit Michelangelo sans préambule.

— Mais, *mon oncle*..., couina Rosa, ravie en l'entendant ricaner.

— Assez. Cela m'a suffi pour une vie entière. Adieu, signorina. » À sa surprise, il lui adressa une profonde révérence. « Je prierai pour ne plus jamais vous revoir. »

Elle prit l'une de ses mains rugueuses entre les siennes. « J'espère que vos prières seront exaucées. »

Michelangelo hocha sèchement la tête. Puis il pivota sur ses talons et partit vers le fleuve.

« Vous ne le suivez pas ? » demanda Rosa à Dominic.

Dominic haussa les épaules. Il portait encore ses beaux habits du banquet, ce qui formait un étrange tableau, avec le moulin rustique pour arrière-plan. « Maître Michelangelo m'a invité à l'accompagner à Rome. Il a besoin d'un apprenti pour peindre des fresques, évidemment.

— Oh. » Rosa s'obligea à sourire. « Je suis sûre que ce sera une aventure très lucrative.

— Je lui ai dit que mon chemin était ailleurs. »

Derrière Rosa, quelqu'un renifla bruyamment. Par-dessus son épaule, elle eut le temps de voir Pietro pousser sa sœur sur le banc de la charrette et, d'un claquement de langue, inviter la mule à se mettre en marche.

Rosa tressaillit. « Il faut que je…

— Non, bien sûr…

— Nous ne pouvons pas nous attarder.

— Je comprends. »

Ils se regardèrent. La charrette des Nepi s'ébranla.

Dominic fut le premier à parler. « Cette route me semble plutôt bonne, en fait. »

Un air frais et doux circulait dans les poumons de Rosa. « Vous croyez ? Elle est un peu accidentée. » Elle fit quelques pas dans le sillage de la charrette, sans prendre la peine de réprimer un sourire quand Dominic vint marcher à ses côtés.

« Eh bien. Que pouvez-vous faire pour y remédier ? demanda-t-il.

— Il vient aussi ? » interrogea Sarra. Un rire secoua les épaules de Pietro. Mais Rosa ne parvenait pas à se fâcher tant que Dominic souriait.

« Où irons-nous d'abord ? s'enquit-il, en guise de réponse.

— Je pensais commencer par Chiusi, proposa Rosa, savourant la joie qui se répandit sur le visage du peintre. Ensuite, qui sait ? À moins que vous ne souhaitiez y rester pour devenir marchand de fromage.

— Vous semblez avoir quelque chose en tête. »

Rosa fredonna une chanson, songeuse. « Peut-être bien ». Mais ce qu'elle voulait dire était *Vous êtes un peintre sans talent et un faussaire prodigieux*. Et ce qu'elle voulait *réellement* dire était *Que penseriez-vous d'appliquer vos compétences… dans un autre domaine ?*

« Ce serait charmant. De voyager avec toi », finit-elle par répondre. Elle sentit que Sarra pouffait. Elle choisit de ne pas réagir, et Dominic lui donna un petit coup d'épaule, pour la taquiner. Cela ressemblait à un merci. *À un après*, songea-t-elle, absurdement heureuse.

Puis, parce qu'elle serait toujours elle-même, elle ajouta : « Tes dons se limitent-ils aux fresques et aux messages du pape ?

— Je n'en suis pas sûr, dit Dominic. Veux-tu les découvrir ? »

REMERCIEMENTS

Ce livre, comme un million d'autres, est né pendant les heures de vide terrifiant d'une pandémie planétaire. Mais il est aussi né plusieurs années auparavant, sous la forme d'un scénario. Et encore avant, il est né dans les rues de Florence, dans le cerveau d'une touriste pas très futée qui s'était perdue en cherchant le musée des Offices alors qu'elle était en vacances avec ses parents.

Autrement dit, beaucoup de gens ont contribué à ce que cette fiction historique très fictionnelle voie le jour. Il vaudrait mieux que je commence tout de suite à les nommer, sans quoi nous allons y passer la nuit. Donc, merci…

À Holly West, mon éditrice, et principale fan de Rosa et Dominic. Tes idées lumineuses sont une joie, et ce livre ne serait pas la moitié de ce qu'il est sans elles (ou sans toi !) ; à Dillon West, Jon Reyes et Cyrus McGoldrick, pour leurs notes si avisées ; à Meg Sayre et Bailie Rosenlund, pour cette magnifique couverture ; à Dawn Ryan et Kim Waymer, pour avoir fait en sorte que *Medici Heist, braquage à la florentine* soit présent dans les librairies ; et au reste de l'équipe de MacKids pour avoir rendu ce projet possible !

À John Cusick, mon agent, qui a vu mon manuscrit torturé dans sa boîte de réception et qui, grâce à son bon cœur, s'est dit *oui*. Tu es une véritable légende, et j'ai de la chance de t'avoir près de moi. Merci aussi à Melissa White, Madeline Shellhouse et Chiara Panzeri, du département droits étrangers de Folio Lit, pour avoir porté ce livre à travers le monde, bien plus loin que je ne l'aurais rêvé.

À Kim Yu, Matt Horwitz, Chelsea Benson et Dave Brown, mon équipe chez Echo Lake, pour m'avoir ouvert la porte de ce meilleur des mondes qu'est l'édition, et à Alex Kohner et Mitchell Ostrove, mes avocats, pour m'avoir soutenue.

Merci à tous ceux qui, ces dernières années, ont lu une version ou une autre de ce livre. Mon groupe d'écriture : Matt, Mike, Des, Tara et Brad ; mes superbes Alpagas : Kirsten, Nina, Charlotte, Rachel K. et Walls ; Rachel P. ; Delaney ; Lauren ; et la dernière mais *absolument pas* la moindre, merci à Meghan, dont l'enthousiasme pour les fragments que j'ai envoyés en cours de rédaction est la raison pour laquelle je suis allée jusqu'au bout.

Enfin, merci à ma famille. Papa et maman, vous ne m'avez jamais laissée douter de mes capacités à atteindre mes absurdes objectifs créatifs. J'ai toujours bénéficié de votre amour et de votre soutien, et je n'aurais pas pu écrire ce livre sans vous. Willa, tu me laisses te raconter des histoires depuis toujours, et celle-ci est pour toi aussi. Dedans, il y a des soldats et des épaules. Et Nick, tu savais bien que j'avançais toujours, même quand j'avais l'impression de faire du sur-place. Merci à toi d'être mon plus grand fan.